ハヤカワ・ミステリ

DENNIS LEHANE

夜に生きる

LIVE BY NIGHT

デニス・ルヘイン

加賀山卓朗訳

TOKYO
HAYAKAWA
BOOKS

A HAYAKAWA
POCKET MYSTERY BOOK

Translated by
TAKURO KAGAYAMA
First published 2013 in Japan by
HAYAKAWA PUBLISHING, INC.
This book is published in Japan by
arrangement with
ANN RITTENBERG LITERARY AGENCY, INC.
through JAPAN UNI AGENCY, INC., TOKYO.

装幀／水戸部 功

アンジーへ
ひと晩じゅうでも運転するよ……

神に関わる人間と戦争に関わる人間は妙に似ているな。

――コーマック・マッカーシー『ブラッド・メリディアン』

いいやつになるには遅すぎる。

――ラッキー・ルチアーノ

目次

夜に生きる

第一部　ボストン

一九二六年〜一九二九年

おもな登場人物

ジョー(ジョゼフ)・コグリン……無法者
トマス・コグリン……………………ボストン市警警視正。ジョーの父親
ディオン・バルトロ………………ジョーの仲間
パオロ………………………………同。ディオンの兄
ティム・ヒッキー…………………ギャング。ジョーのボス
アルバート・ホワイト……………ギャング。ティムのライバル
ブレンダン・ルーミス……………アルバートの部下
エマ・グールド……………………アルバートの情婦
ダニー(エイデン)・コグリン……ジョーの兄
トマソ(マソ)・ペスカトーレ……服役中のギャングの首領
エミル・ローソン…………………囚人。マソの部下

1　九時の街の十二時の男

何年かのち、メキシコ湾に浮かぶタグボートの上で、ジョー・コグリンの両足はセメントの桶に浸かっていた。ガンマン十二人が甲板に立ち、沖に出たら彼を投げ落とそうと待っていた。ジョーはボートのエンジン音を聞き、船のうしろで海面が白く泡立つのを見た。そしてふと、いいことであれ悪いことであれ、自分の人生で起きた大事なことはほぼすべて、エマ・グールドと偶然出会った朝から動きはじめたのだと思った。

ふたりが初めて会ったのは一九二六年だった。東の空が白むころ、ジョーとバルトロ兄弟は、サウス・ボストンのもぐり酒場の奥にあるカジノに押し入った。強盗に入るまで、そこがアルバート・ホワイトの経営する酒場だとは知らなかった。知っていたら即刻逃げ出し、三手に分かれて足取りをたどれなくしたはずだ。

階段をおりたところまでは順調だった。三人は空っぽの酒場を難なく通過した。そこは海沿いの家具倉庫の奥で、ジョーのボスであるティム・ヒッキーによれば、倉庫の所有者はメリーランドから移ってきたばかりのおとなしいギリシャ人ということだった。しかし、カジノに入ってみると、ポーカーゲームがまさに最高潮で、五人の男がずっしりしたクリスタルグラスで琥《こ》珀《はく》色のカナダ製ウイスキーを飲み、頭上には紫煙が厚く立ちこめ、テーブルの中央には札束が積んであった。

どの男もギリシャ人には見えないし、おとなしくも見えなかった。みなスーツの上着を椅子の背にかけ、腰の銃をさらしていた。ジョーとディオンとパオロが拳銃を突き出して踏み入ると、誰も自分の銃には手を伸ばさなかったものの、少なくともふたりはそうしたがっているのがわかった。

テーブルに飲み物を運んでいる女がいた。女はトレーを脇に置き、灰皿から煙草を取って、深々と吸った。三挺の銃が向けられているのに、いまにもあくびをしそうだった。アンコールではもっとおもしろいものを見せてと言わんばかりに。

ジョーとバルトロ兄弟は帽子を目深《まぶか》にかぶり、黒いハンカチで顔の下半分を隠していた。それは賢明な判断だった。もしなかにいる誰かに素性を知られたら、あと半日ほどしか生きられない。

簡単すぎる仕事だ、とティム・ヒッキーは請け合った。夜明けに押し入れば、残っているのはせいぜいふたりで、まぬけどもが金勘定をしているだけだと。

ポーカーに興じている殺し屋五人などではなく。

ひとりが言った。「ここがどこかわかってるのか」

ジョーの知らない男だったが、その隣の男には見憶えがあった――ブレンダン・ルーミス。元ボクサーで、アルバート・ホワイト・ギャングの一員だ。アルバートは、密造酒の商売におけるティム・ヒッキーの最大のライバルで、まもなく起きる衝突に備えてトンプソン・サブマシンガンをためこんでいるという噂だった。街の人々は、どちらにつくかを選ぶか、墓石を選ぶかだと言っている。

「全員指示にしたがえば、怪我しないですむ」ジョーは言った。

ルーミスの横にいる男がまた口を出した。「ここの経営者が誰か知ってるのかと訊いたんだよ、くそのろまが」

ディオン・バルトロが拳銃で男の口を殴った。椅子から落ちて血が流れるほど強く。残る全員が、殴られなくてよかったと思うほどの強さだった。

ジョーは言った。「女を除いてみんな膝をつけ。両手を組んで頭のうしろにまわすんだ」

ブレンダン・ルーミスがジョーを睨みつけた。「これが終わったら、おまえのお袋に電話してやるよ。棺桶向きの上等のダークスーツを用意しとけってな」

かつてはメカニクス・ホールで試合をするほどのボクサーで、ミーン・モー・マリンズのスパーリング・パートナーも務めていたルーミスは、ビリヤード球を詰めた袋のようなパンチを放つと言われていた。アルバート・ホワイトのために人を殺したこともある。それで生計を立てているわけではないが、殺しでしか金を稼げなくなったときのことも考えて、自分が序列の先頭にいることをアルバートに示したのだと噂されていた。

ジョーは、そこでルーミスの小さな茶色の眼をのぞきこんだときほどの恐怖を覚えたことがなかった。それでも銃を振って彼らに指図し、手が震えなかったことに自分でも驚いた。ルーミスは両手を頭のうしろで組んで、ひざまずいた。ほかの男たちもそれに倣《なら》った。


ジョーは若い女に言った。「こっちへ、ミス。どうこうするつもりはないから」

女は煙草をもみ消して、もう一本火をつけようかと思っているような眼でジョーを見た。ことによると自分にもう一杯酒をつぐのか。近づいてくると、歳はジョーとさほど変わらず、二十歳かそこら。冬色の眼をしていて、肌はあまりにも白く、下の血と筋肉が透けて見えそうだった。

ジョーが彼女を見ているあいだに、バルトロ兄弟がカードプレーヤーたちの武器を取り上げた。集めた銃を近くのブラックジャックのテーブルに放り投げると、重く大きな音が響いたが、女は眉ひとつ動かさなかった。眼の灰色の奥で火明かりが踊っていた。

彼女はジョーの銃のすぐそばまで来て言った。「さて、この紳士は今朝の強盗で何を持っていくの？」

ジョーはふたつ持ってきたキャンバスバッグのひとつを女に渡した。「テーブルの金をここに入れてくれるか」

「ただいま、サー」

　女がテーブルに引き返すと、ジョーはもうひとつのバッグから手錠を取り出して、バッグをパオロに放った。パオロは最初の男のうしろで身を屈め、その手を背中にまわして手錠をかけると、次の男に移った。

　女はテーブル中央に積まれた金をすべてバッグに入れ――紙幣だけでなく、時計や宝石も混じっていた――それぞれのプレーヤーの賭け金も集めた。パオロは男たちに手錠をかけ終え、今度は猿ぐつわを嚙ませはじめた。

　ジョーは部屋のなかをざっと見まわした――すぐうしろにルーレット台、階段の下の壁際にクラップス（サイコロ賭博）のテーブル、ブラックジャックのテーブルが三台に、バカラのテーブルが一台。後方の壁にはスロットマシンが六台並んでいる。低い机にのった十台あまりの電話は外への連絡用。そのうしろのボードには、前夜のリードヴィルの第十二レースの出走馬が書き出されていた。入ってきたドアの隣にもうひとつだけドアがあり、チョークでトイレの〝T〟と書かれていた。当然だ。酒を飲めば小便をしなければならない。

　ただ、酒場を通ってくるときにバスルームはふたつ見ていた。ふたつあれば充分だし、ここのバスルームには南京錠がついている。

　ジョーはブレンダン・ルーミスに眼をやった。猿ぐつわを嚙まされて床に横たわり、ジョーの思考が働くのをじっと見つめている。ルーミスの頭のなかでも別の思考が働いているのがわかった。ジョーは南京錠を見た瞬間に感じていたことを理解した――あのバスルームは、バスルームではない。

　金庫室だ。

　アルバート・ホワイトの金庫室。

　この二日間――冷えこんだ十月最初の週末――のヒッキーのカジノの売上を考えても、ドアの向こうにひと財産あることは想像がついた。
しかもアルバート・ホワイトのひと財産だ。

ポーカーの金が入ったバッグを持って女が戻ってきた。「デザートでございます、サー」とジョーに差し出した。ジョーにはその視線の落ち着きぶりが信じられなかった。ただジョーを見ているだけでなく、見透かしている。ハンカチと帽子で隠した顔も知られたにちがいないと思った。ある朝、たまたま煙草を買いにいく彼女とすれちがったときに、「この人よ！」と叫ばれる。そして眼を閉じる間もなく、銃弾を浴びせられる。

ジョーはバッグを受け取り、指に引っかけた手錠を振った。「うしろを向け」

「イエッサー、ただちに」ジョーに背中を向け、腕をうしろに持ってきた。腰に両手を当て、尻の上に指を垂らした。女の尻に気を取られるな。ジョーは自分を諫《いさ》めた。

女の手首に手錠をかけた。「やさしくしてやる」

「別に気を遣わないで」肩越しにジョーを見て言った。「痕だけ残さないようにして」

こいつ何者だ。

「名前は？」

「エマ・グールド」女は言った。「あなたは？」

「お尋ね者」

「法律上？　それとも女の子全員から？」

かまっていては仕事がおろそかになるので、振り向かせて、口に嚙ませるものを取り出した。パオロ・バルトロが職場のウールワース百貨店から盗んできた、男物の靴下だった。

「わたしの口に靴下を押しこむの」

「そうだ」

「靴下。この口に」

「誰も使ってない」ジョーは言った。「本当だ」

女は片方の眉を上げた。眉は髪の毛と同じくすんだ真鍮色で、オコジョの毛のように柔らかく輝いていた。

「きみに嘘はつかない」ジョーはその瞬間、心からの真実を告げている気がした。

「ふつう嘘つきはそう言うわ」エマは、あきらめてスプーンの薬を飲むことにした子のように口を開けた。ジョーは何かほかのことを言おうとしたが、思いつかなかった。何か尋ねてもいい。そうすれば、もう一度声が聞ける。

口に靴下を押しこむと、女の眼がぴくりと動き、吐き出そうとした。みなだいたいそうする。エマはジョーが持った長いテープを見て首を振ったが、ジョーは手を止めなかった。テープを口の上に貼りつけ、両端をぴんと伸ばして左右の頬に押しつけた。このときまでエマは、完璧に礼儀正しいやりとりをしているような顔つきだった——興奮すら覚えていたかもしれない——が、それをジョーが台なしにしてしまった。

「半分シルクだ」ジョーは言った。

また眉を上げた。

「その靴下だよ。さあ、友だちに加われ」

エマはブレンダン・ルーミスの横にひざまずいた。ルーミスは片時もジョーから眼を離していなかった。最初から、ただの一度も。

ジョーは金庫室のドアと、そこに取りつけられた南京錠を見た。ルーミスに自分の視線を追わせておいて、今度は本人をまっすぐ見すえた。ルーミスの眼の光が消えた。次に来るものを覚悟していた。

ジョーはルーミスを見たまま言った。「さあ、おまえら、行くぞ。終わりだ」

ルーミスは一度ゆっくりと眼をしばたたき、ジョーはそれを和解の印——少なくともその可能性のあるもの——と受け取って、大急ぎで退却した。

建物から出たあと、三人は車で海沿いを走った。空は真っ青で、まばゆいほどの黄色い線が入っていた。

カモメが鳴きながら上へ下へ飛んでいた。船上クレーンが埠頭の道路の上に大きくアームを振り、軋んでまた戻っていく。その影を踏んでパオロは車を走らせた。港湾労働者やトラック運転手が埠頭の杭の上に立ち、明るい朝の冷気のなかで煙草を吸っていた。カモメに石を投げている連中もいた。

ジョーは車の窓を下げ、冷たい風を顔に、眼に当てた。潮と、魚の血と、ガソリンのにおいがした。

ディオン・バルトロが助手席から振り返った。「あの娘の名前まで訊いてたな」

ジョーは言った。「ただの会話だ」

「手錠をかけたときなんか、ブローチをつけてやってダンスに誘うのかと思ったよ」

ジョーは開けた窓から首を出して、汚れた空気を思いきり吸いこんだ。パオロは埠頭を離れ、ブロードウェイに向かっていた。ナッシュのロードスターは時速三十マイルで楽々と走っている。

「あの女、見たことがある」パオロが言った。

ジョーは顔を車のなかに戻した。「どこで？」

「わからん。けど、たしかにどこかで見た」ナッシュが大きく弾んでブロードウェイに入り、三人はそろって車内で跳ね上がった。「詩でも書いてやれよ」

「詩なんか書けるか」ジョーは言った。「ちょっと速度を落とせ。やばいことをしてきたのが見え見えだ」

ディオンがまた振り向いて、腕を座席の背にかけた。「こいつ、本当は女に詩を書いたことがあるんだぜ、兄貴」

「嘘だろ？」

パオロがバックミラーでジョーと眼を合わせ、重々しくうなずいた。

「で、どうなった？」

「何も」ディオンが言った。「相手は字が読めなかったんだ」

南のドーチェスターに向かっていたが、アンドルー

・スクウェアをすぎたところで、道のまんなかに死んだ馬がいて渋滞していた。みな死んだ馬とひっくり返った氷の荷車をよけて通らなければならなかった。敷石の割れ目に入った氷の破片が金屑のように光り、配達人は馬の骸《むくろ》の横に立って脇腹を蹴りつけていた。その間、ジョーはずっとエマのことを考えていた。彼女の手はさらっとして柔らかかった。小さい掌で、手首の内側がピンクだった。手首の血管は紫。右耳のうしろに黒いそばかすがあったが、左耳にはなかった。

バルトロ兄弟は、ドーチェスター・アヴェニューの肉屋と靴屋の階上《うえ》に住んでいた。肉屋と靴屋はある家の姉妹と結婚して、ひどくいがみ合っていた。その憎悪に勝るのは、それぞれが自分の妻に向ける憎悪ぐらいだったが、そんな状況も共用の地下室でもぐり酒場を営む妨げにはならなかった。夜ごとドーチェスターのほかの十六教区だけでなく、はるかノース・ショアからも人が集まってきて、モントリオールから南では最高の酒を飲み、ダリラ・デルースという黒人女性歌手の胸裂ける恋の歌を聞いた。酒場の非公式の呼び名は〈シューレイス（靴紐のこと）〉で、肉屋はこれに怒り狂って頭が禿げてしまった。バルトロ兄弟はほとんど毎晩シューレイスに入り浸っていた。そのこと自体はかまわないが、だからといってその階上に住むのはやりすぎで、知恵がないようにジョーには思えた。きわめて可能性は低いけれど、もし一度でも警察や税務調査官の手入れがあったら、彼らが酒場のついでにバルトロ兄弟の住まいにも踏みこむのは眼に見えている。そのとたん、百貨店と食料雑貨店で働くイタ公ふたりが持っているはずのない現金や銃や宝石が見つかるのだ。

たしかに、宝石は通常すぐにハイミー・ドラゴのところに持ちこむ。ジョーたちが十五歳のときから使っている故買屋だ。しかし、現金はたいていシューレイスの奥の賭場か、兄弟のベッドのマットレスのなかより遠くへは行かない。

ジョーは冷蔵庫にもたれて、パオロがその朝の兄弟の分け前をそこに入れるのを見ていた。汗で黄色く染まったシーツをはがすと、横に切れ目を入れたマットレスがあらわになる。ディオンがパオロに札束を渡し、パオロがクリスマスの七面鳥の詰め物のように切れ目から金を差し入れた。

二十三歳のパオロは三人のなかでいちばん歳上だった。ディオンは二歳下だが、パオロより上に見える。兄より賢いせいかもしれないし、性悪なせいかもしれない。翌月二十歳になるジョーはいちばん歳下だったが、十三歳のときにディオンたちとニューススタンドを襲う一団に加わってからずっと、作戦を練る役まわりだった。

パオロが床から立ち上がった。「思い出したぞ、あの女をどこで見たか」膝を叩いて埃を落とした。

ジョーは冷蔵庫から離れた。「どこだ？」

「こいつ、別に惚れてないってさ」ディオンが言った。

「どこだ？」ジョーはくり返した。

パオロは床を指差した。「階下《した》だよ」

「シューレイス？」

パオロはうなずいた。「アルバートと来てた」

「どこのアルバート？」

「モンテネグロの王様さ」ディオンが言った。「ほかにどんなアルバートがいる？」

残念ながら、ラストネームなしで通るアルバートはボストンにひとりしかいなかった。アルバート・ホワイト、彼らが襲ったばかりの酒場の経営者だ。

アルバートはフィリピンのモロ戦争で活躍した英雄で、警官として働いていたが、ジョーの兄と同じように、一九一九年の市警のストライキのあと失職した。いまはホワイツ自動車修理工場（かつてのハロランズ自動車修理）、ホワイツ・ダウンタウン・カフェ（かつてのハロランズ食堂）、そしてホワイツ大陸横断輸送（かつてのハロランズ・トラック輸送）の経営者だ。

アルバート自身がビッツィ・ハロランを消したとも言われている。ビッツィは、エグルストン・スクウェアのレクソール雑貨店にあるオーク製の電話ボックスで、十一発撃たれて死んだ。至近距離の大量の発砲で、電話ボックスには火がついた。アルバートは炭になったボックスの残骸を買い取り、修復して、アシュモント・ヒルにある自宅の書斎に飾り、電話はすべてそこからかけていると言われていた。

「アルバートの女なのか」またもやギャングの愛人。ジョーは気が滅入った。ふたりで盗んだ車に乗って、過去からも未来からも解放され、沈む夕陽と赤い空を追いかけてメキシコへ疾走するところまで思い描いていたのに。

「いっしょにいるのを三回見た」パオロが言った。

「今度は回数まで思い出した」

パオロは自分の指に眼を落として確認した。「ああ」

「だったら、どうしてポーカープレーヤーに飲み物なんて配ってる?」

「ほかに何するんだよ」ディオンが言った。「隠居か?」

「いや、だが……」

「アルバートは結婚してる」ディオンが言った。「あの手の商売女がどのくらいやつの腕につかまっていられると思う?」

「商売女に見えたのか?」

ディオンはカナダ製ジンのボトルの蓋をゆっくりとはずして、ジョーに無表情な眼を向けた。「いや、たんにおれたちの金をバッグに詰めた女だ。髪の色だって憶えてない。それに——」

「ダークブロンドだ。ライトブラウンに近いかもしれないが、そこまで濃くないか」

「とにかくアルバートの女だ」ディオンは三人に酒をついだ。

「別にかまわない」ジョーは言った。「あいつの店を襲ったというだけで充分ひどい状況なんだ。これ以上何かを奪おうなんて考えるなよ。わかったな？」

ジョーは何も言わなかった。

「わかったな？」ディオンはくり返した。

「わかった」ジョーはグラスに手を伸ばした。「いいとも」

彼女はその後三日はシューレイスに来なかった。ジョーには自信があった。毎晩、開店から閉店までなかにいたのだから。

アルバート本人はやってきた。まるでリスボンかどこかにいるような、いつものピンストライプの生成《きな》りのスーツを着て。定番の茶色のフェドーラ帽が茶色の靴に合っていた。その靴は茶色のピンストライプに合わせたものだ。雪が降ると、これが茶色のスーツに生成りのピンストライプ、生成りの帽子、白と茶色の泥よけスパッツに代わる。二月に入るころには、ダークブラウンのスーツ、ダークブラウンの靴、黒い帽子に。いまの時期なら夜、簡単に撃ち殺せる、とジョーは想像をたくましくした。路地で安物の銃を使って二十ヤード先から撃つ。街灯などなくても、白いスーツが赤く染まるのはわかるだろう。

アルバート、アルバート。三日目の夜、アルバートがシューレイスに現われて、ジョーの坐ったストゥールのうしろを静かに歩いたとき、ジョーは考えた。おれが殺しの素人でなかったら、あんたを殺してやるのに。

問題は、アルバートがなかなか路地に入らないことだった。たとえ入っても、ボディガード四人を引き連れている。かりにそのボディガードを倒して、アルバートを本当に殺したとしても——そもそも殺し屋でもないジョーが、なぜ殺そうなどと考えていたのかは謎だが——アルバート・ホワイトのパートナーの帝国を混乱させるぐらいが落ちだ。パートナーには、警察、イタリア系ギャング、マッタパンのユダヤ系ギャング、そしてキューバとフロリダのサトウキビ取引にかかわる銀行家や投資家といった、堅気《かたぎ》のビジネスマンも含まれる。これほど小さな街でそういうビジネスの邪魔をするのは、動物園にいる動物に餌として自分の手を切り与えるようなものだった。

アルバートがジョーを見た。知っている、とジョーに思わせる目つきだった。こいつは知っている。おれが酒場に強盗に入ったことを。おれが女を狙っていることを。知っている。

だが、アルバートは言った。「火を貸してもらえるか?」

ジョーはカウンターでマッチをすり、アルバート・ホワイトの煙草に火をつけた。

アルバートはマッチの火を吹き消し、ジョーの顔に煙を吹きつけると、「ありがとよ、坊主」と言って歩き去った。アルバートの肌はスーツのように白く、唇は心臓に流れこみ出ていく血のように赤かった。

強盗から四日目、ジョーはふと思いついて家具倉庫に引き返してみた。危うく彼女を見逃すところだった。ちょうど力仕事の男たちと同じ時刻に事務員も交替になったところで、働く事務員の数は減り、フォークリフトの作業員や仲仕の影が増えていた。汚れた上着の背中に作業用の鉤《かぎ》金具を引っかけた男たちが倉庫から出てきて、大声でしゃべり、若い女に群がって口笛を吹いたり、内輪のジョークを飛ばしたりしていた。しかし女たちも心得たもので、まとまって巧みに男の大きな集団から抜け出した。それについていく男もいれば離れていく男もいる。何人かは、埠頭で知らぬ者のない秘密の場所へ向かった——禁酒法のボストンで最初の陽が昇ったときからアルコールを提供しているハウスボートだ。

女たちはしっかりまとまったまま、埠頭をなめらかに移動していった。エマがジョーの眼に止まったのは、同じ髪の色をしたほかの娘が靴の踵を直そうと立ち止まったとき、集団のなかに顔が浮かび上がったからだった。

ジレット社の船積みドックの近くに立っていたジョーは歩きだし、集団の五十ヤードほどうしろについた。アルバート・ホワイトの愛人だぞ、と自分に言い聞かせた。こんなことをするなんて頭がいかれてる、いますぐやめろ。サウス・ボストンの埠頭でアルバート・ホワイトの愛人を追いかけるのはもちろん、誰かがカジノ強盗犯を捜しているかもしれないときに出歩くなんてもってのほかだ。ティム・ヒッキーは南部でラムの取引をしていて、まずい相手から金を奪った結果がどうなるか、まだ計りかねている。バルトロ兄弟はといえば、頭を低く下げ、事態がはっきりするまでおとなしくしているつもりだ。なのに賢いはずのジョーは、煮炊きのにおいを追う飢えた犬さながらエマ・グールドのまわりを嗅ぎまわっている。

去れ、去れ、去るんだ。

内なる声が正しいことはわかっていた。理性の声だ。理性でないとしたら、守護天使の声だった。

だが哀しいかな、この日のジョーは守護天使になど興味がなかった。興味があるのは、エマだった。

女たちの集団は埠頭を離れ、ブロードウェイ駅で散り散りになった。多くは路面電車の待合ベンチに向かったが、エマは地下鉄におりていった。ジョーはエマを先に行かせておいて、あとから回転改札を抜け、また階段をおりて北行きの車両に乗った。なかは混み合って暑かったが、エマから眼を離さなかったのは正解だった。次のサウス駅でおりたのだ。

サウス駅は地下鉄三本と高架線路二本、路面電車ひとつ、バス路線ふたつ、通勤列車のすべてが交わる要の駅だ。列車から出てプラットフォームに立つと、ブレークされたビリヤードの球のようにあちらで弾かれ、こちらで止められ、また弾かれて、エマを見失ってしまった。ジョーは兄たちほど背が高くない。ふたりいる兄のうち、ひとりは異常に高い。といっても、ジョーも幸い背が低いわけではなく、中背だ。爪先立ちで人混みをかき分け、エマがいた方向に進もうとした。思うように進めなかったが、高架アトランティック・アヴェニュー線の連絡通路の横に一瞬、エマのバタースコッチ色の髪が見えた。

　プラットフォームに着いたところで、ちょうど列車が入ってきた。エマは同じ車両のドアふたつ分、まえに乗った。やがて前方に街の風景が広がった。夕暮れが近づいて、青と茶色と煉瓦の赤が濃くなっていた。オフィスビルの窓には黄色い灯がともっている。街灯がひと区画ずつつきはじめた。建物の影の向こうに、血がにじむように港が見えた。エマは窓にもたれ、ジョーは、それらすべてが彼女の向こうで流れていくのを見つめた。エマは混んだ車内の何を見るでもなく、ぼんやりとしていそうで、まわりに注意を払っていた。眼の色が薄い。肌よりも薄く、きりっと冷えたジンのように透き通っている。顎と鼻はどちらも尖り気味で、そばかすが散っていた。冷たく美しい顔の奥に、鍵をかけて閉じこもっているように見えた。

　さて、この紳士は今朝の強盗で何を持っていくの？

　痕だけ残さないようにして。

　ふつう嘘つきはそう言うわ。

　列車がバッテリーマーチ駅をすぎてノース・エンドの上を走ったとき、ジョーはイタリアだらけのゲットー——イタリア人、イタリアの方言、イタリアの習慣や食べ物——を見おろして、長兄のダニーのことを思い出さずにはいられなかった。アイルランド人の警官だったが、イタリア人のゲットーを愛するあまり、そこに住みついていた。ダニーは、ジョーが見たことのある誰よりも背が高く、とんでもなく強いボクサーで、すばらしい警官で、怖いもの知らずだった。警官組合を組織し、副組合長になって、一九一九年九月にストライキを起こした警官全員の運命と闘った。けれども、その後永久に職を追われ、東海岸のどの警察でも働けなくなって、食いつめたという話だった。結局、オクラホマ州タルサの黒人地区に流れ着いたが、そこも五年前の暴動で焼け野原になった。以来、ダニーと妻のノラの行方について、ジョーの家族が耳にするのは噂だけになった――オースティン、ボルティモア、フィラデルフィア。

　少年時代、ジョーはダニーに憧れていた。やがて大嫌いになった。いまはめったに考えることもないが、考えたときにあの笑顔が懐かしくてたまらなくなるのは認めざるをえなかった。

　車両の先のほうで、エマ・グールドが「ちょっとすみません」と人を押し分けながら、ドアに向かっていた。ジョーは窓の外を見た。チャールズタウンのシティ・スクウェアに近づいている。

　チャールズタウン。エマが銃を向けられて動揺しなかったのも無理はない。チャールズタウンでは、夕食のテーブルに三八口径の銃を置いて、銃身でコーヒーをかき混ぜている。

　ユニオン通りの端にある二階屋まで彼女を尾けた。そのすぐ手前で、エマは壁沿いの右の通路に入った。ジョーが追って家の裏の路地に出たときには、いなくなっていた。路地の左右を見渡しても、窓枠が腐り、屋根の防水用のタールが剝げかけたソルトボックス（前面が二階、背面が一階建ての木造家屋）が並んでいるだけだった。エマがそのどれに入ったとしてもおかしくないが、わざわざその区画の最後の通路を選んだのだから、眼のまえのブルーグレーの家だろうと当たりをつけた。地下におりる入口があり、鉄の扉がついている。

家のちょっと先に木の門があった。鍵がかかっていたので、上に手をかけて体を持ち上げると、そこより狭い路地があった。いくつかゴミの缶があるだけで、人影はない。ジョーは体をおろして、ポケットにたいてい入れているヘアピンを取り出した。

そして三十秒後には門の反対側に立って、待っていた。

さほど時間はかからなかった。誰もが職場から引き上げる時刻だから、長々と待つ必要はない。足音が近づいてきた。男ふたりが、最近大西洋を横断しようとして墜落した飛行機について話していた。操縦士のイギリス人も、飛行機の残骸も見つからず、飛び立ったかと思うと、次の知らせでは永遠に消えていた。男のひとりが地下室の入口を叩いた。数秒後に「鍛冶屋」と言う声が聞こえた。

入口の鉄の扉がギーッと開いて、また閉まり、錠がかけられた。

ジョーは五分まで秒を数えてもとの路地に戻り、地下室の入口を叩いた。

くぐもった声が答えた。「なんだ?」

「鍛冶屋」

誰かがボルトをはずす音がして、ジョーは入口の扉を引き開けた。小さな階段室に入り、おりながら扉を閉めた。おりきったところにまた扉があって、ジョーがそのまえに立つと、開いた。禿頭にカリフラワーのような鼻、両頬に細かい血管が走った年配の男が、不気味に顔をしかめて、なかへ入れと手を振った。

まだ下が土のままの未完成の地下室だった。中央に木のカウンターがあり、木の樽がテーブル代わり、椅子は格安の松材でできていた。ジョーは入口にいちばん近いカウンター席についた。身ごもった腹のように両腕から脂肪を垂らした女が、ジョッキに生ぬるいビールをついでくれた。いくらか石鹸とおがくずの味はしたが、ビールらしい味はしないし、アルコールが入っているとも思えなかった。ジョーは地下室の暗がりでエマ・グールドを探した。港湾労働者たちと、水兵ふたり、娼婦数人しかいない。階段下の煉瓦の壁際にピアノが置いてあるが、使われておらず、鍵盤が壊れていた。娯楽があるようなもぐり酒場ではなく、あってもせいぜい、娼婦がふたりほど足りないのがわかったときに港湾労働者と水兵が殴り合うくらいのものだった。

カウンターの奥のドアから、エマが髪をスカーフでまとめながら出てきた。ブラウスとスカートから、太編みの生成りのセーターと茶色のツイードのズボンに着替えていた。カウンターの灰皿を次々と空《から》にし、酒がこぼれた跡をふいていった。ジョーにビールをついだ女はエプロンをはずし、奥のドアの向こうに引き上げた。

エマはジョーのところまで来ると、空になりかけたジョッキに眼を止めた。「お代わりは？」

「もらおう」

ジョーの顔をちらっと見て、気に入らなかったようだった。「ここのことを誰に聞いた？」

「ディニー・クーパーから」

「知らない」

おれも知らない。ジョーは思った。なんでこんな馬鹿げた名前を思いついたんだろう。ディニー？ いっそランチにでもすればよかった。

「エヴェレットの男だ」

エマはジョーの眼のまえのカウンターをふくだけで、飲み物をつぎにいこうとしなかった。「そうなの」

「ああ。先週いっしょにミスティックのチェルシー側で働いてね。浚渫作業ってわかるかな」

首を振った。

「まあいい。そのときディニーが川の対岸を指差して、ここのことを教えてくれた。うまいビールを出すって」

「ほら、嘘をついてるのがわかった」

「うまいビールというところか？」

エマはカジノにいたときのような眼でジョーを見つめた。ジョーの体内に横たわる腸も、ピンク色の肺も、脳のしわを旅する思考もすべて見透かすような。

「ビールはそれほどまずくないよ」ジョーはジョッキを持ち上げた。「今日初めて少し飲んだが、誓ってもいい、そんなに――」

「心にもないことを言ってるでしょ？」

「え？」

「でしょ？」

ジョーは図々しい態度に腹を立ててみせた。「嘘はついてないさ。だがそこまで言うなら出ていく。いつでも出ていける」立ち上がった。「これはいくらだ？」

「二十セント」

出した手に硬貨を二枚置くと、エマはそれを男物のズボンのポケットに入れた。「本気じゃないわ」

「何？」

「出ていかないんでしょ。自分から出ていく潔さにわたしが感心して、行かないでと頼むと思ってる」

「いや」肩をすくめてコートをはおった。「本当に出ていく」

エマがカウンターに身を乗り出した。「来て」

ジョーは首を傾げた。

エマは人差し指を曲げて呼んだ。「ここに来て」

ジョーはストゥールをふたつ動かして、カウンターにもたれかかった。

「あそこにいる人たち、わかる？　リンゴの樽のテーブルについて坐ってる」

首をまわす必要はなかった。入ってきたときから気づいていた――三人いる。見たところ港湾労働者で、船のマストのような肩、岩のような手、睨み合いたくない眼をしている。

「わかる」

「わたしのいとこなの。親戚同士、似てると思うでしょ？」

「思わないな」

エマは肩をすくめた。「彼らがどんな仕事をしてるか知ってる？」

ふたりの唇はすぐ近くにあり、口を開けて舌を伸ばせば先端が触れ合いそうだった。

「わからない」

「ディニーなんて名前を持ち出して嘘をつくあなたみたいな人を見つけて、死ぬまで殴りつけるの」エマが両肘をまえに出したので、ふたりの顔はますます近づいた。「そして、川に投げこむ」

ジョーの頭皮と耳のうしろがかゆくなった。「たいした仕事だ」

「でも強盗に入るよりましよね、ちがう？」

一瞬、ジョーは顔をどう動かせばいいのかわからなかった。

「何か気の利いたことを言いなさいよ」エマ・グールドは言った。「わたしの口に詰めこんだ靴下のことでも。しゃれて気の利いた話が聞きたいわ」

ジョーは何も言わなかった。

「いろいろ考えるついでに」エマは言った。「こういうことも考えといて。いま彼らはあなたを見てる。わたしがこの耳たぶを引っ張ったら、あなたは階段にもたどり着けない」

ジョーは、エマが薄い色の眼をちらっと向けた耳たぶを見た。右耳だった。ひよこ豆に似ているが、もっと柔らかい。朝いちばんで口に入れたらどんな味がするだろう。

カウンターに視線を下げた。「もしおれが引き金を引いたら？」

エマは視線の先をたどり、ジョーがふたりのあいだに置いた拳銃を見た。

「耳たぶに手をやる時間もないぞ」ジョーは言った。

エマの眼が拳銃から離れ、ジョーの前腕を上がって——ジョーは腕の毛が左右に分かれる気がした——胸のまんなかから、喉をなでて、顎に達した。ジョーの眼を見つけた彼女の眼はさらに大きく、鋭くなり、文明より何世紀も先に世界に加わった何かで輝いていた。

「わたしの仕事は真夜中までよ」彼女は言った。

2 欠けた彼女

ジョーは、スカリー・スクウェアの歓楽街から少し離れた、ウェスト・エンドの下宿屋の最上階に住んでいた。建物の所有者ティム・ヒッキーのギャングたちは、昔から街で活動していたが、禁酒法施行後のこの六年はことのほか羽振りがよかった。

一階にはたいてい、ウールの靴《ブローグ》をはいて痩せこけた体で移民船からおりてきたばかりのアイルランド人が住んでいた。彼らを埠頭で出迎え、ヒッキーが所有するスープキッチンに連れていって、茶色のパンと白いチャウダーと灰色のポテトを与えてやるのは、ジョーの役目だった。そのあと下宿屋に案内し、三人にひと部屋を割り当て、固くて清潔なマットレスに寝させる。着てきた服は、地下室で歳上の娼婦たちが洗ってくれる。一週間ほどたって体力も回復し、シラミのわいた髪と虫歯だらけの口も人並みにきれいになると、移民たちは有権者登録カードに署名し、翌年の選挙でヒッキーが推す候補者に無条件の支援を誓う。彼らに故郷の同じ村か同じ郡出身の移民の名前と住所を教えてやって、解放すれば、すぐに仕事を見つけてもらえるという寸法だった。

　下宿屋の二階は、別の入口からしか入れないカジノだった。三階は娼館。ジョーがいるのは四階の廊下の突き当たりだった。同じ階には豪華なバスルームがあり、ふだんはジョーだけでなく、そのときどきで金まわりのいい街の浪費家や、ヒッキーが抱えるいちばん売れっ子の娼婦、ペニー・パランボが使っていた。ペニーは二十五歳だが、十七歳に見え、髪は壜詰めの蜂蜜のなかを通る陽の光の色だった。彼女のために屋根から飛びおりた男がひとり、船から入水した男がひとりいる。三人目は自殺する代わりに、別の男を殺した。ジョーはペニーが好きだった。性格もいいし、何より美しい。しかし顔が十七歳なら、頭のなかは十歳にちがいないと思っていた。見たところ彼女の頭は、三曲の歌と、婦人服の仕立屋になりたいというぼんやりした夢だけでいっぱいのようだった。

　ジョーかペニーのどちらか先にカジノにおりていったほうが、もう一方にコーヒーを運んでやる朝もあった。その日はペニーが運んでくれ、ふたりはジョーの部屋の窓辺に坐って、縞模様の日除けや特大の看板が並ぶスカリー・スクウェアを見おろしていた。朝いちばんの牛乳トラックがトレモント・ロウ通りを走っていた。ペニーは前夜、占い師に診てもらった話をした。若死にするか、カンザス州でペンテコステ派の三位一体論者になる運命だと言われたらしい。死ぬのが怖いかとジョーが尋ねると、もちろんと答え、でもカンザスに移住するよりはずっとまし、と言った。

ペニーが出ていったあと、廊下で彼女の話し声がしたかと思うと、ティム・ヒッキーが部屋の入口に立っていた。ボタンをかけずに黒いピンストライプのチョッキを着て、それに合ったズボンをはいていた。白いシャツの襟元は開き、ネクタイはつけていない。ティムは細身に白髪の男で、死刑囚の告解を聞く牧師の悲しくやるせない眼をしていた。

「ミスター・ヒッキー」

「おはよう、ジョー」ヒッキーは窓枠から湧き上がる朝の光を浴びて、古風なグラスからコーヒーを飲んだ。

「例のピッツフィールドの銀行の件だが」

「ええ」

「おまえに会ってもらいたい男が毎週木曜にこっちに来ている。たいがい夜はアパムズ・コーナーの店にいて、カウンターの飲み物の右にホンブルグ帽を置いている。その男が建物のレイアウトと脱出ルートを説明してくれる」

「ありがとうございます、ミスター・ヒッキー」

ヒッキーは、どういたしましてと言う代わりにグラスを持ち上げた。「それともうひとつ。先月、話に出たディーラーを憶えてるか？」

「カールですね」ジョーは言った。「ええ」

「またやりだした」

カール・ラウブナーは、彼らの子飼いのブラックジャック・ディーラーだった。いかさま賭博の店から移ってきたのだが、どれほど正直にプレーしろと言っても、客がみな生粋の白人でないかぎり、いかさまをしてしまう。イタリア人だろうとギリシャ人だろうと、テーブルについたが最後、カールはひと晩じゅう――少なくとも、いくらか色の濃い客が席を立つまで――魔法のように絵札やエースをめくりつづける。

「馘《くび》にしろ」ヒッキーは言った。「店に現われたらすぐに」

「わかりました」

「うちでいかさまは認めない。いいな?」

「もちろんです、ミスター・ヒッキー」

「それから十二番のスロットを修理しろ。出すぎだ。いかさまはやらないが、くそ慈善事業もしない。だろう、ジョー?」

ジョーはメモをとった。「しません、もちろん」

ティム・ヒッキーは、ボストンでも数少ない〝正直な〟カジノを経営していた。とりわけ上流階級の遊技場として、街でもっとも人気の高いカジノのひとつだ。ヒッキーがジョーに教えたのは、いかさまでひとりの人間から金を巻き上げられるのは、せいぜい二、三回までということだった。そこで当人もいかさまに気づいて、プレーしなくなる。ヒッキーが彼らから金を巻き上げたいのは二、三回ではなく、一生にわたってだった。いつまでもプレーさせ、いつまでも飲ませろ、とジョーに言った。そうすれば嫌でも金を手放して、重荷から解放してくれたと感謝する。

「おれたちがサービスする客はな」ヒッキーは一度ならず語った。「夜を訪ねる。だが、おれたちは夜を生きてる。客はおれたちの持ち物を借りる。つまり、うちの砂場で遊ぶわけだから、こっちはそのひと粒ひと粒から利益を得なきゃならない」

ジョーのこれまでの知り合いのなかで、ティム・ヒッキーの頭のよさは図抜けていた。禁酒法が始まったとき、街のギャングは民族で分かれていた。イタリア人はイタリア人と、ユダヤ人はユダヤ人と、アイルランド人はアイルランド人としかつき合わなかったが、ヒッキーは誰とでも交わった。ペスカトーレ・ギャングの首領《ドン》が服役しているあいだ、代わりにギャングを率いているジャンカルロ・カラブレーゼとも手を組んで、誰もがウイスキーを売買しているときに、カリブ海のラムの取引を開始した。デトロイトとニューヨークのギャングが強権をふるってほかのすべての集団をウイスキー取引の下請けにしたころ、ヒッキーとペスカトーレの一味は砂糖と糖蜜の市場を独占していた。そうした原料はほとんどキューバから来て、フロリダ海峡を渡り、アメリカ本土でラムに変わる。そして真夜中に東海岸を北上し、八十パーセントの利益をのせて売られる。

　ヒッキーは先日フロリダ州タンパへの旅行から帰ってきてすぐに、サウス・ボストンの家具倉庫の襲撃失敗について、ジョーと話し合っていた。金庫室の金に手を出さなかったのは正解だったとジョーを褒め（「おかげで戦争が避けられた」）、これほど危険な偽情報の出所を突き止めたら、そいつを税関の尖塔より高い垂木に吊してやると言った。

　ジョーはボスのことばを信じたかった。でなければ、ヒッキーはそもそもアルバート・ホワイトと戦争を始めたくて、ジョーたちを倉庫に送りこんだということになる。ヒッキーにとっては、手塩にかけて育てた部下を犠牲にすることも想定外ではない。ラム市場を永遠に独占するという目的ゆえに育てたのだから。じつのところ、ヒッキーに想定外というものはない。何ひとつ。この商売で頂点に立ちつづけたいなら、甘いことは言っていられない。良心などとっくに捨て去ったことを万人に知らせなければならないのだ。

　ヒッキーはジョーの部屋に入って、フラスクからコーヒーにラムを垂らし、ひと口飲んだ。フラスクをジョーに差し出したが、ジョーが首を振ったので、ポケットに戻した。「最近どこにいる？」

「ここにいます」

　ヒッキーはジョーを見つめつづけた。「今週は毎晩、外出してるだろう。先週からだ。女でもできたのか？」

　ジョーは一瞬嘘をつこうかと思ったが、ついても意味はなかった。「ええ、できました」

「いい女か？」

「活発で、なんというか」――ことばが出てこない―

―「特別です」

　ヒッキーはさらになかに入ってきた。「ヤク中なんだろう、え？」腕に注射針を刺すふりをした。「わかるよ」近寄ってきてジョーの首のうしろをぎゅっともんだ。「この稼業じゃ、なかなかいい女には当たらない。料理はするのか？」

「します」実際には、わからなかった。

「大事だぞ。うまいか下手かじゃなく、やりたがるかどうかが」ヒッキーはジョーの首を離し、また部屋の入口へ歩いていった。「ピッツフィールドの件は頼んだぞ」

「わかりました」

「よろしい」ヒッキーはそう言うと、カジノの会計の裏にある事務室へおりていった。

　カール・ラウブナーがさらにふた晩働いたところで、ジョーはようやく馘《くび》にしなければならなかったことを思い出した。このところ物忘れがひどい。ハイミー・ドラゴにカーシュマン毛皮店の商品を引き渡すという約束も、二度忘れた。スロットマシンのまわり具合を調節しなければならないことは憶えていたが、その夜、ラウブナーが働きはじめる時刻には、またエマ・グールドのところに行っていた。

　チャールズタウンの地下のもぐり酒場で話したあの夜以来、ジョーとエマは毎晩のように会っていた。正確に言うと、毎晩ではない。エマがアルバート・ホワイトとすごす夜もいくらかあった。ジョーはそれをどうにか煩わしいと思う程度に抑えてきたが、いまではほとんど耐えられなくなっていた。

　エマと会っていないときには、次はいつ会えるかということしか考えられなかった。会っているあいだは、たいてい手をつないでいるというより、つながずにはいられなかった。エマのおじのもぐり酒場が閉まっているときには、そこでセックスをした。エマが同居している両親や親類が出かけたときには、そのアパートメントでセックスをした。ジョーの車でもセックスし、裏階段からこっそり彼女を招き入れてジョーの部屋でもセックスした。ミスティック川を見おろす寒い丘の葉を落とした木々のあいだでも、ドーチェスターのサヴァン・ヒル湾を見晴らす寒い十一月の浜辺でも、セックスをした。立って、坐って、横になって——ふたりにとってあまりちがいはなかった。室内でも、戸外でも、同じことだった。たっぷり一時間あるときには、思いつくかぎりの新しい技巧と体位を詰めこんだが、ほんの数分しかないなら数分でもよかった。

　ふたりがめったにしないのは、話すことだった。少なくとも、相手への汲めども尽きぬ欲望以外の話が出ることはなかった。

　エマの薄い色の眼と肌の奥には、何かとぐろを巻いて檻に入っているものがあった。といっても、外に出たがっているのではなく、外から来るものをいっさい受けつけないものだった。檻はエマが彼を迎え入れたときに開き、愛し合っているあいだじゅう開いている。そのときエマの眼は見開かれ、探っていて、ジョーはそこに彼女の魂と、心の赤い光と、おそらくは子供のころから抱いてきた夢を見ることができた。暗い壁に囲まれ、扉に南京錠のかかった地下室から、それらが一時的に解き放たれるのだ。

　けれどもジョーが引き抜くと、エマの呼吸はふつうに戻り、潮が引くようにそれらは去っていくのだった。

　別にかまわない。ジョーは彼女を愛していると思いはじめていた。檻の扉が開いてなかに招かれるまれな瞬間、そこには心の底から誰かを信じ、愛したい人間、無我夢中で生きたい人間がいた。エマは、ジョーがそんな信頼や愛や人生を捧げるのに値する男かどうかを、確かめたがっていた。

　そうなってみせる。

　ジョーはその冬二十歳になった。残りの人生でやりたいことはわかっていた。エマ・グールドが信頼のすべてを寄せる、たったひとりの男になるのだ。

冬がゆっくりと進むにつれ、ふたりは大胆にも何度か公の場に出かけていった。アルバート・ホワイトとおもだった部下たちが街の外にいるという、たしかな情報が得られたときのみ、しかもティム・ヒッキーか、ヒッキーの取引相手が所有する場所だけではあったが。

そのひとりがフィル・クレッガーで、ブロムフィールド・ホテル一階のレストラン〈ヴェネチアン・ガーデン〉を経営していた。ジョーとエマは、空は晴れていても雪のにおいのする凍てつく夜、そこを訪ねた。ふたりでコートと帽子をあずけたそのとき、厨房の奥の個室から男たちが出てきた。葉巻の煙と堂に入った快活な話しぶりから、顔を見るまでもなく、ジョーには彼らの職業がわかった――政治家だ。

市会議員、行政委員、消防署長、警察署長、検事。栄光に包まれ、笑顔を振りまく鼻持ちならない大物たち。これ見よがしに街の照明を維持し、これ見よがしに列車を走らせ、これ見よがしに信号を動かし、自分たちの不眠不休の献身がなければ、大小含めてこれら千ものサービスが止まってしまうかもしれない――あるいは、かならず止まる――と一般市民に知らしめることだけは怠らない連中だ。

ジョーが父親の姿を認めると同時に、父親のほうもジョーに気づいた。しばらく会わないとよくそうなるのだが、ふたりは互いにそっくりであるために落ち着かない気分を味わった。ジョーの父親は六十歳。若いころきちんとふたりの息子をもうけたあと、間があいてジョーができた。兄のコナーとダニーは顔や体つき、なかでも背の高さ（男の背が高くなるのは母方のフェネシー家の特徴）に両親双方の形質を受け継いでいるが、ジョーは父親に生き写しだった。身長も体格も同じなら、厳つい顎の線も、鼻も、尖った頬骨も、やや落ちくぼんでいるせいで考えが読み取りにくい眼も、同じだった。唯一ちがうのは色だ。ジョーの眼は青いが、父親は緑。ジョーの髪は小麦色で、父親は亜麻色。それを除けば、父親はジョーを見ると若いころの自分にからかわれているような気がする。ジョーはジョーで、相手の肝斑とたるんだ皮膚を見て、午前三時にベッドの足元で苛立って床を踏み鳴らしている死神を想像するのだった。

　何人かと別れの握手をして背中を叩き合ったあと、ジョーの父親は、コートを受け取る列に並んだ男たちから離れ、息子のまえに立って手を差し出した。「どうしてる？」

　ジョーはその手を握った。「まずまずです。父さんは？」

「最高だ。先月昇進した」

「ボストン市警の警視正、だそうですね」

「おまえは？　最近どこで働いている？」

　トマス・コグリンを長いこと知らなければ、アルコールの影響を見て取ることはむずかしい。たとえ高級なアイリッシュ・ウイスキーをボトル半分飲んでも、話し方はまったく変わらず、なめらかで、揺るぎなく、一貫して長舌だ。眼の焦点がずれることもない。しかし、探す場所さえ心得ていれば、その整った顔に捕食者めいた悪意がちらつくのがわかる。どこかで相手を品定めし、弱みを見つけ、餌食にしようかどうか考えているのが。

「父さん」ジョーは言った。「彼女はエマ・グールドだ」

　トマス・コグリンはエマの手を取って指にキスをした。「初めまして、ミス・グールド」レストランの案内人に首を傾けて、「奥のテーブルを頼むよ、ジェラード」と言い、ジョーとエマに微笑んだ。「同席させてもらっていいかな？　腹ぺこなんだ」

サラダまでは愉しかった。

トマスはジョーの子供時代の話をした。要するにすべて、ジョーがどれほどいたずら小僧で、元気があり余るきかん坊だったかという話だった。父親が語ると、それらはみな土曜のマチネのハル・ローチの短篇映画のような、一風変わった話になった。結末がたいてい平手打ちか、手の鞭打ちで終わったことには触れなかった。

エマはここぞというところで微笑んだり吹き出したりしたが、ジョーには本心から笑っていないことがわかった。三人はそろって演技をしていた。ジョーとトマスは、息子と父親が愛情で固く結ばれているふりを、エマは、この父子がじつは結ばれていないことに気づいていないふりをしていた。

ジョーが六歳のときに父親の庭でしたいたずらの話のあと——長年嫌というほど聞いてきたので、ジョーにはどこで息継ぎが入るかまでわかる——トマスはエマに、家族の出身地を尋ねた。

「チャールズタウンです」エマは答えた。トマスが彼女の反抗心を聞き取ったのではないかと、ジョーはひやりとした。

「いや、そこに来るまえのことだ。見たところ、きみは明らかにアイルランド人だ。先祖はどこの出身かわかるかね？」

ウェイターがサラダの皿を片づけたあとで、エマは言った。「母方の祖父はケリー州、父方の祖母はコーク州です」

「私はコークのすぐそばの出身だよ」トマスはめったにない明るさで応じた。

エマは水をひと口飲んだが、何も言わなかった。彼女の一部が突然欠けていた。ジョーは見たことがあった——エマは気に入らない状況からこうして離れるのだ。体は置き去りにされたように椅子に残っているが、芯の部分、とにかくエマをエマたらしめている部分がなくなっていた。

「旧姓は何かね？　きみのお祖母さんだが」

「知りません」

「知らない？」

　エマは肩をすくめた。「亡くなったんです」

「だが、引き継がれるものだろう」トマスは当惑して言った。

　エマはまた肩をすくめ、煙草に火をつけた。トマスはまったく反応を見せなかったが、心のなかでは唖然としているのがわかった。〝フラッパー〟がトマスをぞっとさせる状況は数知れない――煙草を吸う、太腿をのぞかせる、襟ぐりを広げる、人前で酔態をさらして恥ずかしいとも軽蔑されるとも思わない。

「息子と知り合ってどのくらいたつんだね？」トマスは微笑んだ。

「数カ月です」

「きみたちふたりは――」

「父さん」

「なんだ、ジョゼフ？」

「おれたちはまだ何でもない」

　この機会に自分たちが何なのかエマが明らかにしてくれないかと思ったが、彼女はあとどのくらいここにいなきゃならないのという一瞥をジョーに投げただけで、また煙草をふかし、広い店内にぼんやりと視線を泳がせていた。

　メインディッシュが出てきて、三人はそれから二十分間、ステーキとベアルネーズ・ソースの味や、クレッガーが敷いた新しいカーペットについて話し合った。デザートが出てくると、トマスも自分の煙草に火をつけた。「仕事は何をしているのかな？」

「パパディキス家具で働いています」

「部署は？」

「秘書課で」

「息子がカウチを盗んだとか？　それで知り合ったの

かな」

　エマは新しい煙草に火をつけて、店内を見渡した。

「ほんとにすかした場所ね」

「息子がそれで生計を立てているのはよくわかっている。この子と知り合ったのなら、いっしょに犯罪にかかわっていたか、乱暴者が集まる場所で出会ったかのどちらかだ」

「父さん」ジョーが言った。「愉しい夕食だと思ってたんだけど」

「私もそう思ったよ。ミス・グールド？」

　エマはトマスを見た。

「今夜の私の質問は不快だったかね？」

　エマは屋根に塗ったタールもたちまち凍らせそうな冷たい視線でトマスを射た。「いったいなんの話でしょう。わたしにはどうでもいいことばかり」

　トマスは椅子の背にもたれて、コーヒーをひと口飲んだ。「きみは犯罪者とつき合うような娘だという話だ。世間体はあまりよくないかもしれないな。その犯罪者がたまたま私の息子だというのは関係ない。犯罪者だろうが息子は息子だし、私も父親らしい感情は持っている。その感情からすると、あえて犯罪者とつき合う類《たぐい》の女性と息子がつき合うのは、疑問なしとしない」コーヒーカップを受け皿に戻して、エマに微笑んだ。「いま言ったことがすべてわかるかね？」

　ジョーは立ち上がった。「そろそろ行こう」

　しかしエマは動かなかった。片手の甲に顎をのせ、耳の横で煙草の煙をくゆらせながら、しばらくトマスを見ていた。「おじが抱きこんでる警官にコグリンという名前があったけど、それはあなた？」トマスに合わせて固い笑みを送り、煙草をゆっくりと吸った。

「そのおじさんというのはロバートかな？　みんなにボボと呼ばれている」

　エマはまぶたの動きで肯定した。

「だとすると、抱きこまれている警官はエルモア・コンクリンだ、ミス・グールド。チャールズタウンの分署にいて、ボボがやっているような違法な店を強請《ゆす》っては金を集めている。私自身はめったにチャールズタウンに足を運ばないが、警視正としてきみのおじさんの店にもっと注目したほうがよければ、喜んでそうしよう」トマスは煙草をもみ消した。「それがいいかね？」

エマはジョーに手を差し出した。「化粧室に行ってくる」

ジョーは化粧室の係のためのチップを渡した。父子はエマが歩いていくのを見つめた。またテーブルに戻ってくるだろうか、それともコートを取ってそのまま出ていくだろうか、とジョーは思った。

父親がチョッキから懐中時計を取り出して蓋を開いた。かと思うと、すぐにパチンと閉じて、ポケットに戻した。その時計はトマスがいちばん大切にしている持ち物で、二十年以上前に、ある銀行頭取から感謝の印に贈られたパテック・フィリップ製の十八金だった。

ジョーは言った。「あんなこと言う必要があったんですか」

「喧嘩をしかけたのは私のほうではないよ、ジョゼフ。だからどう終わらせようと文句は言わないでくれ」トマスはまた椅子の背にもたれて、足を組んだ。どうしても体に合わないか、着るとむずむずする上着のように、権力を身にまとう男もいるが、トマス・コグリンの場合には、ロンドンで仕立てた上着のようにしっくりとなじんでいる。店内を見渡し、何人かの知人にうなずいて挨拶したあと、息子に眼を戻した。「たんにおまえがふつうではない方法で生きようとしているのだったら、私が反対すると思うかね？」

「ええ」ジョーは言った。「思います」

父親は控えめに笑い、もっと控えめに肩をすくめた。「警官を三十七年していて、何にも増して学んだことがひとつある」

「犯罪は割に合わない」ジョーは言った。「制度的なレベルでやらないかぎり」

　また控えめに笑って、小さくうなずいた。「ちがうな、ジョゼフ。それではない。私が学んだのは、暴力は暴力を生むということだ。そうして生まれた暴力の子供は、野蛮に、無慈悲に育って、おまえのもとに帰ってくる。おまえには自分の子供だとはわからないが、彼らにはわかっている。そしておまえを罰しなければならないと考えて、つけ狙う」

　ジョーは長年にわたってこの話のバリエーションを聞いてきた。何度もくり返していることは別として、父親が理解し損ねているのは、一般的な理論が当てはまらない人間がいるということだった――ひとりであれ複数であれ、もしその人間が自分でルールを作り、ほかの全員をそのルールにしたがわせるほど賢ければ。

　ジョーはまだ二十歳だが、すでに自分はその種の人間だと思っていた。

　だがここはとりあえず調子を合わせておこうと、父親に尋ねた。「で、その暴力の子孫がおれを罰しようと思う理由は？」

「不注意にも彼らを生み出したことだ」父親は身を乗り出し、テーブルに肘をついて両手をぴたりと合わせた。「ジョゼフ」

「ジョーです」

「ジョゼフ、暴力は暴力を育む。それは必然だ」手をおろして息子を見た。「世に送り出したものは、かならずおまえのところに戻ってくる」

「ええ、父さん、おれも教会問答を読みました」

　エマが化粧室から出てきて、まっすぐクロークに向かった。父親はそちらにちょっと首を振り、姿を眼で追いながらジョーに言った。「だが、おまえが予想するとおりに戻ってくることは決してない」

「でしょうね」

「おまえはいつも自信満々だ。自信は内に秘めてこそもっとも輝くのだがね」トマスはエマがクローク係の娘に半券を渡すのを見ていた。「美人だな」

ジョーは何も言わなかった。

「だがそれ以外に、おまえが彼女の何を見ているのかわからない」

「チャールズタウンの出身だから？」

「まあ、それもあまり救いにならないな。彼女の父親は昔ポン引きだった。おじは、こちらにわかっているかぎり、ふたりの男を殺している。だが、そういうことすべてには眼をつぶってもいい、ジョゼフ、もしあれほど……」

「なんです？」

「心が死んでいなければ」また懐中時計を見て、たまらずあくびに体を震わせた。「もう遅いな」

「心は死んでない」ジョーは言った。「彼女のなかの何かが眠ってるだけで」

「その何かだが」父親が言ったときに、エマが三人分のコートを持って戻ってきた。「決して眼覚めないのだよ」

通りに出て車のほうへ歩きながら、ジョーが言った。「もう少しできなかったのかな、その……」

「何？」

「会話に集中するというか。社交的にというか」

「つき合いはじめてからずっと」エマが言った。「あなたの話はあの人がどれほど憎いかということばっかり」

「ずっと？」

「ほとんどそうよ」

ジョーは首を振った。「憎いだなんて一度も言ってないぞ」

「じゃあなんと言ったの？」

「仲よくやっていけない。仲がよかったためしがない」

「なぜ？」

「とにかく似すぎてるから」

「または、あなたがあの人を憎んでるから」

「憎んでなんかいない」と言ったものの、ジョーにはエマが真実を衝いていることが嫌というほどわかっていた。

「だったら今夜はあの人のベッドにもぐりこめばいい」

「え？」

「あの店でずけずけと割りこんできて、ゴミでも見るみたいな眼でわたしを見て。旧世界のころからうちの先祖は悪人だったとでも言いたげに質問しまくって。小娘を相手にするみたいなあのしゃべり方？　冗談じゃないわ」エマは歩道で立ち止まった。上空の闇から最初の雪が舞いはじめた。声に感じられた涙が、眼から落ちはじめた。「わたしたちは人間じゃないのよ。まともじゃない。ユニオン通りのただのグールド家。チャールズタウンのゴミ。おたくのくそカーテンのレースを編んでる家族よ」

　ジョーは両手を上げた。「ちょっと待った。どうしてそんな話になる？」手を伸ばしたが、エマは一歩あとずさりした。

「触らないで」

「オーケイ」

「生まれてこのかたずっとそうだった。あなたの父親みたいな人にさんざん威張られて、冷たくあしらわれて。ああいう……ああいう、ただ運がいいだけなのに自分は優秀だと勘ちがいしてる人たちに。わたしたちは別に劣ってない。くそじゃない」

「誰もそんなことは言ってない」

「あの人は言った」

「言ってない」

「わたしはくそじゃない」エマは囁き、夜に口を少し開いた。頬を流れる涙と雪が混じり合っていた。

ジョーは両腕を広げて近づいた。「いいかい？」

エマはジョーに歩み寄ったが、自分の腕は広げなかった。ジョーが抱き寄せ、エマはその胸にもたれて泣いた。ジョーは、きみはくそじゃない、誰にも劣ってない、とくり返した。きみを愛してる。きみを愛してる……

ふたりはベッドに横たわっていた。ぼた雪が蛾《が》のように窓にぶつかっていた。

「弱かった」エマが言った。

「え？」

「通りで。わたし、弱かった」

「弱くはないさ。正直だっただけだ」

「人前で泣くことなんてないのに」

「おれのまえならかまわない」

「愛してると言ったわね」

「ああ」

「本当に？」

ジョーは透き通るように色の薄い眼を見つめた。

「本当だ」

ややあってエマは言った。「わたしは同じことばを返せない」

同じように感じていないということではない、とジョーは自分に言い聞かせた。「オーケイ」

「オーケイなの？　どうしても同じことばを聞きたがる人たちもいるから」

人たち？　自分と知り合うまえ、彼女は何人の男に愛していると言われたのだろう。

「だったら、おれは彼らよりタフなんだ」言いながら、それが事実であることを願った。

暗い二月の風で窓がガタガタ鳴り、霧笛が一度聞こえた。下のスカリー・スクウェアで、クラクションが腹立たしげに数回鳴った。

「きみは何が欲しい？」ジョーが尋ねた。

エマは肩をすくめ、爪のささくれを噛んで、ジョーの体の先にある窓を見つめた。

「まだわたしに起きていないたくさんのこと」

「たとえば？」

首を振って、ジョーからゆっくりと体を離した。

「それと、太陽」しばらくしてつぶやいた。唇が眠気で腫れぼったくなっていた。「たくさんの、たくさんの太陽」

3 ヒッキーのシロアリ

ほんのちっぽけなまちがいが、いちばん長い影を落とすことがある。ジョーはティム・ヒッキーにそう言われたことがあった。あのときティムは、銀行の外に停めた脱走用の車の運転席で夢想に耽ることを言っていたのだろうか。夢想に耽るというのでもないかもしれない。ジョーは凝視していた——女の背中を。くわしく言えば、エマの背中を。そこにある生まれつきのあざを。もしかするとティムは、いちばん大きなまちがいがいちばん長い影を落とすと言ったのだったか。まるきり反対だ。

もうひとつティムがよく口にしたのが、家が崩れるときには最初のシロアリも最後のシロアリと同じくらい悪い、という言いまわしだった。これは意味がよくわからなかった。最後のシロアリが材木をかじりはじめるころには、最初のシロアリはとっくに死んでいるのではないか？　ティムがこのたとえを持ち出すたびに、ジョーはシロアリの寿命を調べようと思うのだが、つい忘れているうちにまたティムが同じことを言う。たいてい酔っ払っているときか、会話がふと途切れたときだった。すると、テーブルについた全員が同じ表情を浮かべる――ティムは大丈夫か？　くそシロアリがなんだってんだ。

　ティム・ヒッキーは週に一度、チャールズ通りのアスレムの床屋で髪を切ってもらっていた。ある火曜日、その髪の一部が彼の口のなかにとどまることになった。椅子に坐ろうとしたところで後頭部を撃たれたのだ。ティムは市松模様のタイルの床に倒れ、鼻の先から血がタイルに滴った。襲撃者はコートかけのうしろから現われた。ぶるぶる震え、眼を見開いていた。コートかけが床にカランと倒れ、理髪師のひとりが跳び上がった。襲撃者はティム・ヒッキーの死体をまたぎ、背を丸めて困ったように店内の人間に何度かうなずいたあと、出ていった。

　その知らせを聞いたとき、ジョーはエマとベッドにいた。電話を切ったあと、起き上がったエマに話をした。エマは煙草を巻き、紙をなめながらジョーを見て――なめるときにかならず見る――火をつけた。「あなたにとって大事な人だったの、ティムは？」

「わからない」

「どうしてわからないの？」

「白黒つけられないってことだろうな」

　ニュースタンドを燃やしていた悪ガキのジョーとバルトロ兄弟に眼をつけたのは、ティム・ヒッキーだった。ジョーたちは、ある朝はグローブ紙から金をもらってスタンダード紙のスタンドに火をつけ、翌日はアメリカン紙に支払われてグローブ紙を燃やすといった具合だったが、ティムは彼らを雇って〈51カフェ〉に放火させた。仕事はやがて夕方の空き巣狙いへと進化した。ビーコン・ヒルの邸宅で、ティムが抱きこんだ清掃婦や雑用係が裏口の鍵をあけておくのだ。ティムから与えられた仕事をすれば礼金は定額だが、自分で見つけた仕事をすれば、ティムに上納金を払うだけで残りは好きなだけ懐に入れることができた。その点、ティムはすこぶる気前のいいボスだった。

けれどもジョーは、ティムがハーヴェイ・ブールを絞め殺すのを見たことがあった。阿片、女、あるいはジャーマン・ショートヘアード・ポインターをめぐる諍いだったというが、原因についてはいままで噂しか聞いたことがない。ハーヴェイがカジノに入ってきて、ティムと話しはじめたところ、突然ティムが緑の卓上ランプの電源コードを引っこ抜いてハーヴェイの首に巻きつけた。ハーヴェイは巨漢だったから、ティムをぶら下げて一分ほどカジノじゅうを引きずりまわした。娼婦はみな逃げ惑い、ティムの用心棒たちはいっせいにハーヴェイに銃を向けた。ジョーは、ハーヴェイ・ブールの眼が悟りはじめたのを見た。たとえティムの絞めから逃れたとしても、用心棒たちがリボルバー四挺とオートマチック一挺の弾倉を空《から》にする。ハーヴェイは両膝をつき、大きなガスの音とともに脱糞し、腹這いになってあえいだ。ティムは膝でその背中を押さえつけ、余ったコードを片手に固く巻いていた。体をひねってさらに強く引くと、ハーヴェイは両方の靴が脱げるほど足をばたばたさせた。

ティムが指をパチンと鳴らし、用心棒のひとりが銃を手渡した。ティムは銃口をハーヴェイの耳に押しつけた。ひとりの娼婦が「ああ、やめて」と言ったが、いましもティムが引き金を絞ろうというときに、ハーヴェイが絶望と混乱で眼を曇らせ、まがいもののペルシャ絨毯に最後の息を吐き出して絶命した。ティムはハーヴェイに馬乗りになったまま体の力を抜き、用心棒に銃を渡して、自分が殺した男の横顔をちらっと見た。

　ジョーはそのときまで人が死ぬのを見たことがなかった。ほんの一分ほどまえ、ハーヴェイはマティーニを持ってきてくれた店の娘にレッドソックスの試合結果を訊いていた。チップもはずんだ。懐中時計を見てチョッキのポケットに戻し、マティーニをひと口飲んだ。それから二分とたっていないのに行っちまった？　どこへ？　誰にもわからない。神様のところ、悪魔のところ、煉獄、それよりひどいところ、いや、どこにも行っていないのかもしれない。ティムは立ち上がり、雪のように白い髪をなでつけて、カジノの支配人のほうに手を振った。「みんなに酒だ。ハーヴェイに乾杯」

　二、三人が神経質に笑ったが、ほとんどの客は青ざめていた。

　過去四年間でティムが殺したか、殺せと命じた人間はハーヴェイだけではなかったが、ジョーが目撃したのはあれだけだった。

　今度はティム本人だ。行っちまった。戻ってこない。最初から存在しなかったみたいに。

「人が殺されるのを見たことは？」ジョーはエマに尋ねた。

　エマは振り返って、しばらくジョーを見ていた。煙草を吸い、爪のささくれを噛みながら。「あるわ」

「彼らはどこへ行くんだと思う？」

「葬儀屋」

　ジョーが見つめていると、エマはいつもの微笑みを見せた。カールした髪が眼に垂れかかっている。

「どこにも行かないと思う」彼女は言った。

「おれもそんな気がしてきた」起き上がって、エマに激しいキスをした。エマもそれに激しく応えた。ジョーの背中で両足首を交叉させ、手をジョーの髪の毛に突っこんで、煙草を最後まで吸った。ジョーは彼女を見つめた。いま見つめるのをやめると何かが失われてしまう感じがした。彼女の顔に起きている大事な何か、永遠に忘れられないような何かが。

「死後の世界がないとしたら？　そしてこれが」――体と体を密着させて――「すべてだとしたら？」

「うれしい」ジョーは言った。

エマは笑った。「わたしも」

「いまのは一般論？　それとも、おれとならか？」

エマは煙草をもみ消し、両手でジョーの顔を包んでキスをした。体を前後に揺すって言った。「あなたとなら」

だが、きみがこうする相手はおれだけじゃないんだろう？

アルバートもいる。アルバートも、まだ。

数日後、カジノの隣のビリヤード室でジョーがひとり球を突いていると、アルバート・ホワイトが、障害物は自分が近づくまえに取り払われると信じている男の自信をみなぎらせて入ってきた。横には手下の筆頭格のブレンダン・ルーミスがついていた。ルーミスは、このまえポーカー部屋の床から見上げたのと同じ眼で、ジョーをまっすぐ睨みつけた。

ジョーの心臓はナイフの刃を呑みこんだかのように止まった。

アルバート・ホワイトが言った。「おまえがジョーだな」

ジョーは意志の力で体を動かした。アルバートが伸ばしてきた手を握って、言った。「ええ、ジョー・コグリンです。初めまして」

「名前と顔が一致するのはいいものだな、ジョー」アルバートは消火用水をポンプで汲み上げるときのように手を激しく上下に振った。

「はい」

「こちらはブレンダン・ルーミス」アルバートは言った。「私の友人だ」

ジョーはルーミスと握手した。互いにバックしてきた二台の車に手を挟まれたかと思うほどの握力だった。ルーミスは少し首を傾げ、茶色の小さな眼でジョーの顔をじろじろと見た。ジョーは握られた手を力ずくで引き戻したい衝動と闘わなければならなかった。ルーミスのほうは自分の手をシルクのハンカチでふき、顔を岩のように動かさなかった。その眼はジョーを離れ、何か計画でもあるかのように部屋のなかを見まわした。銃の腕前はそうとうなものだと言われている。ナイフはさらにうまい。とはいえ、彼の手にかかったほとんどの者たちは、たんに殴り殺されていた。

アルバートが言った。「以前にも会ったことがあるだろう？」

ジョーは相手の顔に笑いは浮かんでいないかと探った。「ないと思いますが」

「いや、あるな。ブレンダン、この男を見たことは？」

ブレンダン・ルーミスは九番の球を拾い上げて、じっくりと眺めた。「ありませんね」

ジョーは安堵のあまり失禁してしまうのではないかと思った。

「シューレイスだ」アルバートは指をパチンと鳴らした。「ときどきあそこに行くだろう？」

「ええ」ジョーは言った。

「それだ。だからだ」アルバートはジョーの肩を叩いた。「ここは私が経営することになった。どういうことかわかるか？」

「いいえ」

「部屋の荷物をまとめて出ていってもらうということだ」人差し指を立てた。「だが、通りに放り出したとは思われたくない」

「はあ」

「この建物はよくできているからな。いろいろ使い途がある」

「それはもう」

アルバートはジョーの肘のすぐ上をつかんだ。明かりの下で結婚指輪がきらりと光った。銀だった。ケルトのヘビの模様が刻まれている。ダイヤモンドも小さいのが二個ついていた。

「これからどんなふうに金を稼ぐか考えることだ。いいな？　しっかり考えろ。時間をかけて。だが憶えておけ——おまえ単独で仕事はできない。この街で、これからは」

ジョーは結婚指輪と自分の腕をつかんだ手から視線を引きはがし、アルバート・ホワイトの友情あふれる眼を見た。「単独で仕事をするつもりはありません。雨の日も晴れの日も、ティム・ヒッキーに上納金を払ってきました」

アルバート・ホワイトは、いまや自分のものになった場所でヒッキーの名前は聞きたくないといった顔をして、ジョーの腕をぽんと叩いた。「知っている。おまえの腕が立つことも。一流だという話だが、われわれは部外者と取引はしない。独立した下請け？　それは部外者だ。最高のチームを作るつもりだ、ジョー。約束するよ。驚くべきチームをな」ティムが使っていたデカンターから自分ひとりに酒をつぎ、グラスを持ってビリヤード台まで行った。レールに手をついてぐいと体を持ち上げ、ジョーを見た。「ひとつはっきりさせておこう。おまえはいまの仕事をするには頭がよすぎる。知恵の足りないイタ公ふたりとつるんで小遣い稼ぎをしているが、まあ、あいつらは友人としてはすばらしいとしても、馬鹿だし、イタ公だし、三十前に死ぬだろう。だがおまえは？　自分でこうと決めた道を進んでいける。命令にしたがわなくてもいいが、友人はいない。家《ハウス》はあっても、安らぐ場所《ホーム》はない」ビリヤード台からおりた。「安らぐ場所などいらないと言うのなら、けっこう。認めよう。だが、この街の境界のなかで仕事をすることは金輪際認めない。サウス・ショアで何かしたいならやればいい。ノース・ショアでもかまわない、もしイタリア人がおまえのことを聞きつけたあとで生かしておいてくれるのなら。しかし、この街は」床を指差した。「いまや組織された。もう上納金はない。従業員と雇用主がいるだけだ。ここまででわからないことがあるか？」

「ありません」

「あいまいな点は？」

「ありません、ミスター・ホワイト」

アルバート・ホワイトは腕を組んでうなずき、自分の靴を見た。「すでに予定に入っている仕事はあるのか。私が知っておかなければならないような？」

ジョーはティム・ヒッキーの最後の金を、ピッツフィールドの仕事に必要な情報屋に支払っていた。

「いいえ」ジョーは言った。「何もありません」

「金は必要か？」

「はい？」

「金だ」アルバートは、エマの恥骨をなでた手をポケットに入れた。エマの髪の毛をつかんだ手を。札束から十ドル札を二枚引き出すと、ジョーの手にぱしんとのせた。「腹が空いてると、考えようにも考えられないだろうからな」

「ありがとうございます」

アルバートは同じ手でジョーの頰を軽く叩いた。

「いい結果が出ることを期待している」

「街を出てもいい」エマが言った。

「街を出る？」彼は言った。「いっしょにか？」

ふたりは昼の日中《ひなか》に寝室にいた。エマのふたりの妹と三人の弟、冷たい母親と乱暴な父親が家からそろっていなくなるのは、この時間だけなのだ。

「出てもいい」エマはくり返した。自分でもそのことばを信じていないかのように。

「出てどこへ行く？　どこに住む？　ふたりでということか？」

　エマは何も言わなかった。ジョーは二度訊いて、二度とも無視された。

「堅気《かたぎ》の仕事はあまり知らない」ジョーは言った。

「堅気でなきゃならないなんて誰が言った？」

　ジョーはエマが妹たちと共有している暗い部屋を見まわした。窓辺の壁紙がはがれて、馬の毛を混ぜた漆喰がむき出しになり、ガラス二枚にはひびが入っている。自分たちの息が白く見えた。

「そうとう遠くに行かなきゃならない」ジョーは言った。「ニューヨークは閉鎖的な街だ。フィラデルフィアも。デトロイトは話にならない。シカゴ、カンザスシティ、ミルウォーキー――どれもおれみたいな人間には閉ざされてる。トーテムの最下層の兵隊としてギャングに加わらないかぎり」

「だったら誰かが言ったみたいに、西をめざせ、でしょう。それか南を」言いながらエマは鼻をジョーの首に押しつけ、大きく息を吸った。彼女のなかで柔らかさが増している気がした。「元手がいるわ」

「土曜に仕事の予定がある。きみは土曜は空いてる？」

「出ていくってこと？」

「そうだ」

「土曜の夜はあの人に会わなきゃならない」

「ファック・ヒム」

「ええ。まあ、予定としてはそうね」

「いや、そういう意味じゃ――」

「わかってる」

「あいつはろくでもない《ファッキング》悪党だ」ジョーはエマの背中を見ていた。濡れた砂の色のあざを。

　エマはがっかりしたような顔でジョーを見た。穏やかな表情がかえって突き放した感じを与えた。「いいえ、ちがうわ」

「味方するのか？」

「悪党じゃないってこと。彼はわたしの男じゃないし、こっちは愛してても尊敬してもいないけど、悪い人じゃない。あなたはいつもものごとを単純に考えすぎる」

「あいつはティムを殺した。あるいは、殺せと命じた」

「それでティムは、あの人はなんだったの？　みなしごに七面鳥を配って生きてたとでも？」

「それはちがうが――」

「ちがうが、何？　善人も悪人もない。みんなまえに進もうとしてるだけよ」エマは煙草に火をつけ、マッチを振って消した。「人を勝手に判断するのは、いい加減やめなさい」

ジョーはエマのあざから眼が離せなかった。砂のなかでぐるぐるまわって、方向がわからなくなった。

「あいつとまだ会う気か」

「またその話。もし本当に街から出るのなら――」

「出る」それでほかの男がエマに触らなくなるのなら、国から出てもいいくらいだ。

「どこへ行くの？」

「ビロクシだ」言ったあとで、それも悪くないと思った。「ティムの友だちが大勢いる。おれも会ったことがある。ラムを扱ってる連中だ。アルバートはカナダから酒を仕入れてる。もっぱらウイスキーを。だから、こっちはメキシコ湾岸に行って――ビロクシ、モービル、ニューオーリンズでもいい――まちがいのない連中をいち早く買い占めれば、やっていける。あそこはラムの王国だ」

エマはしばらく考えていた。ベッドから手を伸ばして煙草の灰を落とすたびに、背中のあざが波打った。

「新しいホテルのオープニング式典で、彼と会うことになってるの。プロヴィデンス通りにできたやつ」

「スタットラー？」

うなずいた。「全室ラジオつきですって。大理石はイタリアからの取り寄せ」

「それで？」

「わたしがそこに行ったとしても、彼は奥さんといっしょなの。わたしを呼んだのは、なんだろう、奥さんが腕に寄りかかってるときにわたしを見ると興奮するとか。とにかく、そのあと彼は数日、新しい供給者と話し合うためにデトロイトに行く」

「つまり？」

「つまり、時間はたっぷりあるってこと。探しはじめるころには、わたしたちは三、四日先を行ってるわ」

　ジョーは頭のなかで検討した。「悪くない」

「ええ」エマはまた笑みを見せて言った。「それまでに支度をすまして、土曜日にスタットラーに来られる？　たとえば、七時に」

「まったく問題ない」

「なら決まりね」エマは振り返ってジョーを見た。「でも、アルバートが悪党という話はよして。弟は仕事をもらったの。去年の冬には母さんにコートも買ってくれた」

「わかった」

「喧嘩はしたくない」

　ジョーも喧嘩はしたくなかった。するたびに負けて、身に憶えのないこと、想像すらしていなかったことまで謝っている。やがて身に憶えがなく想像もしなかったということ自体を謝っている。頭がおかしくなりそうだった。

　ジョーはエマの肩にキスをした。「そうだな。喧嘩はやめよう」

　彼女はまつげをしばたたいてみせた。「ヤッホー」

　ピッツフィールドのファースト・ナショナル銀行から出てきたディオンとパオロが飛び乗るや否や、ジョーは車をバックで走らせて街灯にぶつけてしまった。

あざのことを考えていたからだ。あの濡れた砂の色のことを。エマが肩越しにこちらを見て、愛してるかもしれないと言ったときに、そのあざが肩胛骨のあいだでどう動いたか、アルバート・ホワイトはそれほど悪者ではないと言ったときに、やはりどう動いたか、思い浮かべていた。そりゃいいやつさ、あのくそアルバートは。一般市民の味方。エマが自分の体であいつを温められるかぎり、母親に冬のコートを買ってくれる。エマのあざはチョウの形をしているが、ギザギザで先端が鋭い。ふとエマの性格そのものかもしれないと思い、どうでもいいことだと思い直した。今晩、街を離れれば問題はすべて解決する。エマはおれを愛している。重要なのはそこじゃないか？　ほかのことすべてはバックミラーのなかに遠ざかっていく。エマ・グールドが何を持っているにしろ、朝食にも、昼食にも、夕食にも、スナックの時間にもそれが欲しい。残りの人生で、そのすべてを手にしていたい。鎖骨と鼻のあたりに散ったそばかすも、笑ったあと喉から消えていく響きも、〝四《フォア》〟を二音節で発音する話し方も。

ディオンとパオロが銀行から飛び出してきた。

後部座席に乗りこんだ。

「行け」ディオンが言った。

禿頭で背が高く、グレーのシャツに黒いサスペンダーの男が、銀行から棍棒を持って出てきた。棍棒は銃ではないものの、近づかれると充分怖ろしい。

ジョーは手首の裏側でギアをローに叩き入れ、アクセルを踏みこんだが、車はまえではなくうしろに走った。車二台分ほどうしろに。棍棒を持った男が驚いて眼をみはった。

ディオンが叫んだ。「おい、こら！」

ジョーはブレーキとクラッチを踏んだ。ギアをバックからローに入れ替えたが、それでも車は停まらず街灯にぶつかった。衝撃はさほどなく、たんにばつが悪い程度だった。サスペンダーの田舎紳士は妻や友人たちに、自分が三人の強盗犯を震え上がらせたのだと生涯語りつづけるだろう。逃亡用の車は私から逃げようとして逆走してしまったのだ、と。

　車がまえに飛び出し、タイヤが未舗装の道から土と小石を弾き飛ばして男の顔に当てた。そのころには銀行のまえにもうひとり、白いシャツに茶色のズボン姿の男が出ていた。その男が腕をまえに伸ばした。バックミラーで見ると、腕が上に跳ねている。なぜだろう。一瞬のちに理解して、ジョーは「伏せろ」と叫んだ。ディオンとパオロが後部座席で身を屈めた。男の腕がまた跳ねた。三度目、四度目でサイドミラーが粉々に砕け、ガラスが地面に落ちた。

　ジョーは曲がってイースト通りに入り、まえの週に偵察した路地を見つけて急左折した。アクセルを床まで踏みこんだ。工場裏の線路と平行して数区画走った。そろそろ警察も出てくる。まだ道路封鎖まではできないだろうが、道についたタイヤの跡をたどって、だいたいの方向は突き止めるだろう。

　ジョーたちはその朝、六十マイルほど南のチコピーで車を三台盗んでいた。いま乗っているオーバーンと、タイヤがすり減った黒いコール、そしてエンジン音が耳障りな一九二四年製のエセックス・コーチだ。

　ジョーは線路を渡り、シルヴァー湖沿いにさらに一マイル走って、数年前に焼け落ちた鋳造所にたどり着いた。ガマや雑草が生えた野原に、黒焦げになって右に傾いた建物の骨組みが残っている。壁が崩れて久しいその建物の裏手に、あとの二台が隠してあった。三人はコールの横にオーバーンを停め、車の外に出た。

　ディオンがジョーのコートの襟をつかんで、オーバーンのフードにジョーを押しつけた。「何寝ぼけてんだよ、おまえ」

「手ちがいだ」

「先週は手ちがいかもしれないが、今週もやったらただのぼんくらだ」

弁解の余地はなかったが、ジョーは言った。「離してくれ」

ディオンはジョーの襟を離した。鼻息も荒くジョーに指を突き出した。「おまえのせいでこうなった」

ジョーはみんなの帽子とバンダナと銃を集めて、奪ってきた金の袋に入れ、それをエセックス・コーチの後部座席に置いた。「わかってる」

ディオンは太った手を広げた。「くそガキのころからいっしょにやってきたが、今回はひどいぞ」

「そうだな」ジョーは同意した。ここまで明らかなことで嘘をついても仕方がない。

警察車が――四台――鋳造所の裏側の野原の端に現われ、茶色の草のなかを進んできた。草は川底の色で、人の背丈ほどの高さがある。車がそれをぺしゃんこにすると、うしろに小さなテントの集落が見えた。グレーのショールをまとって赤ん坊を抱いた女が、おそらく消えたばかりの焚き火に屈みこんで、まだ残っている熱を上着のなかに取りこもうとしていた。

ジョーはエセックスに飛び乗り、鋳造所から走り出た。バルトロ兄弟はコールで彼を追い越していった。コールが尻を振って後輪が乾いた赤土を巻き上げ、ジョーの車のフロントガラスが土で覆われた。ジョーは右手で運転しながら、窓から左腕を出してふいた。でこぼこの地面でエセックスが跳ね、何かがジョーの片方の耳を嚙みちぎった。またまえが見えるようになったので、ふつうの姿勢に戻ったが、耳からは血が流れて、襟から胸へと垂れていった。

うしろで誰かがトタン屋根に硬貨を投げているような、ピン、カンという音が立てつづけにして窓が割れ、弾がダッシュボードに当たった。ジョーの左側に警察車が一台現われた。右にも一台。右の車の後部座席にいる警官が窓枠にトンプソンの銃身をのせて、発砲した。ジョーは座席のパネルが肋骨のうしろに食いこむほど、思いきりブレーキを踏んだ。助手席側の窓が吹っ飛んだ。次いでフロントガラスも。ダッシュボードの破片がジョーや座席のそこらじゅうに飛び散った。

右の車も急ブレーキをかけて方向転換しようとしたが、勢いあまって逆立ちし、強風にあおられたように宙に浮いた。それが横向きに地面に落ちたと見るや、もう一台がジョーのエセックスにぶつかり、林の手前の雑草のなかから突然大きな岩が現われた。

エセックスの正面が岩に激突して潰れ、残りがジョーごと右に倒れた。車から飛び出したと感じる間もなく、ジョーは木に衝突した。ガラスの破片と松の葉にまみれ、自分の血で体を粘《ねば》つかせて、そのまま長いこと倒れていた。エマのこと、父親のことを考えた。林から毛が燃えるようなにおいがした。まさかと思って腕の毛と髪の毛を見たが、燃えていなかった。松葉のなかで体を起こして、ピッツフィールド警察が逮捕しにくるのを待った。木々のあいだを煙が漂っていた。黒くてガソリン臭い煙だが、それほど濃くはない。誰かを探すかのように木の幹から幹へと流れていた。そのまましばらくたち、ジョーは、警察は来ないのかもしれないと思った。

立ち上がって、大破したエセックスの先を見たが、二台目の警察車はどこにもいなかった。トミーガンを撃ってきた一台目は見えた。最後に跳ねたところから軽く二十ヤードは離れた野原に横転していた。

ジョーの両手は車内に飛び散った大小のガラスで切り刻まれていたが、両脚は無事だった。耳は相変わらず出血していた。運転席側のうしろの窓が割れずに残っていたので、自分の顔を映してみて、理由がわかった——左の耳たぶがなくなっている。床屋のカミソリですぱっと切り落とされたようなものだ。映った顔の向こうに金と銃を入れた革のバッグが見えた。ドアはすぐに開かず、もうドアとわからないくらい変形していたので、足をかけて無理やり引っ張らなければならなかった。必死で引っ張るうちに吐き気をもよおし、めまいがした。石で殴りつけるしかないかと思いはじめたころ、ドアが重く軋んで開いた。

　ジョーはバッグを取って野原を離れ、林の奥へ入っていった。途中で乾いた低い木が燃えていた。大枝二本が火のついた幹のほうに曲がり、燃える頭を手で叩いて消そうとしている人間のようだった。オイル混じりの黒い轍《わだち》が一対、藪をひしゃいで前方に続き、燃えた葉がはらはらと宙を舞っていた。また燃えている木と藪があり、黒い轍はいっそう黒く、オイル混じりになった。五十ヤードほど進むと、池があった。霧が水辺を漂い、水面で揺らめいている。自分が何を見ているのか、ジョーには最初わからなかった。エセックスに突っこんできた二台目の警察車が池に飛びこみ、その中央で窓まで水に浸かっていたのだ。車体は黒焦げで、ルーフの上ではまだ青い炎が油臭い煙を立ててちろちろと踊っていた。車の窓はみな吹き飛ばされている。リアパネルはトミーガンの弾を浴びて、まるでぺしゃんこにしたビール缶の底だ。運転者の上半身がドアからだらりと垂れていた。その体で黒くないのは両眼だけで、ほかがすべて炭になったため白眼はいっそう白々としていた。

　ジョーは池に入って警察車の助手席の横まで行った。水は腰のすぐ下までだった。車内にはほかに誰もいない。死体に近づきすぎるとは思ったが、助手席側の窓から顔を突っこんだ。燃えた運転者の体から熱がゆらゆらと発散していた。車から首を出した。野原を走っていたときには、この車には警官がふたり乗っていたはずだ。またかすかに焼けた肉のにおいがして、ジョーは足元を見た。

　もうひとりの警官が池のなかにいた。砂底からジョーを見上げていた。体の左側は相棒と同じように黒焦げになり、右のほうは固まってはいるがまだ白かった。年齢はたぶんジョーと同じか一歳上ぐらい。右腕が持ち上がっていた。おそらく燃える車から這い出して、水のなかに仰向けに落ち、そのまま死んだのだろう。
だが、その腕はジョーを指差しているように見えた。
伝えていることは明らかだった――
おまえがやった。
おまえだ。ほかの誰でもない。どうせほかに生きてるやつはいない。
おまえが、最初のシロアリだ。

4　まんなかにある穴

街に戻ってくると、レノックスで盗んだ車を捨てて、ドーチェスターのプレザント通りに停まっていたダッジ126に乗り換えた。それでサウス・ボストンのK通りまで来て、自分が育った家の手前で、これからできることを考えた。選択肢はあまりなかった。日が暮れるころにはゼロになってしまうかもしれない。

事件は新聞の遅版に大きく取り上げられていた。

ピッツフィールドの警官三人が殉職（ボストン・グローブ紙）

マサチューセッツ州の警官三人、無惨な死（イヴニング・スタンダード紙）

マサチューセッツ州西部で警官殺し（アメリカン紙）

池でジョーが見たふたりの男の名前は、ドナルド・ベリンスキと、ヴァージル・オーテンだった。ふたりとも妻がいた。オーテンには子供もふたり。新聞の写真を見て、運転していたのがオーテンで、水のなかから指差していたのがベリンスキだろうと思った。

彼らが死んだ本当の理由は、仲間の警官がでこぼこの地面を走る車からトミーガンをぶっ放す大馬鹿者だったことだ。ジョーにはわかっていた。一方で、自分がヒッキーのシロアリであること、自分とバルトロ兄弟があの小さな町の小さな銀行を襲わなければ、ドナルドとヴァージルはあの野原にいなかったこともわかっていた。

死んだ三人目の警官はジェイコブ・ゾーブといい、オクトーバー・マウンテン国有林の端に車を停めた州警察の男だった。腹を一発撃たれ、前屈みになったところで頭のてっぺんをもう一発撃たれて、事切れた。単数または複数の犯人は、逃走の際に彼の足首を車で轢き、骨をまっぷたつに折っていた。

撃ち方はディオンを連想させた。いつもそんなふうに闘うのだ。腹を殴りつけ、相手が体を折り曲げたところで頭を攻撃してとどめを刺す。ジョーが知るかぎりディオンはこれまで人を殺したことはないが、殺す寸前までいったことは何度かある。それに、ディオンは警官が大嫌いだ。

警察はまだ容疑者を特定していなかった。少なくとも公には。容疑者のうちふたりは〝体格がよく〟、〝外見も雰囲気も外国人のようだ〟と書かれていた。もうひとりは――これも外国人の可能性がある――顔を撃たれている。ジョーはバックミラーに映った自分の顔を見た。たしかに、耳たぶも顔の一部だ。この場合には、一部だったと言うべきだが。

まだ名前は突き止められていないものの、ピッツフィールド警察の似顔絵描きが三人の顔を再現したので、ほとんどの新聞は、紙面の下半分に亡くなった三人の警官の写真を、そして上にディオン、パオロ、ジョーの似顔絵を掲載していた。絵のディオンとパオロは実物より顎の肉が垂れていた。ジョーについては、これほど細面で狼みたいに見えるのかどうか、エマに訊いてみなければならないが、その点を除けばかなり似ていた。

四州にまたがる捜査網が敷かれていた。捜査局も連絡を受けて、追跡に乗り出すと言われている。

もう父親は新聞を読んでいるはずだ。父親にしてボストン市警の警視正である、トマス・コグリンは。

その息子が警官殺しに加担した。

ジョーの母親が二年前に他界してから、トマスは疲労で体の感覚がなくなるほど働きづめだった。自身の息子が捜索されているとなれば、おそらく執務室に寝台を持ちこんで、事件が解決するまで家に戻ってこないだろう。

家族の家は四階建てのテラスハウスだった。赤煉瓦の壁が半円状に通りに張り出した印象的な造りで、各階の大きな部屋はすべて通りに面し、窓下に湾曲したベンチが置かれている。マホガニーの階段、壁に収納するポケットドア、寄木張りの床、寝室が六つと、屋内トイレつきのバスルームがふたつ、イギリスの城の大広間かと見紛うダイニングルーム。

これほどすばらしい家に住み、立派な家族がいるのに、どうしてギャングなのか、とある女性に訊かれたことがある。ジョーの答えは二段構えだった——第一に、自分はギャングではなく無法者だ。第二に、すばらしい家《ハウス》ではあるが、すばらしい居場所《ホーム》ではない。

ジョーは父親の家に入った。台所にある電話からグールド家にかけたが、誰も出なかった。持ちこんだバッグには六万二千ドル入っている。たとえ三人で分けても、地味に暮らせば十年はもつ。ことによると十五年。自分は倹約家ではないから、ふつうに暮らして四年ぐらいか。ただ逃亡生活を送るなら、もって一年半だ。そのあいだにほかのことを考えなければならない。そうやって動きながら考えるのは得意だった。まちがいない、長兄のダニーを思わせる声が頭のなかで皮肉を言った。ここまでは完璧だから。

　ボボおじのもぐり酒場にもかけてみたが、グールド家と同じ結果だった。そのとき、エマは夜六時にスタットラー・ホテルのオープニング式典に出席する予定だったことを思い出した。チョッキから時計を出して見た――三時五十分。

　街であと二時間潰さなければならない。その街は、いまや彼を殺そうとしている。

　あまりにも長く危険な時間だった。そのあいだに名前や住所はおろか、知り合いや行きつけの場所まで突き止められるだろう。田舎も含めてすべての鉄道駅、バスターミナル、道路が封鎖される。

　しかし、有利な点もないではない。道路封鎖は、まだジョーが街の外にいると想定して侵入を阻止することが目的だろう。まさかもう内側にいて、再度脱出を企てているとは思うまい。ここ五、六年で地元最大の犯罪をやってのけながら、生まれ育った唯一の街にわざわざ戻ってくるのは、世界一愚かな犯罪者だけだ。たしかに、世界一愚かだ。あるいは、世界一賢い。なぜなら、いま当局がただひとつ捜索していない場所があるとしたら、それは自分たちの鼻先だからだ。

　気休めかもしれない。

　ジョーに残された道は――ピッツフィールドでそうすべきだった――消えてしまうことだった。二時間後ではなく、いますぐ。この状況でいっしょに行くかどうかわからない女など待たずに。着の身着のまま、金の入ったバッグだけを持って。道路はすべて監視されている。鉄道もバスも。街の南や西に広がる農場に入って馬を盗む手もあるが、やっても無駄だ。馬には乗れない。

残るは海。

船が必要だが、プレジャーボートでも、明らかにラムの密輸に使われそうな平底船やモーターボートでもいけない。漁船でないと。錆びた索止めとすり減ったロープがついていて、甲板にロブスターの傷だらけの罠が高々と積まれているような。ハルか、グリーン・ハーバー、グロスターあたりに繋留されている。七時までに乗りこめば、船がないことに漁師が気づくのは朝の三時か四時だろう。

要するに、漁船を盗めばいい。

だが、登録された船にしよう。登録されてなかったら次に移る。船舶登録から住所を調べて、持ち主に船二隻分の金を送ってやるのだ。いっそロブスター漁をきっぱりやめられるほどの金を。

そんなふうに考えるから、これだけ仕事をしてきたのに手元にあまり金が残っていないのだと気づいた。たんにあるところから金を盗んで別のところに移しているだけだと思うこともある。とはいえ、盗みをやる理由としては、愉しくて、得意分野で、酒の密造やラムの密輸といったほかの得意分野につながるということもあった。船の利用を思いついたのもそのせいだ。六月には、オンタリオ州の名もない漁村からヒューロン湖経由でミシガン州ベイ・シティまで密輸品を運んだ。十月には、ジャクソンヴィルからボルティモアまで。冬はメキシコ湾に船を出して、できたばかりのラムをサラソタからニューオーリンズまで運んだ。そのときの儲けは、フレンチ・クォーターで週末をすごして、いまでも断片的にしか思い出せない罪深い行為にすべて費やしてしまった。

だから、たいていの船は操れた。つまり、たいていの船を盗めるということだ。家からサウス・ショアまで歩いて三十分。ノース・ショアまではもう少しかかるが、一年のこの時期、南より選べる船の数は多いだろう。グロスターかロックポートから出発すれば、三、四日でカナダのノヴァ・スコシアに着く。そこに数カ月潜伏したあと、エマを呼びにやればいい。

長いことは長い。

だがエマは待つだろう。おれを愛してるから。口にしたことがないのはたしかだが、言いたがっているのはわかる。エマはおれを愛してる。おれも彼女を愛してる。

待ってくれるさ。

ホテルに立ち寄る手もある。一瞬なかをのぞいて、エマがいるかどうか確かめる。ふたりで逃げれば追跡は不可能だ。ジョーだけが逃げてあとから彼女を呼べば、そのときまでに警察や捜査局は彼女の素性やジョーとの関係を調べ上げているかもしれない。ハリファックスに現われるエマを捜索隊が尾けていて、ジョーがドアを開けて彼女を迎えたとたんに、銃弾の雨を降らせるかもしれない。

待たせるのはやめだ。

いっしょに逃げるか、永遠に忘れるか。

母親の陶器の戸棚のガラスに映った自分の姿を見て、そもそも家に戻ってきた理由を思い出した——どこをめざすにしろ、いまの恰好ではそう遠くへは行けない。上着の左肩は血で黒ずみ、靴とズボンの裾は泥だらけ、シャツも木の枝で破れてところどころ血がついていた。

台所のパンの箱を開けて、A・フィンケズ・ウィドウ・ラム——一般にフィンケと呼ばれる——のボトルを取り出した。靴を脱ぎ、ボトルといっしょに持って、裏の階段から父親の寝室へ上がった。バスルームで耳を洗った。かさぶたの中心に触れないように注意しながら、乾いた血をできるだけ洗い流した。もう出血していないのを確かめると、何歩かうしろに下がって、もう一方の耳や顔全体とのバランスを見た。変形はしているが、かさぶたがとれれば、すれちがった人が振り返るほどではなくなる。いまでも黒いかさぶたの大部分は耳の下のほうで、もちろん気づかれないわけはないが、あざができた眼や折れた鼻ほどには注意を惹かないだろう。

フィンケを飲みながら、父親のクロゼットでスーツを選んだ。十五着あったが、十三着ほどは警察の給料では買えないものだ。靴やシャツ、ネクタイ、帽子も同様。ジョーは〈ハート・シャフナー・マークス〉のスーツ――タン色でストライプ入りのシングルブレスト――を選んだ。それに〈アロー〉の白いシャツ、四インチほどの間隔で斜めに赤いストライプが入った黒いシルクのネクタイ、〈ネトルトン〉の黒い靴、ハトの胸のようになめらかな〈クナップ・フェルト〉の帽子を合わせた。自分の服は脱いできれいにたたみ、床に置いた。その上に拳銃と靴をのせて、父親の服に着替えると、拳銃を取ってベルトの背中のうしろに差した。

ズボンの長さからすると、背丈は父親とまったく同じではなかった。父親のほうが少し高く、逆に帽子のサイズはジョーのほうが少し大きい。帽子の問題は、気取ったふりでうしろにずらしてかぶることで解決した。ズボンの長さについては、裾を二重に折り返し、亡くなった母親の裁縫台から取ってきた安全ピンでとめて、落ちないようにした。

着ていた服と上等のラムを階下の父親の書斎に持っていった。本人がいないときにその部屋に入るのは、いまでも神聖なものを汚すような気分だった。部屋の入口に立って、家の音に耳をすました――鋳鉄製の暖房装置のカタカタいう音、廊下の大きな振り子時計が四時の時を打つためにチャイムのハンマーを引き上げている音。誰もいないのはわかっていても、見張られている気がした。

ちょうど時計のチャイムが鳴ったときに、書斎に入った。

通りを見おろす縦長の出窓の正面に机が置かれている。前世紀のなかばにダブリンで作られた、ヴィクトリア朝ふうの装飾のパートナーズ・デスクだった。クロナキルティの貧しい小作人の息子がとうてい家に置けるはずのない高級家具。それに合った窓辺の書類棚も同じことだった。ペルシャ絨毯や、琥珀《こはく》色の分厚いカーテン、〈ウォーターフォード・クリスタル〉のデカンター、オークの本棚に並ぶ、読みもしない革装幀の本の数々、青銅製のカーテンロッドや、アンティークの革張りのソファと肘かけ椅子、クルミ材の葉巻保湿箱も。

ジョーは本棚の下の戸棚を開けて金庫と向かい合い、解錠のコンビネーションをまわした——三、十二、十。ジョーとふたりの兄の誕生月だ。開いた金庫のなかには、母親の宝石、現金五百ドル、不動産証書、両親の出生証明書、とくに調べる必要もない書類の束、そして千ドル分の長期国債が入っていた。ジョーはそれらをすべて戸棚の扉の横の床に移した。金庫の奥はまわりと同じ厚い鋼鉄の壁だが、両手の親指でその上部を強く押すとはずれ、ジョーはそれを金庫の底に置いた。眼のまえに二番目のダイヤルがあった。

こちらのコンビネーションの解読ははるかにむずかしかった。家族の誕生日をすべて試してみたが、うまくいかなかった。父親が長年にわたって勤務してきた複数の分署の電話番号も試したが、やはりだめだった。幸運と悪運と死はまとめてやってくる、と父親が言っていたのを思い出して、あらゆる番号の組み合わせを試してみたが、開かなかった。解錠に取りかかったのは十四歳のときだったが、十七歳のある日、父親が机の上に残していた手紙にふと眼が止まった。メイン州リューイストンの消防署長になった友人に宛てたもので、アンダーウッドのタイプライターで打って、幾重にも嘘で塗り固めた手紙だった——〝エレンと私は恵まれている。最初に会った日と同じようにいまも熱々だから……〟、〝エイデンは九月十九日の暗い出来事からずいぶん立ち直った……〟、〝コナーは鬱状態からすっかり抜け出した……〟、〝ジョゼフはこの秋、ボストン・カレッジに入学しそうだ。債券取引の仕事につきたいと言っている……〟。こうした戯言の羅列のあとに、〝敬具、TXC〟と署名していた。どんなものにもそう署名する。フルネームを書くと名誉が傷つくと言わんばかりに。

TXC。

トマス・ザヴィア・コグリン。

TXC。

二十、二十四、三。

いまジョーがその番号をまわすと、蝶番が鋭い音で軋んで二番目の金庫が開いた。

深さは二フィートほど。その四分の三が金で埋まっていた。赤い輪ゴムでしっかりとめられた札束の山だった。ジョーが生まれるまえから入っているものもあれば、おそらく先週入れられたものもある。一生分の賄賂や口銭、不正な収入だ。この丘の上の街、アメリカのアテネの柱石であり、宇宙の要《かなめ》である父親は、ジョーなど足元にも及ばないほどの犯罪者だった。世間にふたつ以上の顔を見せる方法がいまだにわからないジョーに対して、父親はいくつもの顔を自由自在に使いこなし、どれがもとの顔でどれが模造品かもわからなくなっている。

この金庫の金をまるごと持ち去れば軽く十年、逃亡生活ができるのはわかっていた。あるいは、追跡されない場所まで逃げたあと、キューバ産の砂糖の精製や糖蜜の蒸溜に投資すれば、三年以内に、残りの人生で投獄や食事不足を心配する必要のない海賊王になれるだろう。

けれども、父親の金には手をつけたくなかった。服を失敬したのは、昔ながらの伊達男の恰好で街を出ていくのも一興と思ったからだが、現金を持ち去ったら、使わないように自分の手の骨を折ってしまわなければならない。

きれいにたたんだ服と泥だらけの靴を、父親の汚い金の上にのせた。書き置きを残そうかとも思ったが、ほかに言いたいことも思いつかなかったので、金庫の扉を閉め、ダイヤルをまわした。手前の金庫の偽の壁を戻し、その金庫も閉じた。

書斎のなかをしばらく歩きまわって、最後にもう一度考えた。街じゅうの名士がそろい、特別に招待された客のみがリムジンで集まってくるパーティでエマを捕まえようとするのは、狂気の沙汰もいいところだ。父親のひんやりした書斎で、冷徹な現実主義がついにいくらか伝染したのかもしれない。ジョーは神に与えられたものを受け入れるしかないと思った——これから戻ってくると思われている街から脱出するのだ。時間はかぎられている。いますぐ玄関から出て、盗んできたダッジに飛び乗り、道路自体が火に包まれているかのように全速力で北に向かうしかない。

湿った春の宵のK通りを窓から眺め、自分にまた言い聞かせた——彼女はおれを愛してる。待ってくれる。

通りに出て、ダッジのなかから生家を見つめた。いまの自分を形作った家を。ボストンに住むアイルランド人の基準からすれば贅沢な暮らしだった。空腹のままベッドに入ることはなかったし、薄い靴の底で通りをじかに感じることもなかった。最初は尼僧から、次いでイエズス会士から教育も受けた。十一年生で落ちこぼれたが。いまの仕事で知り合った大半の人間と比べれば、本当に何不自由なく育てられた。

しかし、そのまんなかには穴があり、ジョーと両親は大きく隔てられていた。もともとそれは母親と父親との隔たり、母親と世間一般との隔たりを反映したものだった。ジョーが生まれるまえ、両親のあいだには戦争があった。ひとまず終結して平和が訪れたものの、その平和は、かつて戦争があったことを認めるだけで粉々になってしまうほどもろかったので、誰も話題にすらしなかった。が、ふたりのあいだには戦場が広がっていて、母親は一方の側、父親はもう一方の側にいた。そしてジョーはその中央の、塹壕と塹壕に挟まれた焦土の上に立っていた。家のなかにある穴は両親のあいだにある穴だったが、やがてジョーのなかにも進出してきた。子供時代の何年か、そういう状況が変わればいいと思っていた時期もあったが、いまはなぜそんなことを願ったのかすら思い出せない。ものごとがなるべき状態になることなどありえない。ものごとはあるがままというのが単純な真実であり、それは変わってほしいといって変わるものではない。

　セント・ジェイムズ通りにある東海岸線のバスターミナルまで車を走らせた。はるかに高いビルに囲まれた小さな黄色い煉瓦の建物だ。自分を捜している連中は建物の北側のターミナルに張りこんでいて、南西の端のロッカーにはいないだろうと踏んだ。

　出口のドアからそっと入って、ラッシュアワーの混雑にまぎれた。人の流れに乗り、誰かの邪魔もしないし、無理にまえに出ようともしなかった。このときばかりは長身でないことがありがたかった。人混みのなかに入るや、移動するほかの大勢の頭と見分けがつかなくなった。ターミナルの入口近くに警官がふたりいた。群衆の六十フィートほど先にもひとり。

　ロッカーが並んでいる場所で人の流れから飛び出した。ひとりきりになり、いちばん気づかれやすい場所だった。すでに金のバッグから三千ドルを取り出し、残りを詰め直していた。二百十七番の鍵を右手に、バッグを左手に持っていた。二百十七番のロッカーには、七千四百三十五ドルと、懐中時計十二個、腕時計十三個、銀のマネークリップ二個、金のタイピン一個、そして買い叩かれるのを怖れて故買屋に売りそびれていた女物の宝石各種が入っていた。ジョーは落ち着いた足取りでロッカーに近づき、右手を上げて――わずかしか震えていない――鍵を開けた。

うしろから誰かが呼びかけた。「おい！」

ジョーはまっすぐまえを向いたままだった。ロッカーの扉を開く手の震えは、かすかなものから発作のように激しくなった。

「そこのやつ！」

バッグを押しこみ、扉を閉めた。

「おい、おまえだよ！」

鍵をまわしてかけてから、ポケットに入れた。

「おい！」

警官が拳銃を構えているところを思い描きながら振り返った。おそらく新米で、ビクビクしていて……

ゴミの樽に飲んだくれが坐っていた。骨と皮ばかりで赤い眼と赤い頬が目立ち、威勢がいい。ジョーのほうに顎を突き出して訊いた。「何見やがってる」

ジョーの口から笑いが飛び出した。ポケットに手を入れ、十ドル紙幣を一枚取り出すと、屈んで年寄りの飲んだくれに手渡した。「あんたを見てるのさ。あんたを」

相手はげっぷで応じたが、ジョーはすでに去り、雑踏のなかに消えていた。

建物の外に出ると、セント・ジェイムズ通りを東に歩いていった。新しいホテルから空に放たれたアーク灯の二本の光が、低い雲のなかを前後に動いていた。金を無事安全なロッカーに隠したと思うと、一瞬心が安らいだ。好きなときに取りにくればいい。残りの生涯、逃亡生活を送るにしては少し変わった決断だ、とエセックス通りに曲がりながら思った。

国を出るつもりなら、どうして金を置いていく？

あとで取りに戻れるように。

どうしてわざわざ戻ってこなきゃならない？

今晩うまくいかなかったときのために。
おまえの答えがわかった。
答えなんかない。どういう答えだ。
見つけられたときに、金を持っていたくないからだ。
そのとおり。
なぜなら、捕まるのがわかっているからだ。

5 荒仕事

ジョーは従業員用の通用口からスタットラー・ホテルに入った。ポーターと皿洗い担当に怪訝《けげん》な視線を送られたが、帽子を持ち上げて自信満々に微笑み、二本指で敬礼して、表の混雑を避けてきた美食家のふりをすると、相手もうなずいて笑みを返してきた。

厨房を抜けると、ロビーからピアノと元気いっぱいのクラリネットと安定した低音のチェロが聞こえてきた。暗いコンクリートの階段をのぼって突き当たりの扉を開けると、大理石の階段があり、その先に光と煙と音楽の王国が開けていた。

いくつか流行の高級ホテルのロビーに足を踏み入れたことはあったが、これほどのものは見たことがなかった。クラリネット奏者とチェロ奏者が、入口の真鍮のドアのそばに立っていた。ドアは汚れひとつなく、反射する光で空中の埃が金色に輝くほどだった。大理石の床にコリント式の柱、上には錬鉄製のバルコニー。繰形はクリーム色の雪花石膏で、十ヤードおきに立派なシャンデリアがさがり、同じ意匠の枝つき燭台が六フィートのスタンドにのっている。ペルシャ絨毯の上には臙脂《えんじ》色のカウチ。グランドピアノが二台、ロビーの両端で白い花に埋もれたピアニストふたりが、群がる客や相手のピアニストとのかけ合いで軽やかに鍵盤を鳴らしていた。

　中央の階段のまえに、WBZ局が黒いマイクスタンドを三本設置していた。水色のドレスを着た大柄な女性が一本のまえに立ち、ベージュのスーツに黄色の蝶ネクタイの男性と相談していた。しきりに自分の髪を叩いて整えながら、グラスから謎めいた薄い色の液体を飲んでいる。

　ほとんどの男はタキシードかディナージャケットを着ていた。スーツ姿もいるにはいたので、ジョーだけが目立つことはなかったが、まだ帽子をかぶっているのは彼だけだった。脱ごうかとも思ったが、脱げば新聞の一面にのった顔を完全にさらすことになる。中二階に眼をやると、帽子組が大勢いた。記者や写真家が集まっているのだ。

　顔を伏せながら最寄りの階段に向かった。マイクスタンドと水色のドレスの大柄な女性を見た群衆が移動しはじめたので、なかなかまえへ進めなかった。下を向いていても、チャッピー・ゲイガンとブーブ・ファウラーがレッド・ラフィングと話しているのに気づいた。物心ついたときからレッドソックスの大ファンであるジョーは、お尋ね者が三人の野球選手に近づいて打率の話をするのはどう考えても賢くないと自分に言い聞かせなければならなかった。それでも人混みを縫って彼らのうしろにまわり、ゲイガンとファウラーのトレードの噂にけりをつける会話の断片でも聞けないかと耳をそばだてたが、三人はもっぱら株式市場について話していた。株で本当に儲けようと思ったらカラ買いするしかない、ほかの方法をとるのはいつまでも素《す》寒貧《かんぴん》でいたいまぬけだけだ、とゲイガンが言っていたとき、水色のドレスの大柄な女性がマイクに顔を向けて咳払いをひとつした。横にいた男性がもう一本のマイクに近づき、群衆に手を上げて合図した。

「紳士淑女の皆さん、これから歌でお愉しみいただきます。提供はボストンWBZラジオ、ダイヤル一〇三〇。街の新しい顔、ここスタットラー・ホテルのグランド・ロビーから、ライブ演奏をお届けしましょう。私はエドウィン・マルヴァー、そしてご紹介するのは、サンフランシスコ・オペラのメゾソプラノ、マドモワゼル・フローレンス・フェレルです」

エドウィン・マルヴァーが誇らしげに顔を上げてうしろに下がり、フローレンス・フェレルが最後にもう一度髪を整えて、マイクに息を吹きかけた。その息はたちまち豊かな女声の高音に変わり、人々のあいだに響き渡って、三階分の吹き抜けを天井へと達した。そのあまりにも華やかで、しかし本物の音色はジョーの心を孤独で満たした。彼女は神々から与えられたものをこの世に生み出していた。それがあちらからこちらの体に入ってくると、ジョーは自分もいつか死ぬことを実感した。死がドアから入ってくる感じとはちがう。ドアから入ってくる死は遠い可能性にすぎなかったが、このとき感じた死は、ジョーの狼狽など受けつけない冷酷な事実だった。別世界の証拠をこれほどはっきりと、議論の余地なく突きつけられると、自分はやがて死ぬちっぽけな存在で、この世界に入ったその日から、出ていく一歩を踏み出していたのだと思い知らされる。

アリアは佳境に入り、歌手の声はさらに高く、長くなった。その声はさながら暗い海だった。遠い彼方に水平線も見えず、計り知れないほど深い。ジョーはまわりのタキシードの男たち、輝かしい琥珀《こはく》織りのタフタやシルクのドレス、レースの花飾りに身を包んだ女たちを見た。ロビー中央の噴水からシャンパンが流れ出していた。判事、カーリー市長、フラー知事の姿があった。ソックスの内野手ももうひとりいた。ベイビー・ドール・ジェイコブソンだ。ピアノのそばには地元の花形舞台女優コンスタンス・フラグステッドがいて、有名なナンバー賭博師アイラ・バムトロスといちゃついていた。笑っている人々もいれば、あまりに立派に見せようとしているのでこちらが笑える人々もいる。マトンチョップ形の頬ひげを生やした厳めしい男。教会の鐘の形のスカートをはいた、よぼよぼの夫人。ニューイングランドの名門のエリート、貴族、〈アメリカ革命の娘たち〉、密輸業者とその顧問弁護士。昨年ウィンブルドンの準々決勝まで進んでフランス人のアンリ・コシェに敗れた、テニス選手のローリー・ヨハンセンまでいた。会話は下手だが、眼はきらきらして脚も抜群のフラッパーたち。それに見惚れているところを悟られまいとする眼鏡の知識人……彼らはみなすぐに地上からいなくなる。五十年後にこの夜の写真を見れば、部屋のなかにいるおおかたの人は死んでいて、残りもその途上にあるだろう。

フローレンス・フェレルがアリアを歌い終え、ジョーが中二階のバルコニーに眼をやると、そこにアルバート・ホワイトがいた。すぐ右には妻が律儀に立っていた。中年で木の枝のように細く、裕福な既婚女性のふくよかさがまるでない。彼女のなかでいちばん目立つのは眼で、それはジョーが立っているところからでも見て取れた。こぼれそうなほど大きく、夫のことばに微笑みながらも狂気を発している。アルバートは、スコッチのグラスを手に笑いながらバルコニーにたどり着いたカーリー市長に、何か話しかけていた。

バルコニーの数ヤード先に眼を移すと、エマがいた。銀色の細身のドレスを着て、錬鉄製の手すりのそばの人群れのなかに立ち、左手にシャンパングラスを持っている。この明かりで肌の色は雪花石膏のように白く、打ちひしがれた孤独な表情を浮かべて、本人だけにわかる悲しみに沈んでいるようだった。ジョーに見られていると思っていないときの彼女は、いつもこうなのだろうか。心に接ぎ木された、言いようのない喪失感でもあるのだろうか。一瞬、バルコニーの手すりから身を投げるのではないかと思ったそのとき、病んだ表情が笑みに変わり、ジョーはエマの顔を覆っていた悲しみの理由を知った——もう二度とジョーに会えないと思っていたのだ。

　笑みが広がり、エマは手でそれを隠した。シャンパングラスを持っていたほうの手だったのでグラスが傾き、中身がいくらか下の群衆のなかに落ちた。ひとりの男が上を見て、頭のうしろに触れた。太めの女が額に手を当て、右眼をぱちぱちさせた。

　エマは体をうしろに反らし、ロビーのジョーの側の階段に首を振った。ジョーがうなずくと、手すりから離れていった。

　エマが人混みに見えなくなると、ジョーもその下を進みはじめた。中二階にいる記者たちが帽子を浅くかぶり、ネクタイの結び目をずらしているのに気づいたので、帽子のつばを上げ、ネクタイをゆるめながら、最後の人混みをかき分けて階段に達した。

　警官のドナルド・ベリンスキが駆けおりてきた。どうしたわけか池の底から立ち上がり、燃えた肉体を骨から剥ぎ取って、ジョーのほうへと階段を駆けおりてきた——同じブロンドの髪、同じ焼けただれた顔、あきれるほど赤い唇と薄い色の眼も同じだ。いや待て、この男のほうが太っているし、ブロンドの髪はすでに後退しかけていて、純粋なブロンドというより赤みがかっている。ジョーは水中に仰向けに倒れたベリンスキを一度見ただけだが、あの警官のほうがこの男より背が高かったのはたしかだ。それに、においもましだろう。この男はタマネギのにおいがする。それほどの距離ですれちがったとき、男は眼を細めて、脂っぽい赤めのブロンドの髪をひと房かき上げた。もう一方の手には帽子を持っていて、グログランリボンには《ボストン・エグザミナー》の記者証を挟んでいた。ジョーは最後の瞬間に脇にどいたが、相手は帽子を落としそうになった。

ジョーは「失礼」と言った。

相手も「申しわけない」と応じたが、ジョーは視線を感じながらあわてて階段をのぼった。誰かの顔をまっすぐ見てしまった愚かさに、われながら啞然とした。しかも相手は記者だったのだ。

男が階段の下から呼びかけた。「ちょっと、あなた、何か落としましたよ」ジョーは何も落としていない。無視してのぼりつづけた。何人かが上の入口から階段室に入ってきた。すでにほろ酔いで、ひとりの女が別の女にバスローブのようにしなだれかかっている。ジョーは彼女たちをやりすごし、振り返らなかった。うしろは向かず、まえだけを見ていた。

エマを。

エマはドレスに合った小さなハンドバッグを持っていた。銀色の羽根と銀色のヘアバンドもドレスに合っている。喉で細い血管が脈打っていた。両肩が震え、眼が輝いた。その肩をつかんで体ごと持ち上げる——彼女はジョーの体に両脚を巻きつけ、顔を近づけてくる——のをこらえるので精いっぱいだった。そうせずに彼女の横を通りすぎて言った。「顔を見られた。移動する」

エマはついてきた。ジョーは赤い絨毯の上を歩き、大宴会場のまえをすぎた。ここも人が多いが、階下ほど混み合ってはいない。群衆の周辺を楽にまわることができた。

「次のバルコニーのすぐ先に業務用エレベーターがある」エマが言った。「地下に行って。来たなんて信じられない」

　通路が広くなったところで右に曲がった。頭を下げ、帽子のつばをめいっぱい引き下ろした。「ほかに何ができた？」

「逃げるのよ」

「どこへ」

「さあ。知らない。ふつうみんなそうするでしょ」

「おれはちがう」

　中二階の奥に進むと人がまた増えてきた。下のロビーでは知事がマイクのまえに立ち、本日はマサチューセッツ州にとっても記念すべきスタットラー・ホテル開業日ですと宣言して、喝采を浴びていた。客たちは上機嫌で酔っ払っている。エマが横に来て、肘で左に行くよう指示した。

　あれだ。通路が分かれた先、宴会用のテーブルやライト、大理石と赤い絨毯の向こうにひっそりと隠れていた。

　ロビーではブラスバンドが演奏を始め、バルコニーの客も足を踏みならした。カメラのフラッシュがあちこちで焚かれ、光が弾けて音を立てた。報道写真家が編集室に戻って写真を現像したとき、何枚かの背景に写りこんだ男に気づくだろうか。懸賞金のかかったタン色のスーツ姿の男に。

「左、左」エマが言った。

　左に曲がってふたつの宴会用テーブルのあいだを抜けると、足元の大理石が、黒くて薄いタイル張りの床に代わり、そこからほんの数歩でエレベーターに達した。ジョーは下行きのボタンを押した。

　酔っ払った四人の男が中二階の端を通りかかった。ジョーよりいくらか歳上で、ハーヴァードの応援歌『ソルジャーズ・フィールド』を歌っていた。

「燃え立つクリムゾンのスタンドの上」男たちは調子はずれの声で歌った。「ハーヴァードの旗翻り」

　ジョーはボタンをまた押した。

男のひとりがジョーと眼を合わせ、エマのヒップを横目で見た。友人を肘でつついて、歌いつづけた。

「歓声また歓声、空に轟く雷のごとく」

エマが手の横でジョーの手の横に触れて言った。

「早く、早く、早く」

ジョーはボタンをもう一度押した。

左の厨房の両開きの扉が大きな音を立て、ウェイターが特大のトレーを掲げて出てきた。ふたりのすぐそばを通りすぎたが、振り返らなかった。

ハーヴァードの連中もすでに離れていたけれど、まだ声は聞こえた。「闘え、闘え、闘え！　今宵は勝つぞ」

エマがジョーのうしろから手を伸ばして、ボタンを押した。

「伝統のハーヴァード、永遠に！」

ジョーは厨房にもぐりこもうかと考えた。が、せいぜい二階下にある主厨房から給仕用エレベーターで食べ物を上げてくる小部屋だろうと思い直した。思えば、自分がここに上がるのではなく、エマにおりてこさせるべきだった。頭がしっかり働いていればそうした。働かなくなってからもうどのくらいたつのか。

またボタンに手を伸ばしたとき、エレベーターが上がってくる音がした。

「もしなかに誰かいたら背中《バック》を見せるんだ」ジョーは言った。「どうせ急いでる」

「わたしのお尻《バック》を見たら急がなくなる」エマが言い、ジョーは重苦しいほどの不安を感じながら微笑んでいた。

エレベーターの箱は到着したが、ドアは閉まったままだった。ジョーは心臓が五回打つまで数え、ゲートを引き開けた。次いでドアを開けると、なかは空《から》だった。肩越しにうしろのエマを見た。エマが先に入り、ジョーが続いた。ゲートを閉め、ドアを閉めた。レバーをまわすと、箱はおりはじめた。

エマが掌をジョーの股間に当てると、そこはたちまち勃起した。エマはジョーの唇に自分の唇を押しつけた。ジョーは空いた手を彼女のドレスの下にすべりこませた。それが太腿のあいだの熱い部分に触れると、エマはジョーの口のなかであえいだ。彼女の涙が彼の頬骨に落ちた。

「なんで泣いてる？」

「あなたを愛してるかもしれない」

「かもしれない？」

「ええ」

「だったら笑えよ」

「無理。無理よ」

「セント・ジェイムズ通りのバスターミナルを知ってるか？」

エマは眼を細めた。「なんの話？　知ってるわ、もちろん」

ジョーはロッカーの鍵を彼女の掌に置いた。「もし何かあったら」

「何？」

「これで自由になれる」

「だめ、だめよ」彼女は言った。「だめ、だめ。あなたが持ってて。わたしはいらない」

ジョーは手を振って取り合わなかった。「バッグに入れとけ」

「ジョー、いらないったら」

「金だ」

「わかってる。いらないって言ってるでしょ」鍵を戻そうとしたが、ジョーは両手を高く上げて受け取らなかった。

「持っててくれ」

「嫌よ」エマは言った。「ふたりでいっしょに使うの。また会えたんだから、あなたといる、ジョー。鍵を受け取って」

また戻そうとしたところで、エレベーターが地階に着いた。

ドアについた小窓は暗かった。何かの理由で明かりが消えているのだ。

〝何か〟などではない。理由はひとつだ。

ジョーがレバーに手を伸ばしたとき、外のゲートが勢いよく開いて、ブレンダン・ルーミスが入ってきた。ルーミスはジョーのネクタイをつかんで外に引っ張り出し、ジョーのベルトの背中側から銃を引き抜いて、暗いコンクリートの床に放った。それからジョーの顔を殴り、さらに数えきれないほど頭の横にパンチを打ちこんだ。すべてが一瞬の出来事だったので、ジョーは両手を上げることすらできなかった。

ようやく上がった手をエマのほうに伸ばした。なんとか彼女を守ろうとしたが、ルーミスの拳は肉屋の木槌のようだった。頭を打たれるたびに――ガン、ガン、ガン、ガン――脳は感覚を失い、視界が白く飛んだ。眼はその白さのなかを漂って、どこにも焦点を定められなかった。自分の鼻の骨が折れる音が聞こえ――ガン、ガン、ガン――ルーミスは同じ場所をさらに三度殴った。

ルーミスがネクタイを離すと、ジョーは落ちてコンクリートの上に両手両膝をついた。蛇口から水がもれるようにポタポタと音がするので眼を開けると、自分の血がコンクリートに滴っていた。一滴一滴は五セント硬貨ほどの大きさだが、量が多くてたちまちアメーバ状に広がり、水たまりができた。首をまわして、なんとかまわりの状況を確かめようとした。自分が殴られているあいだに、エマはエレベーターのドアを閉めて無事逃げられただろうか。しかし、エレベーターはもとの場所になかった。というより、自分がもとの場所にいないのかもしれない。まわりはすべてセメントの壁だった。

そのときブレンダン・ルーミスがジョーの腹を蹴り上げた。床から浮き上がるほどの力だった。ジョーはまた落ちて胎児のように体を丸めたが、息ができなかった。いくらあえいでも空気が入ってこない。膝をつこうとしたが、足がすべって言うことを聞かないので、肘を立てて胸を床から浮かし、魚のように口をぱくぱくさせた。気道に何かを通そうとしても、胸全体が穴も割れ目もない黒い石に変わってしまって、ほかのものが入る余地がなかった。息がどうしてもできない。

それは万年筆のなかを通る風船のように食道を無理やり上がってきて、心臓を押さえつけ、肺を潰し、喉を詰まらせたが、ようやく扁桃腺を越えて口から出てきた。最後に笛のような音がもれ、数回あえがなければならなかったとはいえ、そんなことはなんでもなかった。かまうものか、また呼吸できるようになったのだから。少なくとも呼吸は。

ルーミスがうしろからジョーの股を蹴り上げた。

ジョーはコンクリートの床に頭を打ちつけ、咳きこんだ。吐いたかもしれないが、よくわからない。痛みはそれまで想像すらしたことのないものだった。睾丸が腸にめりこんだ。胃壁を炎がなめた。心臓は鼓動が速すぎて破裂してしまいそうだった。破裂するにちがいない。頭蓋は誰かに素手でこじ開けられたようだった。眼から血が出た。ジョーは吐いた。今度はまちがいなく。腹のなかのものすべて、コンクリートの上に吐けるだけ吐いた。終わったと思ったら、また出てきた。ばったり仰向けに倒れて、ブレンダン・ルーミスを見上げた。

「顔が」――ルーミスは煙草に火をつけて――「不幸そうだな」

ルーミスが部屋もろとも左右に揺れた。ジョーは動かずにいるのに、ほかのものすべてが振り子にのって揺れていた。ルーミスはジョーを見ながら黒い手袋を取り出してはめ、しっくりなじむまで指を曲げ伸ばしした。アルバート・ホワイトがその横に現われた。やはり振り子にのっている。ふたりはジョーを見おろした。

アルバートが言った。「残念だが、おまえを見せしめにしなければならない」

ジョーは眼に浮かんだ血の向こうに、白いディナージャケット姿のアルバートを見た。

「私のことばに注意を払わない輩《やから》全員に思い知らせてやるのだ」

ジョーはエマを探したが、振り子のように揺れる視野のどこにもエレベーターはなかった。

「上品なメッセージにはならない」アルバート・ホワイトは言った。「それが心残りだ」しゃがんでジョーに近づけた顔には悲しみと疲労が浮かんでいた。「うちの母親はよく、世の中で起きることにはかならず理由があると言っていたよ。正しいのかどうかはわからんが、私もつねづね実感していることがある。人は往々にして、なるべき姿になるということだ。私は自分としては警官になるべきだと思ったが、市に辞めさせられたので、いまのようになった。たいがいは嫌な仕事だよ、ジョー。正直言って、くそみたいに嫌な仕事だが、私にぴったりの仕事であることは否めない。なじんでいる。しかし、残念ながらおまえになじんでいるのは、大へまだ。今回もたんに逃げればよかったものを、逃げなかった。そしてまちがいなく――こっちを見ろ」

ジョーの頭はだらりと左に傾いていた。もとに戻すと、アルバートのやさしい眼差しがあった。

「これから死ぬときに、まちがいなく、愛のためにやったと自分に言い聞かせるんだろうな」憐れむように微笑んだ。「だが、おまえがへまをしでかしたのは、愛のためではない。それがおまえの本性だからだ。心の奥底で、自分は悪いことをしている、だから捕まりたいと思っている。この稼業ではな、毎日夜が終わるたびに罪悪感をねじ伏せなきゃならない。そいつを手でこねて丸い玉にして、火のなかに放りこむのだ。ところがおまえはそうしない。犯した罪のことで誰かが罰してくれないかと願いながら、短い人生を生きてきた。私がその〝誰か〟になってやる」

アルバートが立ち上がり、ジョーはいっとき眼の焦点を失った。まわりのすべてがぼんやりした。銀色のものが一度、また一度、光った。眼を細めるとようやく霞んでいたものの輪郭が現われて、すべてが焦点を結んだ。

結ばないほうがよかった。

アルバートとブレンダンはまだ細かく揺れていたが、振り子は消えていた。エマがアルバートの横に立ち、アルバートの腕に触れていた。

一瞬、ジョーにはわからなかった。が、すぐに腑《ふ》に落ちた。

エマを見上げた。もうアルバートたちに何をされようが、どうでもよくなった。死んだってかまわない、生きるのがこれほどつらいのだから。

「ごめんなさい《アイム・ソーリー》」エマが囁いた。「本当にごめんなさい」

「残念だとさ《シーズ・ソーリー》」アルバート・ホワイトが言った。「われわれみんな、残念だよ」ジョーからは見えない誰かに合図した。「彼女を連れていけ」

目の粗いウールのジャケットを着てニット帽を目深にかぶった大男が現われ、エマの腕に手をかけた。

「殺さないって言ったでしょ」エマがアルバートに言った。

アルバートは肩をすくめた。

「アルバート」エマが言った。「そういう約束だった」

「約束は守る」アルバートが言った。「心配するな」

「アルバート」エマの声は喉につかえていた。

「なんだ?」アルバートの声は落ち着きすぎていた。

「彼を連れてくるんじゃなかった、もし約束を――」

アルバートは片手でエマの頬を打ち、もう一方の手でシャツのしわを伸ばした。エマの唇が開くほど激しい平手打ちだった。

シャツを見おろして言った。「おまえは無事ですむと思ったのか？　私が娼婦ごときに侮辱されて黙っていると？　私がおまえにぞっこんだと思ってただろう。昨日まではそうだったかもしれないが、そのあとひと晩じゅう起きていた。おまえはすでにお払い箱だ。わかったか？　いまにわかる」

「約束だった――」

アルバートは手についた彼女の血をハンカチでぬぐった。「この女を車に放りこんどけ、ドニー。さあ、早く」

大男はエマを包みこむように抱いて、うしろに歩きはじめた。「ジョー！　お願い、これ以上彼を痛めつけないで。ジョー、ごめんなさい。ごめんなさい」叫びながらドニーを蹴り、その頭を引っかいた。「ジョー、愛してる！　あなたを愛してる！」

エレベーターのゲートがガシャンと閉まり、箱が上昇していった。

アルバートがまた屈みこみ、ジョーの口に煙草を押し入れた。マッチの炎が立ち、煙草がチリチリと燃えた。「吸え」アルバートが言った。「気つけ薬だ」

ジョーは吸った。床に起き上がって、しばらく煙草を吸っていた。アルバートも横に屈んだまま、自分の煙草を吸った。ブレンダン・ルーミスは立って見ていた。

「彼女をどうする」話ができると思ったところで、ジョーは訊いた。

「彼女？　おまえを売って川に流した女だぞ」

「理由があったはずだ」ジョーはアルバートを見た。「しっかりした理由が。だろう？」

アルバートは吹き出した。「世間知らずもいいところだな、え？」

ジョーは切れた眉を持ち上げた。血が流れて眼に入ったので、手でふいた。「彼女をどうする」

「自分がどうされるのかをもっと気にかけたらどうだ」

「かけてる」ジョーは認めた。「けどいまは、彼女をどうするのかと訊いてる」

「まだわからん」アルバートは肩をすくめ、煙草の葉を舌からつまみ取って、弾き飛ばした。「だがジョー、おまえには見せしめになってもらう」ブレンダンのほうを向いた。「こいつを立たせろ」

「どんな見せしめに？」ジョーは訊いた。ルーミスがうしろから両腋の下に腕を突っこみ、ジョーを引っ張り上げた。

「アルバート・ホワイト・ギャングに盾突くやつは、ジョー・コグリンのようになるという」

ジョーは何も言わなかった。頭に何も浮かばなかった。自分はいま二十歳。この世界で得たのはそれだけだった――二十年。十四歳のときから泣いたことはなかったが、ひざまずいて命乞いをしないでいるには、アルバートの眼を見てただ泣くしかなかった。

アルバートの表情が和らいだ。「生かしておくわけにはいかないのだ、ジョー。ほかに手があれば、なんとかしてやろうと努力しただろう。ちなみに、こう言って慰めになるかどうかはわからんが、あの女は関係ない。娼婦などどこでも手に入れられるし、おまえを片づけたら、さっそく新しいのが私を待っている」しばらく自分の両手を見ていた。「だがおまえは、私の許可なく田舎町を襲って六万ドルを奪い、三人の警官を死亡させた。おかげでわれわれみんなの上に茶色いくその雨が降ってる。いまやニューイングランドじゅうの警官が、ボストンのギャングは狂犬だと思ってる。狂犬は狂犬らしく殺処分だと。私は、それはちがうんだとみんなを説得しなきゃならない」ルーミスに言った。「ボーンズはどこだ？」

ボーンズとは、ジュリアン・ボーンズ、アルバートのもうひとりの兵隊だ。

「路地です。エンジンをかけた車のそばに」

「行こう」

アルバートが先にエレベーターに向かい、ゲートを開けた。ブレンダン・ルーミスがジョーを引きずってエレベーターに乗せた。

「うしろ向きにしろ」

ジョーはその場で半回転させられた。ルーミスに後頭部をつかまれ、壁に顔を押しつけられて、煙草が口から落ちた。ルーミスはジョーの手首を背中側にまわし、ざらざらしたロープを巻きつけて一回ごとに引き絞り、最後にしっかりとめた。ジョーもこうしたことにくわしいので、完璧な結び目は感触でわかる。エレベーターのなかに放っておかれて彼らが四月に戻ってきても、まだ縛《いまし》めは解けていないだろう。

ルーミスはまたジョーをまえに向けたあと、エレベーターのレバーを操作した。アルバートは白鑞《しろめ》のケースから新しい煙草を取り出し、ジョーの唇に挟んで火をつけた。マッチの明かりで、ジョーはアルバートがこのことをまったく愉しんでいないのを見て取った。ジョーが頭に革紐を、両足首に石の詰まった袋をくりつけられてミスティック川の底に沈むときにも、アルバートはこの穢れた世界でビジネスをすることの因果を嘆いているのだろう。

少なくとも今晩は。

一階で三人はエレベーターをおり、誰もいない従業員用の通路を歩いていった。壁の向こうからパーティの音が聞こえてきた――決闘中の二台のピアノ、めいっぱい吹き鳴らす管楽器、そこらじゅうで湧き起こる陽気な笑い声。

通路の突き当たりのドアのまえに来た。中央にあざやかな黄色のペンキで〝配達用〟と書かれている。

「念のため外を確かめてきます」ルーミスがドアを開けて出ていった。三月の夜はぞっとするほど冷えこんでいた。非常階段に小さな火花が落ちてきて、錫箔のにおいを残した。建物自体のにおいもした。ドリル工事で舞い上がった石灰岩の粉がまだ空中を漂っているような、真新しい外装のにおいだった。

　アルバートがジョーを自分のほうに向けて、ネクタイを直してやった。両方の掌をなめて、髪もなでつけてやった。その顔は憔悴していた。「己の利益を守るために人を殺すような人間にはなりたくなかったが、なってしまった。一夜として安らかに眠れることがない。たったの一夜もだ、ジョー。毎朝、恐怖とともに眼覚め、毎晩、同じ恐怖とともに枕に頭をのせる」ジョーの上着の襟をまっすぐにしてやった。「おまえはどうだ？」

「え？」

「いまとちがう人間になりたいと思ったことは？」

「ない」

　アルバートはジョーの肩から何かを取って、指で弾いた。「あいつには、おまえを連れてきたら殺さないと言っておいた。今晩ここに、のこのこ姿を見せるほど愚かだとは誰も思わなかったが、私はそちらにも賭けていた。で、あいつはおまえを救うためにここに連れてくると言った。少なくとも、自分にはそう言い聞かせてたんだろう。だが、おまえを殺さなければならないのは、お互いわかってるな。だろう、ジョー？」悲しみに打ちひしがれ、潤んで輝いている眼でジョーを見た。「そうだろう？」

　ジョーはうなずいた。

　アルバートもうなずき、ジョーの耳に口を近づけて囁いた。「そのあと、あいつも殺す」

「何？」

「私もあいつを愛しているからだ」両方の眉を上げ下げした。「そして例の朝、おまえが私のカジノを襲うことができた唯一の理由は、あの女が情報を流したからだ」

ジョーは言った。「待ってくれ。それはちがう。彼女は何も流しちゃいない」

「ほかに言うことは？」アルバートはジョーの襟を整え、シャツのしわを伸ばした。「こう考えたらどうだ。もしおまえたちふたりが真実の愛を胸に抱いているのなら、今晩、天国で再会できるだろう」

言って拳をジョーの腹にめりこませ、みぞおちまで突き上げた。ジョーは体をふたつに折った。また体じゅうから酸素が奪われた。手首のまわりのロープを引っ張り、相手に頭突きを食らわそうとしたが、アルバートはそれを難なく平手で打ち払い、路地に出るドアを開けた。

アルバートがジョーの髪をつかんでまっすぐ立たせたので、待っている車が見えた。うしろのドアが開いていて、その脇にジュリアン・ボーンズが立っていた。ルーミスが路地を近づいてきてジョーの肘をつかみ、アルバートとふたりで車まで引きずっていった。後部座席の床のにおいがした。油の染みたぼろ布と、埃のにおいも。

車に押しこまれそうになったとき、どさりと下に落とされた。ジョーは石畳の路面に両膝をついた。アルバートの叫び声が聞こえた。「逃げろ、逃げろ、逃げろ！」石畳を蹴る彼らの足音も聞こえた。ジョーは、もう頭のうしろを撃たれたのかもしれないと思った。何本もの光の柱とともに、天国がおりてきたからだ。

眼のまえが真っ白になり、路地の左右の建物が青と赤に爆発した。タイヤが甲高い音を立て、誰かがメガフォンで叫び、誰かが発砲した。そしてまた銃声。

白い光のなかから、誰かがジョーに近づいてきた。痩身で自信にあふれ、生まれつきのあざのように権威を身につけた人物。

彼の父親だった。

うしろの光からさらに男たちが現われて、ほどなくジョーは十数人のボストン市警の警官に囲まれていた。

父親が首を傾けて言った。「いまや警官殺しになったわけだ、ジョー」

ジョーは言った。「誰も殺してません」

父親はそれを無視した。「共犯者がおまえを死出の旅に連れていこうとしていたようだ。生かしておいては危険だと考えたのかな？」

何人かが警棒を抜いた。

「エマが後部座席にいる。あいつらは彼女を殺すつもりです」

「あいつらとは？」

「アルバート・ホワイト、ブレンダン・ルーミス、ジュリアン・ボーンズ、そしてドニーと呼ばれる男」

路地の先の通りで女たちが悲鳴をあげた。車のクラクションが鳴り、衝突の音がずしんと響いた。また悲鳴があがった。路地では小雨が土砂降りに変わった。

父親は部下たちを見て、ジョーに眼を戻した。「品のいい仲間がいるな、息子よ。ほかにどんなおとぎ話を聞かせてくれるのだ？」

「おとぎ話じゃない」ジョーは血を吐き出した。「やつらは本当に彼女を殺すんだ、父さん」

「われわれはおまえを殺さんぞ、ジョゼフ。それどころか指一本触れない。だが、仕事仲間がひと言話したいようだ」

トマス・コグリンは前屈みになり、両膝に手を置いて、息子をじっと見つめた。

その鋼のような視線の奥のどこかに、一九一一年、ジョーが熱を出して三日間入院したときに病室の床の上で寝泊まりして、街の八つの新聞を最初から最後まで読み聞かせ、ジョーを愛していると言いつづけた男が生きていた。神がわが息子を天に召すというのなら、このトマス・ザヴィア・コグリンと話をつけてもらう、かならず神はそれがどれほど過酷な交渉であるかを知るだろう、と言った男が。

「父さん、聞いてくれ。彼女は――」

父親はジョーの顔に唾を吐いた。

「あとはまかせた」と部下たちに言って、歩き去った。

「車を見つけて！」ジョーは叫んだ。「ドニーを見つけて！　彼女はドニーの車にいるんだ！」

最初の一撃――拳だった――がジョーの顎を打った。

次はまちがいなく警棒で、これはこめかみに当たった。

そして夜からあらゆる明かりが消えた。

6　すべての罪深き聖人たち

ボストン市警に降りかかる悪夢のような汚名を最初にトマスに予感させたのは、救急車の運転手だった。

ジョーが木製の担架に固定され、救急車の後部からなかに入れられたとき、運転手は言った。「この若いのを家の屋根から投げ落としたとか？」

雨がすさまじい音を立てて降っているので、みな大声を張り上げなければならなかった。

トマスの助手で運転手のマイケル・プーリー巡査部長が言った。「われわれが到着したときにはこうなってた」

「ほう？」救急車の運転手はトマスとプーリーを交互に見た。白い帽子の黒いつばから雨水が滴り落ちていた。「信じられんね」

　トマスはこの雨のなかですら路地の気温が上昇してきたような気がしたので、担架にのった息子を指差して言った。「彼はピッツフィールドで三人の警官が殺された件にかかわっている」

　プーリー巡査部長が言った。「これで気分がよくなったか、鈍感野郎？」

　救急車の運転手は腕時計を見ながら、ジョーの脈を測っていた。「おれは新聞を読む。毎日そればっかりと言ってもいい。車のなかに坐って、くそ新聞ばかり読んでる。この若いのは車を運転してた。で、警官たちがそれを追いかけてたときに、仲間の乗ったもう一台を撃ちまくったんだ」ジョーの手を胸の上に置いてやった。「彼がやったんじゃない」

　トマスはジョーの顔を見た——切れた黒い唇、ひしゃげた鼻、腫れて潰れた眼、陥没した頬骨。眼にも、耳にも、鼻にも、口の両端にも血が黒く固まっている。トマスの血だ。トマスが生み出した。

「しかし、彼が銀行を襲わなければ、警官たちが死ぬこともなかった」トマスは言った。

「ほかの警官がくそマシンガンなんか使わなきゃ、死ぬことはなかったさ」運転手は救急車のドアを閉め、プーリーとトマスを見た。トマスはその眼に表われた嫌悪感に驚いた。「あんたたちはこの若者を殴り殺したかもしれない。けど彼は犯罪者なのか？」

　警備車両が二台、救急車のうしろに停まり、三台はそろって闇のなかに消えていった。トマスは、袋叩きにされた救急車のなかの男は〝ジョー〟だと自分に言い聞かさなければならなかった。〝息子〟と考えるのは負担が大きすぎた。息子の血と肉、その血の多くと肉のいくらかが眼のまえの路地に落ちている。

　トマスはプーリーに言った。「アルバート・ホワイトの広域指名手配《APB》をかけてくれ」

　プーリーはうなずいた。「ルーミス、ボーンズ、ドニーもですね。ドニーはラストネームがわかりませんが、おそらくホワイトの部下のドニー・ギシュラーでしょう」

「ギシュラーを最優先だ。車に女性を乗せているかもしれないと全車両に連絡しろ。フォアマンはどこにいる？」

プーリーは顎で示した。「路地の先に」

トマスは歩きだし、プーリーが続いた。通用口の近くに警官たちが集まっていた。トマスは右足のそばにあるジョーの血だまりに眼を向けないようにした。これだけ雨が降っても、まだあざやかに赤い。血を見ず、主任刑事のスティーヴ・フォアマンに注意を集中した。

「車には何か残っていたか？」

フォアマンは速記の手帳を開いた。「皿洗いの証言では、コールのロードスターが八時十五分から三十分まで停まっていたそうです。そのあとロードスターはいなくなって、このダッジに代わったと」

ダッジは、トマスと騎馬隊が到着したときにホワイトたちがジョーを引きずり入れようとしていた車だった。

「そのロードスターに最優先のＡＰＢを」トマスは言った。「運転者はドナルド・ギシュラー。後部座席にはエマ・グールドという女性が乗っているかもしれない。スティーヴ、彼女はチャールズタウンのグールド家のひとりだ。言っている意味がわかるな？」

「ええ、もちろん」フォアマンが言った。

「ボボの娘じゃない。オリー・グールドの娘だ」

「オーケイ」

「誰かを遣って、ユニオン通りの家ですやすや眠ってないか確かめさせてくれ。プーリー巡査部長？」

「なんでしょう」

「ドニー・ギシュラー本人に会ったことがあるか？」

プーリーはうなずいた。「身長は五フィート六インチほど、体重は百九十ポンド。たいてい黒いニットキャップをかぶっています。最後に見たときには、カイゼルひげを生やしていました。一六分署に顔写真があるはずです」

「取りにいかせてくれ。それから、その特徴を全車両に伝えること」

息子の血だまりを見た。歯が一本浮かんでいた。

トマスと長男のエイデンはもう何年も話していなかった。ときおり、たんに事実だけを羅列した手紙は届くが、エイデン個人の思いは綴られていない。いま長男がどこに住んでいるのか、さらに言えば、生きているのか死んでいるのかさえ知らなかった。次男のコナーは、一九一九年の市警のストライキにともなう騒乱のさなかに失明した。肉体的にはそれでも驚くべき回復を見せたが、精神的には、もともと自己憐憫に傾きがちな性格に火がついて、すぐにアルコールに逃げ場を求めた。酒で死ぬことに失敗すると、今度は宗教に走った。そんな気の迷いから覚めると（明らかに神は信者に、殉教への憧れ以上のものを求めた）、コナーはすぐにサイラス・アボッツフォード盲学校に入居し、用務員の職を得た。州史上最年少の地区検事補で、重要事件において検察側の首席を務めていた男が、そうなった。いまは見えない床にモップをかけながら、そこで暮らしている。ときどき授業を受け持ってほしいと言われることもあるが、内気だからと言いわけして固辞している。トマスの息子たちが内気なわけがない。コナーはただ、自分を愛してくれる人全員に背を向けようと決めただけなのだ。この場合には、トマスということになるが。

そして今度は末の息子だ。犯罪者の生活に溺れている。ろくでもない女と、酒の密輸者と、銃を持ったならず者に囲まれた生活に。つねに栄光と富を約束してくれそうで、どちらもめったなことでは与えてくれない生活に。そしていま、みずからつき合ってきた連中と、トマス自身の部下たちの手にかかって、この一夜を生き延びられるかどうかもわからなくなった。

　トマスは雨のなかに立っていた。忌まわしい自分のにおいだけを嗅ぎながら。

「女を見つけろ」彼はプーリーとフォアマンに命じた。


　巡回中のセイラムの警官が、ドニー・ギシュラーとエマ・グールドを発見した。追跡の終盤では警察車が九台になっていた。みなベヴァリーやピーボディ、マーブルヘッドといった、ノース・ショアの小さな町の警察だった。後部座席の女を見た警官もいた。見なかったという者もいた。ひとりは女が二、三人いたと言ったが、当人が酒を飲んでいたことがあとでわかった。ドニー・ギシュラーは全速力で二台を道路の外に追いやり、二台を破損させ、警察車に発砲してきたので（狙いはひどかったが）、警官たちも応戦した。

　ドニー・ギシュラーのコール・ロードスターは、午後九時五十分、激しい雨のなかで道路から飛び出した。マーブルヘッドの〝貴婦人の入江〟沿いのオーシャン・アヴェニューを疾走していたのだが、そこで警官の撃った弾がたまたまロードスターのタイヤに当たったか——雨のなかを時速四十マイルで走っていたことから、もっとありそうなのは——たんに摩損していたタイヤがパンクした。そのあたりのオーシャン・アヴェニューに〝アヴェニュー〟らしいところはほとんどなく、ただ果てしない海が広がっている。ロードスターはタイヤ三つで道から飛び出し、路肩の向こうにぶつかってまた跳ね上がり、タイヤが地面から離れた。銃弾で窓二枚が割れた車は深さ八フィートの水中に落ち、追っていた警官たちが車から出るまえに沈んでいた。

　ベヴァリー署のルー・バーリーという巡査が下着一枚になって海に飛びこんだが、海は暗く、警察車のヘッドライトで水面を照らせと誰かが提案したあとも、視界はよくなかった。バーリーは身も凍る水に四回もぐり、低体温症で一日入院したほどだったが、結局車は見つからなかった。

翌日の午後二時すぎに、潜水夫が車を発見した。ギシュラーはまだ運転席にいた。ハンドルの破片が飛んで腋の下から体に入りこんでいた。シフトレバーも股間に突き立っていたが、死因はそれではなかった。警官たちが放った五十発以上の弾の一発が後頭部に当たっていたのだ。たとえタイヤがパンクしなかったとしても、車は海に落ちていた。

銀色のヘアバンドと、同じ色の羽根が車の屋根にくっついていたが、それ以外にエマ・グールドがいた形跡はなかった。

スタットラー・ホテルの裏で起きた警察と三人のギャングの撃ち合いは、あれだけの騒ぎの割に誰も怪我をしなかったし、撃たれた弾の数も少なかったが、ほんの十分ほどで街の伝説になった。犯罪者たちは運がいいことに、ちょうど観劇の客たちがレストランを出てコロニアルやプリマスといった劇場に向かいはじめたときに、路地から逃げ出した。コロニアルでは『ピグマリオン』の再演が三週間にわたって売り切れで、プリマスは『プレイボーイ・オブ・ザ・ウェスタン・ワールド』を上演して、ニューイングランド悪徳弾圧協会の怒りを買っていた。協会は何十人という抗議者を派遣したが、唇を不機嫌に結んだ垢抜けない女性たちがいくら抗議しても、劇にいっそうの注目が集まっただけだった。疲れ知らずの声帯が発する耳障りな大声は、劇場の宣伝になっただけでなく、ギャングたちにとっても天の恵みだった。三人が路地から飛び出し、そのすぐあとから警察があふれ出したとき、悪徳弾圧協会の女性たちは銃を見て悲鳴をあげ、金切り声で叫んで指差した。劇場に向かっていた何組かのカップルが怯えてあたふたと建物の入口に隠れ、雇い主のピアスアローを運転していた男がハンドル操作を誤って、車を街灯にぶつけてしまった。そのころわずかに降っていた雨が突然、豪雨になった。警官たちがわれに返ったときには、ギャングの一味はピードモント通りで車を強奪して、雨が叩きつける街のなかに逃げこんでいた。

〝スタットラーの銃撃戦〟はなかなかの宣伝文句になった。当初広まった話は単純で、正義の味方の警官たちが警官殺しの悪党と撃ち合い、ひとりを制圧、逮捕したというものだったが、すぐにそれではすまなくなった。オスカー・フェイエットという救急車の運転手が、逮捕された若者は警官たちから殴る蹴るの暴行を受け、翌日まで生きられないかもしれないと報告したのだ。真夜中すぎ、ワシントン通り沿いの新聞社では、マーブルヘッドの貴婦人の入江に全速力で飛びこみ一分足らずで海の底に沈んだ車に、女性がひとり閉じ込められていたという未確認の情報が行き交った。

その後、スタットラーの銃撃戦にかかわったギャングのひとりが、ほかならぬ実業家のアルバート・ホワイトだったという噂が流れた。このときまでホワイトはボストンの社交界でうらやましい地位を占めていた。酒の密輸業者かもしれない、ラムも密輸しているかもしれない、無法者かもしれない。誰もが彼は悪事に手を染めていると思っていたが、同時に、あらゆる大都市の通りにはびこる荒廃や暴力からはうまく距離を置くだろうというのが大方の見方だった。アルバート・ホワイトは〝性質《たち》のいい〟密輸業者と考えられていた。淡色のスーツを着て、無難な悪徳を気前よく提供し、戦時中の勇ましい話と警官時代の思い出話で人々を愉しませる傑物だと。しかし、スタットラーの銃撃戦（ホテル経営者のＥ・Ｍ・スタットラーは新聞に見出しの再考を求めたが、無駄だった）のあと、そういう意見はなくなった。警察はアルバートの逮捕令状を申請した。最終的に罰されるかどうかにかかわらず、アルバートと街の名士たちとのつき合いは終わった。不謹慎な野放しの快楽にも限度があることが、ビーコン

・ヒルのさまざまな応接間で認識されたのだった。
かつて市警本部長の最有力候補と見なされ、州議員になってもおかしくないと言われていたトマス・コグリン警視正も、悲運にみまわれた。現場で逮捕され、打ちすえられた悪漢がコグリン自身の息子だったと翌日の夕刊で報じられた際、ほとんどの読者は親の責任についてただちに判断することを控えた。退廃したこの時代に善良な子供を育てることのむずかしさは、誰もが知っていたからだ。しかし、そこで《エグザミナー》紙のコラムニスト、ビリー・ケラハーが、スタットラー・ホテルの階段でジョゼフ・コグリンに出くわしたという記事を書いた。容疑者を目撃したと警察に通報したのは彼だった。ケラハーは路地に出て、トマス・コグリンが配下のライオンたちに息子を餌として与えるところも目撃した。記事を読んだ人々は憤激した。わが子をうまく育てられなかったことと、昏睡状態に陥るまで殴りつけろと命令することは、まるで別の話だ。

ペンバートン・スクウェアの市警本部長の執務室に呼ばれたトマスは、自分がそこで働くことはなくなったのを知っていた。

机の向こうに立っていたハーバート・ウィルソン本部長が、椅子に坐れとトマスに手で示した。ウィルソンがいまの地位についたのは一九二二年、ドイツ皇帝がベルギーに与えたより大きな損害をボストン市警に与えたエドウィン・アプトン・カーティスが、ありがたくも心臓発作で亡くなったあとを引き継いだのだった。「坐りたまえ、トム」

トマス・コグリンはトムと呼ばれるのが大嫌いだった。そのいかにも軽い感じ、無神経な親しみやすさが。

席についた。

「息子さんの具合はどうだね？」ウィルソン本部長が訊いた。

「昏睡状態です」

ウィルソンはうなずき、鼻からゆっくりと息を吐き出した。「その状態が続くかぎり、トム、彼は日ごとに聖人に似てくるな」机の向こうからトマスを見た。「ひどい顔色だ。眠れているのかね？」

トマスは首を振った。「いいえ、ここ数日は……」

ふた晩続けて息子のベッド脇ですごし、自分の罪を数え上げ、ほとんどいるとも思わなくなった神に祈っていた。担当医からは、たとえ意識が回復しても、脳が損傷している可能性もあると言われた。怒りに駆られて——ろくでなしだった父親から妻や息子たちに至るまで、誰もが怖れる激烈な怒りだ——息子を警棒で殴れとほかの者たちに命じてしまった。自分の恥は熱い石炭の上に置かれた刃のようなものだと思った。鋼が熱で黒くなり、端のほうではヘビのとぐろのような煙が立っている。その刃先がトマスの肋骨の下に刺さり、内臓をかきまわす。いつまでも切りつけ、しまいにトマスは何も見えず、息もできなくなる。

「残りのふたり、バルトロ兄弟について新しい情報はないのかね？」ウィルソンは尋ねた。

「もう聞いておられるかと思いました」

ウィルソンは首を振った。「午前中はずっと予算会議だったのだ」

「先ほどテレタイプに入ってきたばかりです。パオロ・バルトロが見つかりました」

「誰が見つけた？」

「ヴァーモント州警察です」

「生きているのか？」

トマスは首を振った。

見当もつかない理由から、パオロ・バルトロはハムの缶詰を大量に積みこんだ車を運転していた。缶詰は車の後部にも、助手席の足元にも積まれていた。カナダ国境の十五マイルほど手前にある、セント・オルバンズのサウス・メイン通りで信号を無視して、州警察の警官に停止を命じられ、逃げ出した。警官はパオロを追い、ほかの警官も追跡に加わって、ついにイーノスバーグ・フォールズの酪農場の近くの道はずれまで追いつめた。

その晴れた春の日の午後、パオロが車から出たときに銃を抜いたのかどうかは、まだ確認中だった。腰のベルトに手を伸ばしたのかもしれない。両手の上げ方が足りなかった可能性もある。これとそっくりの田舎道のはずれで、ディオンとパオロが州警察のジェイコブ・ゾーブ警官を処刑していたので、ヴァーモントの警官たちは万全の策をとり、全員が最低二回はリボルバーの引き金を引いた。

「応戦した警官は何人いたのだ？」ウィルソンが訊いた。

「七人と聞いています」

「犯人に当たった弾の数は？」

「十一発ということですが、正確には検死解剖を待たなくてはなりません」

「ディオン・バルトロのほうは？」

「モントリオールに潜伏中と思われます。またはその近くに。あの兄弟で賢いのはつねにディオンでした。パオロは尻尾を出してしまうほうで」

本部長は机の上の小さな書類の束から一枚紙を取り、別の小さな束に移した。窓の外に眼をやり、数区画先の税関の尖塔に見入っているようだった。「市警察としては、同じ階級のまま、きみをこの部屋から出すわけにはいかないのだ、トム。それはわかってもらえるか？」

「ええ、わかります」トマスはこの十年間、自分のものにしたくてたまらなかった部屋を見まわした。喪失感はなかった。

「なおかつ、警部までの格下げなら分署をひとつあずけなければならない」

「そうするわけにはいかない」

「いかないな」本部長は机に身を乗り出し、両手を組み合わせた。「これからは息子のためだけに祈ることだ、トム。きみのキャリアはここまでだったのだから」

「彼女は死んでない」ジョーは言った。

四時間前に昏睡から覚めていた。トマスは医師から電話を受けて十分後に、弁護士のジャック・ジャーヴィスをともなってマサチューセッツ総合病院に着いた。ジャック・ジャーヴィスは小柄な年配の男で、いつもまったく印象に残らない色のウールのスーツを着ている。木の皮のような茶色とか、濡れた砂の灰色とか、日光にさらされすぎたような黒とか。ネクタイもたいていそういうスーツに合った色で、シャツの襟の部分は黄色く変色し、めったにかぶらない帽子は大きすぎて、耳のところでようやく止まった。過去三十年の大半は、これから牧場にでも出かけそうなそういう風情だったが、彼を知る人間は外見にだまされない。ジャック・ジャーヴィスは街で最高の刑事弁護士であり、二番手をあげろと言われてもみな困るほどだった。長年にわたってジャック・ジャーヴィスは、トマスが地区検事に引き渡した二十を超える事件で、有罪が確実だったはずの被告を救っていた。死んで天国に行ったら、寸暇を惜しんでかつての依頼人を地獄から残らず救い出すと言われている。

医師たちは二時間かけてジョーを診察し、その間トマスとジャーヴィスは、若い巡査がドアの見張りについている廊下で待たされた。

「救い出すのは無理だ」ジャーヴィスは言った。

「わかってる」

「罪としては第二級謀殺にもならない。そこは検察もわかってるが、あんたの息子は服役する」

「どのくらいの期間？」

ジャーヴィスは肩をすくめた。「おそらく十年ぐらいだろう」

「チャールズタウンで？」トマスは首を振った。「あそこから出てきたときには抜け殻になっている」

「警官が三人死んだのだ、トマス」

「息子が殺したのではない」

「だから電気椅子は免れた。しかし、かりにこれがあんたの息子でない誰かだったとしよう。そう考えれば、あいつだって二十年は言い渡したいはずだ」

「だが、私の息子の話だ」トマスは言った。

医師たちが部屋から出てきた。

なかのひとりが立ち止まって、トマスに話しかけた。

「彼の頭蓋骨が何でできているのかわかりませんが、骨ではないだろうというのがわれわれの見解です」

「つまり？」

「大丈夫です。脳内出血もないし、記憶喪失も言語障害もない。鼻の骨と肋骨の半分は折れていて、尿に血が混じらなくなるまでにはしばらくかかりますが、調べたかぎりでは、脳に損傷はありません」


トマスとジャーヴィスが病室に入り、ベッド脇に腰をおろすと、ジョーは腫れて黒いあざのできた眼でふたりを見つめた。

「私はまちがっていた」トマスが言った。「完全に。まったく言いわけはできない」

ジョーは糸で縫合された黒い唇を開いてしゃべった。

「おれを殴らせるべきじゃなかった？」

トマスはうなずいた。「そういうことだ」

「おれに甘くなるってこと、父さん？」

トマスは首を振った。「私自身がやるべきだったということだ」

ジョーがわずかに笑い、鼻から息が出た。「こう言っちゃなんだけど、彼らに殴られてよかったよ。父さんに殴られたら死んでたかもしれない」

トマスも微笑んだ。「私を憎んでいないのか」

「この十年で初めて好きになった」枕から体を起こそうとしたが、できなかった。「エマは？」

ジャック・ジャーヴィスが口を開きかけたが、トマスが手で制した。息子の顔をまっすぐに見て、マーブルヘッドで起きたことを話した。

ジョーはそれを聞いて、しばらく考えていた。そしてなかば自棄《やけ》になったように言った。「彼女は死んでない」

「死んだのだ、ジョゼフ。あの夜、たとえわれわれがただちに行動していたとしても、ドニー・ギシュラーが生きて捕らえられる見込みはなかった。彼女はあの車に乗りこんだときに死んだも同然だったのだ」

「死体がない」ジョーは言った。「だから死んでない」

「ジョゼフ、タイタニックの事故でも遺体の半数は見つからなかった。それでも哀れな魂はわれわれとともにいない」

「おれは信じない」

「信じたくないのか？　信じられないのか」

「同じことだ」

「まったくちがう」トマスは首を振った。「あの夜起きたことをつなぎ合わせてみた。彼女はアルバート・ホワイトの愛人だった。おまえを裏切ったのだ」

「そう、裏切った」

「だから？」

ジョーは微笑んだ。縫い合わせた唇、腫れた眼、折れた鼻……。「そんなことどうでもいい。おれは彼女に夢中だ」

「夢中《クレイジー》は愛ではない」父親が言った。

「ちがう。だったらなんなの？」

「狂っているということだ」

「ことばを返すようだけど、父さん、おれは父さんの結婚を十八年間見た。あれは愛じゃなかった」

「そうだな」トマスは認めた。「愛ではなかった。だからこそ自分が話していることはわかっている」ため息をついた。「いずれにしろ、彼女はもういない。おまえの母親と同じように、死んだのだ。心の安らかならんことを」

　ジョーは言った。「アルバートは？」

　トマスはベッドの端に坐った。「行方をくらました」

　ジャック・ジャーヴィスが言った。「しかし、復帰の交渉をしているという噂だ」

　トマスがそちらを向き、ジャーヴィスはうなずいた。

「あなたは？」ジョーがジャーヴィスに訊いた。

　弁護士は手を差し出した。「ジョン・ジャーヴィスという者だ、ミスター・コグリン。みんなにはジャックと呼ばれている」

　ジョーの腫れた眼が、トマスとジャックが入ってきたとき以来、いちばん大きく見開かれた。

「驚いたな」ジョーは言った。「名前は聞いたことがある」

「こちらも同様」ジャーヴィスは言った。「そして残念ながら、州全体がきみの名前を聞いている。一方、きみの父上のおこなった過去最悪と言っていい決定が、きみに最善の結果をもたらすかもしれない」

「なぜだね？」トマスが訊いた。

「ぼろぼろになるまで殴られたことによって、彼は犠牲者になった。州検事はじつのところ、訴追したくないだろうな。せざるをえないが、したくはない」

「州検事は最近、ボンデュラントですか？」ジョーは訊いた。

　ジャーヴィスはうなずいた。「知ってるのか？」

「知ってる」ジョーは傷だらけの顔に恐怖を浮かべて言った。

「トマス？」ジャーヴィスは相手の顔をうかがいながら訊いた。「あんたもボンデュラントを知っている？」

　トマスは言った。「ああ、知っている」

カルヴィン・ボンデュラントは、ビーコン・ヒルのレノックス家の娘と結婚し、ほっそりした娘を三人もうけた。そのなかのひとりが今度はロッジ家の息子と最近結婚して、社交界の話題をさらった。ボンデュラントは禁酒法の熱烈な支持者であり、あらゆる種類の悪を滅ぼそうとする怖れ知らずの十字軍兵士だった。悪徳は下層階級と、ここ七十年でこの偉大な国に流れ着いた劣等民族がもたらすものだった。ここ七十年の移民はほぼふたつの民族――アイルランド人とイタリア人――にかぎられていたから、ボンデュラントのメッセージは露骨といえば露骨だったが、もし数年のうちに州知事に立候補すれば、ビーコン・ヒルやバック・ベイの資金提供者たちは彼がまさに適任であることを知るはずだった。

　ボンデュラントの秘書がカークビー通りの検事の執務室にトマスを案内し、ドアを閉めた。ボンデュラントは立っていた窓辺から振り向き、トマスに無表情な視線をすえた。

「お待ちしていましたよ」

　十年前、トマスはある下宿屋への手入れでカルヴィン・ボンデュラントを捕らえたことがあった。ボンデュラントは、シャンパンのボトル数本と、裸のメキシコ人の青年といっしょだった。そのメキシコ青年は売春ビジネスでのし上がってきているだけでなく、パンチョ・ビリャの北部師団に属していたことがあり、本国では反逆罪で指名手配されていた。トマスはその革命家をチワワ州に強制送還し、ボンデュラントの名前を逮捕記録から消してやっていた。

「そうだ。来たよ」トマスは言った。

「あなたは息子さんを犯罪者から犠牲者に変えた。じつに驚くべきやり方だ。そこまで頭がまわる人だったんですか、警視正？」

「それほど頭がまわる人間はいない」

　ボンデュラントは首を振った。「いいえ。少ないが、いるにはいる。あなたはそのひとりかもしれない。彼に罪状を認めろと言ってください。あの町で三人の警官が死んだ。明日は彼らの葬儀でどの新聞の一面も埋まる。銀行強盗と、ほかになんだろう、過失傷害でも認めれば、十二で手を打ちましょう」

「〝年〟かね？」

「警官が三人死んだ。軽いほうです、トマス」

「五だ」

「いまなんと？」

「五年だ」トマスは言った。

「ありえない」ボンデュラントは首を振った。

トマスは坐ったまま動かなかった。

ボンデュラントはまた首を振った。

トマスは足首を交叉させた。

ボンデュラントが言った。「こういうのはどうです？」

トマスはわずかに首を傾げた。

「ひとつふたつ懸案を減らしてあげてもいい、警視正」

「主任警部だ」

「失礼？」

「昨日、主任警部に降格された」

笑みがボンデュラントの唇にのぼることはなかったが、眼には表われた。ちらっと閃いて、すぐに消えた。

「では、懸案についてはあえて言わないことにします」

「私には懸案も勘ちがいもない」トマスは言った。

「現実的な人間だから」ポケットから写真を一枚取り出して、ボンデュラントの机に置いた。

ボンデュラントは写真に眼を落とした。色褪せた赤いドア、その中央に二十九という数字。バック・ベイのテラスハウスのドアだった。このときボンデュラントの眼にちらついたのは、笑みとは正反対のものだった。

トマスは相手の机に一本指を置いた。「また男とつき合うために別の場所に移っても、一時間以内にわかる。州知事選のためにずいぶん活動資金を貯めこんでいるそうじゃないか。せいぜい貯めておくことだ、検事。活動資金が多ければ、来る者すべてを受け入れられるものだから」トマスは帽子を頭にのせ、つばを引いてまっすぐかぶった。

ボンデュラントは机の上の写真を見て言った。「何ができるか考えてみますよ」

「きみが考えることになど興味はない」

「私はひとりの人間です」

「五年だ」トマスは言った。「五年にしてもらう」

さらに二週間後、ボストンの北のナハントに、女性の前腕が流れ着いた。その三日後には、リンの海岸で漁師の網に人の大腿骨がかかった。検死医は大腿骨と前腕が同一人物のものであることを確認した。二十代初めの女性で、ヨーロッパ北部の血を引き、肌にそばかすがあり、色白だと。

マサチューセッツ州対ジョゼフ・コグリンの裁判で、ジョーは武装強盗の共謀および幇助にかかわったことを認めた。言い渡された刑期は、五年と四カ月だった。

彼女は生きている。ジョーにはわかっていた。

そう考えないと生きていけなかった。彼女の生存を信じていないと、丸裸にされて鞭打たれているような気がする。

「彼女はもういない」ジョーがサフォーク郡拘置所からチャールズタウン刑務所に移送される直前に、父親は言った。

「いや、います」

「自分の声に耳を傾けなさい」

「車が道路から飛び出したとき、彼女がなかにいるのを見た人間はいない」

「夜、あの雨のなかを全速力で走っていたのだ。連中は彼女を車に押しこんだ。その車は道路から飛び出した。彼女は死んで、海に流れていった」

「死体を見るまでは信じない」

「死体の一部では足りないというのか？」きつい口調になったことを、手を上げて詫びた。また口を開いたときには穏やかな声だった。「どうすれば理性の声を受け入れられるのだ」

「彼女が死んだというのは理性の声じゃない。生きてるとおれが信じてるかぎり」

けれども、生きていると言えば言うほど死んでいる気がした。その思いは、エマがたとえ裏切ったにしろ彼を愛していたと感じるのと同じくらい強かった。だが、それを正面切って認めたら、アメリカ北東部最悪の刑務所ですごす五年間をどう乗りきればいい？　友人も、神も、家族もなしで。

「彼女は生きてる、父さん」

父親はしばらくジョーを見つめていた。「彼女の何を愛していたのだ」

「え？」

「あの女性の何を愛していたのだ」

ジョーはことばを探した。ようやく、ほかよりいくらかましな説明を思いつき、たどたどしく口にした。

「彼女はおれといっしょに、世界のほかの場所で見せているのとは別の何かになろうとしてた。何か、もっと、やさしい存在に」

「それは人ではなく可能性を愛するということだ」

「どうしてそう言いきれるんです？」

父親は首を傾けた。「おまえは、私とおまえの母親との隙間を埋めてくれる息子になるはずだった。知ってたかね？」

ジョーは言った。「隙間があるのは知ってた」

「だったら、その計画がどれほどうまくいったかわかっているだろう。人は互いに相手の悪いところを直すことなどできないのだ、ジョゼフ。それまでとちがう存在になることもない」

「それはちがう」

「そう信じているのか？　それとも信じたくないのか」父親は眼を閉じた。「呼吸のひとつひとつが、運でしかない」眼を開けると、その端がうっすら赤くなっていた。「功績？　そんなものは運次第だ。正しいとき、正しい場所に、正しい肌の色で生まれたかどうかという。そう、たしかに真剣な努力と才能もものを言う。それらは不可欠だ。私が本気でそう思っているのは、おまえにもわかるな。だが、あらゆる人生の基礎は、運だ。幸運もあれば、悪運もある。人生は運次第であり、運こそが人生だ。そしてその運は、おまえが手にしたそばからこぼれはじめる。だから死んだ女に恋い焦がれて運を無駄にしてはならない。そもそもおまえとは釣り合わない女だった」


ジョーの顎が強張った。が、こう言っただけだった。

「運は切り開くものだ、父さん」

「ときにはな」父親は言った。「だが、別のときには、運がおまえを作る」

ふたりはしばらく黙っていた。ジョーの鼓動がこれほど速くなったことはなかった。心臓が狂ったように胸を殴った。ジョーはそれを自分の外にあるもののように感じた。たとえば、雨の夜に迷い出た犬のように。

父親は懐中時計を見て、チョッキのポケットに戻した。「塀の内側に入ったら、おそらく最初の週に誰かが脅しをかけてくる。遅くとも二週目には。口に出すかどうかにかかわらず、そいつが求めているものは眼に表われる」

ジョーの口のなかが干上がった。

「そして今度は別の男が——じつに感じのいい男だ——運動場や食堂でおまえをかばい、最初のやつを退けたあと、刑務所にいるあいだじゅうおまえを守ってやると言う。ジョー？　よく聞きなさい。その男を痛めつけるのだ。二度とおまえに手を出せないように、肘か膝、あるいは両方の骨を砕く」

鼓動が喉の動脈まで上がってきた。「そうすれば、手を出してこなくなると？」

父親は固い笑みを浮かべてうなずきかけたが、笑みもうなずきも途中で消えた。「いや、そんなことはない」

「どうすれば彼らを止められる？」

父親はいっとき眼をそらし、顎を動かしていた。戻ってきた眼は乾いていた。「止める方法はない」

7　そいつの口

サフォーク郡拘置所からチャールズタウン刑務所までは一マイルあまりだった。囚人たちを護送バスに乗せ、足枷を床にボルトでとめる時間があれば歩いていける距離だ。その朝、移送されたのは四人だった——結局名前もわからなかった細身の黒人と太ったロシア人、素直で気弱なノーマンという白人の若者、そしてジョーだ。ノーマンとジョーは房が向かい合わせだったので、何度かことばを交わしていた。気の毒にこの若者は、ビーコン・ヒルのピンクニー通りの厩舎で馬の世話をしていたが、そこの経営者の娘の虜《とりこ》になった。その十五歳の娘が妊娠したため、十二歳から孤児でいま十七歳のノーマンは強姦罪を言い渡され、厳重警備の刑務所に三年間服役することになった。

ノーマンは聖書を読んでいて、罪を悔い改める準備はできているとジョーに語った。自分には神様がついていてくださる、あらゆる人間、もっとも卑しい人間にすら、善良なところが少なからず見つかる、ことによると塀の向こう側には、こちら側より善良な心がたくさんあるのではないか、と。

ジョーは、ノーマンほど怯えた生き物を見たことがなかった。

バスがチャールズ・リヴァー・ロードをがたごと走っていくあいだに、看守のひとりが四人たちの足枷をもう一度確かめ、私はハモンドだと自己紹介した。きみたちは東棟に収容される、ただもちろん黒人は専用の南棟だと告げた。

「だが、肌の色や宗教に関係なく全員に適用されるルールがある。看守の眼を直接見てはならない。看守の命令に盾突くことは許されない。塀沿いの運動用トラックを塀に向かって走ってはならない。不健全な目的で自分や他人の体に触らない。文句も言わず、悪意も抱かず、おとなしい魚のように刑期を務めれば、われわれも心から社会復帰を支援することができる」

刑務所には百年以上の歴史があった。もとの黒花崗岩の建物に、いくらか新しい赤煉瓦の部分が増築されている。基本は中央の監視塔から四つの棟が伸びる十字型で、丸屋根の監視塔のてっぺんには常時ライフルをたずさえた四人の見張りがつき、脱獄がないよう四方に眼を光らせている。刑務所のまわりは鉄道の線路と、ノース・エンドから川沿いにサマーヴィルまで続く工場群だった。ストーブを作る工場や繊維工場があり、鋳造所からはマグネシウムと銅と鋳鉄のガスのにおいがする。バスが丘を下って平地に入ると、空は煙の天井にすっぽり覆われた。イースタン貨物の列車が警笛を鳴らし、バスはそれが通過するのを待って、線路をいくつか渡り、最後の三百ヤードを走って刑務所の敷地内に入った。

バスが停まると、ハモンドともうひとりの看守が囚人の枷をはずした。ノーマンは体を震わせ、泣きじゃくりはじめた。涙が汗のように顎から滴った。

ジョーは言った。「ノーマン」

ノーマンは顔を上げた。

「やめろ」

しかしノーマンはやめられなかった。

ジョーの監房は東棟の最上階だった。一日じゅう陽に灼かれ、夜になっても熱がこもる場所だった。監房に電気は来ていない。電気は廊下と、食堂と、死刑棟の電気椅子のために取ってある。チャールズタウン刑務所の房内の明かりはもっぱらロウソクで、まだ屋内にトイレがないので受刑者は木桶に大小便をした。ジョーの監房はひとり用だが、寝台を四つ押しこんであった。三人の同房者は、オリヴァー、ユージーン、トゥームズ。オリヴァーとユージーンはありふれた拳銃強盗犯で、それぞれリヴィアとクインシーの出身だった。どちらもヒッキーのギャングと仕事をしたことがあり、ジョーといっしょに働いたことも、ジョーの噂を聞いたこともなかったが、いくつか知っている名前を出して話すうちに、ジョーはたしかにヒッキーの下にいると納得したようだった。おかげでジョーが見せしめに監房で無視されることはなかった。

トゥームズは彼らより歳上で静かだった。くたびれた髪、筋張った手足。眼の奥には直視したくないおぞましいものがひそんでいた。初日の夜、トゥームズは上段の寝台に坐って両脚をぶらぶらさせていた。ジョーはその虚ろな視線がときどき自分に向けられるのに気づいたが、一瞬眼を合わしてさり気なくそらすことしかできなかった。

ジョーの寝台は下段のオリヴァーの向かいだった。マットレスはいちばんぼろく、板もたわんでいた。シーツは虫食いだらけのざらざらで、濡れた毛皮のにおいがした。ジョーは途切れがちにうとうとしたものの、結局眠れなかった。

翌朝、運動場でノーマンが近づいてきた。両眼にあざができ、鼻は折れているようだった。どうしたとジョーが訊く間もなくノーマンは顔をしかめ、下唇を噛んで、ジョーの首を殴りつけた。ジョーは二歩右によろめき、痛みにかまわず理由を尋ねようとしたが、またすぐノーマンが両腕を不恰好に上げて飛びかかってきた。もしジョーの頭ではなく腹を殴っていれば、その場で勝負はついていた。肋骨がまだ治っておらず、朝起き上がっても眼のまえに星が散るほどの痛みが走るのだ。ジョーはすり足で移動した。監視塔の高みにいる看守たちは、西の川か、東の海を見ていた。ノーマンはジョーの首の逆側にパンチを打ちこんだ。ジョーは足を振り上げ、ノーマンの膝頭に打ちおろした。

ノーマンは仰向けに倒れた。右脚が妙な角度に曲がっていた。地面を転がり、肘を使って立ち上がろうとした。ジョーが同じ膝をもう一度踏みつけると、運動場にいた人間の半分に骨の折れる音が聞こえた。ノーマンの口から出てきたのは叫び声ではなかった。もっと柔らかくて深い、息を吐くような音だった。犬が家の床下にもぐりこんで死ぬときに立てるような。

ノーマンは地面に倒れたまま、両手を体の横に投げ出していた。眼から涙が流れて耳に入っていた。もう襲いかかってくることはないから、手を貸して起こしてやってもよかったが、それは弱さと映る。だからジョーはそのまま歩き去った。運動場を歩きながら、まだ朝の九時だというのに暑さに参っていた。視線を感じた。数えきれないほどの眼に見つめられていた。誰もが彼を見て、次のテストは何にしようか、あとどのくらいこのネズミと遊んでから本格的に爪で引き裂いてやろうか、と考えていた。

ノーマンのことはなかったも同然、ただの前座だった。もし誰かに肋骨の怪我のひどさをわずかでも気取《けど》られたら――歩くのはもちろん、息をするだけでもくそ痛い――翌朝には骸骨しか残っていないだろう。

さっきまでオリヴァーとユージーンは西の壁際にいたが、もうほかの囚人たちにまぎれて見えなくなった。この結末を見るまでジョーに肩入れしないつもりなのだ。ジョーは知らない男たちのほうへ歩いていた。突然立ち止まって振り返れば愚かに見える。愚かさは、ここでは弱さと同義だ。

運動場の端の壁のまえに立っていた男たちに近づくと、みな去っていった。

その日はずっとそんな調子だった。誰もジョーと話さない。ジョーが何を持っていようと、誰も受け取ろうとしない。

夜、監房に戻ると空っぽだった。ジョーのでこぼこのマットレスだけが床に置かれていた。ほかのマットレスはなく、寝台も取り払われていた。ジョーのマットレスと、ごわごわのシーツと、用を足す木桶以外はすべてなくなった。ジョーは、房の鍵をかけて引き上げようとするハモンドを振り返った。

「ほかのみんなは？」

「いなくなった」ハモンドはそう言い残して去った。

次の日の夜もジョーは暑い監房に横になったまま、ほとんど眠れなかった。肋骨の痛みと恐怖のせいだけではなかった。これだけは刑務所のにおいに勝る工場の悪臭もあった。床から十フィートほどの天井近くに小窓がある。おそらく囚人に外界を見せてやろうという思いやりで作られたものだろうが、いまはたんに工場の煙の通路になっているだけで、繊維製品や燃える石炭の強烈なにおいが入ってくる。この暑さと、ネズミやゴキブリが壁際を走りまわり、夜は男たちがうめく環境のなかで、五年はおろか五日間生き延びる方法すらジョーにはわからなかった。エマを失い、自由を失い、いまや魂の光が揺らめいて消えようとしている。持つもののすべてが奪われようとしていた。

翌日も同じだった。その翌日も。ジョーが近づくとみな去っていった。眼が合うと誰もが眼をそらすが、こちらの視線が離れるなり見つめてくるのが肌で感じられた。所内の全員がしているのはそれだった——ジョーを見つめていた。

待っていた。

「何を？」ジョーは消灯時に監房に鍵をかけて出ていくハモンドに訊いた。「みんな何を待ってるんだ？」

ハモンドは鉄格子の向こうからジョーに光のない眼を向けた。

「つまり」ジョーは言った。「誰かを怒らしたんだったら、すぐにでも仲直りしたい。もし怒らしたのなら。わざとやったわけじゃないから、喜んで——」

「おまえはそいつの口のなかにいる」ハモンドはまわりの監房を見まわして言った。「そいつは舌の上でおまえを転がすかもしれないし、歯を立てて思いきり噛み砕くかもしれない。それとも、おまえが歯のあいだから飛び出すのを認めてくれるか。いずれにしろ、そいつが決める。おまえじゃなくてな」鍵を束ねた巨大なリングをぐるりとまわして、ズボンのベルトにかけた。「おまえは待つしかない」

「あとどのくらい？」

「そいつがいいと言うまでだ」ハモンドは去っていった。

次に立ち向かってきた少年は、文字どおり少年だった。ぶるぶる震え、眼は落ち着きなく動いているが、危険なことに変わりはない。土曜に浴びられるシャワーにジョーが向かっていると、十人ほどが並んだ列からひとり離れて近づいてきた。

列を離れた瞬間から襲ってくるのはわかったが、ジョーに止めるすべはなかった。相手はほかの受刑者と同じように横縞の囚人服を着てタオルと石鹸を持っていたけれど、右手にはジャガイモの皮むき器も握っていた。刃も砥石で研いである。

　ジョーがまえに出て身構えると、少年は動きつづけるかに見えたが、タオルと石鹸を下に落とし、片足を踏ん張ってジョーの頭に腕を大きく振りおろした。ジョーは右によけた。しかし少年は読んでいたらしく、左に飛んで皮むき器をジョーの内腿に突き立てた。痛みを感じるより先に、武器を引き抜く音が聞こえた。ジョーを怒らせたのはその音、魚の一部が流しに吸いこまれるときのような音だった。彼の身、彼の血、彼の肉が皮むき器の刃から垂れていた。

　次の攻撃で少年はジョーの下腹か股間を狙ってきた。激しく息をして右へ左へ体を振っていたので、どちらかわからなかった。ジョーは少年の腕のなかに踏みこみ、後頭部をつかんで自分の胸に引きつけた。少年はまたジョーを刺したが、今度は腰の下で、勢いもなければ力も入っていなかった。それでも犬に咬まれたより痛かった。もっとうまく突こうと少年が腕を振り上げたとき、ジョーは全力で突進して、相手の頭を花崗岩の壁に思いきりぶつけた。

　少年はうっとうめいて皮むき器を手から落とした。ジョーが念のためさらに二度、頭を壁に打ちつけると、少年は床にずり落ちた。

　それまで見たことのない相手だった。

　医務室で医師がジョーの傷を洗浄し、腿の怪我は縫合してガーゼの包帯を固く巻いた。薬品のにおいがするその医師は、しばらく脚と腰には触れないようにと言った。

「どうやって？」ジョーは訊いた。

　医師は聞いていないかのように続けた。「それから傷口は清潔に保つこと。包帯は一日に二度替えなさい」

「新しい包帯はもらえるのか？」

「いや」馬鹿な質問をするなといった口調だった。

「だったら……」

「まあ、治ったようなものだ」医師は言って、奥に引き上げた。

ジョーは、看守が現われて喧嘩の懲罰を言い渡すのを待った。攻撃してきた少年が生きているのか、死んでいるのかも知りたかった。が、誰も何も言わなかった。事件全体が彼の想像の産物であるかのように。

消灯時に、シャワーまえの喧嘩について何か聞いていないかとハモンドに尋ねてみた。

「いや」

「何も聞いていないという意味か？」ジョーは食い下がった。「それとも、喧嘩そのものが起きていないと？」

「いや」ハモンドはそのまま歩いていった。

刺されてから数日後、ひとりの囚人が話しかけてきた。その声に別段変わったところはなかったが――わずかに訛《なまり》があって（おそらくイタリア訛だ）、ざらついている――ほぼ一週間、なんの音も聞かなかったあとではあまりにも心地よく響き、ジョーは喉が詰まって胸がいっぱいになった。

レンズが厚く、顔に比べて大きすぎる眼鏡をかけた老人だった。ジョーが足を引きずって運動場を歩いていたときに話しかけてきた。土曜のシャワーの列に並んでいた男だ。ジョーの記憶に残っていたのは、その男がひどく弱々しく見え、長年どれだけ怖い思いをしてきただろうと同情したからだった。

「もうすぐおまえさんと闘う男がいなくなると思うか？」

背の高さはジョーと同じくらい。頭頂は禿げ、左右のもみあげにも細い口ひげにも白いものが混じっていた。脚は長く、上体はずんぐりしていて、両手は小さい。泥棒の抜き足差し足さながら、動き方にどことなく慎重なところがあるが、眼は学校にかよいはじめたばかりの子供のように無垢で希望に満ちていた。

「いなくなるとは思えないな」ジョーは言った。「候補者はいくらでもいる」

「疲れるだろう？」

「もちろん。だがまあ、いけるとこまでいくさ」

「おまえさん、動きがすごく速い」

「速いのは速いけど、すごくというほどじゃない」

「いや、速いよ」老人は小さなキャンバス地の袋を開けて煙草を二本取り出し、ジョーに一本渡した。「喧嘩を二回とも見させてもらった。あんまり速いから、みんな、おまえさんが肋骨をかばってることに気づかなかった」

ジョーは立ち止まった。男は親指の爪でマッチをすって、ふたりの煙草に火をつけた。「何もかばってなんかいない」

老人は微笑んだ。「昔な、別の人生を送ってたときだ。ここに来るまえ」――塀と有刺鉄線の向こうに手を振って――「何人かボクサーを育てたことがある。レスラーも。たいして金は儲からなかったが、いい女とは大勢知り合った。ボクサーにはいい女がつく。そしていい女は、別のいい女といっしょに行動する」肩をすくめた。ふたりはまた歩きだした。「だから肋骨をかばってるやつはわかる。折れたのか？」

ジョーは言った。「どこも悪くない」

「約束してやるよ」老人は言った。「わしがおまえと闘わされることになったら、つかんで離さないのは足首だけにしといてやる」

ジョーはくすっと笑った。「足首だけ？」

「もしかすると鼻も。それで有利になるなら」

ジョーは相手を見た。長いことここにいるにちがいない。あらゆる希望が潰えるのを見て、あらゆる苦痛と屈辱を味わってきた。投げつけられたものすべてに耐えたから、ひとりにしておいてもらえるのだろうか。それとも、ただのしわだらけの老人で、手を出すのも馬鹿らしいから放っておかれるのか。つまりは無害ということで。

「そうか、鼻をかばわないと……」ジョーは煙草を長々と吸った。次の一本が手に入るかどうかわからないときに、煙草がどれほどうまいかを忘れていた。

「数ヵ月前、肋骨を六本折って、残りもひびが入るか捻挫した」

「数ヵ月前か。だとすると、あと二ヵ月だな」

「まさか。本当に？」

老人はうなずいた。「折れた肋骨は、壊れた心と同じだ。癒えるのに少なくとも半年はかかる」

そんなに？　ジョーは思った。

「その間、ちゃんと食事がとれればだがな」突き出た腹をなでながら、「名前はなんだ？」

「ジョー」

「ジョゼフではなく？」

「そう呼ぶのは父さんだけだ」

老人はうなずき、満足げにゆっくりと煙を吐き出した。「ここは希望の欠片《かけら》もない場所だ。来てまだ日が浅くても、同じ結論に達してるだろう」

ジョーはうなずいた。

「人をまるごと食っちまう。吐き出すことすらしない」

「あんたはここにどのくらい？」

「はっ」老人は言った。「何年もまえに数えるのをやめたよ」脂ぎった青い空を見上げて、舌に残った煙草のかすをぺっと吐き出した。「ここにわしの知らない場所はない。わからないことがあったら、いつでも訊け」

この男が口で言うほど刑務所になじんでいるのかどうかは疑わしいが、話を合わせて損はないと思った。

「そうするよ。ご提案ありがとう」

ふたりは運動場の端に着いた。来たほうへ引き返しながら、老人はジョーの肩に腕をまわした。

運動場にいる全員がそれを見ていた。

老人は煙草の吸いさしを地面に捨て、手を伸ばした。

ジョーは握手した。

「トマソ・ペスカトーレだ。だがみんなマソと呼ぶ。わしの保護下に入ったと考えてもらっていい」

ジョーはその名前を聞いたことがあった。マソ・ペスカトーレはノース・エンドを牛耳り、ノース・ショアのギャンブルと売春の大半も取りしきっていた。フロリダから入ってくる酒の多くについても、塀の内側から支配している。ジョーのボスだったティム・ヒッキーも長年盛んに取引し、マソを相手にするときには細心の注意が必要だとつねづね言っていた。

「保護してほしいと頼んだ憶えはないけど、マソ」

「いいことも悪いことも含めて、人生でどれだけのことが、頼むかどうかに関係なく起きると思う？」マソはジョーの肩から腕をはずし、眉に手を当てて陽光をさえぎった。先ほどジョーが無垢なものを見たその眼に、いまや狡猾さがうかがえた。「これからはミスター・ペスカトーレと呼ぶんだ、ジョゼフ。それから今度、親父さんに会ったときにこれを」と一枚の紙切れをジョーの手にすべりこませた。

ジョーが見ると、住所が殴り書きされていた――〝ブルー・ヒル・アヴェニュー一四一七〟。それだけ。名前も電話番号もなく、住所ひとつだった。

「親父さんに渡してくれ。今回かぎり。わしが頼むのはこれだけだ」

「渡さなかったら？」ジョーは訊いた。

マソはその質問がまったくわからないという顔をした。首を傾げてジョーを見つめ、好奇心をそそられたように唇に小さな笑みを浮かべた。笑みは広がり、静かな笑い声がもれた。マソは首を何度か横に振り、二本指でジョーに敬礼すると、手下が待っている塀のほうへ戻っていった。


面会室で、トマスは息子が足を引きずって歩いてきて椅子に坐るのを見た。

「どうした」

「刺された」

「なぜ？」

　ジョーは首を振って、机に置いた掌をまえに差し出した。その下に紙切れがあるのが見えた。トマスはしばらく息子の手に自分の手を重ねた。その感触を味わいながら、もう十年以上、自分のほうからそうしたことがなかったのはどうしてだろうと考えた。紙切れを取って、ポケットに入れた。息子を、息子の隈《くま》のできた眼と傷ついた魂を見て、ふいにすべてを悟った。

「誰かの命令を実行するんだな」トマスは言った。

　ジョーは机から眼を上げ、父親と視線を合わせた。

「誰の命令だ、ジョゼフ」

「マソ・ペスカトーレ」

　トマスは椅子の背にもたれ、この息子をどのくらい愛しているのだろうと自問した。

　ジョーは父親の眼からその質問を読み取った。「自分の手は汚れてないなんて言わないでくれ、父さん」

「私は礼儀正しい人たちと礼儀正しいビジネスをしている。だがおまえは、穴居生活から一世代しか離れていないならず者の手先になれと私に頼んでいるのだ」

「手先になるわけじゃない」

「ちがうのか？　これには何が書かれてる？」

「住所」

「住所だけか？」

「そう。それしかわからない」

　父親は鼻から息を吐きながら、何度かうなずいた。

「それはおまえが子供だからだ。どこかのイタ公がおまえに住所を渡して、警察幹部の父親に伝えてくれと言う。その住所が意味することはただひとつ、そいつのライバルの違法な供給源のありかなのだが、おまえはそれすらわかっていない」

「何の供給源？」

「おそらく酒がいっぱい詰まった倉庫の類だ」父親は天井を見上げ、手で短い白髪をなでた。

「彼は今回かぎりだと言った」

父親は険のある笑みを浮かべた。「それを信じたわけだ」

トマスは刑務所をあとにした。

化学物質のにおいに囲まれて、駐車場に続く小径を歩いていった。工場の煙突から煙が昇っている。そこらじゅうに立ちこめる濃い灰色の煙は、空を茶色に、地面を黒く染めていた。近所を列車がシュッシュッと音を立てて走っていく。トマスはそれを聞いてなぜか、医療テントのまわりをうろつく狼たちを思い出した。

警官になってこのかた、少なくとも千人はこの刑務所に送りこんできた。多くは花崗岩の塀の向こうで死んだ。人間の品性について幻想を抱いていたにしても、そんなものはすぐに消えたはずだ。受刑者が多すぎ、看守が少なすぎるこの刑務所で、現状の改善は望めない。すなわち、動物を捨てる場所であり、その力が試される場でありつづける。人間として入った者が、獣になって出てくる。獣として入れば、技能が磨かれる。

息子は柔《やわ》すぎるのではないか。トマスは怖れた。長年、ジョゼフは法に背いて勝手にふるまい、トマスのことばだろうと、ほかのどんな決まりだろうと、ろくにしたがわなかったが、三人兄弟のなかではいちばん素直だ。真冬の分厚いコートを着ていても、心が透けて見えるほどだった。

小径が終わるところに非常用電話があった。懐中時計の鎖に鍵がつけてあるので、使ってボックスを開けた。手元の住所を見ると、マッタパンのブルー・ヒル・アヴェニュー、一四一七番地。ユダヤ人居住区だ。つまり、倉庫の所有者はおそらくジェイコブ・ローゼン、誰もが知るアルバート・ホワイトの供給者だ。ホワイトは活動を再開していた。留置場で一夜をすごしたことすらないのは、弁護にジャック・ジャーヴィスを雇っているからだろう。

トマスは息子の居場所《ホーム》である刑務所を振り返った。悲劇ではあるが、驚くにはあたらない。何年にもわたってトマスがしつこく異議を唱え、認めなかったにもかかわらず、みずからここにつながる道を選んだのだから。いま非常用電話を使えば、ペスカトーレ・ギャングと生涯、手を結ぶことになる。この国にアナーキズムと爆破者、暗殺者、黒手団を持ちこんだ連中と。噂によるといまや彼らは〝オメルタ連合〟なるものを組織して、違法な酒の商売全体を強引に手中に収めている。

そんな連中にまだ何かを与えてやるのか？

あいつらの下で働くのか？

あいつらの指環にキスするのか？

トマスは電話ボックスの扉を閉め、懐中時計をポケットに戻して、自分の車へと歩いていった。


まる二日間、トマスは紙切れについて考えていた。

二日間、もういない気がする神に導きを求めて祈った。

花崗岩の塀の向こうにいる息子のために、祈った。


土曜は非番だった。トマスが梯子に乗って、K通りのテラスハウスの黒い窓枠を修繕していると、見知らぬ男が道を尋ねてきた。蒸し暑い午後で、紫色の雲が幾ひらか流れてきていた。トマスは三階の窓から、かつてのエイデンの部屋をのぞきこんでいた。その部屋は三年間空っぽだったあと、妻のエレンが裁縫室として使っていたが、エレンは二年前の就寝中に息を引き取った。そこでまた空室に戻り、足踏みミシンと、二年前に繕いが必要だった衣類がまだかかる木製のラックだけが置かれている。トマスはペンキの缶に刷毛を浸した。結局、ここはエイデンの部屋だ。

「ちょっと迷ってしまって」

トマスが梯子から見おろすと、三十フィート下の歩道にその男が立っていた。薄青のシアサッカーのスーツに白いシャツ、赤い蝶ネクタイという恰好で、帽子はかぶっていない。

「何か？」トマスは言った。

「L通りの浴場を探してるんだが」

梯子の上から浴場が見えた。屋根だけでなく煉瓦の建物全体が。その向こうの小さな潟も見えた。潟の向こうには大西洋が広がり、はるか彼方に彼の生まれた土地がある。

「この通りの突き当たりです」トマスは指差して男にうなずき、また刷毛を手に取った。

男が言った。「この通りの突き当たりだね？　まっすぐ行けばいい？」

トマスは振り返ってうなずき、今度は男をじっくりと見た。

「ときどき自分の考えから抜け出せなくなる」男は言った。「そんなことはないかな？　やるべきことはわかってるのに、抜け出せなくなることが？」

ブロンドで人当たり《ブランド》がいい。ハンサムだが印象には残らない。背は高くも低くもなく、太っても痩せてもいない。

「連中は彼を殺さないよ」男は愉しげに言った。

トマスは「いまなんと？」と言って、刷毛をペンキの缶に落とした。

男は片手を梯子の下にかけた。

そこからはいとも簡単だ。

男は眼を細めてトマスを見上げたあと、通りの先を見やった。「だが、いっそ殺してほしいと思わせるだろうね。これからの人生で、毎日そう思わせる」

「市警での私の地位を知っているのか」トマスは言った。

「自殺も考えるだろう」男は言った。「当然ながら。だが連中は彼を生かしておく、もし自殺したら、あんたを殺すと約束してね。そして毎日、新しい試練を与える」

黒いモデルTが停まって、通りのまんなかでエンジンをかけたまま待っていた。男は歩道を離れて車に乗りこんだ。車は走りだし、最初の角で左折した。

トマスは梯子からおりた。家に入ったあとも手が震えていて驚いた。もう歳だ。歳をとりすぎた。梯子など使うべきではない。信条にしがみつくべきでもない。歳をとるというのは、新しいものにできるだけ潔く道を譲るということだ。

トマスは、マッタパンの第三地区本部にいるケニー・ドンラン警部に電話をかけた。サウス・ボストンの六分署で五年間、トマスの部下だった男だ。市警の多くの上官たちと同様に、ケニーもトマスの力添えで出世していた。

「休日も働きづめですね」秘書からトマスの電話をまわされたケニーが言った。

「われわれのような人間に休日はないのだよ」

「たしかに。今日はどんなご用です、トマス？」

「ブルー・ヒル・アヴェニューの一四一七番地」トマスは言った。「倉庫だ。一応、遊技場向けの機器の」

「けれど入っているのは機器ではない」

「そうだ」

「どのくらい厳しくやります？」

「最後のひと壜まで没収してくれ」トマスのなかで何かが叫んで死んだ。「最後の一滴まで」

8 薄闇に

その夏、マサチューセッツ州は、チャールズタウン刑務所でふたりの有名なアナーキストを処刑することになっていた。世界各地で大規模な抗議活動があったものの、州は粛々と執行の準備を進めた。ぎりぎりの時期に上訴がなされ、死刑執行が延期となり、さらに上訴が重なっても、決定を覆さなかった。サッコとヴァンゼッティがデダムからチャールズタウンに移送されてきて、電気椅子のある死刑棟に収容されたあとの数週間は、黒花崗岩の塀の向こう側に集結して怒る人々の声でジョーもしばしば眠りを妨げられた。夜通し彼らがそこを去らず、歌を歌い、メガフォンで叫び、スローガンを唱えることもあった。幾晩かは、眼覚めたときに松脂《まつやに》の燃えるにおいがしたから、活動に中世の趣を添えるために松明《たいまつ》を持ってきたのだろうと思った。

とはいえ、睡眠が途切れがちなそうした夜を除いては、この悲運なふたりの男がジョーやほかの男たちの生活に与える影響はなかった。ただマソ・ペスカトーレだけは別で、世の中の関心が薄まるまで、夜の塀の上の散歩はあきらめなければならなかった。

歴史に残るその八月下旬の夜、気の毒なイタリア人たちに使用された高電圧が刑務所内の電力を吸い上げ、監房の明かりはちらつくか、暗くなるか、完全に消えた。処刑されたアナーキストの遺体はフォレスト・ヒルズに運ばれて火葬された。抗議者は徐々に去っていき、ついには消えた。

マソは十年来続けている夜の散歩を再開した。太い有刺鉄線がのった塀の上の通路を、内側に運動場、外側にさびれた工場とスラムの景色を見おろす暗い監視塔に沿って歩く。

　ジョーを連れていくことも多かった。驚いたことに、ジョーはマソにとってある種の象徴になっていた。市警幹部を思いのままに操れるようになった戦利品の頭の皮なのか、彼の組織のメンバー候補なのか、たんなる愛玩犬なのか。ジョーにはわからなかったし、訊いてみようとも思わなかった。なぜ訊く必要がある？　夜、塀の上にマソといることで何よりもはっきりと示せることがあるのだから――自分は保護されているということだ。

「彼らは本当に有罪だったと思う？」ある夜、ジョーは訊いた。

　マソは肩をすくめた。「それは重要じゃない。重要なのはメッセージだ」

「どんな？　無実だったかもしれないふたりを処刑したという？」

「それだ」マソは言った。「世界じゅうのアナーキストがそのメッセージを受け取った」

　その夏、チャールズタウン刑務所ではそこらじゅうで血が流れた。最初ジョーは、刑務所とは本来そういう野蛮な場所だろうと思っていた。意味のない、食うか食われるかの悪意をむき出しにした男たちが互いにプライドをかけて殺し合う場所だと。列に並ぶ位置や、運動場で好きな方向に歩きつづける権利や、押しのけられない、肘で突かれない、靴の爪先に傷をつけられないといったことのために。

　だが、事情はもう少し複雑だった。

　東棟の受刑者が、細かいガラスの破片を両眼に押しつけられて失明した。南棟では、肋骨の下を十数回刺された受刑者を看守が発見した。いくつかの刺し傷は、においから判断して肝臓を貫いていた。二層下の受刑者たちが、においで男の死に気づいた。ジョーは〝ローソン区画〟の徹夜のレイプ・パーティの話も聞いた。その呼び名は、かつてローソン家の三世代――祖父、その息子のひとり、孫三人――が同時に収監されていたことに由来する。最後のひとり、エミル・ローソンは、収監された一家でいちばん若かったが、昔からいちばん性質《たち》が悪かった。刑期は百十四年まで積み上がっていて、釈放される見込みはない。ボストンにとってはいい知らせだが、チャールズタウン刑務所にとっては悪い知らせだ。エミル・ローソンは、新入りの強姦の音頭をとっていないときには、誰からでも金をもらって殺しを請け負っていた。ただ最近はもっぱらマソのためだけに働いているらしい。

所内でラムをめぐる戦争が起きていた。もちろん、外でも起きて世間を騒がしていたが、塀の内側の戦争は人が見たがるものではないし、見たところで涙を流すようなものでもない。北からウイスキーを密輸していたアルバート・ホワイトが、マソ・ペスカトーレが釈放されるまえにと、南からのラムの密輸にも手を広げることにしたのだ。ホワイト-ペスカトーレ戦争の最初の犠牲者はティム・ヒッキーだったが、その夏が終わるころには、被害者は十数人になっていた。

ウイスキーについては、ボストンや、ポートランドや、カナダの国境に至る脇道で派手な撃ち合いが起きていた。ニューヨーク州マッセナ、ヴァーモント州ダービー、メイン州アラガッシュといった町で車が道から飛び出した。そのうち数件はたんに運転手が殴られて車が奪われただけですんだが、ホワイト側のいちばん腕のいい運転手は、松葉が降り積もった地面の上にひざまずかされ、生意気な口を利いたために下顎を吹き飛ばされた。

ラムに関する戦争は、輸入妨害というかたちをとった。はるか南のカロライナ州や、はるか北のロードアイランド州でトラックが待ち伏せされた。ホワイトのギャングはトラックを路肩に誘導し、運転手を説得しておろしたうえで、車に火をつける。ラムを積んだトラックは、ヴァイキングの葬儀の船のように燃え上がり、周囲何マイルにもわたって夜空の底を黄色く染めた。

「やつはどこかにラムを蓄えてる」マソがある夜の散歩で言った。「ニューイングランドのラムを干上がらせておいて、蓄えを提供し、救世主になるという肚《はら》だ」

「やつに供給しようなんていう愚か者がいるのかな」ジョーは南フロリダの供給者をほぼ全員知っていた。

「愚かではない」マソは言った。「むしろ賢明だ。アルバートみたいな抜け目ない業者と、ロシアの皇帝《ツァー》がいなくなるまえからムショに入ってる年寄りのどちらかに供給しろと言われたら、わしだってアルバートを選ぶ」

「だけど、あんたはあらゆるところに眼と耳を持っている」

老人はうなずいた。「そうは言っても、わし自身の眼や耳ではないから、この手にはつながっていない。力を生むのはわしの手だ」

その夜、サウス・エンドのあるもぐり酒場でマソが雇っていた用心棒のひとりが、仕事のあとで誰も見たことのない女と帰っていった。女は掛け値なしの美人で、まちがいなくプロだった。三時間後、その用心棒はフランクリン・スクウェアのベンチに坐っているところを発見された。喉仏を横にすっぱり切られ、トマス・ジェファーソンよりはっきりと死んでいた。

マソの刑期があと三カ月で終わるということで、アルバートの側には焦りが見えはじめ、事態は危険になる一方だった。前夜にも、マソのいちばん腕利きの偽造屋だったボイド・ホルターがダウンタウンのエイムズ・ビルから投げ落とされた。ホルターは尾骨から地上に落ち、背骨の破片が砂利のように頭蓋のなかに飛び散っていたという。

マソの部下たちは応戦して、アルバートの前線基地のひとつだったモートン通りの肉屋を爆破した。肉屋の両隣の美容院と小間物店も全焼し、通りに停まっていた車数台の窓と塗料も吹き飛んだ。

これまで勝者はおらず、ただ大きな混乱が生じているだけだった。

塀の上でジョーとマソは立ち止まり、工場の煙突群と、灰や黒い毒物がばらまかれた原野の上の空いっぱいに、大きなオレンジ色の月がのぼるのを見た。マソはジョーにたたんだ紙切れを渡した。

ジョーはもう紙を渡されても見なくなっていた。さらに何度かたたんで、次に父親に会うときまで靴の裏の切れこみに隠しておくだけだ。

「開けてみろ」マソはジョーが紙をしまうまえに言った。

ジョーは老人を見た。月のせいであたりは昼間のように明るかった。

マソはうなずいた。

ジョーは手のなかで紙をひっくり返し、親指で端をめくった。最初、そこにあったふたつの単語の意味がわからなかった――

ブレンダン・ルーミス。

マソが言った。「昨日の晩、逮捕された。ファイリーンズの外で男を殴ってな。同じ上着を買おうとしたからだとさ。何も考えない野人だからでもある。殴られた男には有力な友人がいた。だからアルバート・ホワイトの右腕は、しばらくアルバートのもとへは帰れない」ジョーを見た。マソの体は月の光でオレンジ色に変わっていた。「やつが憎いか？」

ジョーは言った。「もちろん」

「けっこう」マソはジョーの腕をぽんと叩いた。「親父にそれを渡すんだ」

ジョーと父親のあいだにある銅製の金網のいちばん下に、紙切れをやりとりできる隙間がある。ジョーはそこからマソのメモを押し出すつもりだったが、いざそのときになると、膝から上げることができなかった。

その夏、父親の顔はタマネギの皮のように半透明になっていた。両手の血管も信じがたいほどあざやかに——明るい青と明るい赤に——見えた。眼のまわりがたるみ、両肩が落ちた。髪は薄くなった。六十年の一日一日と、それ以上の重みを感じさせる風姿になっていた。

しかしその朝は、話し方にもいくらか活力が感じられ、衰弱した緑の眼にも生気が戻っていた。

「誰が街に戻ってくるか、おまえには想像がつかないだろうな」彼は言った。

「誰？」

「おまえの兄のエイデンだ」

なるほど。それで納得がいく。父親がいちばん好きな息子、愛すべき放蕩息子だ。

「ダニーが帰ってくる？　いままでどこにいたの？」

トマスは言った。「それはもう、あらゆる場所だ。読むのに十五分かかる手紙を書いてよこした。タルサ、オースティン、メキシコにまで行ったらしい。最近はニューヨークにいた。だが明日、戻ってくる」

「ノラと？」

「彼女については何も書いていなかった」自分もできればその話題に触れたくないという口調だった。

「どうして戻ってくるって？」

トマスは首を振った。「通りすがりにちょっと寄るということだ」声が小さくなり、いつまでも居心地が悪いというようにまわりの壁を見た。本当に居心地が悪いのだろう。心地よく思える人間などいるわけがない、無理にでもそう思わざるをえない立場でないかぎり。「なんとかやってるか？」

「それは……」ジョーは肩をすくめた。

「なんだね？」

「努力してるよ、父さん。なんとか」

「まあ、努力するしかないな」

「ああ」

金網越しに相手を見た。ジョーはようやく勇気が湧いて膝からメモを取り、父親のほうへ押し出した。

父親はそれを開いて、名前を見た。かなり長いあいだ、ジョーには父親が息をしているのかどうかもわからなかった。そして……

「だめだ」

「え？」

「だめだ」トマスはメモを押し戻し、もう一度言った。「だめだ」

「それはマソが聞きたい返事じゃない、父さん」

「もう〝マソ〟と呼ぶ仲なのか」

ジョーは何も言わなかった。

「殺しは請け負わない、ジョー」

「彼らはそんなことは頼んでない」言いながら思った。本当に？

「どこまで世間知らずなのだ。赦しがたいほどだな」

父親は鼻から息を吐いた。「警察に拘束されている男の名前を渡すということは、そいつが独房で首を吊るか、逃げようとして背中を撃たれることを期待しているのだ。ジョー、あえてこういうことに眼をつぶろうとしているようだから、これから言うことをしっかり聞いてほしい」

ジョーは父親の視線を受け止め、そこに表われた愛と喪失の深さに驚いた。どうやら彼の父親は人生という旅の最高点に達していて、次に出てくることばはその要約なのだった。

「私は理由なく人の命は奪わない」

「たとえ相手が殺し屋でも？」

「殺し屋でも」

「おれが愛した女性の死にかかわった男でも？」

「彼女は生きていると私に言ったじゃないか」

「それはいま関係ない」

「そうだな」父親は同意した。「関係ない。要するに、

人は殺さないということだ。誰のためであれ。まして
おまえが忠誠を誓ったあの悪魔のイタリア人のためには」

「おれはここで生き延びなきゃならないんだ」ジョーは言った。「ここで」

「やるべきことをやればいい」父親はうなずいた。緑の眼がいつもより輝いていた。「生き延びるためにおまえが何をしようと余計な口は出さない。だが、殺人はしない」

「おれのためでも？」

「とりわけ、おまえのためには」

「だったらおれはここで死ぬ、父さん」

「そうなるのかもしれない」

ジョーは机に眼を落とした。木の板がぼんやり霞んだ。すべてが霞んだ。「すぐにでも」

「もしそうなったら」――囁き声になった――「私も胸が張り裂けてすぐにあとを追うだろう。だが、おまえのために殺人はしない。おまえのために誰かを死なせてしまうことはあるかもしれないが、みずから殺すことはぜったいにありえない」

ジョーは眼を上げた。あまりにも湿っぽい声になったのが恥ずかしかった。「お願いだから」

父親は首を振った。静かに。ゆっくりと。であれば、もう話すことはない。

ジョーは立とうとした。

父親が言った。「待ちなさい」

「何？」

ジョーのうしろのドアの脇に立っている看守を見た。

「あの男はマソの味方か？」

「ああ。でもどうして？」

父親はチョッキから懐中時計を取り出し、ついている鎖をはずした。

「いけない、父さん。やめてくれ」

トマスは鎖をポケットに戻し、机の向こうから時計

を送りこんだ。

　ジョーは涙があふれるのを押しとどめようとした。

「受け取れない」

「受け取れる。受け取りなさい」父親は金網の向こうから、燃えているものでも見るような眼でジョーを見つめた。いまやその顔から疲労も、絶望も、完全に消え去っていた。「ちょっとした金になる――この金属の塊は。だがそれだけのこと、しょせんは金属の塊だ。これでおまえの命を買いなさい。わかったな？　これをあの悪魔のイタリア人にやって、自分の命を買うのだ」

　ジョーは時計に手をかぶせた。まだ父親のポケットの温かみが残り、心臓のように時を刻んでいた。

　食堂でマソに話した。話すつもりはなかった。話題にはのぼらないだろうと思っていた。まだ時間はあるだろうと。食事ではいつもペスカトーレの部下たちと坐っていたが、マソ本人がいる第一のテーブルではなく、隣のテーブルにつき、毎日賭場を開帳しているリコ・ガステミアーや、看守区画の地下室でひそかに酒を造っているラリー・カーンたちといっしょだった。父親と面会したあと、ソーガス出身の偽造屋アーニー・ローランドとリコの向かい側の席についたところ、マソお抱えの兵士ヒッポ・ファジーニが割りこんできて、いつの間にかジョーはマソと向かい合い、左右からナルド・アリエンテとヒッポ・ファジーニに挟まれる恰好になっていた。

「それで、いつになる？」マソが訊いた。

「え？」

　マソは苛立ちの表情を浮かべた。同じことを言わされると、いつもそうなる。「ジョゼフ」

　ジョーは胸と喉が締めつけられるのを感じながら答えた。「やらないって」

　ナルド・アリエンテが静かに笑って、首を振った。

マソが言った。「拒否したのか？」

ジョーはうなずいた。

マソはナルドを見た。次にヒッポを。しばらく誰も、何も言わなかった。ジョーは自分の食べ物を見た。冷めてきている。食べなければならない。ここで一食でも抜いたら、たちまち体が弱る。

「ジョゼフ、わしを見ろ」

ジョーは眼を上げた。テーブルの向こうから見つめ返す顔は、不思議がって喜んでいるように見えた。期待していなかった場所に、生まれたての雛鳥の巣を見つけた狼のように。

「どうして親父を説得できなかったのだ」

ジョーは言った。「ミスター・ペスカトーレ、努力はしたんだ」

マソはふたりの部下を交互に見やった。「努力したそうだ」

ナルド・アリエンテがにやりとすると、洞窟にぶら下がっているコウモリのような歯があらわになった。

「足りなかったようだな」

「ただ」ジョーは言った。「渡されたものが――」

「なんだって？」マソは耳のうしろに手を当てた。

「あんたにこれを渡せと」ジョーはテーブルの向こうに懐中時計を差し出した。

マソはその金の蓋を見た。蓋を開けて時計を仔細に眺め、これ以上ないほど美しく〈パテック・フィリップ〉の文字が彫りこまれた蓋の内側を確かめた。なるほどと認めて、眉を持ち上げた。

「一九〇二年製の十八金」とナルドに言い、ジョーのほうを向いた。「二千個しか作られていない。わしの家より価値がある。どうして一介のお巡りがこんなものを？」

「一九〇八年に銀行強盗を阻止して」エディおじから百回は聞かされた話をくり返した。父親のほうから話題にしたことは一度もなかったが。「コドマン・スクウェアの銀行で、父さんは犯人のひとりが支店長を殺すまえに、そいつを殺した」

「で、その支店長がこの時計をくれた?」

ジョーは首を振った。「銀行の頭取が。支店長は頭取の息子だったんだ」

「そして今度は、彼が自分の息子を救うためにこの時計をわしに差し出すというのか」

ジョーはうなずいた。

「わしにも息子が三人いる。知ってたかね?」

ジョーは言った。「ええ、聞いたことは」

「だから父親についてはいくらかわかっている。父親が息子をいかに愛しているかということも」

マソは椅子の背にもたれ、しばらく時計を見ていた。最後にため息をつき、ポケットに時計を入れた。テーブルの向こうから手を伸ばし、ジョーの手を三度叩いた。「親父に伝えてくれ。贈り物に感謝すると」席を立った。「それからもうひとつ、わしがやれと言ったことをさっさとやりやがれとな」

部下たちも立ち上がり、そろって食堂から出ていった。

鎖工場での刑務作業を終えて、ジョーが汚れて火照った体で監房に戻ってくると、知らない男が三人待っていた。寝台は運び出されたままだったが、マットレスは戻され、三人はその上に坐っていた。ジョーのマットレスはその奥、高窓の下の壁沿いで、鉄格子からいちばん遠かった。三人のうちふたりとはまちがいなく初対面だが、三人目にはどこか見憶えがあった。歳は三十前後、背は低いが顔はやたらと長く、顎も鼻も耳の先も尖っている。刑務所で見知った顔と名前をひとりずつ思い出していき、眼のまえにいるのがベイジル・チギスであることに気がついた。エミル・ローソンの部下のひとりで、ボスと同じ終身刑。仮釈放の見込みはない。チェルシーの家の地下室で殺した少年の指を食ったと言われている。

ジョーは時間をかけて三人を順に見ていった。怯えていないことを示すためだったが、そのじつ怯えていた。三人はジョーを見つめ返して、ときどきまばたきしたが、無言だった。だからジョーも話さなかった。

そのうち男たちは凝視に飽きたようで、カード遊びを始めた。賭けているのは骨だった。小さな骨で、ウズラか、ヒヨコか、小型の猛禽類といったところ。それを小さなキャンバス地の袋に入れて持っていた。骨は茹でて白くなっており、勝者が集めるとカタカタ鳴った。監房のなかが薄暗くなっても彼らは遊びつづけ、「レイズ」とか、「もらう」とか、「フォールド」以外、何もしゃべらなかった。ときおりなかのひとりがジョーに一瞥をくれたが、長くは続かず、またカードに注意を戻した。

すっかり夜になると、通路の明かりも消された。三人はその回を終わらせようとしたが、ベイジル・チギスの声が闇に流れ――「やめだ」――カードを床から集める音と、骨がそれぞれの袋に戻される音がした。

みな暗闇のなかで坐っていた。呼吸だけをして。

ジョーにとってその夜は長さがつかめなかった。闇のなかに坐っていたのが三十分なのか、二時間なのか、まったくわからなかった。男たちはジョーの向かいに半円を作って坐っていた。息のにおいと体のにおいがした。とりわけジョーの右の男の体臭がひどく、乾いた汗が古くなりすぎて酢に変わったかのようだった。

眼が慣れるにしたがって三人の姿が見えてきた。真っ暗闇が薄闇に変わった。三人はあぐらをかき、手を膝にのせて坐っていた。眼は片時もジョーから離さなかった。

ジョーのうしろの工場のひとつで号笛が鳴った。

かりにナイフを持っていたとしても、三人全員を刺せるかどうかは疑問だった。これまでの人生で誰も刺したことがないのだから、ひとりも始末できないうちに武器を奪われて、逆に刺されるのが落ちだろう。

　こちらが口を開くのを待っているのはわかった。なぜわかったのかは、わからないけれど。それが連中にとって、やろうと思っていることをやる合図になる。口を開けば屈服してしまう。たとえ何も頼まなくても、命乞いをしなくても、話すこと自体が懇願になる。そして彼らはジョーを嘲笑い、殺すだろう。

　ベイジル・チギスの眼は、川がもうすぐ凍るときの青だった。闇のなかで色が戻るのに時間がかかったが、最後には戻った。ジョーは、ベイジルの両眼に親指を突っこんでその色が燃えるときの感触を想像した。

　こいつらも人間だ、と自分に言い聞かせた。悪魔じゃない。人間なら殺せる、たとえ三人だろうと。こっちから行動するだけだ。

　ベイジル・チギスの薄青の炎を見ているうちに、その力が弱まってきた気がした。こいつらに特別な力はないと念じつづけた。とにかく、頭脳、手足、意志、それらすべてがひとつにまとまって動いているおれのほうが上だ。そう考えると、この三人を圧する力があったとしてもなんら不思議はない。

　だが何をすればいい？　どこに行く？　監房は幅十一フィート、奥行き七フィートだ。

　もっと殺す気にならなければ。いま攻撃しろ。やつらがそうするまえに。相手を倒したら、首根っこをへし折ってやれ。

　想像するだけで無理だとわかった。せめて相手がひとりで、こちらが動くと思ってもいないときに動けば多少の勝ち目はあるかもしれないが、坐った位置から三人を攻撃して全員倒す？

　恐怖が腸のなかをおりていき、喉まで上がってきて、脳を鷲づかみにした。汗が止まらなかった。手が震えて袖に当たった。

　動きは左右から同時に来た。そう感じたときには、二本の手製の凶器の切っ先が両耳の鼓膜に触れていた。

どちらも見えなかったが、ベイジルが囚人服の折り目のなかから取り出したものは見えた。ビリヤードのキューの半分ほどの長さの金属製の錐《きり》で、ジョーの喉元に突きつけるのに、ベイジルは肘を曲げなければならなかった。そのあと背中に手をまわし、ウエストバンドから何かを抜き取った。ジョーは見なかったことにしたかった。そんなものが監房内にあったとは信じたくなかった。ベイジル・チギスが長い錐の上に高々と振りかぶったのは、木槌だった。

聖母マリア、とジョーは祈った。聖寵充ち満てる……

残りは忘れた。少年時代にミサの侍者を六年務めたのに、忘れてしまった。

ベイジル・チギスの眼は変わっていなかった。明確な意図は感じられなかった。左手で錐をつかみ、右手で木槌の柄を握っている。右手をひと振りすれば、錐の先端はジョーの喉を貫き、まっすぐ心臓に達するだろう。

……主は御身とともに。祝したまえ、主よ、御恵みによりて……

いや、ちがう。これは恵みの祈り、食事のときの祈りだ。マリアの祈禱文はもっと別の、たしか……

思い出せなかった。

天にましますわれらの父よ、われらの罪を赦したまえ——

監房の扉が開いて、エミル・ローソンが入ってきた。三人の輪に近づき、ベイジル・チギスの右側にひざまずいて、ジョーにうなずいた。

「可愛いやつだと聞いたが、嘘じゃなかったな」エミルはジョーの頬に生えたひげをなでた。「いまおれがおまえから奪えないものが何かあるか？」

魂？　ジョーは思った。しかしこの場所、この暗闇のなかでは、魂すら奪えるのかもしれない。

いずれにせよ、答えられるわけがない。

エミル・ローソンが言った。「答えなければ、眼玉をひとつほじくり出して、ベイジルに食わせるぞ」

「ない」ジョーは言った。「あんたが奪えないものはない」

エミル・ローソンは掌で床をふいてから坐った。

「いなくなってもらいたいか？　今晩はひとりにしてほしい？」

「ああ、そうしてほしい」

「おまえはミスター・ペスカトーレに何か頼まれたのに、拒否した」

「拒否してない。最終的に決めたのはおれじゃない」

喉に当てられた錐の先が汗ですべって首の横に流れ、皮膚を少し剝ぎ取った。ベイジル・チギスはそれをまた喉元に戻した。

「おまえのパパだな」エミル・ローソンはうなずいた。「警官の。パパは何をすることになってた？」

何をだと？

「知ってるはずだ」

「知らなかったと仮定して、質問に答えろ」

ジョーは息を吸った。ゆっくりと、時間をかけて。

「ブレンダン・ルーミス」

「そいつがどうした」

「警察に拘束されてる。明後日、法廷に呼び出される」

エミル・ローソンは頭のうしろで手を組み、微笑んだ。「で、おまえのパパは彼を殺すはずだったのに、ノーと言った」

「そうだ」

「ちがう、イエスと言った」

「ノーと言った」

エミル・ローソンは首を振った。「次にペスカトーレの家来と会ったときに、看守経由で親父から連絡があったと言え。親父はブレンダン・ルーミスを始末する、アルバート・ホワイトのねぐらも見つけたとな。

ペスカトーレにその住所を知らせたいが、本人に直接伝えなければだめだと言うんだ。ここまではわかるか、プリティ・ボーイ?」

ジョーはうなずいた。

エミル・ローソンは油布に包んだものをジョーに渡した。開くと、これも手製の武器で、ほとんど針のように細かった。もとは眼鏡のネジを締めるようなドライバーだったのだろうが、ドライバーはこれほど尖っていない。先端はバラの棘《とげ》のようだった。ジョーは切れ味を確かめるようにまっすぐ掌でなでてみた。

ジョーの両耳と喉から武器がはずされた。

エミルが身を寄せてきた。「住所をペスカトーレの耳元で囁くところまで近づいたら、その針を脳に突き立てろ」そして肩をすくめて、「喉でもいいが。とにかくやつを殺せば」

「あんたはマソの部下だと思ってた」ジョーが言った。

「おれはおれの部下だ」エミル・ローソンは首を振りながら言った。「金をもらってあいつらの仕事をしたこともあるが、いまは別の人間が金を払ってる」

「アルバート・ホワイト」ジョーは言った。

「それがおれのボスさ」エミル・ローソンはさらに近づいて、ジョーの頬を軽くはたいた。「いまはおまえのボスでもある」

Ｋ通りの家の裏の狭い土地に、トマスは畑を作っていた。長年の畑仕事でうまく育てられたものも、育てられなかったものもあるが、エレンが他界してからの二年間は栽培にいくらでも時間をかけられるようになり、毎年余分にできた作物を売って多少の利益をあげられるまでになっていた。

はるか昔、五、六歳だったジョーは父親の七月初旬の収穫を手伝おうと心に決めた。トマスはそのころ二交替制で働いていて、勤務後にエディ・マッケンナと何杯か飲んでから寝るのが常だった。その日は息子が裏の畑で話している声で眼が覚めた。ジョーはよくひとり言を言う子だった。架空の友だちに話していたのかもしれない。とにかく誰かに話しかけていて、いまでこそトマスも認めているが、その相手はトマスではなかった。トマスは仕事が忙しすぎ、エレンはすでに二十三番チンキ剤への嗜好を強めていた。ジョーの出産前に何度か経験した流産で、初めて処方された万能薬だ。当時はまだ、エレンにとってチンキ剤はさほど問題ではなかった。トマスはそう自分に言い聞かせていたが、少なくともその朝、エレンがジョーを放置していたのは明らかなのだから、もっとよく考えてみるべきだったのかもしれない。トマスはベッドのなかで、末の子が何かしゃべりながらポーチに近づいたり離れたりしているのを聞き、どこを往き来しているのだろうと思いはじめた。

　ベッドから出てローブをはおり、スリッパを見つけた。台所を通って（エレンがぼんやりした眼で微笑みながら、紅茶のカップをまえに坐っていた）、裏口のドアを開けた。

　ポーチを見て、トマスは思わず叫びそうになった。文字どおり。膝をついて天に怒りの声をあげたくなった。まだ芝生のように緑色のニンジンとパースニップとトマトが、ポーチに並んでいた。根が土のあいだに髪の毛のように広がっていた。ジョーが畑からまた新しい野菜を収穫してきた。今度はビートを。ジョーは肌も髪も泥にまみれ、まるでモグラだった。唯一白いのは眼と歯だけで、トマスを見たとたんに笑ってその歯がのぞいた。

「おはよう、父さん」

　トマスは無言だった。

「お手伝いしてるの」トマスの足元にビートを置き、また畑に戻っていった。

　一年分の作業を台なしにされ、秋の収穫も失ったトマスは、息子が誇らしげな足取りで破壊の仕上げに向からのを見つめた。と、体のまんなかから笑いがこみ上げてきて、誰よりも自分が驚いた。あまりに大きな笑い声だったので、茂みにいたリスたちがあわてて最寄りの木に逃げ出した。笑いすぎて、ポーチが揺れたと思うほどだった。

　トマスはそのときのことを思い出して、微笑んだ。このまえ息子に、人生は運だと言った。が、齢を重ねてわかってきたのは、人生は記憶でもあるということだった。ある瞬間の思い出は、しばしばその瞬間自体より豊かに感じられる。

　いつもの習慣で懐中時計を見ようとして、もうポケットに入っていないのを思い出した。寂しくなる。手に入れた経緯は、のちに伝説になった内容より少々複雑ではあるのだが。バレット・W・スタンフォード・シニアからの贈り物というのは事実だった。トマスが命の危険を冒して、コドマン・スクウェアのファースト・ボストン銀行支店長、バレット・W・スタンフォード二世を救ったのもまちがいない。職務の遂行にあたって、二十六歳だったモーリス・ドブソンの脳に制式リボルバーの弾を一発撃ちこみ、即死させたのも真実である。

　しかし、引き金を引く直前、トマスはほかの誰も見ていなかったものを見た——モーリス・ドブソンの本心を。トマスはドブソンが殺意を持っていたことを、まず人質だったスタンフォード二世に説明したし、エディ・マッケンナにも話した。当直の上司にも、ボストン市警の銃撃査察委員会のメンバーにも。委員会の許可を得て報道記者にも、スタンフォード・シニアにもやはり同じことを伝えた。シニアのほうはとにかくトマスに感謝するあまり、チューリヒでジョゼフ・エミル・フィリップその人からもらった時計をトマスに進呈した。そんな高価な贈り物をいただくわけにはいかないと再三断わったが、スタンフォード・シニアは耳を貸さなかった。

だからトマスは時計を持ち歩いた。多くの人が想像する誇りではなく、きわめて私的な敬意とともに。伝説では、モーリス・ドブソンはスタンフォード二世を殺すつもりだったことになっている。喉に銃口を当てていたのだから、そう解釈してなんの問題があるだろう。

だが、あの最後の瞬間にトマスがモーリス・ドブソンの眼から読み取ったのは——それも一瞬後には消えた——〝降伏〟だった。トマスは四フィートほど離れて立っていた。銃を抜き、しっかり構えて、いつでも撃つ気で引き金に指をかけていたとき——そうしなければ、そもそも銃を抜く意味がない——ドブソンの小石のように灰色の眼に、自分は刑務所に行く、もう終わったという、運命を受け入れる思いが映し出された。トマスは不当に拒否されたと感じた。何を拒否されたのか、すぐにはわからなかったけれども、引き金を引いたとたんにわかった。

弾は不運なモーリス・ドブソンの左眼から入った。ドブソンは床に倒れるまえに死んでいた。弾の熱でスタンフォード二世のこめかみのすぐ下に焦げ跡がついた。銃弾が最終目的を果たしたとき、トマスは、ドブソンに何を拒否されたのか、そしてなぜそれを償わせるようにあと戻りの利かない手段をとってしまったのかを知った。

ふたりの男が銃を構えて向き合えば、神の立会のもとで契約が成立するのだ。その契約の唯一の履行方法は、一方が他方を神のもとへ送ることである。

少なくともそのときには、そう感じた。

あの事件からの長い年月、トマスは酔いがいちばんまわっているときでさえ、彼の秘密をあらかた知っているエディ・マッケンナといるときでさえ、モーリス・ドブソンの眼に本心を見たことを明かさなかった。あのときの自分の行動に誇りは感じておらず、もらった懐中時計に胸を張れるわけでもないが、肌身離さず持っていたのは、この職業にともなう重い責任の証だと思っていたからだ。すなわち、警察は人間の法を執行するのではなく、自然の意志を執行する。神は人の営みに感傷的に介入してくる、白いローブをまとった雲上の王ではない。その核心は鉄であり、百年間燃えつづける溶鉱炉の炎だ。神は鉄の掟、火の掟である。神は自然であり、自然は神である。一方がなければ、もう一方も存在しない。

そしてジョゼフ、わが末息子、気まぐれなロマンティスト、私の心の棘《とげ》——今度はおまえが連中にその掟を思い出させなければならない。最低最悪の連中に。それができなければ、おまえは死ぬしかない。弱さ、道徳心の不足、意志の欠如のゆえに。

私はおまえのために祈る。力が尽きたとき、残っているのは祈ることだけだからだ。もう私に力はない。あの花崗岩の塀の向こうには手を差し伸べてやれない。時間を遅らせることも、止めることもできない。いまは塀のなかで何が起きるのか、考えることもできない。

収穫間近の畑を見やった。トマスはジョーのために祈った。歴史に生きた先祖たちにも。ほとんどは知らない人たちだが、その姿ははっきりと思い描くことができた。酒と飢餓でくたびれ、暗い衝動にとらわれた、寄る辺ない猫背の移民たち。トマスは彼らの心が永遠に安らぐようにと祈った。自分にも孫ができるようにと。

ジョーは運動場でヒッポ・ファジーニを見つけ、父親が心変わりしたと告げた。

「そういうこともある」ヒッポが言った。

「住所も教えられた」

「ほう？」大男は体重を踵にのせ、何を眺めるでもなく眺めていた。「誰の住所だ？」

「アルバート・ホワイトの」

「アルバート・ホワイトはアシュモント・ヒルに住ん

でる」

「最近はあまりそこへ行っていないそうだ」

「だったら住所を教えろ」

「くそくらえ」

ヒッポ・ファジーニは地面を見て、三重顎を囚人服に埋めた。「いまなんと？」

「今晩、塀に行くからそのとき教えるとマソに伝えろ」

「交渉できる立場じゃねえだろ、おまえ」

ジョーは眼が合うまでヒッポを睨んでいた。「できるさ」と言い残し、運動場を横切っていった。


ペスカトーレに会う一時間前、ジョーはオーク材の桶に二度吐いた。両腕が震えた。顎と唇にも震えが来た。拳で殴っているように、血が耳元でドクドクと鳴りつづけた。凶器の錐はエミル・ローソンにもらった革のブーツの紐で手首に結びつけていた。監房を出る間際に、そこから尻の割れ目に移すつもりだった。ローソンは、尻の穴に押し入れろと強く主張したが、ジョーは何かの理由でマソの部下に、坐れと命じられたときのことを想像し、尻の割れ目にするか最初から凶器を持たないかだと決めた。十分前に移して、歩く練習をしようと思っていたのに、看守が四十分も早く監房に現われて、面会者だと言った。


黄昏時で、面会時間はとっくにすぎていた。

「誰だ？」ジョーは看守のあとから階段をおりながら訊き、そこでようやくナイフを手首に縛ったままでいることに気づいた。

「賄賂の使い方を心得た人物だ」

「だろうね」——足の速い看守に追いつこうとしながら——「けど誰だ？」

看守はその区画のゲートを開け、ジョーを通した。

「おまえの兄貴だと言ってる」

兄は帽子を脱ぎながら面会室に入ってきた。頭を下げてドアをくぐらなければならなかった。たいていの男より頭ひとつ分、背が高い。黒髪がいくらか後退し、両耳の上にはわずかに白髪が混じっていた。ジョーは頭のなかで計算して、三十五歳かと思った。いまも文句なしの男前だが、その顔はジョーの記憶にあるより年季が入った感じだった。

少々くたびれ、襟がクローバーの葉の形をしたスリーピースのダークスーツを着ていた。穀物倉庫の管理人か、旅に多くの時間を費やしている男――販売員とか、組合活動家とか――に似合いそうなスーツだった。ダニーはその下に白いシャツを着て、ネクタイは締めていなかった。

カウンターに帽子を置き、金網越しにジョーを見た。

「驚いた」ダニーは言った。「もう十三歳じゃないんだな、え？」

ジョーは兄の眼が赤くなっているのに気づいた。

「兄さんももう二十五歳じゃない」

ダニーは煙草に火をつけた。マッチを持つ指が震えた。手の甲に大きな傷跡が盛り上がっていた。「まだおまえのケツを蹴り飛ばせるぞ」

ジョーは肩をすくめた。「それはどうかな。おれも汚い闘い方を学んでる」

ダニーは両眉を上げ、煙をふうっと吐き出した。

「行っちまった、ジョー」

誰が行ったのか、ジョーにはわかった。この部屋で最後に見たときに、自分の一部がそう感じていた。が、別の一部はそれを受け入れられなかった。受け入れようとしなかった。

「誰が？」

兄はしばらく天井を見上げ、ジョーに眼を戻した。

「父さんだ、ジョー。父さんが死んだ」

「どんなふうに？」

「おれの想像だが、心臓発作で」

「兄さんは……」

「は？」

「いっしょにいたの？」

ダニーは首を振った。「三十分遅かった。おれが見つけたときには、まだ温かかった」

　ジョーは言った。「ぜったいたしかなのか、その……」

「なんだ？」

「殺人じゃないって？」

「ここでいったいどんな目に遭ってるんだ、おまえ」

ダニーは面会室を見まわした。「ちがうさ、ジョー。心臓発作か、脳卒中だ」

「どうしてわかる？」

ダニーは眼を細めた。「微笑んでた」

「え？」

「そうなんだ」ダニーはくすっと笑った。「ちょっと微笑むときがあるだろう？　内輪のジョークを聞いたときとか、おれたちがまだ生まれてもいない、昔のことを思い出したときとか。わかるか？」

「ああ、わかる」ジョーは言い、自分がまた囁き声になっているのに驚いた。「わかるよ」

「だが、時計がなかった」

「ん？」ジョーは軽いめまいを覚えた。

「懐中時計だよ」ダニーが言った。「持ってなかった。あれを身につけてないことなんて――」

「おれが持ってる」ジョーは言った。「もらったんだ。厄介事に巻きこまれたときのために。ほら、こういう場所だから」

「そうか、おまえが持ってたか」

「そう」嘘で胃がひりひりした。マソが懐中時計をつかんでいるところが見えた。粉々に砕けるまで頭をコンクリートに打ちつけたかった。

「よかった」ダニーは言った。「だったらいい」

「よくない」ジョーは言った。「ひどい。けど何もかもそうなった」

ふたりともしばらく口を閉じていた。塀の向こう側から工場の笛が聞こえた。

ダニーが言った。「コンがどこにいるか知ってるか？」

ジョーはうなずいた。「アボッツフォードにいる」

「盲学校か？　そこで何を？」

「生活してる」ジョーは言った。「ある日眼覚めて、すべてを投げ出したんだ」

「なるほど」ダニーは言った。「ああいう怪我をすれば、ひねくれてもおかしくない」

「怪我のはるかまえからひねくれてた」

ダニーは同意して肩をすぼめた。ふたりは一分ほど黙っていた。

ジョーが言った。「父さんを見つけたとき、どこにいた？」

「どこだと思う？」ダニーは煙草を床に落として踏み消した。上唇の先から煙が立ち昇った。「家の裏のポーチで、いつもの椅子に坐ってた。わかるだろう。そして自分の……」ダニーは頭《こうべ》を垂れ、軽く手を振った。

「畑を見てた」ジョーが言った。

9　ボスと道連れ

刑務所にも外の世界のニュースは少しずつ入ってくる。その年のスポーツ界の話題は、もっぱらニューヨーク・ヤンキースと、コームス、ケーニッヒ、ルース、ゲーリッグ、ミューゼル、ラゼリの〝殺人打線〟だった。ベーブ・ルースひとりで度肝を抜く六十本塁打、ほかの五打者も他を圧する強さで、残された疑問は、ワールドシリーズでヤンキースがパイレーツをどのくらいこてんぱんにやっつけるかということだけだった。

歩く野球百科事典のジョーは、彼らのプレーを喜んで見たにちがいない。これほどの打線はおそらく二度と現われないからだ。それでも、チャールズタウンに服役したせいで、野球選手を〝殺人打線《マーダラーズ・ロウ》〟などと呼ぶ人間に軽蔑を覚えたのもたしかだった。

それほど殺人者の列《マーダラーズ・ロウ》に憧れているのなら、おれはいまそこに並んでるぞ、と夕闇が広がる時刻に思った。塀の上の通路は、北棟最上階のF区画の端にあるドアの向こうだった。誰にも見られずそのドアに達することはできない。三つのゲートを通り抜けなければ、その階にたどり着くことすらできないのだ。たどり着いた最上階には受刑者がひとりもいない。これほど混み合った刑務所でも、十二の監房を空《から》にして、教会でこれから使う洗礼盤並みにきれいにしている。

その階を歩くうちに、どうやってきれいにしているのかがわかった――模範囚がひと部屋ずつモップをかけているのだ。ジョーの監房にあるのと同じ高窓から、四角い空が見えた。どれも黒に近い濃紺で、ジョーは、掃除をするにしても監房のなかが見えないのではないかと思った。明かりは通路にしかない。あと数分で完全に夜になるが、そのあとは看守がランタンを持ってくるのだろう。

しかし、看守たちの姿はなかった。ジョーの先に立って歩いている看守がひとりいるだけだった。面会室への往き来でジョーについていた看守、いつも速く歩きすぎる看守だ。そのうち面倒に巻きこまれるだろう。本来は受刑者を先に歩かせるべきだからだ。看守がまえを歩くと、受刑者は好きなだけ悪事を働く。たとえばジョーは五分前に、錐《きり》を手首から尻に移した。やはり練習しておけばよかった。尻を引き締めて自然に歩くのは容易なことではない。

それにしても、看守たちはどこにいる？　マソが塀の上を歩く夜には、このあたりにほとんどいなくなる。みんながみんなマソに抱きこまれているわけでもないが、味方でない看守も、あえてマソの一味に糞《くそ》を落とすようなことはしないのだろう。その階を歩きながらジョーがまわりを見ると、怖れていたことが現実になっていた——やはりいまこの階に看守はいない。監房を掃除している受刑者に眼を凝らした。

まさに殺人者の列だった。

ベイジル・チギスの尖った頭でわかった。刑務所支給の防寒帽をかぶっても隠せない。ベイジルが七番目の監房でモップをかけていた。ジョーの右耳にナイフを突っこんだ体臭のひどい男が八番目だった。十番目の監房でバケツを押していたのはドム・ポカスキ、自分の家族を焼き殺した男だ——妻、ふたりの娘、義母、食料貯蔵庫に閉じこめた猫三匹は言うに及ばず。

突き当たりの階段室の入口のまえに、ヒッポとナルド・アリエンテが立っていた。いつもより受刑者の数が多く、いつにも増して看守の数が少ないことをもし気にしているとすれば、一流の技術でそれを隠していた。顔の表情からは何もうかがえず、ただ支配階級の自惚れだけが感じられた。

おまえら、とジョーは思った。心の準備をしておいたほうがいいぞ。

「両手を上げろ」ヒッポがジョーに言った。「身体検査だ」

ジョーはすぐにしたがったが、錐を尻の穴に押しこんでおかなかったことを心から後悔した。柄の部分が、細いとはいえ背骨の下に収まっている。ヒッポが妙な形に気づいてシャツを引き上げ、ジョーを刺すかもしれない。ジョーは両手を上げ、自分が落ち着いて見えることに驚いた。震えてもいないし、汗をかいてもいない。内心の恐怖はまったく外に出していない。ヒッポは大きな手でジョーの両脚を叩いていった。次いで脇腹、そのあと片手で胸を、もう一方の手で背中をなでおろした。指の先が錐の柄をかすって、柄が少しうしろに飛び出した。ジョーは尻に力を入れた。いかに尻を引き締められるかに命がかかっているというのは、なんとも馬鹿らしかった。

ヒッポがジョーの肩をつかんで自分のほうを向かせた。「口を開けろ」

開けた。

「もっと広く」

広げた。

ヒッポはジョーの口のなかをのぞき、「よし」と言ってうしろに下がった。

ジョーが先に進もうとすると、ナルド・アリエンテがドアのまえに立ちはだかった。嘘はすべて見抜いているといった様子で、ジョーの顔を見すえた。

「おまえの命はボスと道連れだ。わかったな？」

ジョーはうなずいた。ジョーやペスカトーレに何が起きるにしろ、ナルドの人生はもうすぐ終わる。「わかった」

ナルドが脇にどき、ヒッポがドアを開けた。ジョーは階段室に入った。コンクリートの土台から鉄の螺旋階段だけが伸びていて、のぼった先にある跳ね上げ戸は、すでに夜に向かって開いていた。ジョーはズボンのうしろから錐を抜き出し、目の粗い囚人服のシャツのポケットに入れた。階段のいちばん上に達すると、右手で拳を作り、人差し指と中指を立てて、最寄りの監視塔にいる見張りに見えるように外に突き出した。監視塔の光が左、右と動き、またすばやく左右に揺れた。安全という合図だ。戸口から出てあたりを見まわすと、マソが十五ヤードほど先の中央監視塔の正面にいた。

　ジョーはそこまで歩いていった。錐が軽く腰に当たるのを感じた。中央監視塔の視界が及ばない唯一の場所は、監視塔の真下だ。マソがそこにいるかぎり、ふたりは誰にも見られない。ジョーが来たとき、マソは気に入っている苦いフランス煙草――黄色いパッケージ――を吸いながら、西の荒廃した地域を見ていた。

　ジョーを一瞥して何も言わず、湿った音をさせて煙草の煙を吸ったり吐いたりしていた。

　そして言った。「親父さんのことは残念だった」

　ジョーは自分の煙草を探す手を止めた。夜空がマントのように顔に落ちてきて、まわりの空気がなくなり、酸素不足で頭が締めつけられた。

　マソが知っているはずはない。彼のあらゆる力、あらゆる情報源をもってしても。ダニーはマイケル・クローリー警視監に直接連絡したと言っていた。彼らの父親と組んで徒歩の巡回から出世し、スタットラーの夜の事件があるまでは、いずれトマスが仕事を引き継ぐことになっていた人物だ。トマス・コグリンは家の裏からひそかに覆面パトカーに運びこまれ、市の死体保管所に地下の入口から入った。

　親父さんのことは残念だった。

　ありえない、とジョーは自分に言い聞かせた。知りようがない。不可能だ。

　煙草が見つかったので、くわえると、マソが胸壁でマッチをすって火をつけてくれた。老人の眼は寛大な光を放っていた。場面次第でそういうこともできる。

　ジョーは言った。「残念とは？」

マソは肩をすくめた。「誰しも自分の本性に反することを頼まれるべきではない、ジョゼフ、たとえそれが愛する者のためであったとしてもな。われわれが彼に、そしておまえに頼んだことは、フェアではなかった。だが、そもそもこの腐った世界にフェアなことなどあるか？」

　ジョーの耳と喉から心臓の鼓動が消えた。

　ふたりは胸壁に肘をついて煙草を吸った。遠く灰色に広がるミスティック川を、艀《はしけ》の光が追放された星のように流れていく。白いヘビのような工場の煙がまわりながら彼らのほうに飛んでくる。大気はこもった熱と、落ちてこない雨のにおいがした。

「おまえにも、親父にも、これほどたいへんなことは二度と頼まないよ、ジョゼフ」マソは力強くうなずいた。「約束する」

　ジョーは相手をしっかり見つめた。「いや、頼むさ、マソ」

「ミスター・ペスカトーレだ、ジョゼフ」

　ジョーは「失礼」と言った。指のあいだから煙草が落ちた。拾うために通路に身を屈めた。

　ところが、拾う代わりにマソの両足首をつかんで思いきり引き上げた。

「叫ぶな」まっすぐ立ち上がると、老人の頭は胸壁の向こうにせり出した。「叫んだら下に落とす」

　老人の呼吸が速くなった。足でジョーの脇腹を蹴った。

「もがくのもやめたほうがいい。支えきれなくなる」

　しばらくかかったが、ついにマソの足は動くのをやめた。

「武器は持ってるか？　嘘はつくなよ」

　胸壁の向こうから声が流れてきた。「ああ」

「いくつ？」

「ひとつだけだ」

　ジョーは足首を離した。

マツはまるで飛ぶのを習っている最中のように両腕を振りまわした。胸を塀にのせたまま前方にすべり、頭と上体が闇に呑みこまれた。叫んだのかもしれないが、ジョーは片手でマツの囚人服のウエストバンドをつかみ、胸壁に足を突っ張って引き戻した。

マツは何度か、息をあえがせるような奇妙な音を立てた。きわめて高い音で、野原に捨てられた赤ん坊を連想させた。

「いくつだ？」ジョーはくり返した。

一分ほど、ただあえいでいた。そのあと声が聞こえた。「ふたつだ」

「どこにある？」

「足首にカミソリ、ポケットに釘」

釘？ 見てみなければ。空いた手でマツのポケットを叩いていき、妙なふくらみを見つけた。そっと手を入れて取り出すと、一見、櫛《くし》のように見えるものだった。短い釘が四本、棒にハンダづけされ、その裏にゆがんだ輪が四つついている。

「これを拳につけるのか？」

「そうだ」

「とんでもないな」

それを壁の上に置いた。マツの靴下を探ると、カミソリが入っていた。真珠色の柄のついたウィルキンソン製だ。釘のナックルダスターの横に置いた。

「頭がくらくらしてきたか？」

くぐもった声。「ああ」

「だろうな」ジョーはウエストバンドを握り直した。「おれが指を離したら、あんたがただの死んだイタ公になることはわかるな、マツ？」

「ああ」

「あんたのせいで、おれの脚には穴があいた。くそ皮むき器でできた穴だ」

「わしは……おまえを……」

「え？ はっきりしゃべってくれ」

ヒューヒューという音とともに、「わしはおまえを救ってやった」

「父さんを動かすためだ」ジョーは肘でマソの肩胛骨のあいだを押し下げた。老人は甲高い悲鳴をあげた。

「何が望みだ」マソの声は空気が足りず震えはじめた。

「エマ・グールドという名前を聞いたことは？」

「ない」

「アルバート・ホワイトが殺した」

「聞いたことがない」

ジョーはマソを引き上げて仰向けにした。一歩うしろに下がって、息をさせてやった。

そして手を差し出し、指をパチンと鳴らした。「時計を返してもらおう」

マソはためらわなかった。ズボンのポケットから懐中時計を取り出して、ジョーに渡した。ジョーはそれを握りしめた。時を刻む振動が掌から血に伝わった。

「父さんは今日死んだ」話が支離滅裂だと思った。父親からエマ、そしてまた父親。けれど、そんなことはどうでもよかった。ことばがないものに、ことばを当てはめなければならなかった。

マソはちらっと眼を動かしたが、また喉をこすりはじめた。

ジョーはうなずいた。「心臓発作だった。おれのせいだ」マソの靴を引っぱたくと、老人はびくっとして両手を胸壁の上に叩きつけ、バランスをとった。ジョーは微笑んだ。「だが、あんたのせいでもある。くそったれ」

「だったら殺すがいい」マソは言ったが、声に力強さはなかった。肩越しに下を見て、ジョーに眼を戻した。

「そう命じられたよ」

「誰に？」

「ローソンに」ジョーは言った。「すぐ下で徒党を組んであんたを待ってる——ベイジル・チギスだの、ポカスキだの、見世物に出せそうなエミルの部下たちがな。あんたの手下のナルドとヒッポ？」首を振った。「もう殺されてるだろうよ。あの階段の下には、おれが失敗したときのために狩猟隊が待機してる」

　いつもの傲岸な表情がいくらかマソの顔に戻ってきた。「そいつらがおまえを生かしておくと思うのか」

　そこはよく考えていた。「おそらくな。あんたらの今回の戦争は、死体の山を築いてきた。ちゃんと〝ガム〟の綴りを書いて、かつ噛めるやつはそれほど残ってない。それに、おれはアルバートを知ってる。昔おれとやつには共通点があった。つまり、これはホワイトからの和平の申し出だ。マソを殺して仲間に戻ってこいという」

「ならどうして殺さない？」

「殺したくないからだ」

「ほう？」

　ジョーは首を振った。「おれはアルバートを滅ぼしたい」

「殺すのか？」

「そこはわからない」ジョーは言った。「だが、完全に叩きのめしたい」

　マソはポケットのフランス煙草を探った。一本取り出して火をつけた。まだ息が乱れていたが、ようやくジョーと眼を合わせてうなずいた。「見上げた心がけだ。祝福しよう」

「あんたの祝福などいらない」

「説得してやめさせようとは思わないが」マソは言った。「復讐してもあまり利益はないぞ」

「利益の問題じゃない」

「人生のすべては利益の問題だ。利益か、継承か」マソは空を見上げ、またジョーを見た。「さて、どうやって生きて戻る？」

「監視塔の見張りは全員あんたの味方か？」

「この塔の上にいるやつはそうだ」マソは言った。「残りのふたりは金にしたがう」

「なかの看守に連絡させて、ローソンの手下をいますぐ捕らえることはできないか？」

　マソはかぶりを振った。「見張りのたったひとりでもローソン寄りなら、下にいる囚人たちに情報が伝わって、やつらがここに押し寄せてくる」

「なるほど。ならいい」ジョーはゆっくりと息を吐き出して、まわりを見た。「汚いやり方でいこう」

　マソが監視塔の見張りと話しているあいだに、ジョーは塀の通路を跳ね上げ戸まで引き返した。もし死ぬとしたら、ここがいちばん危ない。一歩踏み出すたびに、銃弾が脳にめりこんだり背骨を砕いたりするのではないかという疑念を振り払えなかった。

　来た道を振り返った。マソは通路から消えていたので、濃くなる闇と監視塔以外に眼につくものはなかった。星も月も出ておらず、空は真っ暗だった。

　戸を開けて、下に呼びかけた。「終わった」

「怪我は？」ベイジル・チギスが大声で言った。

「ない。けど服は着替えないと」

　誰かが闇のなかでくすくす笑った。

「だったらおりてこい」

「上がってきてくれ。死体を運び出さなきゃならない」

「おれたちが――」

「合図は右手の拳だ。人差し指と中指を合わせて立てる。どちらかがないやつは上げないでくれ」

　誰かに反論されるまえに戸口から離れた。

　一分ほどして、最初の男が上がってくる足音が聞こえた。穴から手が出て、ジョーの指示どおり指を二本立てた。監視塔の光が手を横切り、また戻ってきた。

　ジョーが言った。「安全だ」

　家族を焼いた男、ポカスキだった。慎重に顔を出して、あたりを見まわした。

「急げ」ジョーは言った。「ほかのやつらも呼んでくれ。おろすのにあとふたりは必要だ。死んで重いし、おれは肋骨をやられてる」

ポカスキが微笑んだ。「怪我はしてないと言わなかったか」

「死ぬ怪我じゃない」ジョーは言った。「さあ早く」

ポカスキは階段の下に呼びかけた。「あとふたり寄越してくれ」

ベイジル・チギスが現われ、小柄でウサギのような唇の男が続いてきた。食事時に誰かがこの男を指差していたが――名前はエルドン・ダグラスだ――犯した罪は思い出せなかった。

「死体はどこだ？」ベイジル・チギスが訊いた。

ジョーは方向を示した。

「なら行く――」

ベイジル・チギスに光が当たり、弾が彼の後頭部に入って、顔のまんなかから飛び出した。鼻がいっしょに吹き飛んだ。ポカスキは眼をぱちくりさせ、それが生前最後の動作になった。彼の喉にドアが開き、そこがひらひらして、赤い血が噴き出した。ポカスキは仰向けに倒れて脚を引きつらせた。エルドン・ダグラスは階段の入口に駆けこもうとしたが、見張りの三番目の銃弾が大きなハンマーのようにその頭を砕いた。ダグラスは頭の上部を失って、跳ね上げ戸の右側に倒れた。

ジョーは光のなかで眼を凝らした。死んだ三人の血や肉が全身に飛び散っていた。階下で男たちが叫び、逃げていた。そこに加わりたかった。杜撰《ずさん》な計画もいいところだ。まぶしくて眼が見えないが、銃の照準が自分の胸に向けられていると感じた。父のトマスが警告したとおり、裏社会に入れば、銃弾は生まれ来る凶暴な子孫であり、すぐにその子孫に会い、神に会うことになる。唯一の心の慰めは、即死ということだけだった。十五分後には、父親やエディおじとビールで乾杯しているだろう。

ふいにライトが消えた。

何か柔らかいものが顔に当たり、肩に落ちた。ジョーは闇のなかで眼をしばたたいた——小さなタオルだった。

「顔をふけ」マソが言った。「血だらけだぞ」

ふき終わると眼も慣れて、数フィート先にマソが立ち、フランス煙草を吸っているのが見えてきた。

「わしに殺されると思ったか？」

「ふとそんな気もした」

マソは首を振った。「わしはエンディコット通りのつまらんイタ公だ。高級レストランに行ってもフォークの使い方がわからない。品位も教育もないかもしれんが、決して人は裏切らない。おまえをやるなら直接飛びかかる。ちょうど、おまえがそうしたように」

ジョーはうなずき、足元の三人の死体を見た。「こいつらのことは？　徹底的に裏切った気がするけど」

「知るか」マソは言った。「自業自得だ」ポカスキの死体をまたいで、ジョーのまえまで来た。「おまえが思ってるより早く、ここから出してやる。そうなったら、金儲けをする気はあるか？」

「もちろん」

「何をするにもペスカトーレ・ファミリーの仕事が第一で、自分は二の次だ。それにしたがえるか？」

ジョーは老人の眼をのぞきこんで、いっしょに大金を稼げると確信した。この相手がぜったいに信用できないことも。

「したがえる」

マソは手を差し伸べた。「オーケイ」

ジョーは自分の手の血をふいて、マソの手を握った。

「オーケイ」

「ミスター・ペスカトーレ」誰かが階下から呼ばわった。

「いま行く」マソは跳ね上げ戸に歩いていき、ジョーもついていった。「来い、ジョゼフ」

「ジョーだ。父さんだけがジョゼフと呼んでた」

「いいだろう」ふたりで暗い螺旋階段をおりながら、マソは言った。「父親と息子というのはおかしなものだ。息子は世に出て、帝国を築くこともできる。王になることも。アメリカ合衆国の皇帝になることも。神にだってなれる。それでも、かならず父親の影のなかにいるのだ。そこからは逃れられない」

　ジョーはマソについて階段をおりていった。「あまりありがたくないな」

10　面　会

　サウス・ボストンのゲート・オヴ・ヘヴン教会で朝おこなわれた葬儀のあと、トマス・コグリンはドーチェスターのシーダー・グローヴ墓地に安置された。ジョーは式に参列することは認められなかったが、その夜、マソ寄りの看守のひとりが持ってきてくれた《トラヴェラー》紙でその記事を読んだ。

　ハニー・フィッツとアンドルー・ピーターズの元市長ふたりが、現市長のジェイムズ・マイケル・カーリーとともに出席した。元知事ふたり、元地区検事五人、元検事総長ふたりも。

　あらゆるところから警官が集まった。南はデラウェアから北はメイン州バンガーまで、現役も引退者も含めて、市警、州警察のあらゆる階級、あらゆる専門分野の警官が。記事に添えられた写真には墓地のはずれを蛇行するネポンセット川が写っていたが、青い帽子と青い制服が多すぎて、川はほとんど見えなかった。

これが権力だ、とジョーは思った。これが伝説だ。

そしてほとんど同時に――だから？

父親の葬儀はネポンセットの土手沿いの墓地に千人を集めた。いつの日か、ボストン警察学校にトマス・X・コグリン・ビルができて、研修生が学ぶことになるのかもしれない。毎朝、通勤者の車がコグリン・ブリッジを渡ることも、ことによるとありうるだろう。

すばらしい。

それでも、死者は死者だ。いない者はいない。どんな建造物も、伝説も、橋も、その事実を変えることはできない。

人に与えられる人生はひとつだけ。だからしっかり生きたほうがいい。

ジョーは新聞を寝台の自分の横に置いた。新しいマットレスつきで、前日の作業のあとで監房に戻ると、届いていた。小さなサイドテーブルと椅子と石油ランプまで。サイドテーブルの抽斗には、ランプ用のマッチと新しい櫛が入っていた。

ランプの火を吹き消して闇のなかに坐り、煙草を吸った。工場の騒音と、狭い水路で合図し合う艀の警笛に耳をすました。父親の懐中時計の蓋を開け、パチンと閉め、また開けた。開け、閉め、開け、閉め、開け、閉め。高窓から工場の化学薬品のにおいが入ってきた。

父親は死んだ。自分はもう息子ではない。

歴史も期待も背負っていない男。何も書かれていない石板。もう誰の世話にもなっていない。

二度と見ることのない母国から船出した、最初の移住者になった気分だった。暗い空の下、暗い海を渡り、これから形作られようとしている新世界に上陸する。その世界は、まるで太古の昔から待っていたかのようだった。

彼を。

彼がその国に名前を与え、イメージどおりに作り直すことを。彼の価値観を取り入れ、やがて世界じゅうに広めるために。

ジョーは時計の蓋を閉めて手で包みこみ、眼を閉じた。自分の新しい国の岸辺が見えてきた。頭上の暗い空がいつしか一面の星空に変わり、白い光が降り注いだ。あと少し水上を進めば、自分の国だ。

寂しくなると思う。心も痛む。けどおれは生まれ変わった。完全に自由になった。

葬儀の二日後、ダニーが最後に訪ねてきた。

金網に顔を近づけて訊いた。「どうしてる？」

「生き方を学んでる」ジョーは言った。「兄さんは？」

「わかるだろう」

「いや、わからない。何も知らないんだ。八年前に兄さんがノラとルーサーとタルサに行ったあとは、噂しか聞かなかったから」

ダニーはもっともだというようにうなずいた。煙草を探して火をつけ、しばらくたってから口を開いた。

「タルサで、ルーサーと仕事を始めた。建設業だ。黒人地区に家を建てて、しばらくはうまくやってた。大儲けというほどじゃないが、そこそこな。保安官補も務めた。信じられるか？」

ジョーは微笑んだ。「カウボーイの帽子をかぶって？」

「よくぞ訊いてくれた」ダニーは鼻にかかった訛で言った。「六連発拳銃も持ってたぞ。腰の左右に二挺」

ジョーは笑った。「ストリングタイも？」

ダニーも笑った。「もちろん。ブーツもだ」

「拍車つきの？」

ダニーは眼を細めて首を振った。「人はどこかに線を引かなきゃならない」

ジョーはくすくす笑いながら訊いた。「それで？　暴動があったようなことを聞いたけど」

ダニーのなかの光が消えた。「焼き払われた」

「タルサが？」

「タルサの黒人地区、ルーサーが住んでたグリーンウッドというところだ。ある晩、留置場に入ってたひとりの若い黒人を白人たちがリンチしにきた。その黒人がエレベーターで白人女性の股をつかんだからというんだが、じつのところ、女性は彼とひそかに何ヵ月もつき合っていた。ところが別れを切り出されて、腹が立ったので嘘の申し立てをしたわけだ。おれたちも彼を逮捕せざるをえなかったが、証拠不充分で釈放しようというときに、タルサじゅうの白人の男たちがロープを持って現われた。やがて黒人たちも集まってきた。そのなかにルーサーもいた。黒人たちは武器を持ってた。リンチを求めた白人たちもそれは予想外だったので、その夜は引き下がった」ダニーは踵で煙草を踏み消した。「翌朝、白人たちが線路を渡って黒人区画に入り、白人に銃を向けたらどうなるかを黒人たちに教えた」

「やっぱり暴動だったんだ」

ダニーは首を振った。「あれは暴動なんかじゃない。大虐殺だ。彼らは黒人を見るたびに、銃をぶっ放すか火をつけた。相手が女子供だろうと老人だろうとかまわなかった。そうやって撃ちまくったのは、共同体の重要人物たちだった。日曜には教会にかよい、ロータリークラブに所属しているような。しまいに連中は農薬散布用の飛行機で頭上を飛び、建物に手榴弾や手製の火炎瓶を落としやがった。燃える建物から黒人たちが飛び出してくるところを、マシンガンで待ち伏せしてた。通りでくそ芝刈りをするようなものだ。何百人も死んだ。何百人も通りに倒れて、洗濯中の赤い服の山みたいに見えた」ダニーは頭のうしろで手を組み、唇からふうっと息を吐き出した。「おれはそのあと歩きまわって、死体をトラックにのせていった。わかるだろう。そのあいだじゅう考えたよ、おれの国はどこだ、どこへ行っちまったんだって」

　ふたりとも長いことしゃべらなかった。やがてジョーが言った。「ルーサーは？」

　ダニーは片手を下げた。「生き残った。最後に見たときには、かみさんと子供を連れてシカゴに向かってた」ダニーは言った。「ああいう……ことのあとだろう、ジョー。生き残ると、恥ずかしい気持ちになるものだ。説明すらできないが、体全体で恥ずかしいと感じる。生き残ったほかの人たちも同じだ。お互い眼を合わせられなくなる。みなその悪臭を身にまとっていて、残りの人生、それをどうしようかと考えてる。当然ながら、同じにおいをさせてる人間には近づいてほしくない。自分のにおいがもっと強くなるからだ」

　ジョーは言った。「ノラは？」

　ダニーはうなずいた。「まだいっしょにいるよ」

「子供は？」

　首を振った。「おまえがおじになってたら、それをわざわざ黙っておくと思うか？」

「八年で一回しか会ってないんだ、ダン。もう何をするかなんてわからない」

　ダニーはうなずいた。ジョーは、口にこそ出さないが胸のうちで思っていたことが真実だったのを知った――兄のなかの何か、芯にある何かが壊れていた。だが、そんなことを考えているうちに、昔のダニーの一部が戻ってきて、にやりと笑った。「おれとノラはここ数年、ニューヨークにいたんだ」

「そこで何を？」

「ショーを作ってた」

「ショー？」

「映画だ。あっちではそう呼ぶ、ショーとね。ちょっとややこしいな、演劇をショーと呼ぶことが多いから。

とにかく、映画だ。フリッカー、ショー」

「映画の仕事をしてるんだ」

ダニーはうなずいた。活き活きと話しはじめた。

「ノラが始めたことだ。〈シルヴァー・フレイム〉という会社で働きだしてな。社員はユダヤ人だが、いい連中だ。ノラは経理を一手に引き受けてたが、そのうち宣伝も手伝ってくれと言われ、衣装まで手がけることになった。当時はそういう会社だったんだ、みんながなんでもやるような。監督がコーヒーを淹れたり、撮影係が主演女優の犬の散歩をさせたり」

「映画とはね」

ダニーは笑った。「待て、話はここからだ。おれも何人か彼女の上司と会ったんだが、そのうちのひとり、ハーム・シルヴァーという気さくで有能な男がおれに訊いた――いいか、驚くなよ――スタントをやったことはあるかって」

「スタントって？」ジョーは煙草に火をつけた。

「俳優が落馬するシーンがあるだろう？ あれは本人じゃなくてスタントマンがやってるんだ。そういうののプロが。俳優がバナナの皮ですべったり、縁石につまずいて転んだり、まあなんでもいいが、通りではねられたり？ 今度スクリーンをよく見てみな。本人じゃないから。おれか、おれみたいな男だ」

「ちょっと待って」ジョーは言った。「いままで何作に出演した？」

ダニーは一分ほど考えていた。「七十五本ほどかな」

「七十五本？」ジョーは煙草を口から抜いた。

「いや、多くは短篇だが。つまり――」

「短篇ぐらいわかるよ」

「けどスタントはわからなかったろ？」

ジョーは中指を立てた。

「だからまあ、けっこう出てる。いくつか短篇も書いた」

ジョーは口をあんぐりと開けた。「書いた？」

ダニーはうなずいた。「ちょっとしたことだ。ロワー・イースト・サイドの子供たちが金持ちのご婦人のために犬を洗おうとして逃がしてしまい、金持ちのご婦人が警察に電話して、不運なことが続き、といったような」

ジョーは指が焼けるまえに煙草を床に落とした。

「これまでに何本書いたの？」

「五本ぐらいかな。だがハームはおれに才能があると思ってるらしくて、近いうちに長いのを一本書いてみろと言ってる。脚本家《シナリスト》になれと」

「シナリストって？」

「映画の脚本を書く人間さ。天才だよ」今度はダニーがジョーに中指を立てた。

「でもノラはそのあいだどこに？」

「カリフォルニアだ」

「ニューヨークにいたのかと思った」

「いたんだ。ところが、シルヴァー・フレイムが最近作った安手の映画二本がたまたま当たった。ちょうどニューヨークじゃエジソンがカメラの特許でみんなを訴えまくってるが、カリフォルニアではその特許は関係ない。それにあそこは三百六十五日のうち三百六十日晴れだから、みんな続々と移転してる。シルヴァー兄弟もいまが潮時だと気づいて、ノラが一週間前に下見にいった。いまや製作部長だからな、一気に出世して。おれも三週間後に『ペコスの保安官』という映画でスタントをすることになった。今回立ち寄ったのは、父さんにまた西に行くと伝えるためだった。引退して気が向いたら訪ねてきてよと。次にいつ会えるかわからなかったから。それを言えば、おまえとも」

「よかったね」ジョーは言った。それでもまだばかばかしく思えて首を振っていた。ダニーの人生――ボクサー、警官、組合幹部、ビジネスマン、保安官補、スタントマン、駆け出しの物書き――は〝アメリカの人生〟だ。もしそんなものがあるならばだが。

「来いよ」兄が言った。

「え？」

「ここから出たら。おれたちのところへ。まじめに言ってる。馬から落ちて金を稼ぐんだ。撃たれたふりをしたり、本物らしく見える飴ガラスに飛びこんだり。残りの時間は太陽の下でくつろいで、プールサイドで売り出し中の若い女優と出会う」

一瞬、ジョーにも見えた——新しい人生、夢のように青い水と、蜂蜜色の肌の女たちと、ヤシの木。

「たった二週間の汽車の旅だぞ、ジョー」

ジョーはまた笑って、そのことを想像した。

「いい仕事だ」ダニーは言った。「もし出てきていっしょにやりたいなら、おれが訓練してやる」

ジョーはまだ微笑みながら、首を振った。

「まっとうな仕事だ」ダニーは言った。

「わかってる」

「いつも肩越しにうしろをうかがう生活から逃れられる」

「そういうことじゃない」

「なら、どういうことなんだ？」ダニーは本気で知りたがっているようだった。

「夜だ。夜には夜のルールがある」

「昼にもルールがあるぞ」

「そう、わかってる」ジョーは言った。「でもおれは好きじゃない」

ふたりは長いこと金網越しに見つめ合っていた。

「わからんな」ダニーが静かに言った。

「わからないだろうと思う」ジョーは言った。「兄さんは心の底で、世の中にはいいやつと悪いやつがいるという話を信じてる。高利貸しが借金を払わない客の脚を折るのと、銀行家が同じ理由で客を家から追い出すのとでは、どこかちがいがあると思ってる。銀行家は仕事をしてるだけだが、高利貸しは犯罪者だというふうに。おれは、善人のふりをしてないだけ高利貸しのほうが好きだ。銀行家はおれがいまいる場所にいるべきだと思う。おれはくそ税金を払ったり、会社のピクニックで上司にレモネードを運んだり、生命保険を買ったりするような人生は送らない。歳とって、ぶくぶく太って、バック・ベイの会員制クラブに入って、どこか奥まった部屋でろくでなしどもと葉巻を吸ったり、スカッシュの試合や子供の成績について話したりしない。会社の机で死んだって、自分の名前はオフィスのドアからすぐに消される。棺に土がかかるまえにね」

「だが、それが人生だ」ダニーが言った。

「ひとつの人生さ。あいつらのルールでプレーしたいならすればいい。けどおれは、あいつらのルールはくだらないと思う。ルールは自分の力で作るものだけだ」

ふたりはまた金網越しに見つめ合った。子供時代をつうじてダニーはずっとジョーのヒーローだった。というより、神だった。その神がいまや生活のために馬から落ち、生活のために撃たれたふりをする人間になっている。

「なんと」ダニーは穏やかな声で言った。「おまえも大人になったな」

「ああ」ジョーは言った。

ダニーは煙草をポケットにしまい、帽子をかぶった。

「残念だよ」彼は言った。

刑務所内のホワイト-ペスカトーレ戦争は、ホワイト側の兵士三人が〝脱獄を図って〟屋上で射殺された夜にひとまず決着したかに見えた。

しかし小競り合いは続き、悪感情はくすぶっていた。その後の半年でジョーは戦争が終わっていないことを思い知らされた。ジョーとマソとマソ配下の者たちが持てる力を結集しても、どの看守が相手の金で寝返っているか、どの囚人が信用できるかはわからなかった。

　ミッキー・ベアが運動場でひとりの囚人に刺された。あとでわかったことだが、その囚人は死んだドム・ポカスキの妹と結婚していた。ミッキーは一命を取りとめたものの、残る生涯で小便をするたびに苦労することになった。外から入ってきた情報では、看守のコルヴィンがホワイト配下のシド・メイヨーと賭けをしていて、コルヴィンが負けているということだった。

　やがてホワイト・ギャングの下っ端のホリー・ペレトスが過失致死罪、五年の刑で再入所してきて、食堂で体制の変更についてやたらと触れまわったので、監房の上の段から突き落とすしかなかった。

　ジョーにも二、三夜続けて眠れない週が何度かあった。恐怖に襲われたり、敵の策略をすべて見抜こうと頭を悩ませたり、心臓が胸から飛び出したいかのようにいつまでも激しく鼓動を打ったりしたのだ。

　やられるわけがないと自分に言い聞かせる。

　ここで魂を食われることはない。

　しかし、何をおいても言い聞かせるのは、おれは生きるだった。

　生きてここから出る。

　どんな代償を払っても。

　マソは一九二八年の春の朝、釈放された。

「今度おまえに会うのは」マソはジョーに言った。「面会日だな。金網の反対側に来てやるよ」

　ジョーは握手した。「元気で」

「わしの弁護士《マウスピース》がおまえの件で動いてる。おまえもすぐに出られるさ。注意を怠るなよ、坊主、生きてろ」

　ジョーはそのことばに慰めを見出そうとしたが、ことばしか得られないのなら、むしろ刑期は二倍の長さに感じられる。希望を抱かせるだけむごい。マソは出所するなりジョーのことなどあっさり忘れてしまうだろう。

　それとも、ジョーのまえに美味そうなニンジンをぶら下げて、塀の内側で手下として活動を続けさせるつもりか。ジョーが出所したときに組織に入れることは約束せずに。

いずれにしろ、ジョーにはただ事態のなりゆきを待つ以外に何もする力がなかった。

マソが通りに足を踏み出したことは、否が応でも世の関心を集めた。所内でくすぶっていたものが外にまき散らされ、ガソリンをかけられたようなものだった。下世話な新聞のいう〝殺戮の五月〟によって、ボストンは初めてデトロイトかシカゴのような街になった。マソの兵隊が狩猟解禁期さながら、アルバート・ホワイトの賭け屋、蒸溜所、トラックや兵士たちを攻撃した。それはまさに狩猟と言うにふさわしく、一カ月のうちにアルバート・ホワイトはボストンから追い出され、わずかに残った部下たちもあわててついていった。

刑務所では飲み水に友愛が注入されたかのようだった。刺し合いはぴたりとやんだ。一九二八年の残りでは、誰かが監房の高い段から落とされることも、食堂の列で刺されることもなかった。が、ジョーにはわかっていた。真の平和が実現するのは、所内にいるアルバート・ホワイト側の最高の酒造りふたりと商売の取り決めを結ぶときだった。やがて看守たちはチャールズタウン刑務所の外へジンを運び出すようになり、その酒はあまりにも質が高いので、〈ペナル・コード〉（刑法の意）という通り名がつけられたほどだった。

ジョーは一九二七年夏に刑務所の門をくぐってから初めて、ぐっすりと眠った。父親を悼む時間もできた。エマを悼む時間も。ほかの囚人からつけ狙われているときにエマについて考えれば、思考が行ってはいけない場所に行ってしまうので、ずっと避けていたことだった。

一九二八年の後半、神がジョーにしかけたもっとも残酷ないたずらは、寝ているあいだにエマを送りこんだことだった。ジョーはエマの脚が自分の脚にもぐりこんでくるのを感じた。エマが耳のうしろにつけた香水一滴一滴のにおいを嗅ぎ、眼を開けるとすぐそこに彼女の眼があり、唇に彼女の息が触れた。マットレスから両手を上げて、エマのむき出しの背中をなでようとしたところで、現実の世界へと眼覚めるのだった。

　誰もいない。

　闇だけがあった。

　ジョーは祈った。たとえ二度と会えなくてもエマを生かしておいてほしいと神に乞いねがった。どうか生きていますように。

　ですがとにかく、生きていようと死んでいようと、エマをおれの夢に送りこむのはやめてください。お願いです。何度も何度も彼女を失うのには耐えられない。あんまりだ。残酷すぎる。主よ、どうか慈悲を。

　しかし、神は聞かなかった。

　面会はジョーがチャールズタウン刑務所にいるあいだじゅう——そしてそのあとも——続いた。

　父親が来ることはなかったが、ある意味で生前も来なかったのではないかという気がした。ジョーはときどき寝台に坐り、懐中時計の蓋を開けたり閉じたりしながら、かび臭い罪と風化した期待の数々が邪魔しなければ、父親と交わしていたかもしれない会話を想像した。

　母さんについて話して。

　何が知りたい？

　どういう人だった？

　怖がりの女性だった。とても怖がっていたよ、ジョゼフ。

　何を？

　外にあるものを。

　外にあるものって？

　自分が理解できないすべてのものだ。

　母さんはおれを愛してた？

　彼女なりのやり方でな。

それは愛じゃない。

彼女にとっては愛だった。見捨てられたと考えちゃいけない。

だったらどう考えるべきなの。

おまえがいたから、がんばっていた。おまえがいなければ、母さんはもっと何年もまえにいなくなっていた。

いなくても、おれは寂しくない。

おかしなものだな。私は寂しいよ。

(ジョーは闇を見つめて)父さんがいなくて寂しい。

またすぐに会えるさ。


刑務所内での酒の密造と輸送の問題を整理し、それらを保護する策も講じたあと、ジョーには読書の時間がたっぷりできた。ランスロット・ハドソン三世のおかげで図書館にはかなりの量の本がそろっていたが、ジョーはそのほとんどを読破した。

ランスロット・ハドソン三世は、人々の記憶にあるなかでただひとり、チャールズタウン刑務所に服役した大金持ちだった。しかし犯した罪はあまりに非道で、世の中にも知れ渡ったため――一九一九年、不義を働いた妻のキャサリンを、ビーコン・ヒルの四階建てのタウンハウスの屋上から独立記念パレードのまんなかに突き落としたのだ――さしものボストンの上流社会もボーンチャイナの食器をしばらく置いて、仲間を生贄として現地人の群れに差し出すときがあるとしたらいまだと判断したのだった。ランスロット・ハドソン三世は非故意殺で七年間、チャールズタウン刑務所に服役した。つらい労働を科されることはなかったにしろ、つらい時間であったことはたしかで、心を慰めてくれるのは、出所時には残していくという条件つきで持ちこみを許された書物だけだった。ジョーはそのハドソン・コレクションを少なくとも百冊は読んだ。各表紙の右上隅に小さなごちゃごちゃした文字で〝ランスロット・ハドソン三世、元蔵書。くたばれ〟と書いてあるからわかる。デュマも、ディケンズも、トウェインも読んだ。マルサス、アダム・スミス、マルクスとエンゲルス、マキアヴェッリ、『ザ・フェデラリスト』、バスティアの『経済弁妄』も。ハドソン・コレクションを制覇すると、手当たり次第にあるものを読んでいった。大半は三文小説《ダイム・ノヴェル》と西部小説《ウエスタン》、あとは取り寄せが認められた雑誌や新聞をすべて。検閲に引っかかることばや文章を専門家並みに見抜けるようにもなった。

　ボストン・トラヴェラー紙を眺めていたときに、セント・ジェイムズ通りの東海岸線のバスターミナルが火事になったという記事が眼に入った。飾ってあったクリスマスツリーに、すり切れた電線から火花が飛んで、またたく間に建物に燃え移ったという。被害現場の写真を見ていくうちにジョーの息は小さくなり、胸に詰まった。一枚の写真の片隅に、それまでの人生で貯めてきた金と、ピッツフィールドの仕事で奪った六万二千ドルが入ったロッカーが写っていた。それは天井の梁の下で横倒しになり、金属部分が土のように黒くなっていた。

　ジョーはどちらのほうが気分が悪いだろうと思った——二度と息ができないと感じるのと、気管から火を吐き戻しそうになるのと。

　記事には建物は全焼だったと書かれていた。何ひとつ残らなかったと。ジョーには信じられなかった。いつか時間ができたときに、東海岸線の職員で、若くして退職したり、外国で優雅な暮らしをしていると噂されたりしている人間を探し出してやる。

　そのときまで、仕事が必要だった。

　マソがそれを提供してくれた。その冬の終わり、釈放の手続きがすみやかに進んでいるとジョーに告げにきた日のことだった。

「もうすぐ出られるぞ」マソは金網越しに言った。

「それはありがたいけど」ジョーは言った。「いつごろかな」

「夏には」

ジョーは微笑んだ。「本当に？」

マソはうなずいた。「だが、判事に渡す袖の下は少なくない。その分、仕事で稼いでもらわないとな」

「そこはあんたを殺さなかったことで、ちゃらにならないのか？」

マソは眼を細めた。カシミアのコートにウールのスーツ、帽子の白いリボンに合わせて襟元には白いカーネーションまでつけて、なんとも粋な恰好になっていた。「そういうことにしてもいい。ところで、われわれの旧友のミスター・ホワイトが、タンパでかなりうるさくなってる」

「タンパ？」

マソはうなずいた。「やつはまだあそこにいくつか拠点を持っているのだ。わしも全部は潰せなかった。一軒はニューヨークの連中のもので、いまは手を出すなとうるさく言われてる。ホワイトはラムをうちのルートでさばいていて、これも対処のしようがない。だが、明らかにうちの縄張りを荒らす行為だから、ニューヨークの連中もホワイトを追放する許可は出してくれた」

「どういうレベルの許可を？」

「殺さなければ、あとは好きなように」

「オーケイ。あんたはこれからどうする？」

「どうにかするのは、わしじゃなくおまえだ、ジョー。タンパの仕事をおまえにまかせたい」

「けどタンパの仕事はルー・オルミノがやってる」

「もう頭痛はたくさんだから、やめるとさ」

「いつやめる？」

「おまえがタンパに着く十分ほどまえだ」

ジョーはしばらく考えた。「タンパね」

「暑いぞ」

「暑いのはかまわない」

「ああいう暑さは感じたことがないはずだ」

ジョーは肩をすくめた。この老人はものごとを大げさに言う癖がある。「現地に信頼できる仲間が必要だ」

「言うと思った」

「で？」

マソはうなずいた。「手配ずみだ。そいつはもう六カ月あっちにいる」

「どこで見つけた？」

「モントリオールで」

「六カ月？」ジョーは言った。「どのくらいまえからこのことを計画してた？」

「ルー・オルミノがわしの取り分をくすねはじめ、アルバート・ホワイトがその残りを奪おうとしゃしゃり出てきたときからだ」身を乗り出した。「おまえがタンパに行って片《かた》をつけろ、いいな、ジョー。残りの人生を王様のようにすごせよ」

「おれがタンパを引き継いだら、おれたちは対等のパートナーになるのか？」

「ならない」マソは言った。

「だがルー・オルミノは対等のパートナーだった」

「それが結局どうなったか見てみろ」マソは金網の向こうから真顔でジョーを見つめた。

「だとしたら、おれの取り分は？」

「二十パーセントだ」

「二十五パーセント」ジョーは言った。

「いいだろう」マソは眼をきらりと輝かせて言った。三十でもいいと思っていたのがわかった。「だが、その分稼げよ」

第二部　イーボーシティ　一九二九年〜一九三三年

おもな登場人物

ジョー(ジョゼフ)・コグリン……無法者
ディオン・バルトロ
レフティ・ダウナー ……………ジョーの部下
サル・ウルソ
エステバン・スアレス……………スアレス・ファミリーのリーダー
イベリア……………………………エステバンの姉
グラシエラ・コラレス……………活動家
アダン………………………………グラシエラの夫
アーヴィング・フィギス…………タンパ市警本部長
ロレッタ……………………………アーヴィングの娘
ロバート・ドルー(RD)・
　　　　　プルイット…………アーヴィングの義弟

11　この街でいちばん

　西フロリダの仕事を引き継げとジョーに初めて提案したとき、マソは暑さについて警告したが、ジョーの心の準備はできていなかった。一九二九年八月の朝、タンパ・ユニオン駅のプラットフォームにおり立った彼を迎えたのは、分厚い壁のような熱気だった。夏向きのグレンプレイドのスーツを着て、チョッキはスーツケースに入れていた。上着は脱いで腕にかけ、ネクタイもゆるめていたけれど、プラットフォームに立ち、荷物を運び出すポーターを待ちながら煙草を一本吸い終わるころには、シャツが汗だくになっていた。列車からおりるときにウィルトンの帽子も脱いでいた。暑さのせいで髪のポマードが溶けてシルクの裏地に吸いこまれるのが嫌だったからだが、無数の針のような陽光から頭を守るためにまたかぶった。その間にも、胸や腕の毛穴から汗が噴き出した。

　暑いのは太陽だけではなかった。雲ひとつない空の高みで——まるで雲などはなから存在しないかのように（本当に存在しないのかもしれない。ジョーにはわからなかった）——白々と輝いている太陽に加えて、ジャングルを思わせる湿気もあった。油の鍋に誰かが落としたスチールウールの球のなかにいる気分だった。そして一分かそこらおきに、バーナーの目盛がひとつ上がるのだ。

　列車から出てきたほかの男たちも、ジョーのようにスーツの上着を脱いでいた。チョッキも脱ぎ、ネクタイもはずして、シャツの袖をまくり上げている人もいる。帽子をかぶっている人も、脱いで顔をあおいでいる人も。女性の旅行者はつばの広いビロードの帽子か、フェルトのクローシュか、ポークボンネットをかぶっていた。気の毒に、厚手の素材を選んで耳飾りまでしている女性もいた。薄い生地のドレスにシルクのスカーフという恰好でもあまり幸せそうには見えず、みな顔は赤らみ、丁寧《ていねい》に櫛を入れていた髪はところどころ乱れ、シニョンが首筋でほつれかかっている人もいた。

地元の人間は見ればわかった。男は麦藁帽をかぶり、半袖シャツにギャバジンのズボン。靴は当世流行の二色だが、列車の乗客のそれより色あざやかだ。女が何かかぶっているとすれば、麦藁のジゴロハットで、ドレスも白が基調のとてもシンプルなものだった。ちょうどジョーの横をすれちがった女もそんな服装をしていて、白いスカートとそれに合ったブラウスはごくありふれているし着古してもいた。だが、生地の下の体ときたら。清教徒の耳に入るまえに町から抜け出そうとしている無法者のように、薄物の下でひそやかに動いている、とジョーは思った。楽園は仄暗く実り豊かで、水のようになめらかに動く手足を隠している。

暑いせいで動作がいつもより緩慢になっていたにちがいない。見つめていたジョーに当の女が気づいた。ボストンでは一度もなかったことだ。彼女は——黒人と白人の混血か、ある種の黒人なのかはわからないが、肌の色は銅のように濃い——ジョーに射るような視線を送って歩きつづけた。暑さのせいか、二年間の刑務所暮らしのせいか、ジョーは薄いドレスの下で動く彼女から眼が離せなかった。腰と尻が同じゆったりとしたリズムで上下する。その音楽に合わせて背中の骨や筋肉も、体全体と調和して上下する。まいった。刑務所に長くいすぎた。彼女の波打つ黒髪は頭のうしろでシニョンにまとめられているが、首にひと筋だけ垂れていた。振り返ってジョーを睨みつけた。ジョーは視線を感じるまえに下を向いた。校庭で女の子のおさげを引っ張って捕まえられた九歳児のように。けれどもそのあと、なぜ恥じる必要がある、と思った。彼女はただ振り返っただけだろう？

　また眼を上げたときには、女の姿はプラットフォームの反対の端の人混みにまぎれて見えなくなっていた。おれを怖れることはない。ジョーは彼女に言いたかった。きみのためにおれの胸が張り裂けることも、おれのためにきみの胸が張り裂けることもない。胸張り裂ける思いからは卒業した。

　ジョーはこの二年間、エマが死んだことだけでなく、今後自分にとって愛はないことを受け入れようとしてきた。いつか結婚はするかもしれないが、それは道理に適っているからだ。この稼業で自分を成長させ、跡継ぎを作るためだ。〝跡継ぎ〟という考え方が好きだった（労働階級の男は息子を作る。成功した男は跡継ぎを作る）。あとは娼館に行けばいい。さっきこっちを睨んだ女も〝うぶな娘〟を演じる娼婦だったのかもしれない。もしそうなら、ぜひ手合わせしたいものだ。麗しい混血の娼婦、犯罪王子にぴったりじゃないか。

　ポーターが荷物を持ってくると、ジョーはほかのあらゆるものと同じく湿気た紙幣でチップを払った。誰かが迎えにくるとは聞いていたが、どうやって人混みのなかで自分を見つけ出すのか尋ねるのを忘れていた。ゆっくりとあたりを見まわして、それなりに胡散臭《うさんくさ》い男を探したが、代わりにさっきの混血女性がプラットフォームを彼のほうへ戻ってきた。髪の毛がまたひと房こめかみに垂れ、それを空いた手で頬骨からうしろに払った。もう一方の手はラテン系の男の腕にかけられていた。男は麦藁帽をかぶり、ぴしっと折り目のついたタン色のシルクのズボンをはいて、襟なしの白いシャツのボタンを上までとめていた。この暑さで顔に汗ひとつかかず、シャツもきっちりボタンをかけた喉仏の下まで乾いている。女と同じように、ふくらはぎと足首はゆるやかに動いているが、足取りはプラットフォームで弾むようにきびきびしていた。

ふたりはスペイン語をしゃべりながらジョーの横を通った。ことばが軽やかに飛び出していた。一瞬、女がジョーに眼を向けた。気のせいかと思うほど短いあいだだったが、たしかに見たようだ。男がプラットフォームの先を指差し、早口のスペイン語で何か言った。ふたりはくすくす笑って、ジョーとすれちがった。

ジョーがまた出迎えの人物を探しはじめたとき、うしろにいた誰かが、暑いプラットフォームから洗濯袋か何かのように彼をひょいと持ち上げた。ジョーは腹を締めつけている二本の太い腕を見おろし、懐かしい生のタマネギと〈アラビアン・シーク〉のコロンのにおいを嗅いだ。

プラットフォームにおろされ、くるりと体をまわされると、そこにはピッツフィールドのあの悲惨な日以来、初めて見る旧友の顔があった。

「ディオン」ジョーは言った。

ディオンはずんぐり型から完全な肥満体に変わっていた。シャンパン色の生地にチョークストライプの入った四つボタンのスーツを着ていた。ラベンダー色のシャツには、くっきりと目立つ白い襟が立ち、その下には血の赤に黒のストライプのネクタイ。相場師を思わせる白黒の編み上げ靴。眼を悪くした老人に百ヤード先からプラットフォームにいるギャングを指差してくれと頼んだら、震える指でディオンを指すだろう。

「ジョゼフ」堅苦しい口調で言ったかと思うと、丸々とした顔が崩れて大きな笑みになり、ディオンはもう一度ジョーを、今度は正面から持ち上げて、背骨が折れるのではないかというほど強く抱きしめた。

「親父さんのことは残念だった」ジョーの耳元で囁いた。

「兄貴のことも残念だった」

「ありがとう」ディオンは妙に明るく答えた。「すべてはハムの缶詰のためだった」ジョーをおろして微笑んだ。「ハム用の豚だって買ってやれたのに」

ふたりは熱波が押し寄せるプラットフォームを歩いていった。

ディオンはジョーのスーツケースをひとつ引き取った。「レフティ・ダウナーがモントリオールまで訪ねてきて、ペスカトーレの下で働かないかと誘ったときには、正直言って与太話だと思ったよ。けど、おまえが御大《おんたい》と同じ刑務所に入っていると聞いて思ったんだ。悪魔その人を夢中にさせることができる男がいるとしたら、それはおれの昔のパートナーだってね」太い腕をジョーの肩に打ちつけた。「戻ってきてくれて最高だ」

ジョーは言った。「自由な空気はいいもんだな」

「チャールズタウンは……？」

ジョーはうなずいた。「巷《ちまた》で言われてるよりひどい。だが、どうにか生きていく方法を見つけた」

「だろうとも」

駐車場の暑さはさらにすごかった。砕いた貝殻を敷いた地面からも、車からも熱が反射してきて、眉の上に手をかざしてもあまり役に立たなかった。

「たまらんな」ジョーはディオンに言った。「この暑さでスリーピースか？」

「秘密を教えようか」マーモン34型のまえに着き、ディオンはジョーのスーツケースを貝殻の地面に置いた。「今度デパートに行ったときに、自分のサイズに合うシャツを片っ端から買うんだ。おれは一日に四回着替える」

ジョーはラベンダー色のシャツを見た。「そんな色が四着もあったのか？」

「八着あった」車のうしろのドアを開けて、ジョーの荷物をなかに入れた。「ほんの数区画なんだが、暑いから……」

ジョーが助手席側のドアに近づくと、ディオンが先に手を伸ばした。ジョーはディオンを見た。「乗せてくれるんだろう？」

「おれは部下だから」ディオンは言った。「ジョー・コグリンがボスだ」

「やめろよ」ジョーはばかばかしいと首を振り、車のなかに入った。

駅の駐車場を出ると、ディオンが言った。「座席の下を探ってみろ。友だちがいる」

ジョーは探って、サヴェージの三二口径オートマチックを取り出した。グリップにインディアンの顔が刻まれ、銃身は三インチ半。ジョーはそれをズボンの右ポケットに入れ、ホルスターも必要だと言った。そこまで気がまわらなかった相手に少し苛立った。

「おれのを使うか？」ディオンが言った。

「いや」ジョーは言った。「大丈夫だ」

「おれのを渡すけど」

「いい」ボスの役割に慣れるのにもしばらくかかりそうだ。「近いうちに用意してくれ」

「今日じゅうに渡す」ディオンは言った。「ぜったいだ。約束する」

ほかのあらゆるものと同様、車の流れものんびりしていた。ディオンはイーボーシティに入った。空から硬質な白が消え、工場の煙の汚れた青銅色が広がってきた。葉巻だ、とディオンが説明した。この地域は葉巻で成り立ってる、と言って煉瓦の建物と高い煙突を指差した。正面と裏の扉が開いた掘っ立て小屋のような建物では労働者が作業机につき、背を丸めて煙草を巻いていた。

ディオンは名前を次々とあげた——エル・レロホ、クエスタレイ、ブスティーリョ、セレスティーノ・ベガ、エル・パライソ、ラ・ピラ、ラ・トロチャ、エル・ナランハル、ペルフェクト・ガルシア。どの工場でもいちばん尊敬されているのは〝朗読者〟で、作業場の中央に坐って、労働者が汗水垂らして働くあいだ、偉大な小説を大声で読み聞かせるのだ、とジョーに説明した。葉巻の製造業者は〝タバケーロ〟と呼ばれ、小さな工場は〝チンチャル〟またはバックアイと呼ばれる。煙といっしょににおってくる食べ物は、〝ボリョ〟（小さなパン）か〝エンパナーダ〟（肉や野菜などを詰めたパイ）だ。

「その話しぶり」ジョーは口笛を吹いた。「スペイン王並みにスペイン語がしゃべれそうだな」

「このへんじゃ、しゃべらざるをえない」ディオンは言った。「イタリア語もだ。練習したほうがいいぞ」

「おまえはイタリア語ができる。おれの兄貴もできたが、おれはしゃべれなかった」

「昔みたいになんでもすぐ学べるだろう。おれたちがここイーボーで仕事をするようになった理由は、街のほかの連中がほっといてくれるからだ。あいつらにとっちゃ、おれたちはただの小汚いスペ公やイタ公で、派手に騒いだり、葉巻労働者がまたストライキをして経営者が警察やスト破りを呼ぶようなことになったりしないかぎり、何をしようとかまわないのさ」ディオンは明らかに目抜き通りの七番街に車を進めた。立ち並ぶ二階屋の、広いバルコニーの下にある板張りの歩道を、人々があわただしく行き交っていた。バルコニーの錬鉄製の手すりや、建物正面の煉瓦か漆喰の造りを見て、ジョーは数年前にニューオーリンズで放蕩した週末を思い出した。通りの中央に線路があり、数区画向こうから路面電車が近づいていた。車両の鼻先が陽炎《かげろう》で見えなくなったり、また見えたりする。

「みんなで仲よくやってると思うかもしれないな」ディオンが言った。「いつもそうとはかぎらない。イタリア人とキューバ人はそれぞれの殻に閉じこもってる。といっても、キューバの黒人はキューバの白人を憎んでるし、白人は黒人のことを人以下だと思ってる。で、どっちもキューバ人でない人間を軽蔑してる。キューバ人はみなスペイン人が大嫌いだ。スペイン人のほうも一八九八年にアメリカがキューバを解放して以来、キューバ人は身のほど知らずの図々しいやつらだと思ってる。キューバ人とスペイン人はそろってプエルトリコ人を馬鹿にし、今度はその全員がドミニカ人をいじめてる。イタリア人は裸一貫で貧乏から抜け出したやつだけを尊敬し、アメリカーノは自分の考えに誰かが注意を払うと勘ちがいしてる」

「いまおれたちをアメリカーノと呼んだか？」

「おれはイタリア人だ」ディオンは左折して別の広い通りに入った。ただ、この道はまだ舗装されていなかった。「そして、このあたりじゃイタリア人ってことは誇りだ」

　青いメキシコ湾と港にいる船、背の高いクレーンが見えた。潮と油膜と干潟のにおいがした。

「タンパ港だ」ディオンが大きく手を振って言った。

車は赤煉瓦の通りを走っていった。ディーゼルの煙をときどき吐き出すフォークリフトが通行の邪魔をした。クレーンが二トンのパレットを持ち上げていて、鋼鉄のワイヤーの影が車のフロントガラスを横切った。汽笛が鳴った。

　ディオンは荷役用のピットの横に車を停めた。ふたりは車からおり、下のピットで男たちが〝グアテマラ、エスクインティア〟というスタンプの押された麻袋の梱包を解くのを見た。においから判断して、コーヒーとチョコレートの袋だろうとジョーは思った。五、六人がそれを船からてきぱきとおろすと、クレーンが首を振って、網と空いたパレットをふたたび持ち上げた。ピットにいた男たちはそこの出入口へと消えた。

　ディオンはジョーの先に立って梯子をおりていった。

「どこへ行く？」

「いまにわかる」

　ピットの底に着いた。男たちは入口のドアを閉めていた。ジョーとディオンが立っているところは舗装されておらず、これまでタンパの太陽の下で船からおろされたものすべてのにおいがした——バナナ、パイナップル、穀物。油、ジャガイモ、ガス、食用酢。火薬。傷んだ果物や、新鮮なコーヒー。足元で砂利が音を立てた。ディオンが梯子と反対側のセメントの壁に手を当て、右に動かすと、壁もそれについていった。二フィート離れていたジョーには継ぎ目も見えなかったが、そこにドアが現われ、ディオンは二度叩いて、唇で秒を数えながら待った。そしてまた四度叩くと、向こう側で声がした。「誰だ？」

「暖炉」ディオンが言い、ドアが開いた。

細長い通路があった。ドアの向こうにいた男も細く、昔はおそらく白かったが汗ですっかり変色したシャツを着ていた。ズボンは茶色のデニム、首にスカーフを巻き、カウボーイハットをかぶっていた。カウボーイはディオンにうなずいてふたりを通してから、壁を押してもとに戻した。

通路はジョーのまえを歩くディオンの両肩がこすれるほど狭かった。二十フィートかそこらおきに、頭上のパイプから暗い明かりがさがっていた。裸電球で、半分は消えている。ジョーは通路の突き当たりにドアが見えたと思った。五百ヤードほど先だから、見まちがいであってもおかしくない。ふたりは、上から水が垂れてぬかるんでいる地面を苦労して進んだ。トンネルはどこも水があふれることがある、とディオンは説明した。朝、酔っ払いが溺れ死んでいることも多い。最後に飲み仲間からはぐれて、ひと眠りしようと悪い場所を選んでそうなる。

「本当に？」ジョーは訊いた。

「ああ。もっとひどいときにはどうなると思う？　ドブネズミに食われるんだ」

ジョーは自分のまわりを見た。「このひと月で聞いたなかでいちばんひどい話だな」

ディオンは肩をすくめて歩きつづけた。ジョーは上と下、左右の壁と前方の通路に眼を凝らした。ネズミはいない。いまのところ。

「ピッツフィールドの銀行から奪った金だが」ディオンが歩きながら言った。

「安全だ」ジョーは答えた。頭上で路面電車の車輪の金属音がした。そのあとゆっくりと地面を打つ重い音がして、ジョーは馬だろうと思った。

「どこにある？」ディオンがうしろを振り向いて訊いた。

　ジョーは言った。「あいつら、どうやって知った？」

　車のクラクションが何度か鳴り、エンジンの音が大きくなった。

「知ったって何を？」ディオンが言った。その頭が禿げかかっていることにジョーは気づいた。左右の黒髪はまだ濃く、脂で光っているが、頭頂は申しわけ程度に残っているだけだった。

「おれたちを待ち伏せする場所だよ」

　ディオンはまた振り返った。「たんに知ったのさ」

「〝たんに知る〟ことなんてありえない。何週間も下見をしたが、あの逃げ道に警察が出てきたことは一度もなかった。出てくる理由がない。保護すべきものはないし、人もいないんだから」

　ディオンは大きな頭でうなずいた。「おれは密告してない」

「おれもだ」ジョーは言った。

　トンネルの終点に近づいた。鉄の閂《かんぬき》がついた艶消しスチールのドアが眼のまえに現われた。通りの音は消え、代わりにどこかから銀器のぶつかる音や皿の積まれる音、盛んに往き来するウェイターの足音が聞こえてきた。ジョーは父親の形見の懐中時計をポケットから取り出し、蓋を開けた――正午。

　ディオンが幅の広いズボンのどこかから大きな鍵を出してドアの錠を開け、閂をはずした。そして鍵をリングからはずして、ジョーに渡した。「持っとくといい。いつかかならず使うから」

　ジョーは鍵をポケットに入れた。

「ここの持ち主は誰だ？」

「オルミノだった」

「だった？」

「ああ、今朝の新聞を読んでないのか？」

ジョーは首を振った。

「オルミノは昨日の夜、血を噴き出した」

ディオンはドアを開けた。梯子をのぼるとまたドアがあり、これに鍵はかかっていなかった。開けて入ったのは、広くて湿気った、床も壁もセメントの部屋だった。壁沿いに机が並べられ、ジョーが予想したとおりのものが置かれていた――発酵槽、蒸溜器、ブンゼンバーナー、ビーカー、タンク、穴あきレードル。

「金で買える最高の装置だ」ディオンは、ゴム管で蒸溜器につながった壁の温度計を指差して言った。「軽めのラムを作ろうと思ったら、華氏百六十八度と百八十六度のあいだで溜分を取り除かなきゃならない。飲んだやつが、ほら、死なないように、そこは重要だ。ここにある装置を使えばまちがいない。これは――」

「ラムの作り方は知ってる」ジョーは言った。「刑務所に二年いたんだ、ディー。どんな原料だって再凝縮することができる。おまえの臭い靴も蒸溜してやる。だが、わからないことがある。ここにはラム造りに欠かせないものがふたつないな」

「ほう」ディオンが言った。「それは？」

「糖蜜と働き手だ」

「言っとくべきだった」とディオン。「そこが問題なんだ」

　ふたりは誰もいないもぐり酒場を抜け、また別の閉まったドアのまえで「暖炉」と言って、イースト・パーム・アヴェニューにあるイタリア料理店の厨房に入った。厨房からレストランのなかに出て、通りに近いテーブルについて坐った。すぐそばに黒い扇風機があったが、動かすのに男三人と雄牛一頭が必要かと思うほど大きかった。

「配給者が原料を運べなくなった」ディオンはテーブルのナプキンを広げ、襟の奥に入れて、ネクタイのまえに丁寧に垂らした。

「わかるよ」ジョーは言った。「なぜだ？」

「船が沈んでる。聞いた話だが」

「配給者の名前は？」

「ゲイリー・L・スミスという男だ」

「エルスミス？」

「いや」ディオンは言った。「Lだ。ミドルネームのイニシャル。かならず入れろと言うんでね」

「なぜ？」

「南部ではそうするらしい」

「あるいはただの嫌がらせ？」

「かもしれん」

ウェイターがメニューを持ってきた。ディオンはレモネードをふたつ頼み、いままで飲んだなかで最高だからとジョーに請け合った。

「どうして配給者が必要なんだ？」ジョーは訊いた。「供給者と直接取引すればいいのに」

「供給者が多すぎる。みんなキューバ人だし。スミスはおれたちの代わりにキューバ人と交渉してくれるんだ。南部人ともな」

「密輸業者か」

ディオンはうなずいた。ウェイターがレモネードを運んできた。「そう。ここからヴァージニアまでいる地元の荒っぽい連中だ。フロリダを横切って、東海岸沿いを運んでる」

「だが、その積荷も大量に失われている」

「ああ」

「どれだけの数の船が沈んで、トラックが襲われたら、たんなる不運とは言えなくなる？」

「ああ」ディオンはまた言った。明らかにほかのことばが頭に浮かばないのだ。

ジョーはレモネードをひと口飲んだ。いままで飲んだなかで最高かどうかわからなかった。かりに最高だったとしても、しょせんレモネードだ。レモネードでぶっ飛ぶほど興奮するのはむずかしい。

「おれが手紙に書いたことをやってくれたか？」

ディオンはうなずいた。「指示されたとおりに」

「どこまでできた？」

「かなりできたよ」

ジョーはメニューのなかで理解できるものを探した。

「オッソ・ブッコにしてみろよ」ディオンが言った。「この街でいちばんだ」

「おまえにかかると、なんでも〝この街でいちばん〟だな」ジョーは言った。「レモネードも、温度計も」

ディオンは肩をすくめて、自分のメニューを開いた。「おれの舌は肥えてる」

「そういうことだ」ジョーはメニューを閉じ、ウェイターに眼で合図した。「それを食べて、ゲイリー・L・スミスに会いにいこうじゃないか」

ディオンはメニューを見ていた。「喜んで」


ゲイリー・L・スミスの事務所の待合室の机に《タンパ・トリビューン》の朝刊が置いてあった。ルー・オルミノの死体が車のなかに坐っていた。窓ガラスは割れ、座席は血で汚れていた。死亡記事の白黒写真はみなそうだが、不名誉な姿だった。見出しは——

裏社会の有名人、惨殺さる

「よく知ってたのか？」

ディオンはうなずいた。「ああ」

「好きだった？」

肩をすくめた。「悪いやつじゃなかったよ。何度か打ち合わせで足の爪を切ってたが、このあいだのクリスマスにはガチョウをくれた」

「生きたガチョウを？」

うなずいた。「おれが家に持って帰るまでは、そう、生きてた」

「どうしてマツは彼をはずそうとしたんだ？」

「聞かなかったのか？」

ジョーは首を振った。

ディオンは肩をすくめた。「おれも聞いてない」

一分ほどジョーは黙って、時計のチクタクいう音と、ゲイリー・L・スミスの秘書が《フォトプレイ》誌の固いページをめくる音だけを聞いていた。秘書の名前はミス・ローで、イートンクロップふうの短い黒髪にゆるやかなウェーブをかけている。ベストつきの銀色の半袖ブラウスを着て、祈りが叶ったような胸の上に黒いシルクタイがのっていた。椅子の上であからさまに体を動かす癖があって——身悶えするような——ジョーは思わず新聞をたたんで眼のまえで振っていた。

おお神よ、と彼は思った。早く女と寝なければ。

また身を乗り出した。「家族はいたのか？」

「誰？」

「わかってるだろう」

「ルー？　ああ、いたよ」ディオンは顔をしかめた。「なんでそんなこと訊く？」

「気になっただけだ」

「たぶん家族のまえでも足の爪を切ってたんじゃないか。もう落ちた爪を箒《ほうき》とちりとりで掃除しなくていいから、家族も喜んでるだろう」

秘書の机のインターコムが鳴って、か細い声が言った。「ミス・ロー、入ってもらってくれ《センド・ザ・ボーイズ・イン》」

ジョーとディオンは立ち上がった。

「ボーイズ」ディオンが言った。

「ボーイズね」ジョーも言ってシャツの袖口を引き、髪の毛をなでつけた。

ゲイリー・L・スミスは、トウモロコシの実のように小さな歯の持ち主だった。色も同じくらい黄色い。ふたりが部屋に入ってミス・ローがドアを閉めると、微笑んだが、立ち上がらなかった。笑みにもたいしたものはこもっていなかった。机のうしろにプランテーション・シャッターがあるせいで、ウェスト・タンパの風景はほとんど見えないが、光はいくらか入ってくるので部屋はバーボン色だった。スミスは南部の紳士の恰好をしていた——白いシャツに白いスーツ、細身の黒いネクタイ。ふたりが椅子に坐るのを当惑の表情で見ていた。怯えているのだろうとジョーは思った。

「マソが見つけた新人のご登場だ」スミスは机の向こうから葉巻入れを押し出した。「遠慮なくやってくれ。街でいちばんの葉巻だ」

　ディオンがうなった。

　ジョーは手を振って断わったが、ディオンは四本取り、ポケットに三本押しこんで、四本目の端を嚙み切った。それを手に吐き出すと、机の端に置いた。

「さて、用件は何かな？」

「ルー・オルミノがやっていた仕事を少々見直すように言われている」

「だが、永遠ではない」スミスは自分の葉巻に火をつけながら言った。

「永遠ではない？」

「ルーの後釜というきみの地位だ。一応言っておくが、このへんの連中は知らない相手とは取引したがらない。そして、きみのことは誰も知らない。悪くとらないでくれ」

「それなら、うちの誰と取引したいか提案してもらえるかな？」

　スミスはしばらく考えて答えた。「リッキー・ポツェッタかな」

　ディオンはそれに首を傾げた。「ポツェッタは犬を消火栓にも連れていけないやつだぞ」

「だったらデルモア・シアーズだ」

「あれも抜け作だ」

「ふむ、それなら、まあ、おれがやってもいい」

「悪くない」ジョーが言った。

ゲイリー・L・スミスは両手を広げた。「おれが適任だと思うならばだが」

「思うかもしれないが、なぜ過去三回、原料をのせた船が襲われたのか教えてもらわないと」

「北に向かっていた船かな？」

ジョーはうなずいた。

「運が悪かった」スミスは言った。「調べたかぎりじゃそうだ。そういうこともある」

「なぜルートを変えない？」

スミスはペンを取り出し、紙切れに書きつけた。

「名案だな、ミスター・コグリン、え？」

ジョーはうなずいた。

「すばらしいアイデアだ。ぜひ考えてみるよ」

ジョーは葉巻を吸っている相手をしばらく見つめた。ブラインド越しに入ってくる光が乱反射して頭のてっぺんに広がっていた。スミスが少し困惑顔になるまで見つづけた。

「どうして船の運航がこれほど不安定なのかな？」

「ああ」スミスは難なく答えた。「そこはキューバ人だから。こちらはどうしようもない」

「二カ月前には」ディオンが言った。「週に十四回の便が来てた。それが三週間後には五回になった。で、先週はゼロだ」

「セメントを混ぜるのとはわけがちがう」ゲイリー・L・スミスは言った。「三分の一の水を混ぜたらいつも同じものができるなんてものじゃない。さまざまな供給者がさまざまなスケジュールで動いてる。取引をする砂糖の供給者がストライキに遭ったり、船を動かす男が病気になったり」

「別の供給者を捕まえればいい」

「ことはそう単純じゃない」

「なぜ?」

スミスはうんざりした様子だった。猫に飛行機の仕組みを説明しろと言われたかのように。「みな同じグループに敬意を払ってるからさ」

ジョーはポケットから手帳を取り出し、ページをめくった。「スアレス・ファミリーのことだな」

スミスは手帳に眼をやった。「ああ。七番街に〈トロピカーレ〉という店を持ってる」

「すると彼らが唯一の供給者なわけだ」

「いや、言っただろう」

「何を?」ジョーは眼を細めて相手を見た。

「つまり、たしかに彼らはわれわれが売るものの一部を供給しているが、供給者はほかにもたくさんいる。おれの取引相手にエルネストという男がいるんだが、片手が木の義手でね、信じられるか? そいつは――」

「ひとりの供給者にほかの全員がしたがうのなら、それが唯一の供給者ということだ。そいつが価格を決めれば、みんなしたがうんだろう?」

スミスはもう我慢できないというように大きなため息をついた。「だろうね」

「だろうね?」

「だからそんなに単純じゃないんだって」

「なぜ?」

ジョーは待った。ディオンも待った。スミスはまた葉巻に火をつけた。「ほかにも供給者がいる。彼らも船を持っていて――」

「だが下請けだろう」ジョーは言った。「以上。おれは契約者と取引がしたい。いますぐにでもスアレス・ファミリーと会いたい」

スミスは言った。「無理だ」

「無理?」

「ミスター・コグリン、イーボーでの仕事のやり方がわかってないようだな。エステバン・スアレスや彼の姉と交渉するのは、おれだ。仲介者ともみんなおれが交渉する」

ジョーは机の電話機をスミスの肘まで押し出した。

「電話しろ」

「おれの話を聞いてないようだ、ミスター・コグリン」

「いや、聞いている」ジョーは穏やかに言った。「受話器を取って、スアレス・ファミリーに電話しろ。今夜、おれと友人がトロピカーレに行って食事をするから、店で最高のテーブルを用意してもらいたいと伝えるんだ。それから、食事のあとで少々時間をもらいたいと」

スミスは言った。「二、三日かけてここの習慣を学んだらどうだね。誓って言うが、そのあときみは戻ってきて、おれがいま電話をかけなかったことに感謝するはずだ。いっしょに彼らに会いにいくよ。約束する」

ジョーはポケットに手を入れた。小銭をいくつか出して机に置いた。そして煙草、父親の懐中時計。最後に三二口径を、スミスのほうに銃口を向けて吸い取り紙台のまえに置いた。煙草のパックから煙草を一本振り出し、スミスを見つめた。スミスは受話器を取り、外線につないでくれと言った。

ジョーは、スミスがスペイン語で話しているあいだ、煙草を吸っていた。ディオンが一部を訳して聞かせた。スミスが電話を切った。

「九時にテーブルを予約しておくそうだ」ディオンが言った。

「九時にテーブルを予約した」スミスが言った。

「どうも」ジョーは片足をもう一方の膝の上にのせた。

「スアレス・ファミリーというのは、弟と姉のチームなんだな？」

スミスはうなずいた。「エステバンとイベリア・スアレスだ、ああ」

「さて、ゲイリー」言いながら、ジョーは靴下のくるぶしのところから糸を一本取り除いた。「あんたは直接アルバート・ホワイトと取引しているのか？」糸をぶらぶらさせて、ゲイリー・L・スミスの敷物の上に落とした。「それとも、おれたちが知っておくべき仲介者がいるのか？」

「え？」

「あんたのボトルに印をつけたんだよ、スミス」

「なんだって？」

「あんたが作った酒のボトルに、こっちで印をつけてた」ディオンが言った。「数カ月前からな。右上の端に小さな点を」

　ゲイリーは、そんなことは初めて聞いたというふうにジョーに微笑んだ。

「うちの目的地にたどり着かなかったボトルだが」ジョーは言った。「ほとんどすべて、最終的にアルバート・ホワイトのどこかのもぐり酒場に送られていた」

煙草の灰を机に落とした。「説明してもらえるか？」

「わからない」

「わからない……？」ジョーは上げていた足を床におろした。

「いや、つまり……なんの話だ？」

　ジョーは銃に手を伸ばした。「わかるに決まってる」

　ゲイリーは微笑んだ。笑みが消えた。また微笑んだ。

「いや、わからない。おい。おい」

「あんた、アルバート・ホワイトにうちの北東部の供給ルートを襲わせてきたんだろう」ジョーは三二口径の弾倉を掌に取り出し、いちばん上の弾を親指でいじった。

　ゲイリーがまた言った。「おい」

　ジョーは銃身をのぞきこんで、ディオンに言った。

「まだ一発入ってる」

「つねに一発残しておくものだ。万一に備えて」

「どういう万一だ？」薬室から弾を弾き出して取り、先端をゲイリー・L・スミスに向けて机に置いた。

「なんだろうな」ディオンは言った。「とにかく予測できなかった事態だ」

　ジョーは弾倉をグリップに叩きこんだ。薬室に弾を送りこんで、銃を膝にのせた。「来る途中で、ディオンにあんたの家の横を走らせた。立派な家だ。ディオンが言うには、あのあたりはハイドパークと呼ばれてるって？」

「そうだ」

「おもしろい」

「え？」

「ボストンにもハイドパークがある」

「ああ。それはおもしろいな」

「笑えるということではなくて、興味深いという意味だ」

「ああ」

「あれは漆喰《しっくい》？」

「失礼？」

「漆喰だよ。あの家は漆喰だろう？」

「まあ、柱は木だが、そう、壁は漆喰だ」

「そうか、ちがってた」

「いや、ちがってない」

「いま木だと言ったじゃないか」

「柱や梁は木だ。けど壁は、表面は、そう、漆喰だ。だからそう、あれは漆喰の家だ」

「気に入っている？」

「は？」

「柱が木で壁が漆喰の家が気に入ってるのか？」

「ちょっと大きすぎる、子供が……」

「何？」

「大きくなって、出ていったから」

　ジョーは三二口径の銃身で頭のうしろを掻いた。

「荷造りしてもらう」

「おれは――」

「誰かを雇って、荷造りさせてもいい」電話のほうに眉を動かした。「どこだろうと、あんたが落ち着く先に荷物を送ってくれるよ」

スミスは十五分前に部屋からなくなったもの、自分がこの場を支配しているという幻想を取り戻そうとした。「落ち着く？　おれは出ていかないぞ」

ジョーは立ち上がり、スーツの上着のポケットに手を入れた。「彼女とファックしてるのか？」

「何？　誰と？」

ジョーはうしろのドアに親指を振った。「ミス・ローと」

スミスは言った。「なんだと？」

ジョーはディオンを見た。「してるな」

ディオンも立った。「まちがいなく」

ジョーは上着から列車の切符を二枚取り出した。

「たいした美人だ。あの横で眠りに落ちたら、神を垣間見たような気がするにちがいない。そのあとは、何もかもうまくいく気分になる」

切符をふたりのあいだの机に置いた。

「誰を連れていってもいい。奥さんだろうと、ミス・ローだろうと。いっそふたりいっしょでもいいし、ふたりとも置いていってもいい。だが、どうするにしろ、あんたはシーボード鉄道の十一時の列車に乗る。今晩だ、ゲイリー」

スミスは笑った。短い笑いだった。「わかっちゃいない――」

ジョーはゲイリー・L・スミスに強烈な平手打ちを浴びせた。あまりの力に相手は椅子から飛び出して暖房装置に頭をぶつけた。

ふたりはスミスが床から立ち上がるのを待った。スミスは椅子をもとの位置に戻して、坐った。顔からすっかり血の気が引いていた。頬と唇に散っている血は別として。ディオンはスミスの胸にハンカチを投げてやった。

「どちらかを選べ、ゲイリー。その列車に乗るか」――ジョーは銃弾を机から取り上げた――「われわれがあんたを列車の下敷きにするかだ」

　車に戻りながら、ディオンが言った。「本気なのか？」

「ああ」ジョーはまた苛立っていた。理由はわからない。ときどき闇に取り憑かれる。突然こういう暗い気分に押し包まれるのは刑務所に入ってからだと言えるといいが、じつのところ、記憶が始まる昔から闇はおりてきていた。ときになんの理由も、予兆もなく。だが今回は、スミスが子供の話をしたのがきっかけだったように思う。自分が屈辱を与えた男に、仕事以外の生活があるとは思いたくなかった。

「つまり、あいつが汽車に乗らなかったら殺すつもりなのか？」

　それとも、おれが暗い気分に支配された暗い人間だからか。

「いや」ジョーは車のまえで立ち止まり、待った。「それはおれたちの下で働く人間がやることだ」ディオンを見た。「おれをなんだと思ってる？　くそ現場要員か？」

　ディオンが車のドアを開け、ジョーはなかに乗りこんだ。

12 音楽と銃

ジョーはホテルに滞在させてくれとマソに頼んでいた。着いて最初の一カ月は、仕事以外のことは考えたくなかった。次の食事をどうするか、シーツや服をどこで洗うか、先にバスルームに入ったやつが出てくるまでにどのくらいかかるか、といったことを含めて。マソはタンパ・ベイ・ホテルを予約しておくと言った。ジョーはそこでいいだろうと思った。少々ありきたりではあるが。きれいなベッド、地味だが不味くはない食事、ぺしゃんこの枕がそろった、道のまんなかにぽつんとあるホテルだろうと想像していた。

ところが、ディオンが車を停めたのは湖畔の宮殿のまえだった。ジョーがその感想を口にすると、ディオンは言った。「本当にそう呼ばれてるよ。〝プラント《プランツ》・の宮殿《パレス》〟とね」ヘンリー・プラントが建てたホテルだった。フロリダのほとんどを彼が作ったと言ってもよく、おかげでこの二十年は不動産投機家がハチの群れのようにフロリダに押しかけていた。

ディオンが玄関に乗りつけるまえに、列車が眼のまえを横切っていった。まがいものの機関車ではなく――ここにはそれも、もちろんあるだろうが――本物の大陸横断鉄道で、長さ四分の一マイルはあった。ふたりは駐車場のすぐ手前で足止めを食らい、列車から金持ちの男、金持ちの女、そして彼らの金持ちの子供が続々と出てくるのを眺めた。待っているあいだに、ジョーはホテルの窓を百まで数えた。赤煉瓦の壁の上に屋根窓がいくつかある。あそこはスイートだろう。屋根窓より高いイスラムふうの尖塔が六つ、白く硬い空を指していた。浚渫土砂で埋め立てた沼地のまんなかに、突如現われたロシア皇帝の冬宮だ。

糊の利いた白い服のしゃれた夫婦が汽車からおりてきた。三人の乳母と、しゃれた三人の子供が続いた。黒人のポーターふたりがそのすぐあとについて、スチーマー・トランクをどっさり積んだカートを押していた。

「引き返そう」ジョーが言った。

「は？」ディオンが言った。「車をここに停めておいて、荷物をホテルに運ぼうか。おまえを――」

「また戻ってくればいい」ジョーは、夫婦がこの二倍の大きさの家で育ちましたというような顔でホテルに入っていくのを見ていた。「列に並びたくない」

ディオンはまだ何か言いたそうだったが、ため息をついて、同じ道を引き返した。小さな木の橋をいくつか渡り、ゴルフコースを通過した。長袖の白いシャツに白いズボンのラテン系の男が引く人力車に、老夫婦が乗っていた。小さな木の案内板はそれぞれ、シャッフルボードコート、狩猟地、カヌー、テニスコート、競馬場の方向を示している。これほどの暑さで、ゴルフコースの芝生は思ったより青々としていた。たいていの人が白い服を着て、男までもが日傘を差し、彼らの乾いた笑い声が遠く空中に響いていた。

ラファイエット通りからダウンタウンに入った。スアレス姉弟はキューバとフロリダを往き来していて、ふたりのことをくわしく知る人間はほとんどいない、とディオンは言った。噂によると、イベリアは結婚していたが、一九一二年の砂糖労働者の反乱で夫が亡くなったという。それはレスビアンであることを隠すためのでっち上げだという噂もあった。

「エステバンは」ディオンが言った。「会社をたくさん所有してる。この国にも、キューバにも。若い男だ。姉よりだいぶ歳下だが、頭はいい。父親はイーボー本人とビジネスをしてた。イーボーが――」

「ちょっと待て」ジョーは言った。「街の名前がひとりの男から来てるのか？」

「ああ。ビセンテ・イーボー。葉巻業界の大物だ」

「それこそまさに権力だな」窓の外、東のほうにイーボーシティが見えた。遠くから見ると美しい。ジョーはまたニューオーリンズを思い出したが、あそこよりはずっと小さな街だ。

「どうだろうな」ディオンが言った。「コグリン市？」首を振った。「ピンと来ない」

「そうだな」ジョーも同意した。「だが、コグリン郡なら？」

ディオンは吹き出した。「不思議とそれは似合ってる」

「なかなかだろう？」

「ムショで妄想しすぎて帽子のサイズがでかくなったんじゃないか？」ディオンが訊いた。

「言ってろ。小物でいたいならいろよ」

「コグリン国はどうだ？　いや待て、コグリン大陸、は？」

ジョーは笑った。ディオンはハンドルを叩いて大笑いした。どれほどこの友人に会いたかったかがわかって、ジョーは驚いた。週末までにこの友人の殺害を命じなければならないとしたら、どれほど胸が痛むだろう。

ディオンはジェファーソン通りを裁判所と市庁舎のほうへ向かった。そこで渋滞につかまり、また車のなかが暑くなった。

「次の議題は？」ジョーが訊いた。

「ヘロインは必要か？　モルヒネは？　それともコカイン？」

ジョーは首を振った。「そういうのは全部、四旬節の悔い改め中だ」

「そうか。何かの中毒になりたきゃ、ここが最適の場所なんだがな。フロリダ州タンパ、南部の違法薬物の中心地だ」

「商工会議所も承知の上か？」

「怒り心頭だ。とにかく、いま薬の話をした理由は――」

「ほう、理由があったのか」ジョーが言った。

「ときにはあるさ」

「ではぜひ続きを話していただこうか」

「エステバンの部下にアルトゥーロ・トーレスってのがいて、先週コカインでぱくられた。ふつうは三十分ほどで出てこられるんだが、いまは連邦の特別捜査班がいろいろ嗅ぎまわってる。夏の初めには国税庁の連中も判事を何人か連れてやってきて、それでいわば竈《かまど》に火が入った。トーレスは国外追放になる」

「おれたちとどういう関係があるんだ」

「トーレスはエステバンのいちばんの酒職人だ。イーボーのあたりじゃ、コルクにトーレスのイニシャルが入ったラム酒はふつうの倍の値段がする」

「いつ追放される？」

「二時間後かな」


ジョーは帽子を顔にのせ、座席でずり下がった。急にどうしようもなく疲れを感じた。汽車の長旅、暑さ、心事、そのうえ高級な白い服を着た裕福な白人をこれでもかと見せられたことによる疲れだった。「着いたら起こしてくれ」


判事に面会したあと、ふたりは裁判所からタンパ市警に歩いていき、本部長のアーヴィング・フィギスを訪ねた。

警察本部はフロリダ・アヴェニューとジャクソン通りの交差点にあり、ジョーもある程度、街に慣れてきて、毎日ホテルから仕事でイーボーに行くたびにこのまえを通らなければならないことはわかった。そういう意味で、警官は尼僧のようなものだ――いつも見られていると相手に意識させる。

「おまえを連れてこいと言われたんだ」本部の階段を上がりながら、ディオンが言った。「あっちが顔を出さなくてもいいように」

「どういう男だ？」

「警官だから、当然嫌なやつだ。それを除けば、まあまあかな」

　執務室でフィギスはつねに同じ三人と写った写真に囲まれていた――妻、息子、娘だ。みなリンゴ型の髪で、驚くほど見映えがする。子供の肌は天使に汚れを落としてもらったのかと思うほどつるつるだった。アーヴィング・フィギスはジョーと握手し、まっすぐ眼を見て、坐ってくれと言った。背は高くないし、とりわけ大きくも筋骨たくましくもない。むしろ小柄で細く、灰色の髪を頭皮ぎりぎりまで刈っている。こちらが公平に接すれば同じように接してくれるが、馬鹿にすれば倍にして返してきそうな男に思えた。

「きみの仕事の内容を訊いて侮辱したりはしない」フィギスは言った。「だからきみも、嘘をついて私を侮辱しないでくれ。いいね？」

　ジョーはうなずいた。

「警部の息子というのは本当かね？」

　ジョーはうなずいた。「本当です」

「ならば理解しているわけだ」

「何をでしょう」

「ここが」――自分とジョーの胸を交互に指して――「われわれの生き方を決める。ほかのことすべては」まわりの写真に手を振った。「生きる理由だ」

　ジョーはうなずいた。「そして両者が交わることはない」

　フィギス本部長は微笑んだ。「学がある男だと聞いたよ」ディオンを一瞥した。「その業界では珍しく」

「あんたの業界でも」ディオンが言った。

　フィギスは微笑み、小さくうなずいて認めた。ジョーに穏やかな眼を向けて言った。「警察で働きだすまえ、私は兵士をやり、そのあと連邦保安官をやった。生涯で七人の男を殺した」誇りの欠片《かけら》も見せずに言った。

七人も？　ジョーは思った。なんてことだ。

見つめるフィギスの視線は穏やかで、落ち着いていた。「殺したのは、それが私の仕事だったからだ。決して愉しんでやったわけではないし、正直に言えば、毎晩のように彼らの顔がちらついて仕方がない。だが、この街を守り、この街に奉仕するために、明日、八人目を殺さなければならなくなったら？　ミスター、私は腕をまっすぐ伸ばし、澄みきった眼でそうするだろう。ここまではわかるかね？」

「わかります」ジョーは言った。

フィギスは机のうしろの壁にかかった街の地図のそばに立ち、イーボーシティのまわりに指でゆっくりと円を描いた。「南北は二番街から二十七番街まで、東西は三十四番通りからネブラスカ・アヴェニューまで――きみがこの範囲内で仕事をするなら、われわれがぶつかることはめったにない」ジョーに眉を上げてみせた。「どう思う？」

「けっこうです」ジョーは言い、相手はいつ値段の話を始めるのだろうと思った。

フィギスはジョーの眼にその質問を見て取り、わずかに顔を曇らせた。「賄賂は受け取らない。もし受け取っていれば、さっき話した死んだ七人のうち、三人はまだ生きている」机をまわってきてその端に坐り、囁くような声で言った。「私はこの街のビジネスのやり方に幻想は抱いていない、ミスター・コグリン。個人的に禁酒法《ヴォルステッド》についてどう思うかと訊かれれば、沸騰寸前の薬罐《やかん》のように湯気を立てるだろう。部下の多くが金を受け取って眼をつぶっていることも知っている。みずから奉仕する街が腐敗の海を泳いでいることも。われわれみんなが堕落した世界で生きていることもわかっている。が、腐った空気を吸い、腐った連中とつき合っているからといって、私自身も腐らすことができるとは思わないでくれ」

ジョーは相手の顔に強がりやプライドや誇大妄想を読み取ろうとした。〝叩き上げ〟の人物にだいたい見られる弱みだ。

ジョーを見つめ返していたのは、ただ静かで強靱な精神だった。

フィギス本部長は侮れない。

「そこはまちがいなく」ジョーは言った。

フィギスが手を差し出し、ジョーは握った。

「立ち寄ってくれて感謝する。陽差しに気をつけて」わずかながらユーモアが感じられる表情で、「きみのその肌だと燃えだしかねない」

「お会いできて光栄でした、本部長」

ジョーはドアに向かった。ディオンがドアを開けると、はっとするほど活き活きとしたティーンエイジャーの少女が立っていた。すべての写真に写っていた娘だった。美しく、リンゴ型の髪で、染みひとつないローズゴールドの肌が柔らかな陽光のように輝いている。十七歳ぐらいだろうか。ジョーは彼女の美しさが喉に引っかかって、出ようとしたことばが出なくなり、なんとか言えたのは、「ミス……」だけだった。ただそれは、まったく肉欲を刺激する美しさではなかった。もっと純粋なものだ。アーヴィング・フィギスの娘の美しさは、無理やり奪いたくなるようなものではなく、美化したくなるものだった。

「お父さん」彼女が言った。「ごめんなさい。ひとりでいると思ったの」

「大丈夫だ、ロレッタ。おふたりは帰るところだ。ちゃんと挨拶しなさい」

「あ、いけない。そうでした」ジョーとディオンのほうを向き、軽く膝を曲げてお辞儀した。「ミス・ロレッタ・フィギスです」

「ジョー・コグリンです、ミス・ロレッタ。初めまして」

そっと彼女の手を握ったとき、ジョーは不思議と片膝をついて敬意を表したくなった。その気分は午後もずっと続いた。ロレッタがどれほど無垢で繊細か、あれほど壊れやすいものを親として守るのはどれほどたいへんか。そんなことばかり考えていた。

その日の夜、彼らは〈ベダド・トロピカーレ〉で食事をとった。テーブルは舞台のすぐ右で、ダンサーとバンドを見るには最適だった。まだ早い時刻だったので、ドラム、ピアノ、トランペット、トロンボーンからなるバンドは全力を投入せず、控えめに演奏していた。ダンサーは氷のように色の薄いシフトドレスだけを身につけていた。さまざまな頭の装飾も合わせてある。数人は細かいスパンコールつきのヘアバンドをしていて、額の中央から大きな羽根飾りが伸びていた。白いビーズのバラと房のついた銀色のヘアネットをつけているダンサーもいた。みな片手を腰に当て、もう一方の手を空中か食事中の客に向けている。女性を不快にせず、男性にはあとでもう一度戻ってきたいと思わせるだけの体と踊りを見せていた。

ジョーは、ここの食事は街でいちばんなのかとディオンに訊いた。

ディオンは、豚の丸焼き《レチョン・アサド》とユッカのフライを刺したフォークの向こうでにっこりと笑った。「国でいちばんさ」

ジョーも微笑んだ。「たしかに悪くない」肉の煮込み《ロパ・ビエハ》に黒豆とサフランライスを添えたものを食べていた。残りをパンでふき取り、もっと皿が大きければよかったのにと思った。

給仕長がやってきて、コーヒーは招待主とごいっしょにどうぞと言った。ジョーとディオンは彼についていった。白いタイルの床を歩き、舞台を通りすぎて、暗色のビロードのカーテンをくぐった。ラム樽のチェリーオークを使った通路を進みながら、ジョーは、この通路を作るためだけにはるばるメキシコ湾の向こうから何百個も樽を運んできたのだろうかと思った。もっと多いかもしれない。事務室も同じ木でできていた。

室内は涼しかった。足元は黒い石で、天井の横桁からいくつかファンがさがっていて、軋みながらまわっていた。プランテーション・シャッターの蜂蜜色の羽板が夜に開いていて、トンボの羽音が途切れなく聞こえていた。

エステバン・スアレスはほっそりした男だった。染みのない肌は薄い紅茶の色、眼は猫のような透き通った黄色、額からうしろになでつけた髪は、コーヒーテーブルにのったボトルの濃いラムの色だった。ディナージャケットに黒いシルクの蝶ネクタイという恰好で、にこやかにふたりを迎え、力強く握手したあと、銅製のコーヒーテーブルのまわりにある背の高いウィングバックチェアに案内した。テーブルの上には、キューバコーヒーの小さなカップが四つ、水のグラス四つ、そして籐籠に入った〈スアレス・リザーブ〉ラムのボトルが置かれていた。

エステバンの姉のイベリアが椅子から立ち上がり、手を差し出した。ジョーは頭を下げてその手を取り、軽く唇で触れた。彼女の肌は生姜《しょうが》とおがくずのにおいがした。弟よりずっと歳上で、長い顎から鋭い頬骨、額にかけて皮膚が張りつめている。濃い眉が二匹の蚕《かいこ》のように並び、大きな両眼が頭蓋に捕まって、逃げ出したいのにどうしても逃げ出せないというふうだった。

「食事はどうだった?」ふたりが坐ると、エステバンが訊いた。

「最高だった」ジョーは言った。「ありがとう」

エステバンはふたりのグラスにラムを注ぎ、自分のグラスを掲げた。「実り多い友情に」

三人は酒に口をつけた。ジョーはその酒のまろやかで豊かな風味に驚いた。一時間以上かけて蒸溜し、一週間以上醸成させないとこうはならない。なんという味だ。

「こんなのはめったにない」

「十五年ものだ」エステバンが言った。「薄味のラムほど高級だという昔のスペイン人統治者の考え方には賛成できなくてね」あれはだめだと首を振り、足首を交叉させた。「もちろん、われわれキューバ人もそれを受け入れたわけだが。あらゆるものは薄いほうがいいという信念があったから――髪の色も、肌の色も、眼の色も」

スアレス姉弟の肌の色も薄かった。アフリカではなくスペインの血を引いている。

「そのとおり」スアレスはジョーの考えを読んで言った。「姉もおれも下層階級の出ではない。だからといって、祖国のいまの社会秩序は支持していないがね」

またラムをひと口飲み、ジョーも飲んだ。

ディオンが言った。「これを北のほうに売れるといいんだけどな」

イベリアが笑った。鋭く短い笑い声だった。「いつかね。ここの政府がまたあなたたちを大人として扱いはじめたときに」

「急がないと」ジョーが言った。「みんな失業だ」

エステバンが言った。「姉とおれは安泰だ。このレストランがあるし、ハバナにも二軒、キーウェストにも一軒ある。カルデナスにはサトウキビ農場、マリアナオにはコーヒー農場も」

「だったら、どうしてこんなことを？」

エステバンは完璧なディナージャケットの肩をすくめた。「金だ」

「いま以上の金ということか」

エステバンはそのことに乾杯のグラスを上げた。

「金を使うべきものはほかにもある」――部屋のなかに手を振り――「これ以外にもいろいろ」

「すでにたくさん持ってるだろうに」ディオンが言い、ジョーに睨みつけられた。

ジョーは初めて事務室の西側の壁が白黒写真で埋め

尽くされているのに気づいた——たいていは通りの風景で、ナイトクラブの正面や、人物の顔だが、風が吹けば崩れ去ってしまいそうな廃村もある。

　イベリアがジョーの視線をたどって言った。「弟が撮ったの」

　ジョーは言った。「へえ」

　エステバンがうなずいた。「国に帰ったときにな。趣味だ」

「趣味ね」姉が鼻を鳴らした。「タイム誌に掲載されたこともあるのに」

　エステバンは遠慮がちに肩をすくめた。

「よく撮れてる」ジョーが言った。

「いつかあんたも撮ってやるよ、ミスター・コグリン」

　ジョーは首を振った。「申し出はありがたいが、写真についてはインディアンと同じ考えなんだ」

　エステバンは皮肉な笑みを浮かべた。「魂を奪われるで思い出したが、セニョール・オルミノの昨夜の事件は残念だった」

「本気でそう思うのか？」ディオンが訊いた。

　エステバンはふっと笑った。息を吐き出したのと区別がつかないほど小さな笑いだった。「それと、友人から聞いた話では、ゲイリー・L・スミスがシーボード鉄道で姿をくらましたらしい。豪華寝台車《プルマン》に妻を乗せ、別の車両にはひいきの売女《プタ・マエストラ》を乗せて。あわてて荷造りした様子だったが、荷物がもう山のようにあったそうだ」

「人は景色が変わると活力を取り戻すこともある」ジョーが言った。

「あなたもそうなの？」イベリアが訊いた。「新しい人生を送るためにイーボーに来た？」

「おれは酒を精製、蒸溜して、流通させるために来た。だが、輸入のスケジュールが定まらなければ成功できない」

「われわれはあらゆる船、あらゆる税関員、あらゆる埠頭を支配しているわけではない」

「しているとも」

「潮の満ち干は支配していない」

「潮の満ち干でマイアミ行きの船が遅れることはない」

「おれはマイアミ行きの船とはいっさいかかわっていない」

「知っている」ジョーはうなずいた。「それはネスター・ファモサの領分だ。うちの連中が彼に訊いたところでは、この夏、海は穏やかで、予測不能なことは起きていない。ネスター・ファモサのことばは信用できる」

「裏を返せば、おれのことばは信用できないということか」エステバンはすべてのグラスにラムを注いだ。「もうひとつ、セニョール・ファモサを持ち出したのは、ここで合意できなければ、おれの供給ルートを彼に引き継がせるのではないかと心配させるためだろうな」

　ジョーはテーブルからグラスを取り、ラムを飲んだ。「ファモサの名前を出したのは――それにしても、このラムは最高だ――この夏、海は静かだったことを強調するためだ。季節はずれに穏やかだったと聞いた。おれは二枚舌は使わない、セニョール・スアレス。謎かけをするつもりもない。なんならゲイリー・L・スミスに訊くといい。とにかく仲介者をすべてはずして、あんたと直接取引したい。中抜きだから代金は少し上げてもいい。あんたの糖蜜と砂糖をすべて買い上げる。七番街の大小のネズミどもを太らせている蒸溜所よりましな蒸溜所に、われわれふたりで共同出資することも考えている。おれは死んだルー・オルミノの仕事だけでなく、彼が抱きこんでいた市会議員や警官や判事も引き継いでいる。彼らの多くは、あんたがキューバ人だというだけで話したがらない。どれほど上流階級の生まれだろうと。しかしおれを通せば、そういう連中ともつながりが作れる」

「ミスター・コグリン、セニョール・オルミノがそういう判事や警察と話せたのは、セニョール・スミスという公の顔がついていたからだ。彼らはキューバ人だけでなく、イタリア人ともビジネスをしない。彼らにとって、おれたちはみなラテン系で、色黒の野良犬で、野良仕事には向いているが、ほかのことにはほとんど使えないのだ」

「幸いおれはアイルランド人だ」ジョーは言った。「アルトゥーロ・トーレスという名前に心当たりがあると思うが」

エステバンの眉がぴくりと動いた。

「今日の午後、国外追放になったと聞いた」ジョーは言った。

エステバンが「おれも聞いた」と言った。

ジョーはうなずいた。「こちらの誠意の印として、アルトゥーロを半時間前に釈放させた。いまごろたぶん階下《した》にいるはずだ」

一瞬、イベリアののっぺりした長い顔が驚きでますます長くなった。喜びすら表われていた。彼女がエステバンのほうをちらっと見ると、エステバンはうなずいた。イベリアは机に近づき、受話器を取った。三人は待ちながらラムを飲んでいた。

イベリアが電話を切って、椅子に戻った。「バーにいるわ」

エステバンが椅子の背にもたれ、ジョーを見すえて両手を開いた。「あんたにだけ糖蜜を売れということだな」

「おれだけでなくてもいい」ジョーは言った。「ただ、ホワイトの組織とその系列組織には売らないでもらいたい。あいつらのビジネスは最終的にこっちに取り戻す」

「その見返りとして、おれはそっちの政治家と警官に話を通せる」

　ジョーはうなずいた。「判事にもだ。いま味方の判事だけでなく、これから引き入れる人物にも」

「あんたが今日話をつけたのは連邦判事だった」

「オカラに黒人の愛人と三人の子供がいる。奥さんとハーバート・フーヴァー大統領が知ったら驚くだろうな」

　エステバンは姉を長いこと見てから、ジョーに眼を戻した。「アルバート・ホワイトは上客だ。このところずっとそうだった」

「たかが二年だ」ジョーは言った。「東二十四番通りの娼館で、誰かがクライヴ・グリーンの喉を掻き切ってからだから」

　エステバンは両眉を上げた。

「おれは二七年の三月から刑務所に入ってたんだ、セニョール・スアレス。宿題ぐらいしかすることがなかった。アルバート・ホワイトはおれと同じ条件を提示できるのか？」

「いや、できない」エステバンは認めた。「だが、いま切ればおれに戦争をしかけるかもしれず、それは非常に困る。無理だ。二年前にあんたに会ってればよかったよ」

「いまからでも遅くはないさ」ジョーは言った。「おれはあんたに、判事、警察、政治家、そして全利益を折半できる蒸溜所の案を提供した。自分の組織でいちばん弱かった環をふたつ取り除き、名高いあんたの酒職人が国外追放になるのを防いだ。これらすべて、イーボーのペスカトーレ・ファミリーへの禁輸措置を解除してもらいたいからだ。おれは、あんたがおれたちにメッセージを送っていると思った。だからここへ来て、しっかり聞き届けたことを知らせた。もしほかに必要なものがあるなら用意する。けれどあんたも、おれが必要なものを用意しなければならない」

　エステバンと姉がまた顔を見交わした。

「できれば手に入れてもらいたいものがある」イベリアが言った。

「オーケイ」

「でも警備つきで守られているし、奪おうとすれば争いになる」

「かまわない」ジョーは言った。「手に入れる」

「まだ内容も聞いていないのに」

「もし手に入れたら、アルバート・ホワイト一派とのつながりは完全に切ってくれるな？」

「イエス」

「たとえ血が流れるようなことになっても」

「まちがいなく血は流れる」エステバンが言った。

「ああ」ジョーも言った。「そうなる」

エステバンはしばらくそのことを悲しんでいた。悲しみが部屋を満たした。が、彼はまたそれをすっかり吸いこんだ。「この頼みを聞いてくれれば、アルバート・ホワイトがスアレスの糖蜜や蒸溜したラムを一滴だろうと見ることはなくなる。完全に」

「あんたから砂糖を大量に買い入れることは？」

「それもない」

「決まりだ」ジョーは言った。「で、何が必要なのかな」

「銃だ」

「オーケイ。モデルを言ってくれ」

エステバンはうしろに手を伸ばして机の上から紙を取った。眼鏡を調節して、読み上げた。「ブローニング・オートマチック・ライフル、オートマチック拳銃、三脚つきの五〇口径マシンガン」

ジョーはディオンを見た。ふたりであきれたように笑った。

「ほかには？」

「ある」エステバンが言った。「手榴弾、それから箱入り地雷」

「箱入り地雷とは？」

「船にのっている」

「どこの船だ？」

「軍用輸送船よ」イベリアが言った。「七番埠頭に停泊中の」うしろの壁に頭を振った。「ここから九区画ほど離れたところ」

「海軍の船を襲わせたいのか？」

「そうだ」エステバンは腕時計を見た。「二日以内に頼む。でないと出港してしまう」ジョーに折りたたんだ紙切れを渡した。ジョーはそれを開きながら、体のまんなかが虚ろになった気がし、こんなメモを父親に手渡したときのことを思い出した。この二年間、父親はあのメモの重圧で死んだのではないと自分に言い聞かせてきた。そうやって自分を説得できた夜もあった。

シルクロ・クバーノ、午前八時

「朝、そこへ行くと」エステバンが言った。「女がひとりいる。名前はグラシエラ・コラレス。彼女とパートナーから指令を受けてくれ」

ジョーはメモをポケットに入れた。「おれは女から指令は受けない」

「アルバート・ホワイトをタンパから追い出したいなら」エステバンが言った。「彼女から指令を受けるんだ」

13 心の穴

ディオンは改めてホテルにジョーを送っていった。ジョーは、今晩泊まるかどうか決めるまで近くにいてくれと言った。

ベルマンは赤いビロードのタキシードに赤いトルコ帽という恰好で、サーカスの猿を思わせた。ベランダの植木鉢のヤシのうしろから飛び出してきて、ディオンの手からジョーのスーツケースを受け取り、ディオンが車で待っているあいだ、ジョーをホテルのなかへと案内した。ジョーは大理石のフロントで名を告げ、渡された金色の万年筆で宿泊帳に署名した。フロント係はまばゆい笑みを浮かべた厳めしいフランス人で、人形のように死んだ眼をしていた。差し出された真鍮の鍵には赤いビロードの紐がつき、そのすぐ先には重くて四角い金色の板がつながっていて、五〇九号と部屋番号が記されていた。

そこはまさにスイートで、サウス・ボストンほどの広さのベッドと、上品なフランスの椅子、上品なフランスの机が配され、外の湖を眺めることができた。もちろん専用のバスルームもついていて、そこだけでチャールズタウン刑務所の監房より大きかった。ベルマンはコンセントの場所を示し、室内ランプや天井のファンの使い方を説明した。服をしまうシーダー材のクロゼットを開け、ラジオや全室の備品も見せてまわった。聞いているうちにジョーは、エマと、スタットラー・ホテルのオープニング式典を思い出した。チップを渡してベルマンを追い払うと、繊細なフランスの椅子に坐り、煙草を吸いながら、暗い湖とそこに照り映える巨大なホテルの明かりを眺めた。黒々とした水面に無数の窓の光が斜めに射していた。父さんには、エマには、いま何が見えているのだろう。おれが見えるだろうか。過去も未来も、おれの想像を越えた広大な世界も見ることができるのだろうか。それとも何も見えない？　ふたりとも無だから。ふたりとも死んで塵や箱のなかの骨となり、エマに至ってはそれすらない。

　本当に無になるのだろうか。ジョーは怖れた。怖れただけではない。ホテルの奇天烈な椅子に坐り、黒い水に斜めに投影された窓の光を眺めながら、ジョーは悟った。人は死んで、よりよい場所に行くのではない。ここがよりよい場所なのだ、死んでいないのだから。天国は雲のなかではなく、肺に入った空気のなかにある。

　部屋のなかを見まわした。高い天井からシャンデリアがさがり、その下には馬鹿でかいベッド、窓には人の腿ほどの厚さのカーテンがかかっている。ジョーはいまの皮膚から抜け出したくなった。

「ごめん」父親に囁いた。聞こえないことはわかっていたが。「ちがってた」――また部屋を見まわして――「こうなるはずじゃなかった」

　煙草をもみ消し、部屋から出ていった。

　イーボーシティを除くと、タンパは徹底して白人の街だった。ディオンは二十四番通りを走りながら、その立場を明らかにした木の看板を見せていった。十九番街の食料品店は〝犬とラテン系お断わり〟で、コロンバスの薬局はドアの左側に〝ラテン系お断わり〟、右側に〝イタ公お断わり〟の札をさげていた。

　ジョーはディオンを見た。「あれに我慢できるのか？」

「できないに決まってる。けどどうすりゃいい？」

　ジョーはフラスクから酒をあおり、ディオンに戻した。「そのへんに石があるだろう」

　雨が降りだしていた。かといって、ちっとも涼しくなっていない。ここでは雨は汗のように感じられた。

真夜中が近いのにあたりはいっそう暑くなり、湿気が毛布のようにすべてを包みこんでいた。ジョーは運転席に移り、エンジンをかけたままにしていた。ディオンが薬局のガラス窓を二枚割り、車に駆け戻ってきて、ふたりはイーボーに引き返した。十五番から二十三番にかけての番号の多い通りにはイタリア人が住んでいる、とディオンが説明した。肌の色の薄いスペイン系は十番から十五番のあいだ、黒人は十二番街の西のほうの十番より若い通り——葉巻工場が集中している地域——に住んでいる。

　バヨ葉巻工場をすぎ、道がマングローブと糸杉の林のなかに消えかかったところに、店があった。沼に面した高床の掘っ立て小屋で、岸辺の木々に張り渡した網で囲われ、裏手のポーチに安物の木のテーブルが並べられていた。

　なかでは何かの〝音楽〟が演奏されていた。ジョーはこれに少しでも似たものを聞いたことがなかった。キューバのルンバかもしれないが、もっと安っぽく、危険で、ダンスフロアで踊っている客は踊っているというよりファックしているのにはるかに近かった。ほぼ全員が黒人——ただし、大勢のキューバの黒人にアメリカの黒人が多少混じっている——で、茶色の肌の客も上流階級のキューバ人やスペイン人の風貌ではない。丸顔が多く、髪ももっとごわごわしている。半分の客がディオンの知り合いだった。年嵩の女性のバーテンダーが、注文もしないのにラムのボトルとグラスを二個出してきた。

「あんたが新しいボス？」とジョーに訊いた。

「だろうね」ジョーは言った。「ジョーだ。あんたは？」

「フィリス」ジョーの手に乾いた自分の手をすべりこませた。「ここの店主よ」

「いいところだ。店の名前は？」

「フィリスの店」

「当然だな」

「彼をどう思う?」ディオンがフィリスに訊いた。

「男前すぎるわね」フィリスはジョーを見た。「誰かが崩してやらないと」

「これから取りかかるところだ」

「けっこう」彼女は別の客のところへ行った。

ふたりはポーチにボトルを持って出て、小さなテーブルに置き、おのおの揺り椅子に坐った。網の向こうの沼を見ると、雨はやんでトンボが戻ってきていた。ジョーは薮の奥で重いものが動く音を聞いた。ポーチの下でも、同じくらい重いものが動いていた。

「爬虫類だ」ディオンが言った。

ジョーは思わず両足をポーチから浮かした。「なんだって?」

「アリゲーター」

「かつごうとしてるな」

「いや」ディオンは言った。「本物がいる」

ジョーはさらに膝を高く上げた。「どうしてわざわざアリゲーターと同席しなきゃならない?」

ディオンは肩をすくめた。「避けようにも避けられない。どこにでもいるからな。水のなかを見てみろよ。十四はいる。でかい眼でこっちを見てる」言ってもぞもぞと両手の指を動かし、眼をむいた。「あほな北部人《ヤンキー》が足を浸けるのを待ってるぞ」

下にいる一匹がずるりと離れていき、マングローブの根を折って戻っていく音がした。ジョーはことばを失った。

ディオンはくすくす笑った。「水に入らなきゃ大丈夫さ」

「あるいは、近づかなければ」ジョーは言った。

「だな」

ふたりはポーチでラムを飲んだ。最後の雨雲が去り、また月が現われて、なかにいたときと同じくらいはっきりとディオンの顔が見えるようになった。ジョーは旧友が自分を見つめているのに気づき、見つめ返した。しばらくふたりとも無言だったが、ジョーは長々と会話をした気になった。ようやくこの話題に触れることができて、ほっとした。ディオンもほっとしているのがわかった。

ディオンは安酒をぐいと飲み、手の甲で唇をぬぐった。「どうしておれだとわかった？」

ジョーは言った。「自分じゃないのがわかってるからだ」

「兄貴だったかもしれない」

「安らかに眠れ」ジョーは言った。「だが、兄貴には裏切れるほどの頭がなかった」

ディオンはうなずき、いっとき自分の靴を見つめた。

「むしろありがたい」

「何が」

「死ぬことが」ディオンはジョーを見た。「おれは兄貴を死なせた、ジョー。そういう思いを抱えて生きるのがどれほどつらいかわかるか？」

「いくらかはわかる」

「どうして？」

「とにかく」ジョーは言った。「わかるんだ」

「兄貴は二歳上だった」ディオンは言った。「けどおれのほうが兄貴みたいなもんだった。わかるか？　おれが注意してなきゃならなかった。おれたちみんながニューススタンドを燃やしたりして、つるみはじめたころ、パオロとおれにセッピという末の弟がいたのを憶えてるか？」

ジョーはうなずいた。不思議なことに、もう何年も思い出したことがなかった。「ポリオに罹《かか》ったんだったな」

ディオンもうなずいた。「死んだんだ、八歳で。お袋はあれからおかしくなって、結局もとに戻らなかった。そのときおれは兄貴に言った。セッピを救う方法はなかった、神様が決めたことで、神様はやりたいことをやるもんだって。けど残ったおれたちふたりは」両手の曲げた親指を合わせて、唇に持ってきた。「おれたちは、お互い守っていこうなと」

うしろの店内では、踊る体と音楽の低音がドンドンと響いていた。眼のまえの沼から、叩いて出る埃のように蚊の大群が湧き上がり、月光に照らされた。

「これからどうするつもりだ？　ムショのなかからおれを指名し、モントリオールにいたところを見つけさせ、こんなところまで引っ張ってきて、いい暮らしをさせてる。なんのために？」

「なぜやった」ジョーは訊いた。

「やってくれと頼まれたからだ」

「アルバートから？」ジョーは囁いた。

「ほかに誰がいる？」

ジョーはしばらく眼を閉じた。ゆっくり呼吸しろと自分に言い聞かせた。「おれたちみんなを裏切れと言われたのか？」

「ああ」

「金ももらった？」

「まさか。払うと言われたが、あいつの金なんかもらったら手が腐る。あのくそったれ」

「まだあいつのために働いてるのか？」

「いや」

「どうしておまえが本当のことを言ってるとわかる、ディー？」

ディオンはブーツから飛び出しナイフを取り出し、ふたりのあいだの小さなテーブルに置いた。続いて三八口径の拳銃二挺と、三二口径のスナブノーズ一挺。鉛の棍棒と真鍮のナックルダスターも加え、手を服にこすりつけてから、ジョーに両方の掌を広げてみせた。

「おれがいなくなったあと」ディオンは言った。「ブルーシー・ブラムという男のことをイーボーで訊いてまわるといい。本人には六番街でときどき会える。歩き方も話し方もおかしくて、昔偉そうにふるまってたなんて想像できない。ブラムはアルバートの手下だった。ほんの半年前まで。女にも大もてで、上等のスーツを買いだめしてた。それがいまやカップを持ってふらふら歩き、小銭をせがみ、小便は垂れ流し、自分の靴の紐も結べない始末だ。偉そうだったときに何をしたか？　パーム・アヴェニューのもぐり酒場でおれに近づいてきて言ったのさ、〝アルバートが話したいそうだ。話しにいくか、さもなくば〟とね。おれは〝さもなくば〟のほうを選んで、あいつのくそ頭をへこませてやった。だから、そう、もうアルバートのためには働いてない。あれは一度きりだった。ブルーシー・ブラムに訊きゃわかる」

　ジョーはひどい味のラムを口に含み、何も言わなかった。

「おまえ自身がやるのか、それとも誰かにやらせるのか？」

　ジョーは相手の眼を見た。「おれが殺してやる」

「オーケイ」

「もし殺すならな」

「どっちかに決めてもらえると、こっちも楽なんだが」

「おまえが楽かどうかなんて、正直なところどうでもいい、ディー」

　今度はディオンが黙りこんだ。うしろの店内の音楽と足を踏みならす音が少し小さくなった。車が続々と発進して、泥の道を葉巻工場のほうへと戻っていった。

「おれの親父はいなくなった」ジョーがついに口を開いた。「エマも死んだ。おまえの兄貴もだ。おれの兄貴たちは散り散り。くそ、ディー、おれの知り合いはもう数えるほどで、おまえはそのひとりだ。おまえまでいなくなったら、おれはいったい何者だ？」

　ディオンはジョーを見つめた。丸々とした顔を涙がぽろぽろとビーズのように落ちていった。

「金のために裏切ったんじゃなかったのか」ジョーは

言った。「だったらなぜ？」

「おまえはおれたち全員を殺しちまうところだった」ようやくディオンが、床から大きく息を吸い上げて言った。「あの女。おまえはおまえじゃなくなってた。銀行を襲ったあの日だって、抜け出せないような窮地におれたちを追いやるところだった。そうなったら死ぬのはおれの兄貴だ。のろまだからな、ジョー。おれたちとはちがった。だから、だからおれは……」さらに何度か息を吸った。「一年間、おれたち全員を仕事から遠ざけようと思った。そういう取引だった。アルバートの知り合いの判事がいて、おれたちは一年の刑を食らうことになってたんだ。だからあの仕事のあいだは銃を抜かなかった。一年だ。一年あれば、アルバートの女はおまえを忘れ、たぶんおまえも彼女を忘れられたはずだ」

「驚いた」ジョーは言った。「おれがあいつのガールフレンドに惚れたというだけで、それだけのことをしたのか？」

「おまえもアルバートも彼女のことになると、どうしようもなくなる。おまえ自身は気づかなかっただろうが、あの女が出てきてから、おまえはどこかへ行っちまった。おれにはどうしてもわからんよ。そこらへんにいる女となんにもちがわないのに」

「いや」ジョーは言った。「ちがう」

「どこが。おれは何を見落としてる？」

ジョーは残りのラムを飲み干した。「彼女と会うまえ、おれは自分のまんなかに銃弾ほどの穴があいてるのに気づかなかった」胸をとんと叩いた。「ここに。彼女が現われてその穴を埋めてくれるまで、わからなかった。彼女が死んで穴がまたあいたが、今度は牛乳壜ほどの大きさだ。それが大きくなりつづけてる。おれは彼女にあっちの国から戻ってきてもらいたい。そしてこの穴を埋めてもらいたい」

ディオンはジョーを見つめた。顔の涙は乾いていた。

「傍《はた》からどう見えたかわかるか、ジョー？　あの女自体が穴だった」

　ホテルに戻ると、フロントの奥から夜番が出てきて、ジョーにいくつかメッセージを渡した。すべてマソからだった。

「電話の交換手は二十四時間やってるのかな？」

「もちろんです、お客様」

　ジョーは部屋に戻り、交換手を呼び出した。ボストンのノース・ショアの電話が鳴り、マソが出てきた。ジョーは煙草に火をつけ、長かった一日の出来事をマソに話した。

「船？」マソが言った。「船を襲えだと？」

「そう、海軍の船だ」ジョーは言った。

「もうひとつのほうは？　答えはわかったのか」

「わかった」

「それで？」

「裏切ったのはディオンじゃなかった」ジョーはシャツを脱いで、床に落とした。「兄貴のほうだった」

14　爆発

シルクロ・クバーノはイーボーの社交クラブのなかではいちばん新しかった。最初のクラブは一八九〇年代にスペイン人が七番街に建てたセントロ・エスパニョールだが、世紀の変わり目に北部のスペイン人の一派がセントロ・エスパニョールから枝分かれして、九番街とネブラスカ・アヴェニューの角にセントロ・アストゥリアーノを開業した。

セントロ・エスパニョールから七番街を数区画行ったところにイタリアン・クラブもあり、いずれ劣らぬイーボーの一等地だ。けれどもキューバ人たちは、共同体での地位の低さを反映して、はるかに垢抜けない場所に住みつくしかなかった。シルクロ・クバーノは九番街と十四番通りの角。道向かいにはかろうじて見苦しくない仕立屋と薬屋があったが、その隣はシルバーナ・パディーヤの娼館で、取る客は葉巻工場の経営者ではなく労働者だったので、ナイフを使った喧嘩は当たりまえ、娼婦もだいたい病気だったり、がさつだったりした。

彼らが道路脇に車を停めると、宵越しのしわだらけの服を着た娼婦が二軒先の路地から出てきて、スカートのひだ飾りを伸ばしながら、車のまえを通りすぎた。くたびれ、ひどく老けこんで、すぐにでも酒が必要に見えた。本当は十八歳ぐらいだろうとジョーは思った。彼女のあとから路地を出てきた男は、スーツに白い麦藁帽という恰好で、口笛を吹きながら反対方向に歩いていった。ジョーは車から出てそいつを追いたいという馬鹿げた衝動に駆られた。十四番通りに並ぶ煉瓦の建物のどれかにあの頭を叩きつけてやりたい、両耳から血が流れ出すまで。

「あそこはうちの経営か？」ジョーは娼館に顎をしゃくった。

「一部は」

「ならその一部については、路地で仕事をやらせるな」

　ディオンはジョーの顔を見て、本気で言っているのかどうか確かめた。「わかった。手配しておく、ジョー神父。さあ、手元の問題に集中しよう」

「集中してる」ジョーはバックミラーでネクタイを確認して、車の外に出た。ふたりは朝の八時ですでに暑い歩道を歩いていった。高級靴をはいていても足の裏に熱が感じられるほど暑く、それでなおさらものを考えるのがむずかしかった。ジョーは考えなければならなかった。もっとタフで、勇敢で、銃をうまく使える人間は山のようにいるが、ジョーは機転では誰にも負けない。互角に闘うチャンスはあると思っていた。もちろん奇特な人が現われてこのくそ暑いのを止めてくれたら、ありがたいのはたしかだが。

　集中。集中だ。これから与えられる課題を解決しなければならない。どうやって、殺されたり手足を失ったりせずに海軍から六十箱もの武器を奪い取ればいいのか。

　シルクロ・クバーノの正面の階段を上がっていると、女が出てきてふたりに挨拶した。

　じつのところ、ジョーは武器を奪うアイデアをひとつ思いついていたが、彼女を見てそれは頭のなかから消し飛んだ。相手もジョーを見て思い当たったような顔をした。まえの日、ジョーが列車のプラットフォームで見かけた女だった。真鍮色の肌と、それまでに見た何よりも黒い髪の。しかし、彼女の眼だけはもっと黒く、近づくジョーをまっすぐ見すえていた。

「セニョール・コグリン？」女が手を差し出した。

「イエス」ジョーは握手した。

「グラシエラ・コラレスよ」ジョーの手から自分の手

をするりと抜いた。「遅れたわね」

女はふたりの先に立って白黒のタイルの床を歩き、白い大理石の階段を上がった。天井が高く、壁がダークウッドの建物のなかは外よりはるかに涼しかった。タイルと大理石が数時間ほど長く熱を遠ざけているのだ。

グラシエラ・コラレスは背中を向けたままジョーとディオンに話しかけた。「ボストンから来たのね？」

「イエス」ジョーは答えた。

「ボストンの男はみなプラットフォームで色目を使うの？」

「それを仕事にするのはなんとかやめようと思ってる」

うしろを振り返った。「とても失礼よ」

ディオンが言った。「おれはイタリア出身だ」

「あそこも失礼な場所」グラシエラを先頭に、最上階のダンスホールを抜けていった。まさにそのホールに集まったさまざまなキューバ人の写真が壁を飾っていた。きちんと並んで撮った写真もあれば、人々が手を振り上げ、腰をくねらせ、スカートをまわしている、にぎやかなダンスの夜の雰囲気をとらえた写真もある。さっさと通りすぎたが、なかの一枚にグラシエラが写っていたとジョーは思った。確信が持てなかったのは、写真のなかの女が頭をのけぞらせて笑い、髪もおろしていたからだ。眼のまえの彼女が髪をおろしているところは想像できなかった。

ダンスホールの隣はビリヤード室で、ジョーは、裕福な生活を送るキューバ人もいるのだと思いはじめた。その隣の図書室には白い厚手のカーテンが引かれ、木の椅子が四脚置かれていた。そこで彼らを待っていた男が大きな笑みを浮かべて近づいてきて、力強く握手した。

エステバンだった。握手したときの様子は、まるで前夜に会っていないかのようだった。

「エステバン・スアレスだ。よく来てくれた。さあ、坐って」

　言われたとおり席についた。

ディオンが言った。「あんたはふたりいるのか？」

「失礼？」

「昨日の夜、いっしょに一時間すごしただろう。いままるで他人のように握手したけど」

「昨日の夜会ったのは、エル・ベダド・トロピカーレの所有者としてだ。今朝はシルクロ・クバーノの書記としてここにいる」落第しそうな小学生ふたりをからかう教師のような笑みを浮かべた。「とにかく、協力に感謝する」

　ジョーとディオンはうなずいたが、何も言わなかった。

「こっちには三十人いる」エステバンは言った。「だが、あと三十人は必要だと思う。あんたたちは何人——

——」

　ジョーは言った。「人は用意できない。まだ何も約束できない」

「できない？」グラシエラはエステバンを見た。「なんのことなの」

「まず話を聞きにきた」ジョーは言った。「乗るかどうかはそのあと決める」

　グラシエラはエステバンの隣の椅子に坐った。「選択肢があるなんて思わないで。あなたたちはたったひとりの製品に頼っているギャングでしょう。それを供給できるのはひとりだけ。わたしたちの申し出を拒否すれば、干上がるだけよ」

「その場合」ジョーが言った。「戦争になる。そして勝つのはこっちだ。数がいるから。エステバン、あんたのほうは人が足りない。そこは調べてある。アメリカ軍相手に命を賭けろ？　それなら、タンパに住む数十人のキューバ人を相手にするほうがましだ。少なくとも、自分がなんのために闘うのかはわかっている」

「利益のためね」グラシエラが言った。

「生きていくための手段だ」

「犯罪的な手段」

「そう言うきみは何をしてる？」ジョーは身を乗り出し、部屋のなかを見まわした。「ここに坐って、ペルシャ絨毯でも数えてるのか？」

「わたしは葉巻を作ってるの、ミスター・コグリン、ラ・トロチャの工場で。木の椅子に坐って、毎朝十時から夜の八時まで。あなたがプラットフォームでわたしに色目を使った昨日は――」

「色目は使ってない」

「――この二週間で初めての休日だったの。働いていないときには、ここで無料奉仕してる」苦々しく微笑んだ。「だからきれいな服にだまされないで」

この日の服は前日よりもっと着古した感じだった。ジプシーガードルつきのコットンのブラウスで、下はひだの入ったスカート。一年か、もしかすると二年は流行遅れで、あまりに何回も洗って着たものだから、白でも黄褐色でもない色に変わっていた。

「このクラブは寄付で成り立っている」エステバンが続けた。「ドアはいつも開いている。金曜の夜に外出するキューバ人は、着飾って、ハバナに戻ったような気がするしゃれた場所に出かけたい。粋な場所、わかるだろう？」指をパチンと鳴らした。「ここでは誰もおれたちを〝スペ公〟だとか〝泥人間〟だとか呼ばない。自由に自分たちのことばをしゃべり、自分たちの歌を歌い、自分たちの詩を朗唱する」

「それはけっこう。さてそろそろ、なぜあんたの組織をまるごと潰さず、あんたの代わりに詩的に海軍の輸送船を襲わなきゃならないのか説明してもらえないか」

グラシエラは眼に怒りを燃やして何か言いかけたが、エステバンがその膝に手を当てて止めた。「そのとおり。あんたはおれの組織をまるごと潰せるかもしれない。しかし、建物をいくつか手に入れてなんになる？　おれの供給ルート、ハバナの連絡先、キューバでいっしょに仕事をしているすべての人々――彼らは決してあんたに協力しない。本当に何軒かの建物と何ケースかの古いラムと引き替えに、金の卵を産むガチョウを殺してしまいたいのか？」

ジョーはエステバンの笑みに笑みで応じた。互いに相手のことがわかってきた。まだ相手を尊敬するほどではないが、そうなるかもしれない。

ジョーは親指をうしろに振った。「ダンスホールの写真も撮ったのか？」

「ほとんどは」

「あんたがやらないことはあるのか、エステバン？」

エステバンはグラシエラの膝から手を離して、椅子の背にもたれた。「キューバの政治にくわしいかな、ミスター・コグリン？」

「いや」ジョーは言った。「その必要もない。今回の仕事に役立つわけじゃないから」

エステバンは足首を交叉させた。「ニカラグアは？」

「おれの記憶が正しければ、数年前にアメリカが反乱を鎮圧した」

「あの船の武器が送られるのは、そこ」グラシエラが言った。「それから、反乱はなかったわ。たんにあなたの国が勝手に判断して、あの国を占領してるだけ。わたしたちの国のときとまったく同じ」

「プラット修正条項（キューバ憲法に盛りこまれた、アメリカによる内政干渉権やアメリカの軍事基地設置などを認めた条項）に相談してくれ」

グラシエラは片方の眉を上げた。「教養のあるギャング？」

「おれはギャングじゃない。無法者だ」言ったものの、いまもそれが正しいかどうかはわからなかった。「それにこの二年間は読書以外にあまりすることがなかった。で、どうして海軍がニカラグアに銃を送る？」

「あの国に軍事訓練学校を開設したのだ」エステバンが言った。「ニカラグア、グアテマラ、そしてもちろんパナマの軍や警察を訓練するために。農民たちに立場をわきまえさせるには、それがいちばんだ」

ジョーは言った。「つまり、アメリカ海軍から武器を盗んで、ニカラグアの反乱軍に分配する？」

「ニカラグアはおれの戦地ではない」

「キューバの反乱軍に分け与えるのか」

うなずいた。「マチャドは大統領じゃない。銃を持ったこそ泥だ」

「キューバ軍を打倒するために、アメリカ軍から武器を盗むのか」

エステバンは小さくうなずいた。

グラシエラが言った。「それが問題なの？」

「おれにとっては、ぜんぜん」ジョーはディオンを見た。「おまえは？」

ディオンはグラシエラに訊いた。「こう思ったことはないか？ あんたたち人民がもっとしっかりして、たとえば就任五分後から徹底的に略奪を始めたりしないリーダーを選べたら、アメリカも占領を続けなくていいのにと」

グラシエラは無表情な眼でディオンを見つめた。

「わたしはこう思うわ、もしキューバに換金作物がなかったら、あなたたちはキューバという国の名前も知らなかっただろうと」

ディオンはジョーを見た。「おれが何を気にする？ 計画を聞こうじゃないか」

ジョーはエステバンのほうを向いた。「あんたにはいい計画がある。だろう？」

エステバンの眼に初めて闘志がのぞいた。「今晩、船を訪ねる男がいる。彼が船内で陽動作戦をしかけるから——」

「どういう陽動を？」ディオンが訊いた。

「火事だ。船員がそれを消しにいっているあいだに、倉庫におりていって武器を運び出す」

「倉庫には鍵がかかってるだろう」

エステバンは自信ありげな笑みを浮かべて言った。

「ボルトカッターがある」

「鍵を見たことがあるわけだ」

「説明は受けている」

ディオンが身を乗り出した。「だが、材質まではわからないだろう。ボルトカッターより頑丈かもしれない」

「ならば撃つ」

「消火にあたっていた連中が銃声に気づく」ジョーが言った。「跳弾で誰かが死ぬ可能性もある」

「すばやく動くさ」

「ライフルと手榴弾を六十箱持って、どのくらいすばやく動ける？」

「三十人いる。あんたが提供してくれれば、さらに三十人」

「あっちは三百はいる」ジョーが言った。

「だが三百人のキューバ人《クバノス》じゃない。アメリカの兵士は自分のプライドのために戦うが、キューバ人《クバノス》は国のために戦う」

「まったく」ジョーは言った。

エステバンの笑みはますます自信にあふれた。「われわれの勇気を疑うのか？」

「いや」ジョーは言った。「知性を疑う」

「死ぬのは怖くない」エステバンは言った。

「おれは怖い」ジョーは煙草に火をつけた。「でなくても、もっとましな理由で死にたい。ライフルの箱をひとつ持ち上げるのにふたり必要だ。つまり六十人で二往復、しかも燃える輸送艦にだ。そんなことが可能だと思うのか」

「船のことは二日前にわかったばかりなの」グラシエラが言った。「もっと早くわかっていれば、人も集められたし、ましな計画も立てられた。でも船は明日出港する」

「その必要はない」ジョーが言った。

「どういう意味だ？」エステバンが言った。

「船に人を送りこむと言っただろう」

「ああ」

「すでに船内に味方がいるということだな？」

「なぜ？」

「おい、訊いてるのはこっちだ、エステバン。水兵のひとりを抱きこんでいるのか、いないのか」

「抱きこんでるわ」グラシエラが答えた。

「そいつの仕事は？」

「機関室」

「何をやらせる？」

「エンジンを故障させる」

「すると、あんたが送りこむ男は整備工なんだな？」

　ふたりはうなずいた。

「エンジン修理の名目でなかに入って火事を起こし、その間にあんたらが武器庫を襲う」

　エステバンが言った。「そうだ」

「計画としては悪くない」

「それはどうも」

「感謝しないでくれ。半分は悪くないが、残りの半分は悪いということだ。実行するのはいつだ？」

「今晩十時」エステバンは言った。「月の光はかなり弱いはずだ」

　ジョーは言った。「真夜中、できれば朝三時ぐらいが理想だ。ほとんどみんな寝ている。ヒーローが活躍する心配はないし、目撃者も少ない。あんたの男が無事に船からおりるチャンスがあるとしたら、その時間だけだろう」頭のうしろで手を組み、さらに考えた。

「整備工はキューバ人か？」

「そうだ」

「肌の色はどのくらい濃い？」

「言っている意味がわからないが――」

「あんたぐらいか、それとも彼女ぐらいか？」

「肌の色はそうとう薄いほうだ」

「ならスペイン人で通るな」

エステバンはグラシエラに眼をやり、またジョーを見た。「まちがいなく」

「どうしてそんなことを？」グラシエラが訊いた。

「おれたちがこれからアメリカ海軍にすることを考えると、彼らはその男を思い出すだろうから。そして捕まえようとする」

グラシエラは言った。「アメリカ海軍に何をするつもり？」

「まずは船に大穴をあける」


その爆弾は、なけなしの金で街角のアナーキストから買うような釘とスチールたわしの詰まった箱ではなかった。それよりはるかに高性能で、洗練されている。少なくともそういう話だった。

セント・ピーターズバーグのセントラル・アヴェニューに、ペスカトーレのもぐり酒場があり、バーテンダーにシェルドン・バウダーという男がいた。三十代の多くを海兵隊の爆弾処理班ですごしたが、一九一五年、ハイチのポルトープランス占領時に、通信機器の不具合のせいで片脚を失い、いまだにそのことに恨みを抱いていた。そのシェルドンが一級品の爆破装置を作った——子供靴の箱ほどの大きさの鋼鉄の立方体だ。ボールベアリングと、真鍮のドアノブと、ワシントン記念塔にトンネルをぶち抜けるほどの火薬が入っている。バウダーはジョーとディオンにそう言った。

「エンジンのすぐ下に置けよ」茶色の紙にくるんだ爆弾を、バーカウンター越しに差し出した。

「エンジンを吹き飛ばすだけじゃない」ジョーが言った。「船体に穴をあけたいんだ」

シェルドンは上の歯茎の差し歯を舌で前後に動かしながら、カウンターに眼を落としていた。ジョーは相手を侮辱したことに気づき、シェルドンが口を開くのを待った。

「どうなるんだろうな」シェルドンは言った。「ステユードベーカーほどもあるエンジンが吹っ飛んで船体を突き抜け、ヒルズボロ湾に飛びこんだら」

「港そのものは吹き飛ばしたくないんだが」ディオンが念のため言った。

「そこが彼女のいいところだ」シェルドンは包みをぽんと叩いた。「狙いを定められる。そこらじゅうに飛び散ったりしない。爆発するときに彼女の正面にいないことだけ注意してればいい」

「どのくらい危険なんだ、この彼女は」ジョーが訊いた。

シェルドンの眼が喜びにあふれた。「ハンマーで一日じゅう殴っても赦《ゆる》してくれる」茶色の包み紙を猫の背のようになでた。「空中に放っても、落ちる場所から逃げる必要すらない」

ひとりで何度かうなずいた。唇はまだ動いている。

ジョーとディオンは視線を交わした。この男に正気でないところがあるにしても、これからこの爆弾を車に乗せてタンパ湾を渡ることに変わりはない。

シェルドンが人差し指を立てた。「ひとつ小さな注意事項がある」

「ひとつ小さな、なんだって？」

「知っておくべき情報だ」

「それは？」

申しわけなさそうに微笑んだ。「彼女に点火する人間は足が速いほうがいい」

セント・ピーターズバーグからイーボーまでは二十五マイル。ジョーは一ヤードごとに数えていった。車が跳ね、傾くたびにびくっとした。シャーシの雑音の一回一回が即死の音に聞こえた。ジョーもディオンも恐怖について語らなかったのは、語る必要がなかったからだ。恐怖はふたりの眼を満たし、車内を満たし、汗を金臭くした。ふたりともほとんどまえを向いていて、ガンディ橋を渡るときにも、ちらちら湾内に眼をやるだけだった。両側の砂洲は、真っ青な海を背景に眼に痛いほど白かった。ペリカンと白鷺が手すりから飛び立った。ペリカンたちはたびたび空中で静止し、銃で撃たれたかのように空から落ちてきた。そのまま凪いだ海に突入し、体をくねらせる魚を嘴《くちばし》に挟んで飛び出してくる。次に一度口を開けると、どんな大きさの魚も一瞬で消えてしまうのだった。

　車が穴にはまり、鉄の継ぎ目で跳ね、また別の穴にはまった。ジョーは眼をつぶった。

　日光がフロントガラス越しに飛びこんできて、火の息を吐きかけた。

　橋を渡りきると、舗装路は砕けた貝殻と砂利の道に代わり、二車線が一車線になった。きちんと舗装したところや雑なところがパッチワークのように現われては消えた。

「つまり」ディオンが口を開いたが、それしか言わなかった。

　あちこちで跳ねながら一区画ほど進んだあと、車は渋滞に捕まって動かなくなった。ジョーはディオンを残して車から逃げ出したくなる衝動と闘わなければならなかった。もうこんな計画は捨ててしまえ。ある地点から別の地点まで車で爆弾を運ぶなんて正気の沙汰じゃない。どんなやつがそんなことを考える？　いったい誰が？

　頭がおかしいやつだ。自殺願望のある男。安心するためのごまかしを幸せだと思う男。けれどもジョーは、幸せを味わったことがあった。幸せとは何かを知っていた。そしていま、三十トンのエンジンを吹き飛ばして鋼鉄製の船体に穴をあけるほど強力な爆発物を運んで、幸せなど二度と味わえなくなる危険を冒していた。

　回収しようにも何も残らないだろう。車も、服も。

ジョーの三十本の歯は、噴水に投げこまれたペニー硬貨のように海に散らばるだろう。シーダー・グローヴの家族の墓に納める指の骨でも見つかれば、運がいいほうだ。

最後の一マイルが最悪だった。ガンディ橋を渡ったあと、鉄道線路と並行する土の道を走ったが、暑さのせいで右の路肩が崩れて、あらゆるところに割れ目ができていた。かび臭い場所だった。暖かい泥にもぐりこんで死に、化石になるまでそこに残っていたあらゆるもののにおいがした。背の高いマングローブの森に入り、水たまりと、予想もつかない深い穴だらけの土地を数分間、揺られながら進んで、ようやく組織でいちばん腕利きの細工師、ダニエル・デスーザの小屋にたどり着いた。

デスーザは彼らのために偽の底のついた工具箱を作っていた。ジョーの指示にしたがって、その工具箱をわざと汚し、潤滑油や油汚れや埃だけでなく、年月のにおいまでさせていた。しかし、なかに入っている道具は一流品ばかりで、すべて最近汚れをぬぐって丁寧に油を差し、いくつかはオイルスキンに包んであった。

ひと部屋しかない小屋の台所のテーブルのそばに立ち、デスーザはジョーとディオンに底の取りはずし方を説明した。デスーザの妊娠中の妻が彼らのまわりをよたよた歩いて、外のトイレに出ていった。床で子供ふたりが人形をふたつ使って遊んでいた。人形といっても、不器用な手でボロ布を縫い合わせて作ったものだ。マットレスが子供用に一枚、大人用に一枚敷かれていたが、どちらにもシーツはかかっておらず、枕もなかった。雑種犬がにおいを嗅ぎながら出たり入ったりしていた。ハエや蚊の羽音がそこらじゅうでしている。ダニエル・デスーザは、シェルドンの作品をみずから調べていた。ただ興味があるのか、この男も頭がおかしいのか、ジョーにはわからなかった。もう無感覚になってしまい、その場に立ったまま、もうすぐ神に会うのかと考えながら、デスーザが爆弾にドライバーを突っこむのを見ていた。妻が戻ってきて、犬のまえで身を屈めた。子供たちがひとつの人形を取り合って、甲高い声で喧嘩を始めた。とうとうデスーザが妻に一瞥を送り、妻は犬から離れて、子供の顔や首を平手で打ちはじめた。

子供たちはショックと怒りで泣き叫んだ。

「こいつはじつによくできてる」デスーザが言った。「これ自体が立派な宣言になる」

子供のうち五歳かそこらの弟が泣きやんだ。いままで驚き怒って声をかぎりに叫んでいたのに、体の中心でマッチのにおいでも嗅いだかのようにぱたりと泣きやみ、顔が空白になった。床から父親のレンチを拾い上げると、それで犬の顔の横を殴った。犬はうなり、男の子に飛びかかるかに見えたが、思い直して急ぎ足で小屋から出ていった。

「犬かガキか、どっちかを殴り殺すところだった」デスーザが工具箱からまったく眼を離さずに言った。「どっちか一方を」

ジョーはシルクロ・クバーノの図書室で爆弾兵のマニー・ブスタメンテに会った。ジョーを除く全員が葉巻を吸っていた――グラシエラまで。外の通りでも同じだった。九歳や十歳の子供が自分の脚ぐらいの大きさの安葉巻をくわえて歩いている。ジョーは細い〈ムラド〉に火をつけるたびに街じゅうの人に嗤《わら》われているような気がしたが、葉巻を吸うと頭が痛くなる。とはいえ、その夜の図書室で天井を包むように広がった茶色の煙を見まわして、頭痛にも慣れなければならないと思った。

マニー・ブスタメンテはかつてハバナで土木技師をやっていた。あいにく息子がハバナ大学で学生連盟に加わり、マチャド政権に異を唱えた。マチャドは大学を封鎖し、学生連盟を解体した。あるとき、日の出の数分後に軍服の男数人がマニーの家に踏みこんできて、息子を台所にひざまずかせ、顔を撃ち抜いた。そして彼らを獣呼ばわりしたマニーの妻も撃ち殺した。マニーは投獄され、釈放された際に、国外に出るのが最善だと忠告されたのだった。

マニーはその夜十時に、図書室でこの話をした。この活動に身も心も捧げていることを示すためだろう、とジョーは思った。忠誠心に疑問はないが、すばやさには疑問がある。身長は五フィート二インチ（百六十センチ足らず）で、豆の壺のような体型。階段を一階分上がるだけで息がつらそうだった。

一同は船のレイアウトを検討した。マニーは輸送艦が初めて入港したときにエンジンを調整していた。

海軍には自前の整備工がいないのかとディオンが訊いた。

「いる」マニーが言った。「だが、この手の古いエンジンの場合、エ……専門家《エスペシアリスタ》がいたら、そいつにやらせる。二十五年前に造られた船だ。もともと、あー……」指を鳴らして、グラシエラに早口のスペイン語で話しかけた。

「豪華客船だった」グラシエラが通訳した。

「そうだ」今度はもっと長い文をスペイン語でたたみかけ、話し終わると、またグラシエラが英語で説明した――この船は世界大戦中に海軍に売られ、病院船に改造された。そして最近、三百人の船員が乗りこむ貨物船としてふたたび利用されるようになった。

「機関室はどこにある?」ジョーが訊いた。

またマニーがグラシエラにしゃべり、グラシエラが通訳した。そのほうがずっと効率がよかった。「船尾の底に」

ジョーはマニーに訊いた。「真夜中に船に呼ばれたら、向こうはまず誰が出てくる?」

マニーは直接説明しかけたが、やめてグラシエラのほうを向き、質問した。

「警察？」グラシエラは眉を寄せた。

マニーは首を振り、また話した。

「ああ」彼女が言った。「わかった《ベオ、ベオ》、はい《シ》」ジョーのほうを向いた。「海上警察だと言ってる」

「海軍の憲兵だな」ジョーはディオンを見た。「こっちの人間はいるか？」

ディオンはうなずいた。「いるか？　いるに決まってる」

「憲兵のまえを通過して」ジョーはマニーに言った。「機関室に入る。船員が眠っているところでいちばん近いのは？」

「一階上の反対の端だ」

「すると、あんたの近くにいる人員は機関士ふたりだけということだな？」

「そうだ」

「そいつらをどうやって追い出す？」

窓際の席からエステバンが言った。「たしかな筋から、機関長は酔っ払いだと聞いている。かりにこちらの人間の作業を見にいったとしても、長居はしない」

「それでも、もししたら？」ディオンが言った。

エステバンは肩をすくめた。「その場でなんとかするさ」

ジョーは首を振った。「それはなしだ」

マニーがふいにブーツから螺鈿仕上げのグリップの単発式デリンジャーを取り出して、みなを驚かせた。

「出ていかなければ、そいつを片づける」

ジョーは自分よりマニーの近くにいたディオンに眼をぐるりとまわしてみせた。

ディオンが「それをよこせ」と言って、マニーの手から銃を引ったくった。

「人を撃ったことがあるのか？」ジョーが訊いた。

「殺したことは？」

マニーは椅子の背にもたれた。「ない」

「よかった。今晩も初めて人を殺す日にはならないからな」

ディオンは銃をジョーに放った。ジョーは受け取り、マニーに見せるように持ち上げた。「あんたが誰を殺そうと、おれはかまわない」言いながら、本当にそうだろうかと思った。「だが、身体検査をされれば、こいつが見つかる。すると工具箱も念入りに調べられて、爆弾が見つかる。今晩、いちばん重要な仕事はなんだ、マニー？　計画を台なしにしないことだ。それができるか？」

「できる」マニーが言った。「できるとも」

「もし機関長が問題の部屋に居坐ったら、エンジンを修理して去るんだ」

エステバンが窓辺から言った。「だめだ！」

「だめじゃない」ジョーは言った。「いいか、これはアメリカ政府に対する反逆罪だ。わかるか？　こっちも捕らえられて、レヴンワースの連邦刑務所で絞首刑にされるのはごめんだからな。何かうまくいかなかったら、マニー、船から黙っておりてこい。ほかの方法を考える。ぜったいに——こっちを見ろ、マニー——ぜったいにその場でなんとかするなよ。わかった《コンプレン》な《デ》？」

マニーはようやくうなずいた。

ジョーは足元のキャンバスバッグに入った爆弾を指差した。「こいつは本当に、すぐに爆発する」

「わかってる」マニーは眉から落ちてきた汗に眼をしばたたき、手の甲で額をぬぐった。「おれはこの作戦に命を賭けてる」

すばらしい、とジョーは思った。体重超過に加えて、熱心さ超過だ。

「それには感謝する」ジョーは一瞬、グラシエラの視線をとらえ、おそらく自分の眼にも浮かんでいるであろう不安を見て取った。「だがいいか、マニー？　本気で作戦を遂行するのと同時に、生きて船から脱出しなきゃならないんだ。こんなことを言うのは、おれが人徳者であんたのことを心配してるからじゃない。どちらもちがう。あんたが死んで、キューバ国民だということが知れたら、その時点で作戦は終わりだからだ」

マニーは身を乗り出した。指に挟んだ葉巻はハンマーの柄ぐらいの太さがあった。「おれは自分の国に自由をもたらしたい。マチャドを殺し、アメリカに出ていってもらいたい。おれは再婚してるんだ、ミスター・コグリン。三人の子供がいて、みんな六歳にもならない。愛する妻もいる。神様には申しわけないが、死んだ妻より愛してる。おれはもう歳だから、弱い人間として生きるより、勇敢な人間として死にたい」

ジョーは感謝の笑みを浮かべた。「それこそおれがこの爆弾をあずけたい男だ」

アメリカの輸送艦マーシーは総トン数一万トン、全長四百フィート、幅五十二フィート、直立船首の排水型船で、煙突とマストが二本ずつついていた。メインマストには昔ながらの見張り台まであって、ジョーには海賊が公海をうろついていた別の時代の船のように思われた。煙突にはそれぞれ色褪せた赤い十字が描かれていた。白い船体といい、やはり病院船だった過去がうかがえた。船としては充分働いて、がたが来ているように見えるが、黒い水面と夜空に、白がくっきりと映えていた。

彼らはマッケイ通りの突き当たりにある穀物サイロの上の通路にのぼっていた。ジョー、ディオン、グラシエラ、エステバンの四人で、七番埠頭に停泊した船を見ていた。そこには高さ六十フィートのサイロが一ダースほど集まり、この日の午後、最後の穀物がカーギルの船ですでに運びこまれていた。夜警には金をつかませ、翌日の警察の事情聴取ではスペイン人に縛り上げられたと言うよう指示した。そのあと本当に襲われたと見せかけるために、ディオンが鉛の棍棒で夜警を二回殴ったのだった。

　グラシエラがジョーに考えを訊いた。

「何について？」

「これが成功する見込み」グラシエラの葉巻は長細かった。通路の手すり越しに次々と丸い煙を吐き出し、それが水の上を流れていくのを見つめた。

「正直に言おうか？　ほとんどゼロだ」

「でも、あなたの計画よ」

「考えつくなかでは最高の計画だ」

「うまくいきそうだけど」

「それはお世辞？」

　グラシエラは首を振ったが、唇がほんのわずか引きつったように見えた。「ただの意見よ。あなたがギターですばらしい演奏をすれば、そう言うけれど、それでもあなたが好きなわけではない」

「色目を使ったから？」

「傲慢だから」

「ほう」

「アメリカ人はみんなそう」

「ならキューバ人はみんな？」

「誇り高い」

　ジョーは微笑んだ。「おれが読んでいる新聞によると、キューバ人は怠惰で、短気で、貯金ができず、おまけに子供じみてる」

「事実だと思うの？」

「いや」ジョーは言った。「一国まるごとだとか、国民全員に関する評価というのは、概してどうしようもなく馬鹿げてる」

　グラシエラは葉巻を吸って、しばらくジョーを見ていた。ようやく体の向きを変えて、また船に眼をやった。

　港の明かりで空の下の縁がくすんだ薄赤に染まっていた。運河の向こうで街が靄に包まれて眠っていた。遠い水平線では、細い稲妻が世界の皮膚にギザギザの白い血管を浮き上がらせている。ふいに生じるその弱い光で、プラムのように黒く、敵の軍団のようにふくれ上がった雲の塊が見えた。そのうち小型機が一機、頭上を飛んでいった。空に四つの明かりが見え、百ヤードほど上で小さなエンジン音がした。ちゃんとした目的があるのかもしれないが、早朝三時に飛ぶ理由など想像しがたい。さらに言えば、タンパに来てからの短いあいだで、ジョーはちゃんとした活動をほとんど眼にしたことがなかった。

「さっきマニーに言ったことは本気だったの？　彼が生きようと死のうとちがいはないというのは」

いま埠頭を船のほうに歩いていくマニーが見えた。工具箱を持っている。

ジョーは手すりに肘をのせてもたれた。「かなり本気だ」

「どうしてそこまで冷酷になれるの」

「きみが考えてるほど練習は必要ない」ジョーは言った。

マニーが渡り板のまえで立ち止まり、海軍の憲兵ふたりに出迎えられた。両手を上げると、憲兵のひとりが体を叩いて調べ、もうひとりが工具箱のなかをあらためた。いちばん上のトレーをかきまわしたあと、はずして埠頭に置いた。

「もしこれがうまくいったら」グラシエラが言った。「あなたはタンパのラムの流通を支配する」

「実際には、フロリダの半分だ」ジョーは言った。

「権力者になる」

「おそらく」

「そしてまたいっそう傲慢になる」

「さあね。期待してもいいかもしれない」

憲兵が身体検査を終え、マニーは腕をおろした。と、その憲兵が工具箱のほうに加わり、何かを見つけてふたりで議論しはじめた。工具箱に顔を近づけ、ひとりは腰の四五口径に手をかけている。

ジョーは通路のディオンとエステバンを見やった。ふたりとも凍りつき、首を伸ばして視線を工具箱に釘づけにしている。

憲兵たちがマニーを近くに呼んだ。マニーはふたりのあいだに入り、いっしょに箱のなかを見た。ひとりが指差し、マニーは手を伸ばして、なかからラムの小壜を二本取り出した。

「なんなの」グラシエラが言った。「誰が賄賂をやれと言った？」

「おれじゃない」エステバンが言った。

「即興で動いてる」ジョーが言った。「くそすばらしい。最高だ」

ディオンが手すりを叩いた。

「おれはあんなことやれとは言ってないぞ」とエステバン。

「あれだけはやめろと言ったんだがな」ジョーは言った。「その場でなんとかするなよと。あんたら――」

「受け取ってる」グラシエラが言った。

ジョーは眼を細めた。憲兵がそれぞれ酒を一本ずつ上着のポケットに入れて、脇にどいていた。

マニーは工具箱を閉じ、渡り板を歩いていった。

しばらくサイロの上に沈黙が流れた。

やがてディオンが言った。「口からケツが飛び出すかと思った」

「うまくいった」グラシエラが言った。

「船には乗った」ジョーが言った。「まだこれから作業をして、戻ってこなければならない」父親の懐中時計を見た――午前三時きっかり。

ディオンはジョーの考えを読んで言った。「十分前に店で暴れはじめたはずだ」

彼らは待った。鉄製の通路は八月の日中の太陽に灼かれてまだ温かかった。

五分後、甲板で電話が鳴り、憲兵のひとりが歩いていった。すぐに渡り板を駆け戻ってきて、相棒の腕を叩いた。ふたりは埠頭の数ヤード先の偵察用装甲車まで走り、乗って埠頭から左折し、イーボーに向かった。いまこのとき、十七番通りのクラブで、ディオンの手配した十人の男が二十人ほどの水兵をこてんぱんに殴っているのだ。

「ここまでは」ディオンはジョーに微笑んだ。「認めろよ」

「何を?」

「すべて順調だと」

「ここまではな」ジョーは言った。

隣でグラシエラが葉巻の煙を長々と吸った。

音が聞こえた。重いが驚くほど鈍い音だった。それほど響かなかったが、通路が一瞬揺れ、一同は同じ自転車の上に立っているかのようにそろって手を伸ばした。輸送艦マーシーが震えた。まわりの水が波打ち、埠頭にさざ波がぶつかった。スチールウールのように灰色で濃厚な煙が、船体にあいたピアノほどの大きさの穴からもうもうと吹き出した。

煙はさらに濃く黒くなり、ジョーはその奥で黄色い玉が輝くのを見た。それは生きた心臓のように脈打っていたが、見ているうちに黄色に赤い炎が混じり、どちらもできたてのタールほど黒々とした煙の向こうに消えた。煙は運河を満たし、その向こうの街に染みをつけ、空を汚した。

ディオンが笑いだした。ジョーが眼を合わせても笑いつづけ、首を横に振りながらジョーにうなずいた。

ジョーにはそのうなずきの意味がわかった——おれたちはこのために無法者になったのだ。世界じゅうの保険の外交員やトラック運転手、法律家、銀行の受付、大工、不動産屋にはぜったいにわからない、この瞬間を味わうために。網のない世界、どんなものにも捕まえられず、どんなものにも包まれていないこの世界で生きるために。ジョーはディオンを見て、十三歳のとき、初めていっしょにボードン通りのニューススタンドをひっくり返して感じたことを思い出した――おれたちはきっと早死にする。

　しかし、一生の終わりの夜の国に入るとき、先に何があるのかわからない霧に向かって暗い平原を渡りながら、最後にもう一度振り返って、おれは一万トンの輸送船を破壊したと言える男がはたして何人いるだろう。

　ジョーはまたディオンと眼を合わせて、小さく笑った。

「出てこない」グラシエラが横に立ち、ほとんど煙に隠れている船を見ていた。

　ジョーは何も言わなかった。

「マニーのこと」彼女は言った。言う必要はなかったが。

　ジョーはうなずいた。

「死んだ？」

「わからない」ジョーは言ったが、心のなかでは、そうであってくれと祈っていた。

15

彼の娘の眼

　夜明けに水兵たちが武器を船からおろし、埠頭に積み上げた。木箱は露に濡れていたが、昇る太陽が蒸発させた。小型船が何隻か到着し、水兵たちに続いて将校がおりてきて、全員で船体の穴を眺めた。ジョーとエステバンとディオンは、タンパ警察が設けた非常線の手前の人混みにまぎれ、船が湾の底まで沈んでいるという情報を耳にした。引き揚げられるかどうかはわからない。海軍がジャクソンヴィルからクレーン船を呼び寄せて、答えを出すという話だった。武器については、積載可能でタンパに来られる船を探していた。船が見つかるまでどこかに保管しておかなくてはならない。

　ジョーは歩いて埠頭から離れた。九番街のカフェでグラシエラと会った。ふたりは戸外の石造りのポルティコに坐った。路面電車が通りの中央の線路をガタガタと走ってきて、正面で停まった。何人かが乗りおりして、路面電車は去っていった。

「どこかにいなかった？」グラシエラが訊いた。

　ジョーは首を振った。「だが、ディオンが探してる。部下も何人か使ってるから、あるいは……」肩をすくめ、キューバコーヒーを飲んだ。ひと晩じゅう起きていて、そのまえの夜もあまり寝ていなかったが、キューバコーヒーを飲みつづけているかぎり一週間でも起きていられそうだ。

「これには何が入ってるんだ？　コカインとか？」

　グラシエラが言った。「ただのコーヒーよ」

「ウォッカをジャガイモのジュースと言うようなもんだな」飲み干して、カップを受け皿に戻した。「戻りたい？」

「キューバに？」

「そう」

　グラシエラはうなずいた。「とても」

「ならどうしてここにいる？」

　通りの向こう側に眼をやった。そこにハバナが見えるかのように。「暑いのが嫌なのね」

「え？」

「あなたよ」彼女は言った。「いつも手や帽子をひらひらさせてる。よく顔をしかめて太陽を見上げるし。まるで早く沈めと言いたいみたいに」

「そこまで他人にわかるとは思わなかった」

「ほら、いまも」

　彼女は正しかった。たしかに顔の横で帽子を振っていた。「この暑さ、太陽の上に住んでると言うやつもいるかもしれないが、おれは太陽のなかに住んでる気がする。まったく。どうしてみんなここでまともに動けるんだ？」

　グラシエラは美しい茶色の首を椅子の錬鉄の背もたれにあずけた。「わたしに暖かすぎるということはありえない」

「それはいかれてる」

　グラシエラは笑った。ジョーは笑いが彼女の喉を駆け上がるのを見つめた。グラシエラは眼を閉じて言った。「あなたは暑いのが嫌いだけど、ここにいる」

「そうだ」

　眼を開け、首を傾げてジョーを見た。「なぜ？」

　ジョーは、エマに抱いた感情は愛だったのだろうと思っていた——いや、確信していた。あれは愛だった。だから、グラシエラ・コラレスに対するこの感情は欲望にちがいない。しかし、それはいままで感じたどんな欲望ともちがっていた。これほど黒い眼を見たことがあっただろうか。グラシエラのやることすべてには、ゆったりした感じがあった——歩き方にも、葉巻の吸い方にも、鉛筆の取り方にも。同じゆったりした動きで彼女の体がジョーの体にかぶさり、ジョーをなかに含んで、耳にふうっと息を吹き入れることを想像するのはたやすかった。その物憂い動作は怠惰ではなく、丁寧さの表われに思えた。時間ですらそれをしたがえることができない。逆にそれが時間をしたがえ、グラシエラの望むままにもつれを解きほぐすのだ。

　昔の修道女が色欲や物欲の罪を厳しく咎めたのも無理はない。取り憑かれたら癌よりも怖ろしく、癌の倍の速さで人を滅ぼす。

「なぜ？」ジョーは一瞬、どこで会話をしているのかという感覚も失って尋ねた。

　グラシエラは興味深そうにジョーを見ていた。「そう、なぜ？」

「仕事だから」ジョーは言った。

「わたしも同じ理由でここに来た」

「葉巻を作るために？」

　椅子の上で背筋を伸ばしてうなずいた。「ハバナのどんな仕事と比べても、はるかに給料がいいわ。それをキューバの家族に送る、ほとんどをね。夫が釈放されたら、ふたりでどこに住むか考える」

「なんと」ジョーは言った。「結婚してたのか」

「ええ」

　グラシエラの眼にちらっと勝ち誇った光が見えた。それとも気のせいか。

「だが相手は刑務所に入っている？」

　またうなずいた。「でも、あなたと同じことをして入ったわけじゃない」

「おれは何をしてる？」

　グラシエラは片手を振った。「汚れたつまらない犯罪」

「ああ、たしかにそうだな」ジョーはうなずいた。「ずっと悩んでたんだが」

「アダンは自分より大きなことのために闘っている」

「キューバでそれをやると、どれだけの刑を食らう?」

グラシエラは顔を曇らせた。ジョークは終わりだ。

「拷問された、共謀者を探り出すために——つまり、わたしとエステバンのことだけど。でも彼はしゃべらなかった。あいつらに何をされても」歯を食いしばり、眼はジョーに昨夜の稲妻を思い出させる光を放った。

「わたしは自分の家族にお金を送ってるんじゃない。家族はいないから。でもアダンの家族に送ってる。あのくそだめみたいな刑務所から彼を救い出して、わたしのところへ戻してくれるように」

ただの肉欲のせいだろうか。それとも説明のつかない何かがあるのか。おそらく疲れと、二年間の監禁生活と、この暑さのせいだ。たぶん。そうにちがいない。それでもジョーは、グラシエラの深く傷ついた部分、怯えると同時に怒り、希望も抱いている部分に惹かれる気持ちを抑えきれなかった。彼女の芯にある何かが、自分の芯にある何かと響き合った。

「幸運な男だな」ジョーは言った。

グラシエラは口を開いたが、言い返すべきことがないのに気づいた。

「本当に幸運な男だ」ジョーは椅子から立ち上がり、テーブルに小銭を置いた。「電話の時間だ」

イーボーの東側にある、破産した葉巻工場の裏の電話からかけた。ふたりは空っぽの事務室の埃だらけの床に坐り、ジョーがダイヤルしているあいだ、グラシエラは彼が昨晩真夜中にタイプしたメッセージを、最後にもう一度確認した。

「ローカル記事編集部」電話に出た相手が言い、ジョーは受話器をグラシエラに渡した。

グラシエラが言った。「アメリカ帝国主義に対する昨晩の勝利をもたらした者だ。輸送艦マーシーが爆破されたことは知っているな?」

相手の男の声がジョーにも聞こえた。「ええ、ああ、知ってる」

「これはアンダルシア民族連合による犯行声明だ。われわれは、キューバがその正当な所有者であるスペインに返還されるまで、水兵個人を含むアメリカ軍全体に直接攻撃を加える。以上」

「待て、待ってくれ。その件について――」

「この電話が終わるころには、彼らは死んでいるだろう」

　グラシエラは電話を切り、ジョーを見た。

「これで動きだすはずだ」ジョーは言った。

　ジョーが埠頭に戻ると、ちょうど輸送トラックが続々と入ってきているところだった。兵士が約五十人ごとにまとまっておりてきて、まわりの建物の屋根を警戒しながらすばやく移動した。

　それぞれのトラックは武器と二十人ほどの水兵を乗せて埠頭から出ていった。一台が東に向かうと、次は南西、その次は北というふうに、すぐに分かれて走っていった。

「マニーはいたか？」ジョーはディオンに訊いた。

　ディオンは暗い顔でうなずき、指差した。ジョーが人混みと武器の箱の先に眼をやると、埠頭の端に脚と胸と首の部分を縛られたキャンバス地の死体袋が横たわっていた。ややあって白いワゴン車が到着し、死体を収容して、憲兵の護衛つきで走り去った。

　まもなく埠頭に残っていた最後のトラックのエンジンがかかった。Uターンして停まり、カモメの鳴き声のように甲高い音でギアを切り替えて、木箱のまえまで後退した。水兵がひとり飛びおり、うしろの扉を開けた。そこで輸送艦マーシーに残っていた少数の水兵が埠頭におりはじめた。みなブ《B》ローニング・オ《A》ートマチック・ラ《R》イフルを抱え、ほとんどが拳銃も持っている。埠頭の渡り板の横で待つ海曹長のまえに整列した。

　サル・ウルソがディオンに静かに近づいて、いくつか鍵を渡した。サウス・タンパにある、ペスカトーレ傘下のスポーツ賭博の事務所で働いている男だった。ディオンがサルをジョーに紹介し、ふたりは握手した。

サルが言った。「二十ヤードほどうしろに停めてある。ガソリンは満タンで、軍服は座席だ」ディオンを上から下まで見た。「合う服がなかなかなさそうだな、ミスター」

ディオンはサルの頭の横を軽く叩いた。「あっちはどうだ?」

「警官だらけだよ。だが、スペイン人を捜してる」

「キューバ人じゃなく?」

「ちがう。とにかくいま街は大騒ぎだ」

整列が終わり、海曹長が武器の箱を指差して指示していた。

「移動する時間だ」ジョーが言った。「会えて光栄だ、サル」

「こちらこそ。ではまたあとで」

彼らは野次馬の端から離れた。サルが言った場所にトラックがあった。スチール製の平台の二トントラックで、スチール製のロールバーにキャンバス地の幌がかかっている。ディオンが助手席、ジョーが運転席についてギアをローに入れ、ガタゴトと十九番通りに乗り出した。

二十分後、国道四十一号の道路脇に車を停めた。森のなかだった。パルメットヤシやイバラやオークがやたらに茂った土地から、ジョーの想像をはるかに超える高さのダイオウショウや、それより少し低い木々、ポンデローサ松などが立ち上がっていた。においから判断して、すぐ東に沼があるようだった。最近の嵐で半分に折れた木の横で、グラシエラが待っていた。それまでの服から、裾がジグザグで派手な網目模様の黒いイブニングドレスに着替えている。金色の小さなビーズも、黒いスパンコールも、胸の谷間とブラジャーのカップの端をのぞかせる深い襟ぐりも、パーティに出かけて終わったあともずっと居残り、日中よろめきながら無情な場所に出てきた雰囲気をありありと伝えていた。

　ジョーはフロントガラス越しにグラシエラを見て、外には出なかった。自分の呼吸の音が聞こえた。

「おれが代わりにやろうか」ディオンが言った。

「いや」ジョーは言った。「おれの計画、おれの責任だ」

「ほかのことは人にまかせたじゃないか」

　ジョーはディオンをきっと睨んだ。「おれがこれをやりたがってるというのか」

「おまえと彼女がお互いを見る目つき」ディオンは肩をすくめた。「たぶん彼女は乱暴なのが好きだぞ。おまえもそうだろう」

「なんの話をしてる。何が〝お互いを見る目つき〟だよ。自分の仕事の心配をしてろ、彼女じゃなく」

「こう言っちゃなんだが、おまえもだ」

　くそ、とジョーは思った。こっちに殺す気がないとわかったとたんに、生意気な口を利きはじめる。

　ジョーはトラックから出た。グラシエラは彼を見つめた。すでに自分でいくらか偽装していた——ドレスの左肩の部分には裂け目が入り、左胸には引っかき傷がついている。下唇を強く噛んで、血も出していた。ジョーが近づくと、唇にハンカチを当てた。

　ディオンも助手席から出てきた。ジョーたちが見ていると、ディオンはサル・ウルソが車の座席に置いていた軍服を持ち上げた。

「そっちはそっちでやってくれ」彼は言った。「おれは着替える」笑ってトラックのうしろに歩いていった。

　グラシエラが右腕を上げた。「時間がないわ」

　突然、ジョーは人の手をどう取ればいいのかわからなくなった。不自然なことのように思えた。

「さあ、早く」グラシエラが言った。

ジョーは手を伸ばし、彼女の手を取った。それまでに触れたどんな女性の手より固かった。一日じゅう葉巻を巻くせいで手首は石のようになり、細い指は象牙のように力強かった。

「いますぐ？」ジョーは訊いた。

「それがいちばん」グラシエラは言った。

ジョーは左手でグラシエラの手首をつかみ、右手の指を曲げて彼女の肩の肉に当てた。爪を立て、腕に沿って引きおろしたが、頭に濡れた新聞紙が詰まったような気分になって、肘のところで中断した。

グラシエラは手首をひねってジョーの手から逃れ、腕の引っかき傷を確かめた。「本物らしく見せないと」

「充分本物に見える」

上腕を指差して言った。「色がピンクよ。それに肘で止まってる。血が出なきゃならないの、手首のところまで。でしょ？　憶えてる？」

「もちろん憶えてる」ジョーは言った。「おれの計画だから」

「だったらそのとおり行動して」もう一度、腕を突き出した。「ちゃんと爪を立てて引きなさい」

気のせいか、トラックのうしろから笑い声が聞こえた。ジョーはグラシエラの上腕につけた薄い傷跡に、今度はしっかりと爪を立てた。グラシエラは口調ほど勇ましくはなかった。眼が小刻みに動き、体が震えた。

「くそ。すまない」

「早く、急いで」

グラシエラはジョーをしっかりと見つめた。ジョーは彼女の腕の内側を引っかき、皮膚を剝いで裂け目を作った。肘をすぎたところで、グラシエラは歯のあいだから息を吸い、腕をまわした。ジョーの爪は前腕を進んで手首のところで止まった。

ジョーが手を離すと、グラシエラはその手でジョーの頰を打った。

「なんだよ」ジョーは言った。「好きでやってるわけじゃない」

「口ばっかり」また平手打ちを浴びせた。今度は顎の下から首の上にかけて。

「おい！　顔がみみず腫れだらけになったら、守衛小屋のまえに車をつけられないだろう」

「だったら止めればいい」グラシエラは言って、また腕を振った。

　ジョーは横に跳んでよけ――グラシエラが予告してくれたからだ――あらかじめ同意していたことを実行した。これも口で言うのは簡単だったが、グラシエラに二度叩かれてカッとしなければむずかしかった。ジョーは拳で彼女の頬を殴った。グラシエラの上体ががくんと横に揺れ、髪が顔にかかった。しばらくそのままで息をあえがせていた。ようやく体を起こすと、顔は赤らみ、右眼のまわりの肌が引きつっていた。グラシエラは道路脇のパルメットヤシの茂みに唾を吐いた。ジョーのほうは見なかった。「ここからはまかせて」

　ジョーは何か言いたかったが、ことばが出てこなかった。黙ってトラックのまえに戻ると、ディオンが助手席から見ていた。ジョーは立ち止まって、ドアを開けながらグラシエラを振り返った。「やりたくなかった」

「それでも」グラシエラはまた道路に唾を吐いた。「これがあなたの計画よ」

　移動中にディオンが言った。「なあ、おれも女を殴るのは好きじゃないが、殴らないとどうしても言うことを聞かないときだってある」

「言うことを聞かないから殴ったんじゃない」ジョーは言った。

「そうだな。彼女がＢＡＲとトンプソンを手に入れて〝罪の島〟に友人たちを送り返すのを手伝うために殴った」ディオンは肩をすくめた。「くそみたいな仕事だから、くそみたいなことをする。彼女は銃を手に入れてくれと頼んだ。だからおまえは手に入れるための方法を考えた」

「まだ手に入ってない」ジョーは言った。

最後にもう一度だけ車を停めて、ジョーは軍服に着替えた。ディオンは助手席とトラックの平台のあいだの壁を叩いて言った。「みんな、犬に取り囲まれた猫みたいに静かにしてろよ。わかったか《コンプレンデ》？」

トラックのうしろからいっせいに「わかった《シ》」の声が返ってきて、あとは森に棲みついた昆虫が立てる音だけになった。

「準備はいいか？」ジョーが言った。

ディオンはドアの横をばしんと叩いた。「おれがなんのために毎朝起きると思う、相棒？」

州軍兵器庫は、まだタンパ市に併合されていないヒルズボロ郡の北の端にあった。柑橘類の森と糸杉の沼、ブルームセージの原野がみな乾ききって太陽の下でひび割れ、いつか発火して郡全体を黒い煙で包みこみそうな、荒れ果てた土地だった。

ゲートにはふたりの守衛がついていた。ひとりはコルトの四五口径を、もうひとりはまさにジョーたちが盗もうとしているブ《B》ローニング・オ《A》ートマチック・ラ《R》イフルを持っている。拳銃の守衛は痩せて背が高く、黒髪がつんと立ち、頬はよぼよぼの老人のように——または歯の悪い少年のように——落ち窪んでいた。BARのほうは、おむつがとれたばかりというほど若かった。焼け焦げたオレンジ色の髪に、生気のない眼をして、顔には黒胡椒《こしょう》を振ったようなそばかすが散っていた。

若い守衛は問題ないが、ジョーは痩せたほうが心配だった。よからぬものを体にひそませ、隙あらば攻撃してきそうだった。相手をじろじろ見て、その相手にどう思われようと気にしない。

「例の爆破に遭ったのか？」守衛の歯はジョーの予想どおり灰色で曲がっていた。いくつかは洪水にみまわれた墓地の墓石のように、口の内側に倒れかかっている。

　ディオンがうなずいた。「船体に穴をあけやがった」

　痩せた男はジョー越しにディオンを見た。「たまげたな、太っちょ。ちゃんとした適性報告を書いてもらうのにいくら払った？」

　背の低いほうが、だらしなくＢＡＲを抱えて守衛小屋のまえから離れた。空から雨が落ちてくるのを待っているかのように口を半分開け、トラックの横を歩きはじめた。

　車のドアの横にいる男が言った。「質問に答えてもらおうか、太っちょ」

　ディオンはにっこりと微笑んだ。「五十ドルだ」

「それだけ？」

「ああ」

「ずいぶん安上がりだったな。ちなみに誰に払った？」

「え？」

「払った相手の名前と階級だ」

「ブローガン海曹長」ディオンは言った。「どうした、仲間に加わりたいのか？」

　男はまばたきして、ふたりに冷たい笑みを送ったが、何も言わず、笑みが消えるまで立っていた。「おれは賄賂は受け取らない」

「けっこう」ジョーが言った。緊張に耐えられなくなってきた。

「けっこう？」

　ジョーはうなずき、人のよさを示すために腑抜けのように笑いたくなる衝動と闘った。

「けっこうなのはわかってる。そんなことは」

ジョーは待った。

「わかってる」男はくり返した。「おまえに相談しなきゃわからないと思ったか?」

ジョーは無言だった。

「そんな印象は与えなかったよな」男は言った。

トラックのうしろで何か鈍い音がして、守衛の男は相棒の姿を探した。またジョーに眼を戻したとき、ジョーは相手の鼻先にサヴェージ三二口径を突きつけた。男の眼が寄り、銃身を見つめた。口で重く長い呼吸をしはじめた。ディオンがトラックから出て男のほうにまわり、拳銃を取り上げた。

「そういう歯を持ってるやつは、人の欠点をあげつらっちゃいけない」ディオンは言った。「そういう歯を持ってるやつは、口を閉じてるべきだ」

「イエス、サー」男は囁いた。

「名前は?」

「パーキン、サー」

「なるほど、ではパーキンサー」ディオンが言った。「おれと相棒は、今日のどこかでおまえを生かしておくかどうかについて話し合う。もしおまえにとって都合のいいほうに決まったら、死なないからおまえにもわかる。もし反対のほうに決まったら、もっと人に親切にすべきだったと思い知ることになるな。さあ、両手を背中にまわしやがれ」

ペスカトーレのギャングがまずトラックからおりてきた——サマースーツを着て派手なネクタイを締めたのが四人。サル・ウルソが、オレンジ色の髪の若者のライフルを本人の背中に向けて、まえに進ませてきた。若者は、今日は死にたくない、今日はやめてくれと懇願していた。彼らのあとからキューバ人が三十人ほど出てきた。ほとんどが腰を紐で縛る白いズボンに裾広がりの白いシャツという恰好で、ジョーはパジャマを思い出した。みなライフルか拳銃を持っている。ひとりは鉈《なた》を持ち、もうひとりは大振りのナイフを二本、いつでも使えるように構えていた。先頭に立っているのはエステバンで、深緑のチュニックを着て同系色のズボンをはいている。バナナ共和国革命の野戦用の服装だろうか。エステバンはジョーにうなずき、仲間たちと敷地内に入って、散開しながら建物の裏に向かった。

「なかに何人いる？」ジョーはパーキンに聞いた。

「十四人だ」

「どうしてそんなに少ない？」

「週のなかばだから」男の眼にまた少し意地の悪さが戻ってきた。「週末に来てれば、もっと大勢いた」

「だろうな」ジョーはトラックからおりた。「だがいまは、パーキン、おまえで満足しなきゃならない」

三十人の武装したキューバ人が武器庫の通路になだれこむのを見て、ただひとり闘いを挑んできたのは大男だった。六フィート半（二メートル弱）はある、とジョーは思った。もっと高いかもしれない。馬鹿でかい頭、長い顎、家の横桁のように頑丈そうな肩で、三人のキューバ人に猛然とかかっていった。撃つなと命じられていたキューバ人たちは、撃ってしまったが、巨人には当たらなかった。二十フィートの距離であっさりはずした。代わりに、巨人のうしろから走ってきていたキューバ人ひとりが犠牲になった。

ジョーとディオンは彼が撃たれたときにすぐうしろにいた。キューバ人はふたりの眼のまえでくるりとまわり、ボウリングのピンのようによろめいて倒れた。

ジョーは「撃つな！」と叫んだ。

ディオンも叫んだ。「撃つのをやめろ《デハール・デ・ディスパラール》！　撃つんじゃない！」

銃撃がやんだ。おんぼろのボルトアクション式のライフルに弾をこめ直しているだけかもしれない。ジョーは撃たれたキューバ人からライフルを取り上げ、銃身を握って振り上げた。弾をよけようと屈んでいた巨人が立ち上がったので、その顔の横にライフルをぶち当てた。巨人は壁に飛ばされたが、すぐに腕を振りまわして襲ってきた。ジョーは銃を握り替えて、相手の腕のあいだから鼻に銃床を打ちこんだ。鼻が折れる音がした。銃床がずれて頬骨が折れる音も。巨人が倒れると、ジョーはライフルを落とした。ポケットから手錠を取り出し、相手の手首をディオンと一方ずつねじ上げて、背中のうしろで手錠をかけた。巨人は荒い息を吐きつづけた。血が床にたまってきた。

「命に別状はないか？」ジョーは巨人に訊いた。

「殺してやる」

「別状なさそうだ」ジョーは、すぐに撃ちたがる三人のキューバ人のほうを向いた。「もうひとりに手伝ってもらって、こいつを閉じこめておけ」

撃たれたキューバ人を見た。床で体を丸め、大きな口を開けてあえいでいる。その音も、見た目も、あまり希望が持てなかった。顔は大理石のように白く、腹から大量の血が流れている。ジョーが横にひざまずいたとたん、若者は死んだ。両眼を開き、妻の誕生日か、財布を置いた場所でも思い出そうとするかのように右上を向いて。片腕を不自然に体の下に敷き、もう一方の腕をだらりと頭のうしろにまわして横向きに倒れている。シャツの裾がめくれて腹が見えていた。

彼を殺した三人は十字を切り、巨人を引きずりながら、死体とジョーのまえを通っていった。

死んだ男の眼をジョーが閉じてやると、いかにも若く見えた。二十歳、ことによると十六歳ぐらいかもしれない。ジョーは男を仰向けにして、胸の上で腕を交叉させてやった。両腕の下、最下段の肋骨のすぐ下に十セント硬貨ほどの大きさの穴があき、暗い色の血があふれていた。

ディオンと部下たちが州兵を壁際に並ばせ、ディオンは彼らに下着だけになれと命じた。

死んだ若者は結婚指輪をはめていた。錫《すず》でできているようだった。どこかに相手の写真も持っているのだろうが、ジョーは探そうとは思わなかった。

靴も片方なかった。撃たれたときに脱げたにちがいないが、まわりのどこにも見当たらなかった。ジョーは、下着姿の州兵が眼のまえを歩かされていくあいだ、靴が通路に落ちていないかと探した。

やはりなかった。体の下に敷いているのかもしれない。また転がして調べようか。見つけ出さなければと思ったが、そろそろゲートに戻らなければならず、また別の服に着替える必要もあった。

退屈しているか、無関心な神々に見られている気がした。ジョーは若者の腹にシャツをおろしてやり、片方だけ靴をはいた彼を本人の血のなかに横たえたまま、去った。

銃を積んだトラックが五分後にゲートに到着した。運転手はさっきジョーが死亡を確認したキューバ人と同じくらい若い男だったが、隣には顔の風焼けが激しい三十代なかばの下士官が坐っていた。腰にはいかにも使いこんだ感じの一九一七年製のコルト四五口径を差している。その薄い色の眼を見て、ジョーは、もし通路であのキューバ人三人がこの男を襲っていたら、布をかけられて横たわっていたのは三人のほうだったと悟った。

見せられた身分証で、ひとりがオーウィット・プラフ二等海士、もうひとりがウォルター・クラディック海曹だとわかった。ジョーは身分証をふたりに戻し、クラディックに渡された署名入りの指令書も返した。

クラディックは首を傾げて受け取らず、ジョーの手は宙で止まった。「それはそっちの上官に渡すファイルだ」

「そうだった」ジョーは手を引っこめ、ごく控えめに申しわけなさそうな笑みを浮かべた。「昨日の夜、イーボーで愉しみすぎた。わかるだろう」

「いや、わからない」クラディックは首を振った。

「おれは飲まないから。酒は法律違反だ」フロントガラスの先を見た。「あの荷積みランプにつけるのか？」

「そうだ」ジョーは言った。「あそこにおろしてくれれば、そこからはわれわれがなかに運びこもう」

　クラディックはジョーの軍服の肩章を確かめた。

「武器を運んで安全な場所に保管しろという指令だ、伍長。ちゃんと倉庫に入れるまで立ち会う」

「尊敬すべき態度だ」ジョーは言った。「ではランプにバックでつけてくれ」ゲートを上げながら、ディオンと眼を合わせた。ディオンは、連れてきた四人のなかでいちばん頭が切れるレフティ・ダウナーに何か言ったあと、武器庫のほうへ歩いていった。

　そろって伍長の服を着たジョーとレフティと残る三人のペスカトーレの部下は、トラックを追って荷積みランプに向かった。今回レフティを選んだのは、頭がよくていつも冷静だから。ほかの三人――コルマルト、ファザーニ、パローネ――は、訛のない英語を話せるのが決め手だった。だいたいみな週末の兵士に見えなくもなかった。ただし、とジョーは敷地内を歩きながら思った。パローネの髪は守衛にしても長すぎるが。

　この二日間ろくに睡眠をとっていないことが、一歩足を踏み出すたび、何か考えをまとめようとするたびに響いてきた。

　トラックが荷積みランプに後退してくるとき、ジョーはクラディックに見つめられているのに気づいた。たんに疑り深い性格なのか、それとも疑うべき理由を与えてしまったのか。そこでジョーは怖ろしいことに気づいて吐き気を催した。

　持ち場を離れてしまった。

　ゲートを無人にしてしまった。どんな兵士もそんなことはしない。たとえ二日酔いの州兵でさえ。

ジョーはうしろをちらっと見た。誰もいない小屋を思い浮かべながら。クラディックの四五口径が火を噴き、警報が鳴り響くところを想像しながら。しかし、守衛小屋には伍長の服を着たエステバン・スアレスがまっすぐに立っていた。よく注意して見ないかぎり、頭のてっぺんから爪先まで兵士そのものだった。

エステバン、とジョーは思った。あんたのことはまだほとんど知らないが、その頭にキスしてもいい。

トラックに眼を戻すと、クラディックはもうこちらを見ていなかった。座席で向きを変え、ブレーキを踏んでエンジンを切った二等海士に話しかけていた。

クラディックが助手席からおりてきて、トラックの後部に号令をかけた。ジョーが着いたときには、水兵たちがランプに立ち、テールゲートがおろされていた。

クラディックがジョーにクリップボードを手渡した。

「一枚目と三枚目にイニシャルを、二枚目にはサインだ。この武器を最短三時間、最長三十六時間ここにあずけることが明記してある」

ジョーは〝アルバート・ホワイト、ＳＳＧ、ＵＳＡＮＧ〟と署名し、適宜イニシャルを書きこんで、クリップボードを渡した。

クラディックは、レフティ、コルマルト、ファザーニ、パローネを見、ジョーに眼を戻して言った。「五人？　たったそれだけか？」

「力仕事はそっちがやると言われたんでね」ジョーはランプに立つ十人あまりの水兵を指し示した。

「まるで陸軍だ」クラディックは言った。「きつい仕事になると机に両足をのせて休みはじめる」

ジョーは太陽を見てまばたきした。「だから遅れたのか？　真剣に働いていたから」

「なんだって？」

ジョーは相手を睨んだ。頭に血がのぼったということもあるが、そうしないと疑われるからでもあった。

「本来三十分前に到着する予定だった」

「十五分前だ」クラディックは言った。「それに、事情があった」

「どんな？」

「きみの知ったことではないと思うがね、伍長」クラディックは一歩詰め寄った。「だが説明すれば、ひとりの女性のせいで遅れたのだ」

ジョーはレフティたちのほうを見て笑った。「たしかに女性はきつい仕事だ」

レフティが吹き出し、ほかの仲間も笑った。

「まあ待て。わかった」クラディックは手を上げ、ジョークだとわかっている印に微笑んだ。「これが掛け値なしの美人だったんだ。そうだな、プラフ海士？」

「ええ、本当にきれいでした。美味いのもまちがいない」

「おれの趣味には少々色が濃すぎるが」クラディックは言った。「だが突然、道のまんなかに出てきて、スペ公のボーイフレンドに乱暴されたと言うんだ。切りつけられなかったのが不幸中の幸いだった。連中はナイフが好きだから」

「その場に彼女を残してきた？」

「付き添いに水兵をひとり置いてきた。もしこの武器をさっさとおろさせてくれるのなら、帰りに拾っていくつもりだ」

「いいとも」ジョーはうしろに下がった。

クラディックはわずかに心を開いたかもしれないが、警戒は解かなかった。眼はすべてを吸収していた。ジョーは彼から離れず、武器の箱の両端についたロープの持ち手をふたりでそれぞれ持って運んでいった。荷積み区画の通路を倉庫まで歩く途中、窓越しに隣の通路とその奥の事務室が見えた。それぞれの部屋には、ディオンが色の薄いキューバ人を残らず配置し、こちらの窓に背を向けて坐らせていた。みなアンダーウッドのタイプライターをでたらめに打つか、電話の受話器を耳に当てて、架台のフックを親指で押し下げていた。それでも二往復目には、ジョーは見える頭がすべて黒髪であることに気がついた。事務室にブロンドも茶色もひとりもいないことに。

クラディックも通路を歩きながら窓のほうを見ていた。いまのところ、自分たちと事務室のあいだの通路で銃撃があり、人がひとり死んだことは知らない。

「外国ではどこにいた？」ジョーは訊いた。

クラディックは窓を見つづけていた。「どうして外国にいたことがわかった？」

弾痕、とジョーは思った。あの気の短いキューバ人ども、壁に弾痕を残したにちがいない。「戦闘経験がありそうに見える」

クラディックはジョーを見た。「戦闘経験のある男はわかるというのか？」

「とにかく今日はわかった」ジョーは言った。「あんただ」

「道路脇にいた例のヒスパニック女を危うく撃つところだったよ」クラディックは穏やかに言った。

「本当に？」

うなずいた。「昨日の晩、われわれを吹き飛ばそうとしたのはスペイン系だ。ここにいるやつらはまだ知らないが、スペイン系が電話してきて、乗組員を皆殺しにしてやると脅迫した。今日全員死ぬことになると」

「初耳だが」

「まだ公開されてないからだ」クラディックは言った。「だからハイウェイ四十一号のまんなかであのヒスパニック女が手を振っているのを見たとき思った。あの売女の胸のまんなかを撃ってやれと」

ふたりは倉庫に着き、左の最初の箱の山に自分たちの箱をのせた。横で休むことにして、クラディックは暑い通路で額にハンカチを当てた。やがて最後の箱が届き、水兵たちが通路を引き上げていった。

「危うくやるところだったが、おれの娘の眼をしてた」

「誰が？」

「あの女だよ。ドミニカ共和国に駐屯してたときに娘が生まれてな。直接会えなかったが、母親がときどき写真を送ってきた。娘は大きな黒い眼をしてた、よくカリブの女にあるような。今日の女もそんな眼をしてたから、銃をホルスターに戻した」

「銃を抜いてたのか？」

「半分な」クラディックはうなずいた。「もう頭のなかでは決めてた。わかるだろう？ 危険を冒す必要がどこにある？ 売女を始末すればすむ。このへんじゃ、やったのが白人の男ならせいぜい叱責されるくらいだ。だが……」肩をすくめた。「おれの娘の眼をしてた」

ジョーは黙っていた。耳で血がどくどく鳴った。

「部下にやらせた」

「え？」

うなずいた。「部下の若いのに、たしかサイラスというのがいて、戦争をしたくてたまらないのに機会がなかった。ヒスパニック女はやつの眼にそれを見て、逃げた。だがサイラスはアラバマの州境近くの沼地で育った猟犬だ。汗ひとつかかずに女を捕まえるさ」

「彼女をどこへ連れていく？」

「どこへも。われわれを攻撃したんだぞ。本人じゃないとしても、あの女の仲間が。サイラスが好きなことをして、あとは爬虫類にまかせるさ」葉巻の吸いさしをくわえて、ブーツでマッチをすった。炎に眼を細めてジョーを見た。「そう、戦闘経験があるというのは正しいよ、若いの。おれはドミニカ人をひとり殺した。ハイチ人はそれこそ山のように。その数年後には、パナマ人三人をトンプソンの掃射一回で片づけた。三人束になっておれに命乞いしてたから。本当のところを教えようか。誰がなんと言おうと——」葉巻に火がつき、クラディックは肩の上のあたりでマッチを消した。

「あれはなかなか愉しかった」

16 ギャング

水兵が去るとすぐにエステバンは駐車場に走っていった。ジョーが軍服を脱いでいると、ディオンがトラックを荷積みランプにバックさせてきた。キューバ人たちが武器の箱をまた倉庫から出しはじめた。

「ここはできるか?」ジョーはディオンに訊いた。

ディオンは顔を輝かせた。「できる? もうおれたちのものだよ。彼女を助けにいけ。現地で一時間後に会おう」

エステバンが偵察用装甲車で乗りつけ、ジョーが飛び乗って、ふたりはハイウェイ四十一号を走っていった。五分とたたないうちに、半マイルほど先を走る輸送トラックが見えた。道路はどこまでも平らでまっすぐで、地の果てにアラバマが見えるほどだった。

「こっちから見えるということは」ジョーが言った。

「あっちからも見えるということだ」

「それも長くはない」エステバンが言った。

左手に道が現われた。パルメットヤシのなかを抜けてきて、砕けた貝殻のハイウェイを横切り、反対側のパルメットヤシと低木の茂みにまた入る。エステバンが左にハンドルを切り、車は跳ねてその道に入った。砂利と土の道で、土の半分はぬかるみだった。エステバンの運転はジョーの心中と同じだった——焦って無謀になっている。

「あいつの名前は?」ジョーは言った。「死んだ若者だが」

「ギレルモだ」

若者の閉じた眼が頭に浮かんだ。グラシエラにはあんなふうになってほしくない。

「彼女を残しておくべきじゃなかった」エステバンが言った。

「ああ」

「連中が誰かを残してくることを考えておくべきだった」

「わかってる」

「こちらも誰かを待機させておくべきだった。どこかに隠れさせて」

「わかってるさ」ジョーは言った。「それがいまなんの役に立つ?」

エステバンがアクセルを踏みこみ、車は溝の上を飛んで、向こう側の地面に激しくぶつかった。前輪で逆立ちしてそのままひっくり返るのではないかと思うほどだった。

それでもジョーはエステバンにスピードを落とせとは言わなかった。

「おれと彼女は、お互いうちの農場の犬より小さかったころからの知り合いだ」

ジョーは何も言わなかった。左手の松林の向こうに沼が見えた。糸杉と、モミジバフウと、ジョーには名前の見当もつかない植物が左右を飛んでいった。緑と黄色がぼやけて、ついには一枚の絵のなかの緑と黄色になった。

「彼女の家族は移民の農家だった。毎年数カ月、彼女が〝故郷〟と呼んですごす村を見てみるといい。あの村を見るまでアメリカは貧困を見たと思ってはいけない。彼女がとても頭がいいことに気づいたおれの親父が、見習いのメイドとして雇えないかと家族にかけ合った。実際に親父が雇ったのは、おれの友だちだった。それまでおれには友だちがいなかった、馬と牛しか」

また車が大きく跳ねた。

「そういうことを話すのには変わった時間だ」ジョーが言った。

「おれは彼女を愛してた」エステバンがエンジンの音に負けない声で言った。「いまは別の人を愛しているが、長年、おれはグラシエラを愛していると思ってた」

ジョーのほうを見たが、ジョーは首を振って指差した。「道を見ろ、エステバン」

また跳ねた。今度はふたりとも座席から浮き上がった。

「すべては夫のためにやっていると言ってたが」しゃべっていれば、恐怖を少し抑えることができた。ジョーの無力感もいくらか減った。

「はっ」エステバンが言った。「夫じゃないさ。誰でもない」

「革命家だと聞いた」

エステバンは今度は唾を吐いた。「泥棒だ。あいつは……あー……詐欺師《エスタファドール》だ。英語では〝コン・メン〟か？　革命家のような恰好をして、詩を引用して、グラシエラはくらっと来た。あの男のせいですべてを失った――家族も、もともと少なかった貯金も、おれ以外の友人もほとんど」首を振った。「グラシエラはあいつの居場所すら知らない」

「刑務所にいるんじゃないのか」

「二年前に出所したよ」

またこぶにぶつかった。今度は車が横に流れて、ジョーの側のうしろのクォーターパネルが松の若木を弾き、車はまた跳ねて道に戻った。

「だが、彼女はいまもそいつの家族に金を払ってる」ジョーは言った。

「グラシエラをだましてるのさ。やつが逃げて山に隠れ、ニエベス・モレホン刑務所のジャッカルども《ロス・チャカレス》やマチャドの部下たちに追われてると言って。だがジョゼフ、あいつを追ってるやつなんていない、金を貸したやつを除いてね。そう説明しても、グラシエラは聞こうとしない。あいつのことになると聞く耳を持たなくなる」

「なぜだ？　賢い女性なのに」

エステバンはジョーをちらっと見て肩をすくめた。

「みんな、嘘のほうが真実より心の慰めになると信じてるだろう。グラシエラも同じだ。すがりつく嘘が他人より大きいだけで」

分かれ道を通過してしまったが、ジョーが眼の端でそれに気づき、エステバンに停めろと言った。エステバンがブレーキを踏み、車は二十ヤード走ってようやく停まった。エステバンは車をバックさせ、分かれ道に入った。

「人を何人殺したことがある？」エステバンが訊いた。

「ひとりもない」ジョーは言った。

「けど、ギャングだろう？」

ジョーはギャングと無法者のちがいを論じたいとは思わなかった。ちがいなどあるのか、もうわからなくなっていた。「ギャングがみんな人を殺すわけじゃない」

「だが喜んで殺せないと」

ジョーはうなずいた。「あんたみたいに」

「おれはビジネスマンだ。みんなが欲しい商品を提供する。誰も殺さない」

「キューバの革命家たちに武器を与えようとしてる」

「大義があるからだ」

「だが人は死ぬ」

「そこはちがう」エステバンは言った。「おれは何かのために人を殺す」

「なんのために？　腐った理想か？」

「まさに」

「それはどういう理想だ、エステバン？」

「誰も他人の人生を支配すべきではない」

「おもしろいな」ジョーは言った。「無法者も同じ理由で人を殺すよ」

　グラシエラはいなかった。

松林を抜け、国道四十一号に近づいたが、グラシエラも、彼女を追うために残った水兵の姿もなかった。暑い大気とトンボのうなりと白い道があるだけだった。

　さらに半マイルほど走ったあと、泥の道まで引き返して、北に半マイル走った。また戻ってきたとき、ジョーはカラスか鷹の鳴き声らしきものを聞いた。

「エンジンを切ってくれ。早く」

　エステバンがしたがい、ふたりは車のなかで立ち上がって、道と、松林と、その先の糸杉の沼、道と同じ硬質な白い空を見やった。

　何もなかった。トンボのうなりだけが聞こえた。これだけは永遠にやまないのではないかとジョーは思った——朝も、昼も、夜も、列車が通りすぎたばかりの線路のように耳のなかで鳴りつづけるのではないか。

　エステバンがまた座席に腰をおろし、ジョーも坐りかけて、動きを止めた。

　走ってきた東のほうに、何か見えた気がした。何かが——

「あそこだ」ジョーが指差すと同時に、グラシエラが松の木立の奥から走り出てきた。彼らのほうに向かってこないが、それは彼女が賢いからだとジョーは気づいた。もしそうしていたら、背の低いパルメットヤシと松の若木をかき分けて五十ヤード、全力で走らなければならなかった。

エステバンがエンジンをかけ、車は路肩を乗り越えて溝に落ち、そこから飛び出した。ジョーはフロントガラスの上の縁につかまっていた。銃声が聞こえた。まわりに何もないのに不思議とくぐもった固い音だった。見晴らしは利くが、まだ狙撃者は見えない。しかし沼が見えて、グラシエラがそこへ向かっているのがわかった。ジョーは足でエステバンをつつき、腕を左のほうへ振った。進行方向より少し南西寄りだ。

エステバンがハンドルを切り、ジョーの視界に一瞬、濃紺のものが入ってきた。男の頭が見え、ライフルの発射音が聞こえた。その前方の沼でグラシエラが膝をついた。つまずいたのか、弾が当たったのかはわからなかった。車は固い地面から沼に入った。狙撃者はすぐ右だった。エステバンが速度を落とし、ジョーは車から飛びおりた。

月の表面に飛びおりたようなものだった――もし月が緑だったら。白っぽい緑の沼から、葉のない糸杉が巨大な卵のように突き出し、幹が十本以上ある先史時代のバニヤンが宮殿の衛兵のようにあたりを見張っていた。エステバンの車はジョーの右側を走っていた。グラシエラが左側の葉のない糸杉二本のあいだに走りこむのが見えた。何かぞっとする重いものが足の上を這っていったとき、またライフルの銃声が響いた。さっきよりずっと近い。弾がグラシエラの隠れている糸杉の一部を剝ぎ取った。

十フィート先の糸杉のうしろから、若い水兵が出てきた。背恰好はジョーと同じくらい、髪の毛はかなり赤く、顔がひどく細い。スプリングフィールド・ライフルの床尾を肩に当て、照準器で見ながら銃口を糸杉に向けていた。ジョーは三二口径オートマチックを構え、長い息を吸って、十フィート離れたところから水兵を撃った。ライフルがびくんと跳ねて空中に飛んだ。その動きがあまりに激しかったので、ジョーは銃だけを撃ってしまったと思った。が、緑茶色の水にライフルが落ちると、若者も水を跳ね飛ばして倒れ、左の腋の下から血が流れ出して、水を黒く染めた。

「グラシエラ」ジョーは呼びかけた。「ジョーだ。大丈夫か？」

グラシエラが木の陰から顔をのぞかせ、ジョーはうなずいた。エステバンが装甲車でグラシエラのうしろにまわりこみ、彼女が乗りこむと、ジョーのところまで運転してきた。

ジョーはライフルを拾い上げ、水兵を見おろした。ひと息ついている男のように、膝の上に腕をだらりと投げ出し、頭を垂れて水中に坐っていた。

グラシエラが装甲車から出てきた。というより、ほとんど落ちてきて、ジョーに倒れこんだ。ジョーは彼女を抱きかかえて立たせた。牛追い棒で突かれでもしたかのように、彼女のなかをアドレナリンが駆けめぐっているのを感じた。

水兵の向こうのマングローブで、何かが動いた。長くて、ほとんど黒に近い深緑の何かが。

水兵がジョーを見上げた。口を開いて浅い息をした。

「白人か」

「そうだ」ジョーは言った。

「ならどうしておれを撃ちやがった？」

ジョーはエステバンを見て、グラシエラを見た。

「こいつをここに残しておいたら、数分のうちに食われてしまう。だから連れていくか……」

緑の沼に水兵の血が広がるにつれ、それらはもっと集まってきた。

「だから連れていくか、それとも……」

エステバンが言った。「こいつは彼女をしっかり見すぎた」

「わかってる」ジョーは言った。

グラシエラが言った。「ゲームだった」

「え？」

「わたしを狩るゲーム。女の子みたいに愉しそうに笑ってた」

ジョーは水兵を見た。相手は見返してきた。眼の奥底に恐怖が宿っていたが、残りは純粋な傲慢さと未開人の頑固さだった。

「命乞いさせたいのなら、どだい無理な――」

ジョーは相手の顔を撃った。射出口からまわりのシダに血が飛び散った。アリゲーターたちが喜びに水を叩いた。

グラシエラは小さなため息をもらした。ジョーもだった。エステバンはジョーの眼を見て、うなずいた。必要だが誰もやりたくなかったことをやってくれて、ありがとうと言っているように思えた。ジョー本人も本当にやったことが信じられず、銃声のこだまのなかに立ち、硝煙のにおいをかいでいた。三二口径の銃口から立ち昇る煙は、煙草の煙より細く薄かった。

足元で人が死んでいる。もとをたどれば、ジョーという人間が生まれたために。

彼らは無言になって装甲車に乗りこんだ。許可を待っていたかのように二匹のアリゲーターが死体に近づいてきた。一匹はマングローブのなかから、肥満犬のように重いが着実な足取りで。もう一匹は水中から、装甲車のタイヤの横の睡蓮《すいれん》の葉をかき分けて。

車が遠ざかると、爬虫類は同時に死体に到達した。一匹が腕に、もう一匹が脚に嚙みついた。

エステバンは松林に戻り、沼の端に沿って南東に走った。道と平行しているが、まだ道には戻らなかった。

ジョーとグラシエラは後部座席に坐っていた。その日、捕食者はアリゲーターと人間だけではなかった。

水際にはヒョウがいて、赤銅色の水に口をつけていた。何本かの木と同じ黄褐色なので、二十ヤード離れたところを通過したときに顔を上げなければ、いるのがわからなかった。少なくとも体長五フィートはあり、濡れた手足は筋肉質で美しかった。下腹から喉にかけてはクリーム色で、車をじっと見ているあいだ、湿った体から蒸気が上がっていた。いや、ヒョウは車ではなく、ジョーを見ていた。ジョーはその澄んだ眼、太陽のように古く、黄色で、無慈悲な眼を見つめた。一瞬、激しい疲労のなかで声が聞こえた気がした。

おまえはこれから逃げられない。

これとは？ジョーは尋ねたかったが、エステバンがハンドルを切り、車は沼から離れて倒木の根で大きく弾んだ。ジョーが眼を戻したときには、ヒョウの姿はなかった。もうひと目見たいと木々のあいだを見渡したが、どこにもいなかった。

「あの獣、見たか？」

グラシエラは彼を見つめた。

「ヒョウだよ」ジョーは両手を広げた。

グラシエラはジョーが日射病に罹ったのではないかと疑うように眼を細め、首を振った。彼女はひどい有様だった。体には皮膚より深い引っかき傷がさらに増え、ジョーに殴られた顔ももちろん腫れていて、蚊やアブにそこらじゅう刺されている。おまけにカミアリが足とふくらはぎ全体に白いミミズ腫れと赤い輪を残していた。ドレスは肩と左腰のあたりが裂け、裾はちぎれている。靴も両方なくなっていた。

「もうしまえば」グラシエラが言った。

彼女の視線をたどると、右手にまだ銃があった。ジョーは安全装置をかけ、腰のホルスターに銃を収めた。

エステバンがハイウェイ四十一号に戻り、アクセルを思いきり踏むと、装甲車は一度ぶるんと震えて道路を疾走しはじめた。ジョーは貝殻の道がどんどん遠ざかっていくのを見た。無慈悲な空の無慈悲な太陽を見上げた。

「あの人に殺されていたかもしれない」グラシエラの濡れた髪が顔や首になびいていた。

「そうだな」

「昼食のリスでも狩るみたいに、わたしを狩った。〝ハニー、ハニー、一発撃ってやる。あとはまかせろ〟と言いつづけてた。〝あとはまかせろ〟というのは……？」

ジョーはうなずいた。

「もしあの人を生かしておいたら」グラシエラは言った。「わたしは逮捕された。そしてあなたも」

ジョーはまたうなずいた。グラシエラの足首の虫刺されの跡を見た。視線を上げて、ふくらはぎ、ドレス、そして彼女の眼を見た。グラシエラはジョーの視線をしっかり受け止めたあと、顔から眼をそらした。車はオレンジ畑を走り抜けていた。グラシエラはしばらくそれを眺めていたが、やがてジョーに眼を戻した。

「おれが嫌な気分になってると思うか？」

「わからない」

「なってない」

「なるべきじゃないわ」

「いい気分にもなってない」

「そうなるべきでもない」

「だが、嫌な気分じゃない」

それが結論だった。

おれはもう無法者じゃない、とジョーは思った。ギャングだ。そしてこれがギャングの仲間たちだ。

柑橘類のつんと来るにおいに代わって、また沼地のガスのにおいがしてきた。偵察用装甲車の後部座席で、グラシエラはたっぷり一マイルものあいだ、ジョーと視線を交わしていた。ふたりとも、それ以上ひと言も口にしないうちに、車はウェスト・タンパに入った。

17　今日のこと

イーボーシティに戻ると、エステバンはグラシエラが住んでいる建物でふたりをおろした。一階はカフェだった。ジョーは彼女を階上まで送っていき、エステバンとサル・ウルソは偵察用装甲車をサウス・タンパに捨てにいった。

グラシエラの部屋はとても小さく、きれいに片づいていた。錬鉄製のベッドは、楕円形の鏡のついた陶器の洗面台と同じ白だった。服は建物そのものより古そうな衣装簞笥にかかっているが、埃やカビはどこにもなく、この気候ではありえないことに思えた。ひとつの窓は十一番街に面していて、グラシエラは部屋が暑くならないようにシェードをおろしていた。簞笥と同じ木目の盛り上がった衝立があり、グラシエラはジョーに窓のほうを向いてと言っておいて、衝立の向こうに消えた。

「いまやあなたは王ね」グラシエラはシェードを上げて通りを見ながら言った。

「え？」

「ラム市場を独占した。あなたは王になる」

「というより、王子かな」ジョーは認めた。「だが、まだアルバート・ホワイトをなんとかしないと」

「もう方法を思いついてるような気がするのはなぜ？」

ジョーは煙草に火をつけ、窓の桟に腰かけた。「計画は実行されるまでは夢にすぎない」

「ずっとこうなりたいと思ってた？」

「ああ」

「そう、だったらおめでとう」

ジョーはグラシエラのほうを振り返った。汚れたイブニングドレスが衝立にかかっていて、むき出しの肩が見えた。「心から言ってる感じじゃないな」

　グラシエラはあっちを向いてと指で示した。「心からよ。あなたは望んでいたことを達成した。ある意味で称讃に値する」

　ジョーはくすっと笑った。「ある意味で」

「でも、手に入れた力をどうやって保つか。そこは興味深い問題ね」

「保つだけの強さがない？」ジョーはまた振り返った。グラシエラはもう上半身を白いブラウスで隠していたので、窓のほうを向けとは言わなかった。

「必要なだけ残酷になれるかどうか、わからない」黒い眼が澄みきっていた。「なれるのだとしたら、それはそれで悲しいことね」

「力を握った男がつねに残酷である必要はない」

「でもたいていそうよ」頭を衝立より下げてスカートをはいた。「あなたはわたしの着替えを見て、わたしはあなたが人を殺すのを見た。そろそろ個人的な質問をしてもいい？」

「もちろんだ」

「彼女は誰？」

「彼女って？」

　衝立からまた頭が出てきた。「あなたが愛してる人」

「愛する人がいると誰から聞いた？」

「わたしから」グラシエラは肩をすくめた。「女にはそういうことがわかるの。フロリダにいる人？」

　ジョーは微笑み、首を振った。「いなくなった」

「振られたの？」

「死んだ」

　グラシエラはまたたき、ジョーが自分をかつごうとしているのではないかと見つめた。かついでいないことがわかると、言った。「つらいことを訊いてしまったわ」

ジョーは話題を変えた。「銃が手に入ってうれしいか？」

衝立の上に両腕をのせた。「とてもね。マチャドの支配を終わらせる日が来たら――その日はかならず来る――わたしたちにはあるから、えー……」指を鳴らして彼を見た。「助けて」

「武器の備蓄《アーセナル》が」

「そう、備蓄が」

「すると、武器はこれだけじゃないんだな」

「今回のは最初でもないし、最後でもない。時が来たら、準備はできてるわ」衝立の向こうから、ふだんの葉巻労働者の服装で出てきた――白いブラウス、タン色のシャツに、ストリングタイ。「わたしがしてることを愚かだと思ってるんでしょう」

「いや、まったく。気高いと思う。ただおれの目標ではない」

「あなたの目標は？」

「ラムだ」

「あなたは気高い人間になりたくないの？」親指と人差し指を近づけた。「ほんのちょっとでも」

ジョーは首を振った。「気高い人間に何も文句はない。ただ、彼らがほとんど四十歳前に死んでしまうことに気づいた」

「ギャングもね」

「たしかに」ジョーは言った。「だがギャングは上等のレストランで食事をする」

衣装簞笥からシャツと同じ色のフラットシューズを選び出し、ベッドに坐った。

ジョーは窓辺にとどまっていた。「いつかその革命がうまくいったとしよう」

「ええ」

「それで何か変わるか？」

「人は変わるものよ」靴の一方をはいた。

ジョーは首を振った。「ちがうな。世界は変わるかもしれないが、人は変わらない。人はたいていそのままだ。だから、たとえマチャドを誰かに置き換えても、そいつがさらにひどい可能性だって大いにある。一方、きみたちは戦闘で手足を失うかもしれないし――」

「死ぬかもしれない」体をひねって靴をはき終えた。「これがどんな結末を迎えるかはわかってるわ、ジョゼフ」

「ジョーだ」

「ジョゼフ」グラシエラは言った。「金で買われた仲間の裏切りで、わたしは死ぬかもしれない。今日のあの男か、あれよりもっとひどい連中に捕らえられて、この体が耐えられなくなるまで拷問されるかもしれない。そうして死んでも、わたしの死に気高いところは何もない。そもそも死は気高くないから。殺されるほうは、泣いて、命乞いして、糞尿を垂れ流して死んでいく。殺すほうはそれを嘲笑い、死体に唾をかける。わたしもすぐに忘れ去られる。まるで」――パチンと指を鳴らし――「最初から存在しなかったみたいに。そんなことはみんなわかってる」

「だったらなぜ？」

グラシエラは立ち上がって、スカートのしわを伸ばした。「自分の国を愛しているから」

「おれも自分の国を愛してるが、それでも――」

「〝それでも〟はないの。わたしたちには、ちがうところがある。あなたの国は、そこの窓から見えるようなものでしょう？」

ジョーはうなずいた。「まあそうだな」

「わたしの国はここにあるものなの」胸の中心とこめかみを軽く叩いた。「わたしが努力しても国が別に感謝しないことはわかってる。わたしの国は愛を返してくれない。それは不可能。なぜなら、わたしはただあの国の人や建物やにおいを愛してるわけじゃないから。あの国のアイデアを愛してる。それはわたし自身が作り出したものだから、要するにあの国にないものを愛してるの。あなたが、亡くなったその女性を愛してるように」

ジョーは言うべきことばを思いつかなかったので、グラシエラが部屋のなかを歩いて、沼地で着ていたドレスを衝立から取るのをただ見ていた。ふたりで部屋から出るときに、彼女はジョーにドレスを渡した。

「これ、焼いてくれる?」


銃はハバナの西にあるピナル・デル・リオ州に送られることになっていた。セント・ピーターズバーグで五隻のハタ漁船に分けられ、午後三時にボカ・シエガ湾を出た。ディオン、ジョー、エステバン、グラシエラはそれを見送った。ジョーは、沼でだめにしたスーツから、自前のいちばん薄手のスーツに着替えていた。グラシエラは、ジョーがドレスといっしょにスーツを焼くのを見たが、糸杉の沼で獲物として狩られた時間からは遠ざかりつつあった。埠頭の街灯の下のベンチでしきりにうとうとしながらも、車のなかで休んでいろとか、イーボーまで送っていこうといった提案には耳を貸そうとしなかった。

最後の船長が握手をして出港していくと、四人は互いに顔を見合わせた。みな次に何をすればいいかわからなかった。この二日間に勝る何をしろというのだ。

空は赤く染まっていた。マングローブの林の向こう、ぎざぎざの海岸線のどこかで、キャンバス地の帆か防水シートが暑い微風にはためいていた。ジョーはエステバンを見た。グラシエラを見た。眼を閉じて街灯にもたれている。ディオンを見た。頭上を飛んでいったペリカンは、体より嘴《くちばし》のほうが大きかった。ジョーはいまや沖合にいる船を見た。このくらい離れると、紙の三角帽ぐらいの大きさにしか見えない。ジョーはいきなり笑いはじめた。こみ上げてくる笑いを止められなかった。すぐにディオンとエステバンも続き、三人は大声を轟かせた。グラシエラは顔を手で覆っていたが、やがて彼女も笑いだした。笑いながら泣いているのにジョーは気づいた。小さな女の子のように指のあいだから外をのぞいていたが、そのうち両手をおろした。笑って、泣いて、何度も両手で髪をすき上げ、ブラウスの襟で顔をふいた。四人は埠頭の端まで歩いていった。大笑いがくすくす笑いになり、やがて含み笑いになった。四人は海を見た。夕空の下で海面は紫になった。船が水平線に達し、ひとつずつ見えなくなった。

その日の残りのことはあまりジョーの記憶に残っていない。彼らは十五番通りとネブラスカ・アヴェニューの角の獣医の裏にある、マソのもぐり酒場に行った。エステバンが桜材の樽で熟成させたダークラムをひと箱持ってこさせ、強奪に手を貸した面々も聞きつけてやってきた。ほどなくエステバンの革命集団に、ペスカトーレのならず者たちが加わった。シルクのドレスを着てスパンコールつきの帽子をかぶった女たちも到着し、バンドがステージに上がった。あっと言う間にその場所は、石の壁にひびが入るほどのにぎわいになった。

ディオンは三人の女といっしょに踊った。広い背中のうしろにぐるんと振ったり、太い脚のあいだを通したり、驚くほどの器用さだった。しかし踊りとなると、エステバンはグループ内の芸術家だった。高枝にいる猫のように軽く足を動かすのだが、それがあまりに堂々としているので、すぐにエステバンが曲に合わせて踊るのではなく、バンドが彼のテンポに合わせて演奏しはじめた。ジョーは映画で闘牛士を演じたルドルフ・ヴァレンティノを思い出した。そのレベルの男性美だった。たちまち酒場にいる女の半分が、エステバンといっしょにステップを踏むか、彼を夜の相手にしたがるようになった。

「あれほどダンスがうまい男は初めて見た」ジョーはグラシエラに言った。

彼女はブース席の角に坐り、ジョーはそのまえの床に坐っていた。グラシエラは屈んでジョーの耳元に話しかけた。「最初にここに来たときにやってたことだから」

「どういう意味だ?」

「仕事だったのよ。ダウンタウンでタクシーダンサー（会員制ダンスクラブで客から一曲ごとにチケットを取って相手をする）をしてた」

「冗談だろう」顔を上げてグラシエラを見た。「あの男にうまくできないことはあるのか?」

「ハバナでプロのダンサーだったのよ。とてもうまい。何かの上演で主役になることはなかったけれど、いつも引く手あまただった。そうやってロースクール時代に生活費を稼いだの」

ジョーは思わず酒を吹き出しそうになった。「やつは弁護士なのか?」

「ハバナでは、そう」

「農場で育ったという話を聞いたが」

「そうよ。わたしの家族はそこで働いてた。わたしたちは、えー……」ジョーを見た。

「移住労働者?」

「そう言うんだった?」顔をしかめてジョーを見た。少なくともジョーと同じくらい酔っている。「いいえ、ちがう。小作農よ」

「きみの親父は彼の親父から土地を借りて、賃料を作物で払っていた?」

「いいえ」

「それが小作農だ。おれの祖父がアイルランドでそうだった」素面《しらふ》で博識に見せようとしたが、いまの状況ではむずかしかった。「移住労働者は作物によって季節ごとに農場を移り住む」

「ああ」グラシエラはジョーの説明を迷惑がって言った。「なんて頭がいいの、ジョゼフ。なんでも知ってるのね」

「訊いたのはきみだ、お嬢ちゃん《チカ》」

「いまわたしを〝チカ〟と呼んだ?」

「呼んだと思う」

「ひどいアクセント」

「きみのゲール語もな」

「え?」

いやいいと手を振った。「いま発展途上でね」

「彼のお父さんはとても親切な人だった」グラシエラは言った。「わたしを家に迎えて、寝室も割り当ててくれた。ベッドにはきれいなシーツが敷かれていた。家庭教師に英語を習った。こんな田舎者の娘がよ」

「その代わり何を求められた?」

グラシエラはジョーの眼の表情を読んだ。「ひどいことを」

「フェアな質問だ」

「何も求められなかったわ。ひょっとしたら、この田舎娘にしてくれたことのせいで、頭が少し大きくなってたかもしれないけれど、それだけだった」

ジョーは片手を上げた。「すまなかった」

「あなたは最高の人のなかに、最低のものを見る」グラシエラは首を振って言った。「そして、最低の人のなかに、最高のものを」

返答を思いつかなかったので、肩をすくめ、沈黙と酒がまた雰囲気を和らげてくれるのを待った。

「来て」グラシエラがブース席から出てきた。「踊りましょう」ジョーの手を引いた。

「踊れないんだ」

「今夜は別」彼女は言った。「みんな踊ってる」

ジョーはグラシエラの手に引かれて立った。エステバンと同じフロアで、自分のすることをダンスと呼ぶのはあまりにも恥ずかしく——それを言えば、ディオンと比較しても——嫌だったが。

案の定、ディオンがあからさまに嗤《わら》ったが、ジョーは酔っていて、もうどうでもよかった。グラシエラのリードで体を動かしていると、リズムをつかんでついていけるようになった。ふたりはスアレスのダークラムのボトルを交互に渡しながら、かなり長くダンスフロアにいた。あるところでジョーは、グラシエラのどちらのイメージが正しいのかわからなくなった——ひとつは追いつめられた獲物のように糸杉の沼地を走っていた彼女、もうひとつは自分の数フィートまえで踊っていて、腰をひねり、肩や頭を揺すり、ボトルをあおっている彼女。

　ジョーはこの女のために人を殺した。自分自身のためでもあった。しかし、一日じゅう答えられなかった疑問がひとつあるとすれば、それはなぜ水兵の顔を撃ったかだった。怒ったのでないかぎり、そんなことはしない。胸を撃つ。けれどもジョーは水兵の顔を吹き飛ばした。私的な制裁だった。グラシエラの動きに身をまかせるうちに、その理由がわかった。あの水兵の眼に、グラシエラを見下していることがはっきりと表われていたからだ。彼女の肌は茶色だから、強姦しても罪にはならない。ちょっと戦利品の味見をしただけだ。そのとき彼女が生きていようが、死んでいようが、サイラスにとってはほとんど関係なかったのだろう。

　グラシエラは両手をボトルごと頭の上に上げた。手首を交叉させ、前腕をからませて、傷ついた顔に引きつった笑みを浮かべ、眼を半分閉じていた。

「何を考えてるの？」彼女が言った。

「今日のことだ」

「今日の何？」訊いたが、答えはジョーの眼のなかにあった。グラシエラは腕をおろし、ジョーにボトルを渡した。ふたりはフロアの中央から外に出て、またテーブルのそばに立ち、ラムを飲んだ。

「あいつのことはどうでもいい」ジョーは言った。「ただ、ほかのやり方があればよかった」

「なかったわ」

　ジョーはうなずいた。「だから自分のしたことは後悔してない。ああいうことが起きなければと思うだけだ」

　グラシエラはジョーからボトルを受け取った。「わたしの命を危険《デインジャード》にさらしたあと、救ってくれた男にどう感謝すればいい？」

「〝デインジャード〟？」

　グラシエラは拳で口をふいた。「そうよ。どう感謝する？」

　ジョーは問いかけるように顔を上げた。

　グラシエラはジョーの眼を読んで笑った。「ほかのことにして、チコ」

「ありがとうと言うだけでいい」ジョーはボトルを受け取ってひと口飲んだ。

「ありがとう」

　ジョーは大きく手を振ってお辞儀し、彼女に倒れこんだ。グラシエラは悲鳴をあげ、ジョーの頭をぴしゃりと叩いてまた立たせた。ふたりは笑い、よろめいてテーブルまで戻ったときには息が切れていた。

「わたしたち、恋人にはなれない」グラシエラが言った。

「なぜ？」

「それぞれほかの人を愛してるから」

「おれのほうは死んだ」

「わたしのほうも死んだようなものだわ」

「ほう」

　グラシエラは酔いを打ち消すように何度か首を振った。「つまり、ふたりとも幽霊を愛してる」

「そうだな」

「だから、わたしたちも幽霊」

「きみは酔っ払ってる」

　グラシエラは笑い、テーブル越しに指差した。「それはあなた」

「反論できない」

「恋人にはなれない」

「それはさっき聞いた」

カフェの上にあるグラシエラの部屋で初めてふたりが交わした愛の行為は、まるで交通事故だった。骨と骨とをぶつけ、ベッドから落ち、椅子をひっくり返し、ジョーが彼女のなかに入ったときには、グラシエラがジョーの肩に歯を立てすぎて血が出た。それは皿一枚が乾く時間で終わった。

三十分後の二回目では、グラシエラがジョーの胸にラムを注ぎ、舌でなめ取った。ジョーもお返しに同じことをして、ふたりは時間をかけて相手のリズムを学んだ。キスはしないでとグラシエラは言っていたが、それも最初に恋人にはなれないと言ったことと同じ運命をたどった。ふたりはゆっくりしたキスも、激しいキスも、唇でつまむキスや、舌先だけが触れるキスも試した。

ジョーが驚いたのは、それがとても愉しかったことだった。それまでの人生で七人の女性とセックスをしていたが、文字どおり本当に愛を交わしたのは、エマとだけだった。エマとのセックスは奔放で抜群にすばらしいときもあったけれど、エマにはかならずどこか自分を抑えているところがあった。セックスをしている自分たちを客観的に見ていると思うことがよくあった。そして終わったあとは、いっそう自分の箱に鍵をかけて閉じこもるのだった。

グラシエラにはそういうところがいっさいなかった。つまり、怪我をする可能性が高いということだ。ジョーの髪を引っ張り、葉巻を作る手で思いきりジョーの首をつかみ——首が折れるのではないかと思うほど——ジョーの皮膚や、筋肉や、骨に歯を食いこませた。しかしそれらはすべて彼を包みこもう、この行為を何かの極限に持っていこうという思いの表われだった。ジョーにとってそれは、この世から消えてしまうことに近かった。朝、眼覚めると、彼女が自分の体に溶けこんでひとりになっているとか、またはその逆といったような。

　その朝、本当に眼覚めたときに、ジョーは馬鹿らしいことを考えたものだと微笑んだ。グラシエラは隣で背中を向けて寝ていた。髪は乱れて枕とヘッドボードにかかっていた。このままベッドから抜け出して服をつかみ、飲みすぎた、頭が働かなかったといった避けられない会話に引きこまれるまえに、去ってしまおうか。後悔が胸いっぱいに広がるまえに。ジョーはそうせず、グラシエラの肩に羽のように軽いキスをした。彼女はさっと振り向き、覆いかぶさってきた。ジョーは、後悔は翌日まで取っておくことにした。


「プロ同士のアレンジということにしましょう」階下のカフェで朝食をとりながら、グラシエラが言った。

「どういう?」ジョーはトーストをかじった。呆《ほう》けたように笑いが止まらなかった。

「このお互いに対する……」グラシエラもことばを探しながら微笑んでいた。「必要を満たすのは、そのと《アンティル・》きが来るまで《サッチ・タイム・アズ》——」

「〝サッチ・タイム〟?」ジョーは言った。「家庭教師にしっかり習ったものだ」

　グラシエラは椅子の背にもたれた。「英語はかなりできるわ」

「認める。認めるよ、〝危険にさらした《エンディンジャード》〟を〝ディンジャード〟と言うことを除けば、流暢そのものだ」

　椅子の上ですっと背を伸ばした。「それはどうも」

　ジョーはまだまぬけのように笑っていた。「どういたしまして。で、おれたちはいつまでお互いの、えー、必要を満たす?」

「わたしがキューバに帰って、夫といっしょに暮らしはじめるまで」

「おれは?」

「あなた?」目玉焼きをフォークで刺した。

「そう。きみは夫のもとへ帰る。おれはどうなる?」

「あなたはタンパの王になる」

「王子だ」

「ジョゼフ王子」グラシエラは言った。「響きは悪くないけど、残念ながら、あなたにはあまり似合わない。それに王子は慈悲深いものじゃない？」

「実際には？」

「自分だけを大切にするギャング」

「仲間もだ」

「仲間もね」

「それは一種の慈悲深さだ」

グラシエラは苛立ちとも嫌悪ともとれる表情を浮かべた。「あなたは王子なの？　それともギャング？」

「わからない。自分は無法者だと思いたいが、いまはそれも幻想だという気がしてる」

「それなら、わたしが故郷に帰るまで、わたしの無法者の王子でいて。どう？」

「いいとも。王子の職務は何だ？」

「返礼すること」

「オーケイ」このとき膵臓をくれと言われても了解していただろう。ジョーはテーブル越しにグラシエラを見た。「どこから始める？」

「マニー」黒い眼が急に真剣になってジョーを捕らえた。

「マニーには家族がいた」ジョーが言った。「妻と三人の娘が」

「憶えてるの」

「もちろん憶えてる」

「彼が生きようと死のうとかまわないと言ったのに」

「あれは少々大げさだった」

「彼の家族の面倒を見てくれる？」

「いつまで？」

「生涯」完璧に論理的な答えであるかのように言った。「あなたに命を捧げたのだから」

ジョーは首を振った。「ことばを返すようだが、彼はきみたちに命を捧げたんだ。きみたちと、きみたちの大義に」

「だから……」グラシエラはトーストの一片を顎の下に持っていた。

「だから、きみたちの大義のために、まとまった金が入り次第、喜んでブスタメンテ家に送らせてもらう。それでいいか?」

トーストをかじってジョーに微笑んだ。「いいわ」

「じゃあ解決だ。ところで、誰かにグラシエラ以外の名前で呼ばれたことは?」

「どういう名前で?」

「さあ。グラシーとか?」

暑い石炭の上に坐ったような顔をした。

「グラツィ?」

同じ顔。

「エラ?」

「どうしてそんな呼び方をしなきゃならないの? 両親がグラシエラという名前をつけてくれたのに」

「おれの両親も名前をつけてくれた」

「でもあなたはそれを半分にした」

「ジョーだ。スペイン語なら、ホセ」

「言いたいことはわかるけど」グラシエラは食事を終えながら言った。「ホセに対応するのはジョゼフよ。ジョーじゃない。あなたはジョゼフと呼ばれるべきよ」

「まるでおれの親父だ。親父だけがジョゼフと呼んでた」

「それがあなたの名前だから」グラシエラは言った。

「食べるのが遅いのね、鳥みたいに」

「よく言われる」

グラシエラの眼が上がり、ジョーのうしろの何かを見た。ジョーが椅子の上で振り返ると、裏口からアルバート・ホワイトが入ってくるところだった。あれからちっとも老けていないが、ジョーの記憶にあるよりは丸みを帯び、ベルトの上の腹が銀行家のようにせり出していた。いまだに白いスーツと白い帽子、白いスパッツを愛用している。世界は自分の遊び場だというような、悠然とした感じもそのままだった。部下のボーンズとブレンダン・ルーミスを引き連れ、ジョーのほうへ歩いてきながら、椅子をひとつ取った。部下たちもしたがい、三人はジョーのいるテーブルのまわりに椅子を置いて坐った。アルバートはジョーの隣、ルーミスとボーンズはグラシエラを挟む恰好で、そろって無表情な顔をジョーに見せつけた。

「どうしてた?」アルバートが言った。「この二年と少し」

「二年半だ」ジョーは言い、コーヒーをひと口飲んだ。

「それでもいいが」アルバートは言った。「刑務所に入ったのはおまえだけだからな。囚人に関して知っていることがひとつあるとすれば、やつらは日数を正確に数える」ジョーの腕の先に手を伸ばし、彼の皿からソーセージをひとつつまんで、鶏の腿肉か何かのように食べはじめた。「どうして銃を抜かなかった?」

「持ってないのかもしれない」

アルバートは言った。「いや、まじめに訊いてる」

「あんたはビジネスマンだ、アルバート。それに、ここで撃ち合えば少々人目につきすぎる」

「そうかな」アルバートは店内をざっと見渡した。「おれにはまったく問題ないが。明るいし、邪魔なものはないし、混雑もしていない」

五十代のおどおどしたキューバ女性の店主は、ますますおどおどしはじめた。男たちのあいだの緊張を見て取り、そのエネルギーを窓から外に出したい、ドアから出したい、とにかく早く出したいと思っていた。彼女のそばのカウンターについている年配のカップルは呑気なもので、今晩タンパ劇場で映画を見るか、トロピカーレでティト・ブロカの演奏を聞くか言い合っている。

ほかに人はいなかった。

　ジョーはグラシエラの様子をうかがった。眼はいつもよりかなり開き、喉のまんなかに見たことのない血管が浮き出て脈打っているが、ほかは落ち着いているようだった。手も震えず、呼吸も乱れていない。

　アルバートはまたソーセージをかじって、彼女のほうに身を乗り出した。「あんたの名前は、ハニー？」

「グラシエラ」

「色の薄いニガーなのか、それとも濃いスピックなのか。わからんな」

　グラシエラは微笑んだ。「オーストリア出身なの。見てわからない？」

　アルバートは爆笑した。自分の腿を叩き、テーブルを叩いて、呑気な老カップルまでが振り返った。

「こりゃ傑作だ」アルバートはルーミスとボーンズに言った。「オーストリアだと」

　彼らには理解できなかった。

「オーストリアだぞ！」両手を部下たちに突き出した。一方からはまだソーセージがぶら下がっている。ため息をついた。「まあいい」そしてまた彼女を見て、

「オーストリア出身のグラシエラ、フルネームは？」

「グラシエラ・ドミンガ・マエラ・コラレス」

　アルバートは口笛を吹いた。「そいつは口がいっぱいになりそうだ。だがあんたは、口がいっぱいになる経験は山ほどしてるんだろう、ちがうか、ハニー？」

「やめろ」ジョーは言った。「おい……アルバート、やめろ。彼女にちょっかいを出すな」

　アルバートはソーセージを平らげながらジョーに向き直った。「過去の経験から、おれがそうできないのはわからないか、ジョー？」

　ジョーはうなずいた。「ここに何をしにきた」

「おまえがムショで何も学んでいないということを教えにきた。ケツを掘られるのに忙しすぎたか？　出たかと思えば、こんなところまで来て二日でおれを追い

出そうとする？　ムショでどれだけ頭をやられたんだ、え？」

「あんたの注意を惹こうとしただけかもしれない」

「だとしたら大成功だ」アルバートは言った。「今日になって、ここからサラソタまでにあるおれのバー、おれのレストラン、ビリヤード場、もぐり酒場、何から何まで、おれにはもう金を払わないと言いだした。おまえに払うんだと。当然ながら、おれはエステバン・スアレスのところへ話しにいったが、あそこは突然、アメリカ造幣局より警備が厳しくなってる。しかも、おれと会ってる暇はないと来た。おまえら——おまえに、イタ公たちに、聞くところでは、ニガーか？」

「キューバ人だ」

アルバートはジョーのトーストを取って食べはじめた。「おまえらは、おれを追い払えるとでも思ってるのか」

ジョーはうなずいた。「もう追い払ったと思う、アルバート」

アルバートは首を振った。「おまえが死ねば、スアレス姉弟はすぐにこっちにしたがうし、ディーラーたちもみんなそうだ」

「もしおれを殺したいなら、すでにそうしてるはずだ。ここへ来たのは交渉するためだろう」

アルバートは首を振った。「おれはおまえを殺したいし、交渉するつもりもない。自分が変わったというところを見せたかっただけだ。人間が丸くなった。われわれは裏口から出て、この女は置いていく。髪一本にも触れない。いつまでその髪が残っているかは神のみぞ知るだが」アルバートは立ち上がった。たるんだ腹の上でスーツの上着のボタンをかけ、帽子のつばをまっすぐにした。「おまえが大騒ぎすれば、この女も連れていって、ふたりとも殺す」

「そういう提案なのか？」

「そうだ」

ジョーはうなずいた。上着のポケットから紙を一枚取り出してテーブルに置き、しわを伸ばした。アルバートを見上げて、紙に書かれた名前を読みはじめた。

「ピート・マカファーティ、デイヴ・カーリガン、ジェラード・ミューラー、ディック・キッパー、ファーガス・デンプシー、アーチボルド――」

アルバートはジョーの指からリストを引ったくって、残りを読んだ。

「いまこいつらはいないだろう、アルバート？　あんたの最高の兵隊は電話にも出ないし、呼び鈴にも応じない。あんたはたまたまだろうと自分に言い聞かせるが、そうじゃないことはわかってる。彼らはこちらに寝返った。ひとり残らずな。そしてアルバート、こう言っちゃ気の毒だが、もう誰もあんたのところには戻らない」

アルバートは笑ったが、いつもの赤ら顔が象牙のように白くなっていた。ボーンズとルーミスを見て、また笑った。ボーンズはつられて笑ったが、ルーミスは吐きそうな顔をしていた。

「あんたの組織の話になったところで」ジョーは続けた。「どうしておれの居場所がわかった？」

アルバートはグラシエラをちらっと見た。顔にいくらか血の気が戻っていた。「おまえは単純だ、ジョー。プッシーを追いかけまわす」

グラシエラは顎を強張らせたが、何も言わなかった。

「しゃれた台詞だ」ジョーは言った。「だが昨日の夜、おれがどこにいたかわからなければ――わかるわけがない、誰も知らなかったんだから――ここまで尾けてこられなかったはずだ」

「認める」アルバートは両手を上げた。「するとたぶん、ほかの方法があるんだろうな」

「おれの組織に誰かもぐりこませているとか？」

アルバートの眼を笑いがよぎったが、まばたきでごまかした。

「通りじゃなくカフェのなかでおれを捕まえろと言ったのもそいつか？」

アルバートの眼にもう笑いはなかった。ペニー硬貨のように白々としていた。

「そいつは、カフェでおれを捕まえれば、女といっしょだから抵抗しないだろうと言ったのか？　あの銀行強盗の金を隠してるハイドパークまであんたを案内させればいいと？」

ルーミスが言った。「撃て、ボス。いま撃っちまえ」

ジョーは言った。「裏口から入ってきたときに撃つべきだったな」

「撃たないと誰が言った？」

「おれだ」ディオンがルーミスとボーンズのうしろから現われた。銃身の長い三八口径で彼らを狙っていた。サル・ウルソが正面の入口から入ってきて、レフティ・ダウナーが続いた。ふたりとも雲ひとつない日にトレンチコートを着ていた。

カフェの店主とカウンターのカップルは見るからにあわてた。年配の男は胸を叩きつづけ、店主は数珠《じゅず》をまさぐって、何か懸命に唱えていた。

ジョーがグラシエラに言った。「怪我をさせるつもりはないとあの人たちに伝えてくれるか？」

グラシエラはうなずき、テーブルから離れた。

アルバートがディオンに言った。「人を裏切らずにはいられない性格というわけか、でぶっちょ」

「一度だけさ、くそ伊達男」ディオンが言った。「今回おれを買収しようとするまえに、おれが去年あんたの部下のブラムに何をしたか、よくよく考えてみるべきだったな」

「通りにあとどのくらいいる？」ジョーが訊いた。

「車四台分だ」ディオンが言った。

ジョーは立ち上がった。「アルバート、このカフェで人は殺したくないが、あんたがちょっとでも理由を与えたらためらわない」

アルバートは微笑んだ。人数と火力で負けていても相変わらず強気だ。「そのちょっとの半分の理由も与えないさ。この際、協力し合うというのはどうだ？」

ジョーは相手の顔に唾を吐いた。

アルバートの眼が胡椒《こしょう》の実のように小さくなった。

長いあいだ、カフェの誰も動かなかった。

「これからハンカチを取る」アルバートが言った。

「何か取ろうとしたら、その場で弾を撃ちこむ」ジョーが言った。「袖を使え」

アルバートは袖で顔をふき、また笑みを浮かべたが、眼には殺意が充ち満ちていた。「つまり、おれを殺すか、街から追放するということか」

「そうだ」

「どちらにする？」

ジョーは数珠を握りしめたカフェの店主を見た。グラシエラがそばに立って、肩に手を当てていた。

「今日殺そうとは思わないな、アルバート。あんたには戦争を始める武器も資金もない。新しい同盟を作って、おれにうしろの心配をさせるようになるには何年もかかるだろう」

アルバートはまた席についた。旧友を訪ねてでもいるかのように、すっかりくつろいで。ジョーは立ったままだった。

「あの路地のときから、このことを計画してたのか」アルバートは言った。

「当然だ」

「少なくとも一部はビジネスだと言えよ」

ジョーは首を振った。「完全におれとあんたの問題だ」

アルバートはそれを受け入れ、うなずいた。「彼女のことを訊きたいか？」

ジョーはグラシエラの視線を感じた。ディオンの視線も。

「いや、別に。あんたは彼女をファックした。おれは彼女を愛した。そしてあんたは彼女を殺した。ほかに話すことなどあるか？」

アルバートは肩をすくめた。「おれは彼女を愛してた。おまえに想像できるよりずっと」

「おれの想像力はすごい」

「このことについては、まだ足りない」

ジョーはアルバートの裏の顔を読み取ろうとして、スタットラー・ホテルの地下通路にいたときと同じことを感じた——エマに対するアルバートの思いは自分と同じだと。

「だったらなぜ殺した」

「殺したのはおれじゃない」アルバートは言った。「おまえだ。おまえが彼女にちんぽこを入れた瞬間にそうなった。あの街にはほかにも山ほど女がいて、おまえは男前だから選びたい放題だったのに、わざわざおれの女を選んだ。他人の女を寝取ったら、相手の選択肢はふたつだ。自分自身を刺すか、おまえを刺すか」

「だがあんたはおれを刺さなかった。彼女を刺した」

アルバートは肩をすくめた。ジョーには相手の心がまだ痛んでいるのがわかった。ちくしょう。エマはいまだにおれたちふたりの一部を握っている。

アルバートはカフェのなかを見まわした。「おまえのご主人はおれをボストンから追い出した。今度はおまえがタンパから追い出す。そういう計画なのか？」

「そんなところだ」

アルバートはディオンを指差した。「こいつがピッツフィールドでおまえを売ったのを知ってるか？　こいつのせいで二年間、刑務所に入ったんだぞ」

「ああ、知ってる。おい、ディー」

ディオンはボーンズとルーミスから眼を移した。

「なんだ？」

「アルバートの脳みそに二発ほどぶちこめ」

アルバートの眼がかっと見開かれ、カフェの店主がひいっと声をあげた。ディオンが腕を伸ばして近づいてきた。サルとレフティはレインコートの下からトンプソンを取り出し、ルーミスとボーンズを狙った。ディオンはアルバートのこめかみに銃口を当てた。アルバートが眼をぎゅっと閉じ、両手を上げた。

ジョーは言った。「待て」

ディオンは止まった。

ジョーはズボンを少し引き上げて、アルバートのまえで屈んだ。「おれの友人の眼を見ろ」

アルバートはディオンを見上げた。

「あんたに対する愛情が見えるか、アルバート？」

「いや」アルバートはまばたきをした。「見えない」

ジョーはディオンにうなずき、ディオンはアルバートの頭から銃口をそらした。

「運転してきたのか？」

「え？」

「ここまで運転してきたのか？」

「ああ」

「ならいい。車に戻って、北へ走り、州の外に出ろ。ジョージアがいいだろう。現時点でおれは、アラバマと、ミシシッピ沿岸、ここからニューオーリンズまでのすべての町を支配している」アルバートに微笑んだ。

「来週はニューオーリンズに関する話し合いがある」

「途中でおまえが待ち伏せの兵を配置してないとどうしてわかる？」

「なあアルバート、むしろ護衛をつけてやるよ。あんたが州外に出るのをきちんと見届けることにする。だろう、サル？」

「ガソリンは満タンです、ミスター・コグリン」

アルバートはサルのトミーガンを見た。「その護衛が途中でわれわれを殺すことはないのか？」

「そこはわからない」ジョーは言った。「だが、いますぐ、永遠にタンパから出ていかなければ、明日を見られないことはくそ百パーセント保証する。明日が見たいのはわかってる。すぐにでも復讐の計画を練りたいだろうからな」

「だったらどうして生かしておくのだ？」

「あんたが持っていたものをすべておれが手に入れたこと、あんたがそれを止められる男ではなかったことを、世の中に知らせるためだ」ジョーは屈んだ姿勢から立ち上がった。「生かしておいてやるよ、アルバート。もうあんたの命には奪うだけの値打ちもない」

18

誰の息子でも

万事好調だった時期に、ディオンはジョーに言った。

「幸運はいつか終わる」

一度ならずそう言った。

それにジョーは答えた。「幸運も、悪運もだ」

「いまのところ幸運ばっかりだろ」ディオンは言った。「おまえの運が悪かったことなんて誰も憶えてない」

ジョーはグラシエラと住む家を、九番街と十九番通りの角に建てた。大理石の加工にはスペイン人とキューバ人とイタリア人を使い、各様式が全体としてラテンふうのフレンチ・クォーターの趣になるように、ニューオーリンズから建築家も何人か雇った。着想を求めてふたりでニューオーリンズにも何度か出かけ、繁華街を見てまわったほか、イーボーの周辺もじっくりと時間をかけて散策した。そして、ギリシャ復興様式とスペイン植民地様式が融合したデザインにたどり着いた。家には赤煉瓦のファサードと、錬鉄製の手すりのついた灰白いコンクリートのバルコニーが設けられた。窓は緑でつねに鎧戸が閉まっているため、通りから見ると地味なほどで、なかに人がいるのかどうかもわからない。

しかし裏にまわると、赤銅色の天井の高い部屋と、ゆったりとしたアーチウェイが中庭に面している。浅いプールがあり、花壇では地中海ヤシの並木に沿って、斑紋入りのホースミントやスミレやハルシャギクが育っている。化粧漆喰の壁はアルジェリアンアイビーで覆われ、冬には満開の黄色のフジウツギと並んでブーゲンビリアが咲く。春になるとそれらは消えて、代わりにブラッドオレンジのように色の濃いノウゼンカズラが咲いた。中庭の噴水をめぐる敷石の小径は、柱廊のアーチウェイをくぐり、その先の螺旋階段をのぼると、薄黄色の煉瓦の壁に囲われた家のなかに入る。

家のドアはどれも厚さ六インチはあって、黒い鉄製の掛け金と羊の角形の蝶番がついていた。ジョーは三階の丸天井の応接間と、裏の路地を見おろす屋上《アソテア》の設計を手伝った。屋上は余計だった。すでに家を取り囲む二階のバルコニーと、三階の錬鉄製の屋根つき通路がある——外の通りほどの幅があるベランダがついていて、ジョーはその存在もよく忘れる——のだから。

ところが手伝いはじめると、やめられなくなった。グラシエラの慈善事業の資金集めパーティに招待された幸運な客は、みな応接間や、通常の倍の広さの階段がある大広間の豪華さに眼をみはった。あるいは輸入物のシルクのカーテン、イタリアの司教座、燭台つきのナポレオン三世の姿見、フィレンツェから取り寄せた大理石のマントルピース、エステバンの薦めるパリの画廊から仕入れた金額縁の絵の数々に。むき出しの

〈オーガスタ・ブロック〉の煉瓦の壁もあれば、サテン紙で覆ったり、ステンシルで模様を描いたりした壁や、わざと見映えよくひび割れを入れた化粧漆喰もある。家の正面の寄木細工の床は、奥に行くと石に代わり、各部屋を涼しく保っている。夏には家具に白い綿布をかけ、シャンデリアからも薄布を垂らして虫から守る。ジョーとグラシエラのベッドには蚊帳《かや》がかかっている。ふたりはバスルームの猫足の浴槽にも蚊帳をかけ、よく一日の終わりにワインのボトルを持ってなかに浸かりながら、通りから上がってくる音を聞いた。

　グラシエラは裕福になったせいで友人を失った。ほとんどは葉巻工場の同僚や、シルクロ・クバーノができて間もないころ、彼女といっしょに無料で働いていた友人たちだった。急に富と幸運を手に入れたグラシエラを恨んでいたのではない（そういう者もいるにはいたが）。何か部屋のなかの高級品にぶつかって、石の床で壊してしまうことを怖れたのだ。坐ってもそわそわしているし、ほどなくグラシエラと共通のものがなくなり、話題も尽きたのだった。

　イーボーシティで、ふたりの家は〝市長邸《ラ・マンション・デル・アルカルデ》〟と呼ばれていたが、ジョーがそれを知るのは一年以上先になる。通りの声は彼がいるところに届くほど大きくはなかった。

　その間、コグリンとスアレスの協力関係は、このビジネスではめったにない理想的な安定をもたらしていた。ジョーとエステバンはまず七番街のランドマーク劇場に、続いてロメロ・ホテルの厨房の裏に清潔な蒸溜所を造り、常時生産を続けた。アルバート・ホワイトの配下まで含めて、どんなに小さな業者も迎え入れ、相手の取り分を増やしながら、よりよい商品を提供した。高速船も購入し、トラックや輸送車のエンジンもすべて新調した。ふたり乗りの水上飛行機も買って、メキシコ湾上の輸送を強化した。操縦士に雇ったファルーコ・ディアスというメキシコの元革命家は、才能豊かで頭のいかれた男だった。指先ほどもある昔からの大きなあばたと、濡れたパスタのように色がなく、しなだれた長髪というものすごい顔で、〝万一に備えて〟飛行機にマシンガンをすえつけてほしいと交渉してきた。単独飛行中には、その万一のことがあっても射撃する人間がいないじゃないか、とジョーが指摘すると、ファルーコはそれならばと、マシンガンそのものではなく架台をすえつけることで妥協した。

地上では、南部、東部の沿岸すべての輸送ルートを買収した。ジョーの考えは、南部諸州のギャングに道路の使用料を払えば、ギャングから地元の警察に金が流れ、逮捕件数と積荷の損失が三十から三十五パーセント減るというものだった。

実際には七十パーセント減った。

ジョーとエステバンはまたたく間に、年間百万ドルだったビジネスを六百万ドルの大事業に育て上げた。

しかもそれは世界的な経済危機のさなかだった。経済は悪化の一途をたどっていた。衝撃波が日増しに、月ごとに大きくなっていた。人々には仕事が、保護施設が、希望が必要だった。そのどれも手に入らないことがわかると、みな酒を求めた。

悪徳は恐慌知らずだった。

とはいえ、ほかのものはほとんど壊滅した。不況の影響を免れたジョーも、ここ数年のアメリカの凋落には、ほかの人たちと同じく当惑するばかりだった。一九二九年の恐慌以来、一万の銀行が潰れ、千三百万の人が職を失っていた。再選の選挙戦を控えたフーヴァー大統領は、トンネルの先の光といったことを言いつづけているが、ほとんどの人は、その光はトンネルを走ってきて自分たちを轢き殺す列車のライトだと確信していた。フーヴァーは窮余の一策で、最高富裕層に対する所得税率を二十五パーセントから六十三パーセントに上げ、唯一残っていた支持層を失ってしまった。

それがタンパとその周辺地域では、不思議と景気がよかった——造船と缶詰加工が活況を呈している。一方、イーボーにその気配は微塵もなかった。葉巻工場は銀行より速く沈みはじめた。自動で巻く機械が人と入れ替わり、ラジオが作業場の朗読者を無用にした。あまりにも単価の安い煙草が国の合法な悪徳となって、葉巻の売上は五十パーセント以上急落した。十いくつの工場の労働者がストライキを決行したが、経営者が雇ったならず者や、警察や、ク《K》ー・ク《K》ラックス・ク《K》ランに潰された。イタリア人がこぞってイーボーから出ていった。スペイン人も去りはじめた。

　グラシエラも機械のせいで仕事を失った。ジョーはそれでよかった。もう何カ月もラ・トロチャを辞めさせたかったのだ。グラシエラは彼の組織に欠かせなかった。船からおりてきたキューバ人たちと会い、おのおのの必要に応じて、社交クラブや、病院や、キューバ人向けのホテルに連れていく。そのなかでジョーの仕事に向いていそうな人材がいれば、もっと変わった仕事があるのだけれど、と話を持っていく。

　加えてジョーは、グラシエラの博愛主義と、自分たちの資金洗浄の必要性から、イーボーシティのだいたい五パーセントを買い上げていた。倒産した葉巻工場ふたつを買って従業員全員を再雇用し、倒産したデパートを学校に改造し、やはり倒産した建築事務所を無料診療所に変えた。空いた建物八軒をもぐり酒場にしたが、通りに面した部分は、みなもとのままだった——男性用雑貨店、煙草屋、花屋が二軒、肉屋が三軒、そしてギリシャ料理の軽食堂。誰もが驚いたことに——なかんずくジョー自身がいちばん驚いた——この食堂は大成功を収め、アテネから料理人の家族を呼び寄せて七区画東に姉妹店を開いたほどだった。

　グラシエラはしかし、葉巻工場を懐かしがった。仲間たちが口にした冗談や話、朗読者が彼女の好きな小説をスペイン語で読んでいたこと、一日じゅう故郷のことばを話していたことをしきりに思い出していた。

ジョーが彼女のために建てた家で毎晩すごしてはいたが、カフェの階上の部屋もまだ借りていた。ジョーが知るかぎり、そこでするのは服を着替えることぐらいだったけれど。回数も決して多くはなかった。自宅のクロゼットはジョーが買ってきた服でいっぱいだった。

「あなたが買った服だから」なぜもっと着ないのかとジョーに訊かれて、グラシエラはそう答えた。「自分のものは自分で買いたいの」

そんな金はない。すべてキューバに送っていたからだ。グラシエラに頼りきりの夫の家族か、反マチャド運動にたずさわる友人たちに。エステバンがときどきグラシエラに代わってキューバに帰った。あちこちのナイトクラブの開店に合わせて資金集めをするためだ。戻ってくると、運動にうれしい展開があったと話すのだが、それも次の旅行で打ち消されることがジョーにはわかってきた。写真を撮って帰ってくることもあった。エステバンの眼はますます鋭くなり、巨匠バイオリニストの弓さばきのようにカメラを使いこなしていた。輸送艦マーシーを爆破したことが大きかったのだろう、ラテンアメリカの反体制運動家のあいだですでに有名人だった。

「グラシエラは複雑な心境のようだな」旅行から帰ってきたばかりのエステバンはジョーに言った。

「わかってる」ジョーは言った。

「理由がわかるか？」

ジョーはふたつのグラスに〈スアレス・リザーブ〉をついだ。「いや、わからない。欲しいものはなんでも買える。最高級の服も手に入るし、最高級の美容院で髪も整えられるし、食事も最高級レストランで——

——」

「ラテン系が入れる店だな」

「当然だ」

「当然？」エステバンは椅子の上で身を乗り出し、両足を床につけた。

「要するに」ジョーは言った。「おれたちは勝利した。ゆったりくつろげる、彼女もおれも。いっしょに歳をとれる」

「それを彼女が望んでいるというのか――金持ちの妻になることを?」

「たいていの女はそうじゃないか?」

エステバンは奇妙な笑みを浮かべた。「以前、あんたは多くのギャングのように貧乏な育ちじゃなかったと言ったな」

ジョーはうなずいた。「金持ちではなかったが……」

「立派な家があり、食べるものにも不自由せず、学校にも行けた」

「そうだ」

「で、お袋さんは幸せだったか?」

ジョーは長いこと押し黙った。

「ノーということだな」エステバンが言った。

ようやくジョーは言った。「おれの両親は遠い親戚のいとこ同士のようだった。だがグラシエラとおれは? 彼らとはちがう。いつも話してるし――声を下げて――「いつもファックしてる。いっしょにいることを心から愉しんでる」

「だから?」

「どうして彼女はおれを愛してくれない?」

エステバンは笑った。「もちろん愛してるさ」

「そう言わないぞ」

「言おうと言うまいと関係ないだろう?」

「あるとも」ジョーは言った。「それに、あのくそとも離婚しない」

「それについては何も言えない。千年生きたって、彼女があの卑劣漢《ペンデーホ》に惚れてる理由はわからない」

「会ったことはあるのか?」

「ハバナの旧市街のいちばん柄が悪いところを歩くた

びに、酒場のカウンターについて、彼女の金で飲んでるよ」

おれの金だ、とジョーは思った。おれの。

「キューバで彼女はまだお尋ね者なのか」

「リストに名前はのってる」エステバンは言った。

ジョーは考えた。「だが、二週間もあれば偽の書類は用意してやれる。だろう？」

エステバンはうなずいた。「もちろん。そんなにかからないかもしれない」

「彼女をあっちに送り返せば、ケツの穴が酒場のストゥールに坐ってるところを見るだろう。そしたら……どうだ、エステバン？　そしたら彼女は別れると思うか？」

エステバンは肩をすくめた。「ジョゼフ、いいか。グラシエラはあんたを愛してる。おれはほんの小さなころから彼女を知っていて、あいつが恋をするのも見てきた。だが、あんたとの関係？　ヒュー」眼を見開き、帽子で顔をあおいだ。「彼女がこれまで感じたどんなこととももちがう。だが忘れるな。グラシエラはこの十年、自分を革命家だと考えてきた。それがいま眼覚めると、自分が本当に望んでいるのは、信念も、祖国も、職業も、そしてそう、昔のろくでなしの夫も、とにかくすべてを捨てて、アメリカのギャングといっしょにいることだと思い知らされるわけだ。それをあっさり受け入れられると思うか？」

「なぜ受け入れられない？」

「自分は似非《えせ》反乱者、偽物だったと認めることになる。そんなことは認められない。大義に身を捧げる決意を新たにして、あんたから距離を置こうとするだろう」首を振り、天井を見つめて考えこんだ。「こうやって口にすると、頭がいかれてるとしか思えないが」

ジョーは顔をこすった。「そのとおりだ」

数年間、何もかもうまくいき、ビジネスは絶好調だったが、それもロバート・ドルー・プルイットが街に現われるまでのことだった。

　ジョーがエステバンと話したあとの月曜、ディオンがやってきて、また別のクラブがＲＤに襲われたと言った。ロバート・ドルー・プルイットはそう呼ばれている。八週間前に出所して、ひと旗あげようとイーボーに乗りこんできた。

「どうしてさっさと見つけ出して始末できない？」

「クランの連中がいい顔をしない」

　このところタンパではク《K》ー・ク《K》ラックス・ク《K》ランが幅を利かせていた。連中は昔から強硬な禁酒主義だった。酒を飲まないわけではない。むしろしょっちゅう飲んでいるが、アルコールは愚かな大衆に権力の幻想を抱かせ、人種間の姦通をうながすと信じていた。さらには真の宗教の実践者に不信の種をまき、最終的にカトリック教徒が世界を支配するという陰謀に加担することになる。

　大不況になるまでクランはイーボーに進出していなかった。が、経済が落ちこむと、絶望して〝白人の力〟にすがりつく人が増えてきた。地獄の業火を声高に唱える説教師のテントに、人があふれだしたのと同じ理屈だ。みな途方に暮れ、怯えて、リンチの縄が銀行家や株式仲買人に届かないことがわかっているので、手近の標的を探した。

　それが葉巻労働者だった。労働争議と急進思想に長い歴史を持つ彼らだったが、そのストライキにＫＫＫがとどめを刺した。決行者が集まるたびにクランがそこに飛びこんで、ライフルを発射したり、誰彼なく拳銃で殴ったりした。ある者の庭で十字架を燃やし、別の者の十七番通りの家に火炎瓶を投げ入れ、セレスティーノ・ベガの工場から帰宅途中だったふたりの女性労働者を強姦した。

　ストライキは中止になった。

　ＲＤ・プルイットは、レイフォードの州刑務所で二年間服役するまえ、クランに属していたので、出所後も加わっていないと考える理由はなかった。最初に襲ったもぐり酒場は、二十七番通りの雑貨店《ボデガ》の裏にある狭苦しい場所だったが、ちょうど線路を挟んだ向かいの古い掘っ立て小屋は地元のKKKの本部で、ケルヴィン・ボールガードが運営しているという噂だった。RDはもぐり酒場のその夜の売上を奪いながら、線路にいちばん近い壁を指して、「みんなが見てるからな。警察は呼ばねえほうがいいぞ」と言った。

その話を聞いたとき、ジョーはどれだけの馬鹿を相手にしているのだと思った。もぐり酒場に強盗に入られて警察に通報するやつがどこにいる? けれども〝みんな〟が引っかかった。クランはまさにジョーのような人間が首を突っこむのを待っているからだ。カトリックの北部人で、ラテン系やイタリア系や黒人と働き、キューバ人と同棲し、悪魔のラムを売って儲けている——クランに憎まれる要素として足りないものがあるだろうか。

ほどなく、それこそがクランの狙いだとわかった。ジョーを呼び出そうとしているのだ。クランの歩兵は三流小学校の四年生並みのあほうの集まりかもしれないが、幹部たちには多少の知恵があるようだ。地元の缶詰工場主で市議でもあるケルヴィン・ボールガードのほかに、メンバーには、第十三区巡回裁判所のフランクリン判事や十数名の警官に加えて、《タンパ・エグザミナー》紙発行人のホッパー・ヒューイットまでいると噂されていた。

もうひとつ、こちらのほうがややこしい事態を招くとジョーは考えていたが、RDの義理の兄はアーヴィング・フィギスだった——〝鷲の眼〟アーヴ、公式にはタンパ市警本部長として知られている。

一九二九年の初対面以来、フィギス本部長はふたりが敵同士であることを示すためだけに、ジョーを何度か署に呼び出していた。ジョーはフィギスの執務室に坐り、ときにはアーヴが秘書に持ってこさせるレモネードを飲みながら、彼の机の写真を眺めた——美しい妻、リンゴ型の髪のふたりの子供。息子のケイレブは父親に生き写しで、娘のロレッタはいまだに美しく、見るたびにジョーは心をかき乱される。ヒルズボロ・ハイスクールの学園祭の女王であり、幼いころから地元の劇場に出演して賞という賞を総なめにしてきた。だから彼女が卒業後に西のハリウッドに向かうと聞いても、誰も驚かなかった。みんなと同じようにジョーも、いつ彼女を銀幕で見ることになるのだろうと思っていた。ロレッタにはまわりの人々を蛾《が》に変えてしまう光があった。

　完璧な人生のイメージに囲まれて、アーヴはジョーに一度ならず警告した。マーシーの爆破事件ときみを結びつける証拠をひとつでも見つけたら、迷わず引っ捕らえて終身刑にしてやる、と。連邦がそのあとどう動くかはわからんぞ。捕らえた縄をその首に巻いて、絞首台にかけるかもしれない。だが証拠がない以上、きみもエステバンも部下たちも見逃してやる、タンパの白人地区に近づかないかぎりはな。

　しかしここに至ってＲＤ・プルイットが現われ、たった一カ月でペスカトーレのもぐり酒場を四軒も襲って、ジョーが復讐に立ち上がるのを乞いねがっていた。

「四人のバーテンダーはみな同じことを言ってる」ディオンはジョーに言った。「ＲＤは人間のクズだとな。卑しさがにじみ出てる。次かその次には、誰かを殺すぞ」

　ジョーはそういう描写に当てはまる人間を、刑務所で嫌というほど見ていた。対処法はふつう三つしかない——部下にするか、自分を無視させるか、殺してしまうかだ。ジョーは死んでもＲＤを部下にしたくなかったし、ＲＤがカトリック教徒やキューバ人の命令を聞くはずもない。したがって、選択肢は二番目か三番目になる。

二月のある朝、ジョーはトロピカーレでフィギス本部長と会った。暖かくて空気が乾いた日だった。ジョーにもわかってきたが、十月下旬から四月末にかけての気候は最高だった。ふたりはコーヒーにスアレス・リザーブを垂らして飲んでいた。フィギスは何か苛立ちのようなものを眼に浮かべて七番街を見ていた。坐ったままもぞもぞと体を動かした。

最近フィギスの体の隅に、溺れまいとしている何かが見えた。第二の心臓のようなものが彼の耳で、喉で、眼の奥で鼓動していて、ときにはそれのせいで眼が飛び出している。

この男の人生の何が狂ってしまったのか、ジョーには見当もつかなかった。妻に逃げられたのかもしれないし、愛する人が死んだのかもしれない。とにかく何かがフィギスの心を蝕み、活力を奪い、自信さえも失わせているのは明らかだった。

フィギスは言った。「ペレスの工場が閉鎖されるのは聞いたかね？」

「ひどいな」ジョーは言った。「あそこはどのくらいいました、四百人？」

「五百人だ。また五百人が失業。また五百対の手が空いて、悪魔の半端仕事を待つはめになった。だが、くそ、このところ悪魔ですら人を雇おうとしない。だから彼らがやれることは、せいぜい酒を飲んだり、喧嘩したり、ものを盗んだりだ。それで私の仕事はいっそうたいへんになるが、仕事があるだけましだな」

ジョーは言った。「ジェブ・ポールも服地屋をやめるとか」

「私も聞いた。この街に名前がつくまえからやってた店だったが」

「残念だ」

「残念どころではすまない」

ふたりがコーヒーを飲んだところで、RD・プルイットが通りからのんびりと店に入ってきた。幅広の襟のニッカースーツ、白いゴルフ帽、二色のオクスフォード靴という、これから後半九ホールに出ていきそうな恰好で、爪楊枝を下唇の上で転がしていた。

　RDが坐るなり、ジョーはその顔にはっきりと見た——怯えを。それはRDの眼の奥に巣くい、毛穴からしみ出していた。怯えはたいていの人には見えない。外に表われる憎悪や不機嫌を、怒りと取りちがえるからだ。しかし、ジョーはチャールズタウンにいた二年間でじっくりと観察し、所内でもっとも凶暴な男たちがもっとも怯えていたことを学んでいた。彼らは、臆病者と見なされることに怯えていた。さらにひどい場合には、別のやはり怯えた凶暴な男たちの餌食になるのではないかと。誰かから毒を移されるのではないか、そして誰かに自分の毒を奪われてしまうのではないか。そうした怯えは彼らの眼のなかにさっと現われては消える。最初に会ったその瞬間に気づかなければ、永遠に気づくことはない。まだ心の準備ができていない最初の瞬間だけ、怯えた獣の姿が見えるが、それはたちまち洞窟に駆けこんでしまう。ジョーは、RDの獣が猪のように大きいのを見て悲しくなった。人の二倍怯えているということは、二倍卑劣で理不尽だということだ。

　RDが席につくと、ジョーは手を差し出した。

　RDは首を振った。「くそクリスチャンとは握手しない」微笑んで、ジョーに両手を広げた。「悪く思うなよ」

「了解」ジョーは手を伸ばしたままだった。「人生の半分は教会にかよっていないと言ったら？」

　RDはくすっと笑い、さらに首を振った。

　ジョーは手を引っこめ、椅子に坐り直した。

　フィギス本部長が言った。「RD、イーボーで昔の商売を始めたというもっぱらの噂だが」

　RDはなんの話だというように眼を見開いて、義理の兄を見た。「どういう商売を？」

「強盗に入っていると」

「どこに？」

「もぐり酒場に」

「ほう」RDの眼が急に暗く、小さくなった。「法律にちゃんとしたがうこの街にはない場所のことを言ってるのか？」

「そうだ」

「そもそも違法だから、潰して当然の場所のことか？」

「そうだ」フィギスは言った。「そういう場所のことを言っている」

　RDは小さな首を振り、また天使のように無垢な顔つきになった。「なんにも知らねえな」

　ジョーとフィギスは顔を見合わせた。ジョーは、フィギスも同じようにため息をもらすまいとしていると感じた。

「ハ、ハ」RDは言った。「ハ、ハ」ふたりを指差した。「からかってるだけさ。わかるだろ」

　フィギス本部長はジョーのほうに首を傾けた。「RD、彼はこの街にビジネスをしにきたビジネスマンだ。私が今日ここに来たのは、彼とビジネスをしろと助言するためだ」

「おまえは承知してんのか、え？」RDはジョーに訊いた。

「もちろんだ」

「おれは何してる？」

「ふざけてるだけだ」ジョーは言った。

「そのとおり。わかってる。わかってるな」RDはフィギスに微笑んだ。「こいつ、わかってるぜ」

「けっこう」フィギスは言った。「では、われわれはみな友人だな」

　RDは寄席芸人のようにぐるりと眼をまわした。

「それはちがう」

　フィギスは二、三度まばたきした。「いずれにしろ、われわれはお互い理解した」

「この男」RDはジョーの顔に指を突きつけた。「酒の密売人で、ニガーと寝まくってる。さらし者にしてやるのはいいが、ビジネスなんかできるか」

ジョーは相手の指に微笑み、引っつかんでテーブルに叩きつけ、根元からぼきりと折ってやろうかと思った。

ジョーがそうするまえに、RDは指を引っこめて言った。「冗談さ！」大声で、「冗談はわかるんだろ、え？」

ジョーは何も言わなかった。

RDはテーブルの向こうから腕を伸ばして、拳でジョーの肩を小突いた。「わかるよな、どうだ、え？」

ジョーは、生まれてから見たなかでおそらく最高に親しみのこもった顔を見た。こちらの幸せだけを願っているような顔だった。病んで親しげなRDの眼の奥に、怯えた獣が逃げ隠れるまで、見つめつづけた。

「冗談はわかる」

「自分自身が冗談にならないかぎり、な？」RDが言った。

ジョーはうなずいた。「友人から聞いたんだが、〈パリジャン〉に入り浸っているそうだな」

RDは場所を思い出そうとしているかのように眼を細めた。

ジョーは言った。「あそこのフレンチ75（ジンとシャンパンがベースのカクテル）が気に入っているとか」

RDはズボンの脚をぐいと動かした。「だとしたら？」

「常連から一段上がるべきだ」

「一段とは？」

「パートナーになる」

「取り分は？」

「店の売上の十パーセント」

「本気か？」

「もちろん」

「なぜ?」

「野心を尊重すると言っておこうか」

「それだけ?」

「才能も認める」

「ふむ、なら十パーセントじゃ足りねえな」

「希望は?」

「六十だ」

穏やかに晴れた麦畑のように清々しい顔になった。

「この街でも一、二を争うクラブの売上の六十パーセントをよこせと?」

RDはにこやかにうなずいた。

「その代わりに何をする?」

「六十パーセントくれるなら、おれの友だちがもう少し親切になるかもな」

「友だちとは誰だ?」ジョーは訊いた。

「六十パーセント」RDは初めて口にするかのように言った。

「なあおまえ《サン》」ジョーは言った。「それは無理だ」

「おれはおまえの息子《サン》じゃねえ」RDは穏やかに言った。「誰の息子でも」

「それは親父さんも安心するだろう」

「なんだと?」

「十五パーセント」ジョーは言った。

「叩き殺してやる」RDは囁いた。

少なくともジョーにはそう聞こえたが、「何?」と聞き返した。

RDは無精ひげがざらざらと音を立てるほどの勢いで顎をこすった。虚ろであると同時に明るすぎる眼でジョーを見すえた。「まいっか。まずまずだな」

「何が?」

「十五パーセントだ。二十に上げる気はないんだろ?」

ジョーはフィギス本部長を見て、またRDを見た。

「出勤すら求めずに十五パーセントというのは大盤振舞だと思うがね」

RDはさらに無精ひげをこすり、しばらくテーブルを見つめていた。ようやく眼を上げると、ふたりに少年そのものといった笑みを向けた。

「おっしゃるとおりですね、ミスター・コグリン。妥当な線です。おいら軸つきトウモロコシみたいにうれしいよ」

フィギス本部長が椅子の背にもたれ、平らな腹に両手をのせた。「よかったよ、ロバート・ドルー。合意に達したようだ」

「だな」RDは言った。「取り分はどうやってもらう？」

「毎月第二火曜日の夜七時ごろ、クラブに立ち寄ってくれ」ジョーは言った。「支配人のシアン・マカルピンに取り次いでもらえ」

「シュワン？」

「近い」

「その男もくそクリスチャンなのか？」

「男じゃなくて女だ。宗教については訊いたことがない」

「シアン・マカルピン。パリジャン。火曜の夜な」RDは両手でテーブルをばしんと叩いて立ち上がった。「よかったよ、まったく。じゃあな、ミスター・コグリン、アーヴ」ふたりに帽子を傾けて挨拶し、なかば敬礼するように手を振って出ていった。

一分ものあいだ、ジョーもフィギスも無言だった。

ようやくジョーが椅子の向きを少し変えて、フィギスに尋ねた。「あの頭はどのくらい柔らかいんです」

「ブドウくらいだな」

「だろうと思った。あいつがいまの取り決めを守ると思います？」

フィギスは肩をすくめた。「いずれわかるさ」

パリジャンに取り分をもらいにきたRDは、シアン・マカルピンが金を渡すと礼を言った。彼女に名前の綴りを教えてくれと言い、教えられると、いい名前だと褒めた。これから長いつき合いになるのが愉しみだと言って、バーで一杯やった。会う人みんなに上機嫌で接し、店を出て、車に乗り、バヨ葉巻工場のまえを通って、フィリスの店まで行った。ジョーがイーボーに来て初めて入ったもぐり酒場だ。

RD・プルイットがフィリスの店に放りこんだ爆弾は、たいした代物ではなかったが、それで充分だった。いちばん広い部屋でも狭すぎて、背の高い男が拍手すると両肘が壁に当たるほどだったのだ。

死者は出なかった。が、クーイ・コールというドラマーが左手の親指を失って、演奏ができなくなり、父親を車で迎えにきた十七歳の娘が片足を飛ばされた。

ジョーはふたりのチームを三組送りこんで、くそ蛆《うじ》虫《むし》を探させたが、RD・プルイットは地下深くもぐっていた。イーボーのみならず、ウェスト・タンパ、さらにはタンパ全域を探しまわっても、見つけることができなかった。

一週間後、RDは街の東部にあるジョーの別の酒場にひょっこり現われた。ほとんどキューバの黒人しか集まらない場所だった。バンドの演奏が最高潮に達し、興奮の坩堝《るつぼ》と化した室内に入っていくと、のんびりとステージに上がり、バストロンボーン奏者の膝と、歌手の腹を撃った。そして封筒をはらりと落とし、裏口から出ていった。

封筒の宛名は〝サー・ジョゼフ・コグリン・ニガー・ファッカー〟だった。なかの紙にはたったふたつの単語が書かれていた。

六十パーセント。

ジョーはケルヴィン・ボールガードに会うために缶詰工場を訪ねた。ディオンとサル・ウルソを連れていき、一同は建物の奥にあるボールガードの事務室で顔を合わせた。その部屋からは密封の作業場を見おろすことができた。数十人の女性が作業服を着てエプロンとそろいのヘアバンドをつけ、うだるように暑い部屋のなかで、曲がりくねったベルトコンベアのまわりに立って働いていた。ボールガードは床から天井まである窓越しにそちらを見ていて、ジョーたちが入っても振り向かなかった。そうやってゆうに一分間は無視したあと、ようやく椅子をまわすと、微笑んで、ガラスに親指を振った。

「新しい設備に見入っていた」彼は言った。「あれをどう思う？」

ディオンが言った。「新車は車庫から出したとたんに古くなる」

ケルヴィン・ボールガードは片方の眉を上げた。

「なるほど。もっともだ。さて諸君、今日はどんな用事かな？」

机の保存箱から葉巻を取り出したが、客には勧めなかった。

ジョーは右足を左足の上にのせ、裾の折り返しのしわを伸ばした。「ＲＤ・プルイットに少し態度を改めろと言ってもらえるとありがたいんだが」

ボールガードは言った。「一生のうちにそれに成功した人間は、数えるほどしかいないね」

「かもしれないが」ジョーは言った。「やってみてもらいたい」

ボールガードは葉巻の端を嚙み切り、くずかごにぺっと吐いた。「ＲＤは大人だし、私に何か相談しているわけでもない。だから、こちらから何か言うのは失礼だ。たとえ理由にうなずけるところがあるとしても。だが教えてくれ、よくわからないのだ。その理由とはなんだね？」

ジョーは待った。ボールガードが葉巻に火をつけ、炎の向こうからジョーを見、次に煙の向こうから見つめだすまで。

そして言った。「自分の身の安全を考えるなら、RDはおれのクラブで発砲するのをやめて、妥協点を探るためにおれと話し合わなければならない」

「クラブ？ なんのクラブだ？」

ジョーはディオンとサルのほうを振り返り、何も言わなかった。

「ブリッジのクラブか？」ボールガードは言った。「それともロータリークラブ？ 私は広域タンパ・ロータリークラブの会員だが、きみに会ったことは――――」

「大人同士、ビジネスの話をするつもりで来たんだが」ジョーは言った。「あんたはくそゲームがしたいのか」

ケルヴィン・ボールガードは両足を机にのせた。「私がそういうことをしたいと？」

「あんたはあの男をわれわれにぶつけた。あの男がそれだけいかれてるとわかってたからだ。だが、あんたがやってるのは、彼を死なせることでしかない」

「誰をぶつけたって？」

ジョーは鼻からゆっくりと息を吸った。「あんたはこの地域のクランの親玉だ。大いにけっこう。祝福する。だが、あんたらみたいな地元のくそ袋に喧嘩を売られて、こっちが黙っていると思うのか？」

「ほほう、これはまた」ボールガードはうんざりしたように笑った。「私たちをそんなものだと思っているのなら致命的なあやまちだな。こちらには役場の事務もいれば、裁判所の廷吏、刑務所の看守や銀行家もいる。警官、保安官補、判事まで。それと、ひとつわれわれが決めたことがある、ミスター・コグリン」足を机からおろした。「きみときみのスペ公とイタ公から金を絞り上げるか、さもなくばこの街からさっさと出ていってもらうことにしたのだ。万一闘おうなどという馬鹿な考えを起こしたら、きみにも、きみが愛するものすべてにも、地獄の苦難が降り注ぐことになるぞ」

　ジョーは言った。「おれを脅迫するために、あんたよりはるかに力のある連中を引き合いに出すわけか」

「そのとおり」

「だったら、なんであんたと話してるんだろうな」ジョーはいい、ディオンにうなずいた。

　ケルヴィン・ボールガードは時間を置いて、「何?」と言った。するうちにディオンが部屋を横切り、ボールガードの脳を大きな窓じゅうに吹き飛ばした。

　ディオンはボールガードの胸から葉巻を拾い上げて、口にくわえた。拳銃からマキシムのサイレンサーをはずすと、ひっと声をあげてレインコートのポケットに落とした。

「熱っ」

　サル・ウルソが言った。「おまえは最近、まるでどこそのお嬢様だな」

　彼らは事務室を出て、鉄の階段を作業場までおりていった。この建物に入ってきたときには、フェドーラ帽を額に引き下げ、派手なスーツの上に薄い色のレインコートを着ていた。作業員全員が彼らを見てすぐにギャングだとわかり、眼をそらすように。出ていくときも同じだった。たとえイーボーの周辺にいる人間だと思われたとしても、評判は知れ渡っているから、故ケルヴィン・ボールガードの缶詰工場で見たものは眼の錯覚だったということで意見が一致するだろう。

　ジョーはハイドパークにあるフィギス市警本部長の自宅の正面のポーチに坐り、父親の懐中時計の蓋をぼんやりと開けたり閉めたりしていた。家は昔ながらの平屋だった。アーツ・アンド・クラフツの装飾をほどこし、壁は茶色で縁は卵の殻の白。フィギスは幅の広いヒッコリーの板でポーチを造り、籐の家具と、建物の縁と同じ白のペンキを塗ったブランコを置いていた。

　フィギスが家のまえに車を停め、外に出て、完璧に刈られた芝生の赤煉瓦の小径を歩いてきた。

「自宅にご訪問か？」フィギスはジョーに言った。

「しょっ引くのも手間だろうと思って」

「なぜしょっ引かなければならない？」

「あなたが探しているとうちのやつらが言ってた」

「ああ、そう、そうだった」フィギスはポーチに達し、足を階段にのせたところで止めた。「ケルヴィン・ボールガードの頭を撃ったのか？」

　ジョーは眼をすがめて相手を見た。「それは誰です？」

「だとすると、私の質問は終わりだ」フィギスは言った。「ビールでもやるか？　ビールそのものじゃないが、悪くない」

「いただきます」

　フィギスは家のなかに入り、ビールもどき二本を持ち、犬を連れて戻ってきた。ビールは冷え、犬は老いていた。バナナの葉ほどもある柔らかい耳をした、灰色のブラッドハウンドだった。ジョーと入口のあいだのポーチに寝そべって、両眼を開けたままいびきをかいた。

「RDに連絡をとる必要がある」ジョーはビールに感謝したあと、フィギスに言った。

「そう感じているだろうと思っていた」

「支援してくれなければ、これがどういう結果になるかわかるでしょう」

「いや」フィギスは言った。「わからない」

「もっと死人が出て、もっと血が流れ、〝葉巻の街の殺戮〟について新聞が書き立てる。そしてあなたは追い出される」

「きみもだ」

　ジョーは肩をすくめた。「かもしれない」

「ちがいはひとつ、きみが追い出されるときには、その耳のうしろに銃弾を撃ちこまれるということだ」

「RDがいなくなれば」ジョーは言った。「戦争は終わる。平和が戻る」

　フィギスは首を振った。「私は家内の弟を見捨てない」

　ジョーは通りに眼をやった。明るい色に塗られたこぎれいな平屋や、農家ふうのポーチがついた古い南部の家に加えて、何軒か正面に丸く張り出した窓のあるブラウンストーンの家まである、美しい通りだった。街路のオークはどれも高く堂々として、大気にはクチナシの香りが漂っていた。

「こんなことはしたくない」ジョーは言った。

「どんなことだね？」

「あなたがおれにやらそうとしていることだ」

「私は何もやらそうとはしていないよ、コグリン」

「いいえ」ジョーは穏やかに言った。「している」

最初の写真を上着の内ポケットから取り出し、フィギス本部長の横に置いた。フィギスには、それを見てはいけないことがわかっていた。なぜかわかった。だからしばらく顎を右肩のほうに強く引いていた。が、ついに顔を戻して、ジョーが家の入口から二歩手前のポーチに置いたものを見おろした。その顔から一気に血の気が引いた。

　ジョーを見上げ、また写真を見てすぐに眼をそらした。ジョーは仕上げにかかった。

　最初の写真の横に二枚目を置いた。「彼女はハリウッドにはたどり着けなかった、アーヴ。ロサンジェルスまでしか行けなかった」

　アーヴィング・フィギスは二枚目の写真をちらっと見た。彼の眼を焼くには充分だった。ぎゅっと眼を閉じて、小さな声で言った。「だめだ。だめだ」何度も、何度も。

　泣きだした。泣きじゃくるというほうが近かった。両手に顔を埋め、肩を震わせてしゃくり上げた。

泣くのをやめても、顔は上げなかった。犬がフィギスに近づいて横に坐った。フィギスの腿の外側に頭をこすりつけ、ぶるっと体を震わせて唇を揺らした。

「われわれが特別な医者のところに連れていった」ジョーは言った。

フィギスは両手をおろし、赤い眼に憎しみをたたえてジョーを見た。「どんな医者だ」

「ヘロインをやめさせる医者だ、アーヴ」

フィギスは人差し指を立てた。「私を二度とクリスチャンネームで呼ぶな。あと何日、何年つき合うか知らないが、これからは永遠にフィギス本部長と呼んでもらう。いいな」

「彼女をこんなふうにしたのは、おれたちじゃない」ジョーは言った。「見つけただけだ。そして彼女がいたところから救い出した。ちなみに、そこはかなりひどい場所だった」

「その有効な利用法を考えたんだろう」フィギスは自分の娘が三人の男と――鉄の首輪と鎖と――いっしょに写っている写真を指差した。「おまえらはこういうものを売り歩いている。写っているのが私の娘だろうと、誰の娘だろうと」

「いいえ」ジョーは言った。説得力がないのはわかっていたが。「ラムの差配をしてるだけだ」

フィギスは手の甲で眼をこすり、手首の内側でまたこすった。「ラムからあがった利益で、組織は別のものを買う。しらばっくれるのはやめてくれ。さあ、値段を言え」

「え？」

「値段だよ。私の娘の居場所を教えることの」ジョーに向き直った。「言うんだ。娘はどこにいる」

「優秀な医者のところに」

フィギスはポーチに拳を叩きつけた。

「きれいな施設だ」ジョーは言った。

フィギスは床板を殴った。

「あなたには言えない」

「いつまで？」

ジョーは長いことフィギスを見つめた。

ようやくフィギスは立ち上がった。犬も立った。フィギスは網戸の向こうに消えた。ダイヤルの音が聞こえた。電話で話すフィギスの声はいつもより高く、かすれていた。「ＲＤ、もう一度こいつに会うんだ。この件でもう議論はしない」

ジョーはポーチで煙草に火をつけた。数区画先のハワード通りで、車のクラクションが何度か遠く響いた。

「ああ」フィギスが電話で言った。「私も行く」

ジョーは煙草の葉を舌先からつまみ取り、微風に飛ばした。

「身の安全は保証する」

フィギスは電話を切り、網戸の向こうにしばらく立っていたあと、戸を押し開けた。フィギスと犬がポーチに戻ってきた。

「ロングボート・キーで会うそうだ。例の〈リッツ〉を建てているところで、夜の十時に。ひとりで来いと言っている」

「オーケイ」

「娘の居場所はいつわかる？」

「ＲＤとの話し合いからおれが生きて戻ってきたときに」

ジョーは車に歩いていった。

「自分でやれ」

ジョーはフィギスを振り返った。「いまなんと？」

「あいつを殺すなら、男らしく自分で引き金を引け。自分のできないことを他人にやらせるとしたら、プライドの欠片《かけら》もないぞ」

「プライドなんて、たいていのことにはない」ジョーは言った。

「それはちがう。私は毎朝起きると鏡を見て、正しい道を歩いていることを確認する。おまえはどうだ？」

その問いに答えはなかった。

ジョーは車のドアを開け、なかに入ろうとした。

「待て」

ジョーが振り返ると、ポーチにいる男は完全な人間ではなくなっていた。きわめて大切な一部をジョーが奪い、車で持ち去ろうとしているからだった。

フィギスは傷ついた眼を、ジョーのスーツの上着にちらっと向けた。声が震えていた。「まだそこにあるのか」

ジョーはポケットに収まった写真の束を感じた。膿《う》んだ歯茎のように不快なそれを。

「ない」車に乗りこみ、走り去った。

19 いい日もない

サーカス興行主にしてサラソタの一大後援者、ジョン・リングリングは、一九二六年にロングボート・キーに〈リッツ・カールトン〉を建設したが、とたんに資金難に陥り、裏手がメキシコ湾に面したホテルをそのまま入江に放置した。部屋には家具がなく、壁と天井の境目の仕上げもほどこされていない。

タンパに越してきたばかりのころ、ジョーは禁制品の荷おろしをする場所を探して十数回、海岸線を訪ねていた。いまはエステバンと船を何艘か所有して糖蜜をタンパ港に運びこませているし、街をしっかり掌握しているから、失われる積荷はせいぜい十にひとつだが、同時に別の船に手数料を払って、壜詰めのラム、スペインのアニスやオルホを、直接ハバナからフロリダ中西部に輸送してもいる。そういう船は、手間暇のかかるアメリカ本土での蒸溜作業を減らせる一方で、特別税務調査官《Tメン》、FBI捜査官《Gメン》、沿岸警備隊など、さまざまな禁酒法執行機関の網に引っかかりやすい。操縦士のファルーコ・ディアスがいかにクレイジーで才能豊かでも、彼らが近づいてくるのを見つけるだけで、阻止することはできない（だからマシンガンの架台だけでなく、マシンガンそのものと狙撃手を用意しろと主張しつづけている）。

　ジョーとエステバンが大っぴらに沿岸警備隊やJ・エドガーの部下たちに宣戦布告する日まで、ロングボート・キーや、ケイシー・キー、シエスタ・キーといった、メキシコ湾岸沿いに点在する小さな堡礁島は、積荷の隠し場所や一時的な保管場所として最適だった。

　と同時に、いとも簡単に閉じこめられてしまう場所でもあった。島に出入りする方法はふたつしかない——船を使うか、橋を渡るか。橋一本の問題だ。官憲がメガフォンでがなり立て、サーチライトで捜索しながら迫ってきたら、島から飛び立てないかぎり刑務所行きは免れない。

　これまで彼らは十かそこらの積荷を一時的にリッツにおろしたことがあった。ジョー本人は訪れたことがなかったが、話はけっこう聞いていた。リングリングは建物の構造を仕上げ、配管や床の下張りもしたところで投げ出した。そうして、もし三百室すべての明かりがつけばハバナからも見えるだろう巨大なこのスペイン地中海ふうのホテルは、ただ放置された。

　ジョーは一時間前に現地に到着した。ディオンに頼んで仕入れた懐中電灯を持ってきていた。たしかに性能はいいが、それでもたびたび休ませなければならなかった。光が徐々に弱まってちらつきはじめ、完全に消えてしまう。一度スイッチを切って数分後にまた入れると復活する、のくり返しだった。三階のおそらくレストランになるはずだった場所で待ちながら、ふと人間は懐中電灯だと思った。光り、暗くなり、ちらついて、死ぬ。まともでない子供じみた考えだ。しかし、ＲＤ・プルイットに腹を立てて運転してくる途中、ジョーもまともでなくなり、いくらか子供じみてきていた。ＲＤは大勢のなかのひとりだということがわかっていたからだ。例外ではない、あれが標準なのだ。今晩、ＲＤという問題をうまく消したとしても、すぐにまた別のＲＤ・プルイットが現われる。

このビジネスは違法であるがゆえに汚い。汚いビジネスは汚い人間を引き寄せる。狭量で残忍な人間を。

ジョーは白い石灰岩のベランダに出て、波の音を聞いた。リングリングが輸入したロイヤルパームの葉が、暖かい夜風にさわさわと鳴っていた。

禁酒派は敗れつつある。アメリカは十八世紀に逆戻りしていた。禁酒法は廃止されるだろう。十年先かもしれないし、ことによると二年後かもしれないが、いずれにせよ死亡記事はすでに書かれていて、発行されていないだけだ。ジョーとエステバンは、メキシコ湾岸と東海岸の輸入会社をせっせと買い上げていた。いまは資金不足だが、アルコールが合法になったその日の朝にスイッチをパチンと入れれば、新しい時代に向けて、すべてが輝かしく立ち上がる。蒸溜所はすでにあり、輸送会社は目下もっぱらガラス製品を運んでいて、壜詰め工場は炭酸飲料の会社の下請けで働いている。その日の午後には、みな本来の目的のために動きだしているだろう——ジョーたちの見積もりで、アメリカ全土のラム市場の十六から十八パーセントを手に入れるために。

ジョーは眼を閉じて海風を吸いこみ、その目標を達成するまでにあと何人のＲＤ・プルイットを相手にしなければならないのだろうと思った。じつのところ、ＲＤ的な人間は理解できなかった。世の中に出てきて、自分の頭のなかにしかない競争に勝ちたがり、まちがいなく死ぬまで闘いたがっている。死だけがこの世で見つかる祝福であり、平和だからだ。ジョーを悩ますのはRDや同種の人間だけではなかった。彼らを止めるためにやらなければならないこともそうだった。アーヴィング・フィギスのような善良な人間に、長女のおぞましい写真を見せなければならない。尻にちんぽこを突き立てられ、首に鎖を巻かれ、腕には太陽でパリパリに灼かれたガータースネークのように、黒々と注射痕がついているような写真を。

　二枚目の写真をアーヴィング・フィギスのまえに置く必要はなかった。だがそうしたのは、早く片をつけるためだった。ジョーが大望を抱くこのビジネスで心配なのは、自分の一部を売り渡すたびに、どんどんそれがたやすくなることだった。

　このまえの夜も、グラシエラと〈リヴィエラ〉で一杯やり、〈コロンビア〉で食事をして、〈サテン・スカイ〉でジョーを見た。いまやジョーのフルタイムの運転手になったサル・ウルソがいっしょにいて、レフティ・ダウナーの車が護衛でついていた。ディオンにほかの用事があるときの代理だ。リヴィエラのバーテンダーは、グラシエラがテーブルにつくまえに椅子を引こうとあわてて、つまずいて膝をついてしまった。コロンビアのウェイトレスがテーブルに飲み物をこぼし、いくらかジョーのズボンに垂れたときには、給仕長、支配人、しまいに店のオーナーまで出てきて次々と謝った。ジョーは、ウェイトレスを馘《くび》にしないようにと彼らを説得しなければならなかった。わざとやったことではないし、彼女のほかのサービスは完璧で、自分たちのテーブルについてもらって本当によかった、と（サービス。ジョーの大嫌いなことばだった）。店のお偉方は当然、態度を和らげたが、グラシエラはサテン・スカイに向かう途中で、あなたに言われたらほかにどうしようもないでしょうと指摘し、彼女、来週もまだ働いてるかしらね、と言った。サテン・スカイは満席だったので、あきらめて帰ろうとしたら、ふたりが車に到達するまえに支配人のペペが駆け寄ってきて、いまお得意様四人が勘定を終えましたと言った。ジョーとグラシエラが見ていると、カップルふた組がついたテーブルにふたりの店員が近づき、客の耳元で何か囁いて、追い立てるように店から出ていかせた。

テーブルに案内されたあと、ジョーもグラシエラもしばらく黙っていた。ただ飲み物を口にしながら、バンドの演奏を眺めていた。グラシエラは店内を見まわし、外の車の横に立って片時もジョーとグラシエラから眼をそらさないサル・ウルソを見た。常連客もウェイターたちも、ふたりを見て見ぬふりをしていた。

グラシエラは言った。「わたしは両親が仕えていたような人間になってしまった」

ジョーは何も言わなかった。頭に浮かんだ答えはすべて嘘だったから。

ふたりのなかで何かが失われつつあった。昼間に息づいていた何かが。そこでは有名人が生き、保険外交員や銀行員が生きている。市民の寄り合いが開かれ、目抜き通りのパレードで小さな国旗が翻り、人々が自分の真実の話を売りこんでいる。

しかし、薄暗い黄色の街灯に照らされた歩道や、路地や、見捨てられた地域では、食べ物や毛布のない人々が物乞いをしている。そこを通りすぎれば、次の角で彼らの子供が働いている。

じつのところ、ジョーは自分の真実より、自分にまつわる話のほうが好きだった。真実の彼は、二流で、薄汚くて、つねに時代遅れだった。まだボストン訛が残っているし、どういうときにどういう服を着るかもわからず、ほとんどの人に〝変人〟と思われるような考えを抱きすぎている。真実の彼は、怯えた少年で、両親には日曜の午後の読書眼鏡のように置き忘れられ、いつ来て去るかもわからない兄たちの勝手気ままな親切を受けてきた。真実の彼は、がらんとした家に取り残された孤独な少年で、誰かが寝室のドアを叩いて、大丈夫かと訊いてくれるのを待っていた。

一方、彼にまつわる話のほうは、ギャングの王子だった。一日じゅう運転手とボディガードがついている、富と名声を手にした男。席につきたいと思うだけで、誰もがあっさりと席を譲ってくれる男だった。

グラシエラは正しい。彼らはグラシエラの両親が仕えたような人間になった。しかも自分たちはさらに恵まれている。グラシエラの両親もこれを望んでいたはずだ。結局、持てる者には敵わない。できることと言えば、みずから持てる者になること、彼らが自分にないものを求めて寄りついてくるような人間になることだけだ。

ジョーはベランダからホテルのなかへ戻った。懐中電灯をまたつけ、上流社会の人々が飲み、食べ、踊り、その他上流社会らしいことをなんでもするはずだった大広間を見渡した。

上流社会はほかに何をする？

すぐに答えが浮かばなかった。

人はほかに何をする？

人は働く。仕事が見つかれば。たとえ見つからなくても、家族を養い、ガソリン代と維持費が払えるなら車に乗る。映画を見たり、ラジオを聞いたり、ショーに出かけたり。そして煙草を吸う。

金持ちは……？

ギャンブルをする。

まばゆい光のなかに、それが見えた。国の残りの人々がスープの列に並び、小銭をくれとせがんでいるときに、金持ちは金持ちでありつづける。怠惰で、退屈している。

いま通り抜けているこのレストラン、ついに完成しなかったこのレストランは、レストランなどではなかった。カジノのフロアだった。まんなかに置かれたルーレット台が見えた。南の壁際にはクラップス・テーブル。北側にはカード・テーブル。ペルシャ絨毯に、ルビーやダイヤのさがったクリスタルのシャンデリアも見えた。

その部屋を離れて、中央の通路におりていった。途中で通りすぎた会議室はミュージックホールになった。ひとつにはビッグバンド、もうひとつにはボードビル、三番目にはキューバン・ジャズを入れて、四番目は映画館にしてもいいかもしれない。

宿泊室はどうだ。四階まで駆け上がって、メキシコ湾を見晴らす部屋を見ていった。息を呑む美しさ。すべての階に執事が立っていて、エレベーターで上がってくる客を待っている。二十四時間体制で、その階に泊まる客全員の世話をする。もちろん、すべての部屋にラジオがついている。天井のファンも。水で尻を洗ってくれるというフランス式のトイレをつけてもいい。電話でマッサージ師も呼べ、ルームサービスは十二時間、コンシエルジュもふたり、いや、三人だ。また二階に戻った。懐中電灯が弱ったので一度切った。もう階段の場所はわかっている。二階にダンスホールがあった。階の中央で、フロアを見おろす広々とした中二階がついている。暖かい春の宵、そこをのんびりと歩きながら、丸天井に描かれた星空の下で踊るほかの大富豪たちを眺めるのだ。

これほどはっきり何かを理解したことがあっただろうかと思うほどの明瞭さで、ジョーは理解した。金持ちは輝きと洗練を求めてここにやってくる。数世紀にわたって自分たちが貧者にしかけてきたのと同じくらいいかさまのゲームに、すべてを賭けるチャンスを求めて。

自分はせっせとそれをあと押しする。彼らに熱中させて、そこから利益を得る。

誰もこの仕組みには勝てない――ロックフェラーも、デュポンも、カーネギーも、J・P・モルガンも。彼ら自身が仕組みを作らないかぎり。そして、このカジノで仕組みを作るのは、ジョーひとりだった。

懐中電灯を何度か振って、スイッチを入れた。自分を待っていた相手を見て、なぜか驚いた。RD・プルイットとふたりの男がいた。RDはごわごわしたタン色のスーツに黒いストリングタイ、ズボンの裾が少し短く、黒靴の上に白い靴下が見えていた。連れのふたりは見たところラムの密輸人で、トウモロコシとサワーマッシュとメタノールのにおいがした。ふたりともスーツは着ておらず、短襟のシャツに短いネクタイを締め、ウールのズボンをサスペンダーで吊していた。

彼らはジョーに懐中電灯を向けた。ジョーは激しくまばたきしそうになるのをこらえた。

RDが言った。「来たな」

「来た」

「義理の兄貴は？」

「来なかった」

「そのほうがいい」RDは右側にいた男を指差した。「こいつはいとこのカーヴァー・プルイットだ」次に左。「で、その母方のいとこだったか？　ハロルド・ラビュート」ふたりに言った。「ここにいるのがケルヴィンを殺したやつだ。気をつけろよ、みんな殺すつもりかもしれねえ」

カーヴァー・プルイットがライフルを構えた。「そんなことにはならない」

「こいつはな」RDはダンスホールの壁に沿って横に移動し、ジョーを指差した。「くそネズミみたいにずる賢いぞ。その豆鉄砲からちょっとでも眼を離したら、ぜったい引ったくられる」

「それほどでもない」ジョーは言った。

「おまえ、約束は守るほうか？」RDはジョーに訊いた。

「誰とするかによる」

「だったら、おれが命じたとおりひとりで来てねえわけだ」

「ああ、ひとりじゃない」

「ほかのはどこにいる？」

「RD、それを言っちゃおもしろくないだろうが」

「おまえが入ってくるのを見てた。おれたちはここに三時間いるんだ。おまえは一時間前に来た。それで出し抜いたつもりかよ」くすくす笑った。「だからおまえがひとりなのはわかってる。どうだ？」

「本当だ」ジョーは言った。「ひとりじゃない」

　RDはダンスホールを歩いてきた。用心棒ふたりもついてきて、三人がホールのまんなかに立った。

　ジョーが持ってきた飛び出しナイフは、すでに刃を出して、このためだけにはめてきた腕時計のベルトに柄を軽く挟んでいた。手首を曲げさえすれば、ナイフが手のなかに落ちてくる。

「もう六十パーセントはいらない」

「わかってる」ジョーは言った。

「じゃあ何が欲しいと思う？」

「さあな。予想してみようか？　昔のやり方に戻りたい、とか。近いか？」

「近いな」

「だが、昔のやり方なんてのはない」ジョーは言った。「それがおれたちの問題だ、RD。おれは刑務所で二年間、何もせずに本ばかり読んでた。で、何がわかったと思う？」

「いや。だが教えるつもりなんだろう？」

「おれたちはつねに無茶苦茶だってことがわかった。つねに殺し合い、レイプし、盗み、ゴミを出してる。それがおれたちだ、RD。昔などないし、いまよりいい日もない」

　RDは言った。「アーハー」

「ここがどうなると思う？」ジョーは言った。「この場所をどう変えられるかわかるか？」

「わからんね」

「アメリカでいちばん大きなカジノになる」

「ギャンブルは許可されない」

「賛同しかねるな、RD。いまは国全体が沈み、銀行が落ちこんで、街が破産し、みな職を失ってる」

「大統領がコミュニストだからだ」

「ちがう」ジョーは言った。「的《まと》はずれもいいところだ。だが、ここでおまえと政治を論じても仕方がない、RD。いま言いたいのは、禁酒法が廃止になる理由だ――」

「神を畏れるこの国で禁酒法が廃止になるかよ」

「なるとも。この十年、国は関税や輸入税、流通税、州間輸送税、なんでもいいが、そういう税収を何百万ドルと失ってる。何十億ドルかもしれない。だからそのうちおれや、おれのような人間――たとえば、おまえ――に、合法的な酒を売って彼らの代わりに国を救ってくれと言ってくる。この州がギャンブルを合法化するのも、まったく同じ理屈からだ。正しい郡政委員、正しい市議、正しい上院議員を買収すれば、それができる。そしておまえもそこに一枚加われる、RD」

「おれはおまえと何かするのはごめんだ」

「ならどうしてここにいる？」

「てめえは癌だ、と面と向かって言ってやるためさ、ミスター。おまえはこの国をだめにする疫病だ。おまえと、あのニガー売女のガールフレンドと、小汚いスペ公たちと、小汚いイタ公たちな。おれはパリジャンをもらう。六十パーセントなんかじゃなく、全部だ。それから？　おまえのクラブを全部もらう。おまえが持ってるものすべて。あのしゃれた家にも行って、ニガー娘と一発やってから、喉を掻き切ってやろうか」

連れのふたりを振り返って、笑い、またジョーを見た。

「まだわかってねえようだが、おまえはこの街から出ていく。荷造りを忘れたな」

　ジョーはRDの明るく卑劣な眼を見た。奥底までじっと見つめるうちに、明るい部分は通りすぎて、卑劣な部分だけが残った。打ちすえられ、飢えに飢え、見るも無惨な姿にされて、世界に返すものといえば牙だけになった犬の眼を見ているようだった。

そのとき、ジョーは相手を憐れんだ。

ＲＤ・プルイットはジョーの眼に憐れみを見た。ＲＤの眼に浮かんだのは、怒りの咆哮だった。そしてナイフ。ＲＤの眼にナイフが映り、気づいたジョーが相手の手元を見たときには、ナイフはすでに下腹に刺さっていた。

ジョーはＲＤの手首を必死でつかんだ。ナイフを左にも右にも、上にも下にも動かせないように。ジョー自身のナイフは床に落ちた。ＲＤはジョーの手をはずそうと抵抗した。ふたりとも歯を食いしばっていた。

「やったぜ」ＲＤが言った。「やった」

ジョーは握っていた手首を離すなり、両手のつけ根の内側でＲＤの体のまんなかを突き飛ばした。ナイフがすっと抜け、ジョーは床に倒れた。ＲＤが笑い、連れのふたりも笑った。

「やったぜ！」ＲＤが言い、ジョーのほうに歩いてきた。

ジョーはＲＤのナイフから自分の血が滴っているのを見た。手を上げて、「待て」と言った。

ＲＤは止まった。「みんなそう言うよな」

「おまえに話してるんじゃない」ジョーは暗闇を見上げ、中二階の上の丸天井に描かれた星を見た。「オーケイ。いいぞ」

「だったら誰に話してる？」ＲＤが一拍遅れて言った。いつも一拍遅れでしゃべる。だからいっそう卑劣な感じがするのかもしれない。

ディオンとサル・ウルソが、昼間のうちに中二階に設置していたサーチライトをつけた。厚い雷雲のなかから秋の満月が飛び出したようなものだった。ダンスホールが真っ白になった。

銃弾が降り注ぎ、ＲＤ・プルイットと、いとこのカーヴァー、カーヴァーのいとこのハロルドは墓場のフォックストロットを踊った。燃える石炭の上を走りながら、ひどい咳の発作に襲われたかのように。このところトンプソンの扱いに慣れたディオンが、RD・プルイットの体のまえとうしろを、それぞれ上に下に連射してXの字を描いた。銃撃が終わったときには、三人の体の破片がフロアじゅうに飛び散っていた。

ジョーは仲間が階段を駆けおりてくる足音を聞いた。フロアでディオンがサルに叫んだ。「医者を呼んでこい。早く医者を」

サルの足音が遠ざかっていき、ディオンがジョーに駆け寄ってシャツを引きちぎった。

「ああ、いかん」

「なんだ？ ひどいのか？」

ディオンは上着を脱ぎ、今度は自分のシャツを引き裂いて丸め、ジョーの傷に押し当てた。「押さえてろ」

「ひどいのか？」ジョーはくり返した。

「よくない」ディオンが言った。「気分は？」

「足が冷たい。腹は燃えてる。叫びたいほどだ」

「叫べよ」ディオンが言った。「ほかに誰もいないんだから」

ジョーは叫んだ。その声の力に自分でも驚いた。ホテル全体にこだまが響いた。

「気分がよくなったか？」

「おかしいな」ジョーは言った。「よくならない」

「じゃあもうやるな。すぐ来るから、医者が」

「連れてきたのか？」

ディオンはうなずいた。「船の上だ。サルが信号灯でもう呼んでる。埠頭まで全速力だ」

「よかった」

「刺されたときにどうして音を立てなかったんだ。上にいるおれたちには見えなかった。合図を待ってたんだぞ」

「どうしてかな」ジョーは言った。「叫んであいつを満足させたくなかったのか。ああくそっ、痛い」

ディオンが手を差し出し、ジョーは握りしめた。

「刺すつもりがないのなら、なんでやつをそこまで近づけた？」

「何……？」

「どうして近づけた？　あっちもナイフを持ってたのに。本当はおまえがあいつを刺す予定だったんだぞ」

「写真を見せるべきじゃなかった、ディー」

「あいつに写真を見せたのか？」

「いや、なんだ、ちがう。フィギスだ。フィギスに見せるべきじゃなかった」

「馬鹿言え。あのくそ狂犬を始末するために必要だったんだろうが」

「見合わない」

「見合う見合わないで、あのくそごみ野郎に刺されてたまるかよ」

「だな」

「おい。起きてろ」

「顔を叩くな」

「眼を閉じるんじゃない」

「すごいカジノになるぞ」

「え？」

「ぜったいに」ジョーは言った。

20
ミ・グラン・アモール

五週間。

病院のベッドでそれだけすごした。最初は十四番通りのシルクロ・クバーノの一区画北にあるゴンサレス病院、次はロドリゴ・マルティネスの偽名で、十二区画東のセントロ・アストゥリアーノ病院に入った。キューバ人はスペイン人と戦い、南部のスペイン人は北部のスペイン人と戦い、彼らはみなイタリア人とアメリカの黒人に不満を抱いていたかもしれないが、こと医療に関するかぎり、イーボーには相互扶助の精神があった。タンパの白人地区では、たとえ心臓に穴があいても、近所の白人の爪のささくれの治療が優先されることを、みな知っていたからだ。

ジョーの手術を担当したのは、グラシエラとエステバンが招集したチームだった。キューバ人の外科医が独自の開腹手術をおこない、胸部医療専門のスペイン人が二回目から四回目の手術で腹壁を再建し、薬理学の最前線にいるアメリカ人の医師が破傷風ワクチンを入手して、モルヒネの投与を調整した。

洗浄、診断、創傷清拭、傷口の縫合といった初期の手当はすべてゴンサレス病院でおこなわれたが、ジョーがそこにいるという噂が流れてしまった。二日目の深夜にＫＫＫの連中が現われて、九番街を馬で走りまわり、松明《たいまつ》の油臭いにおいが窓格子をすり抜けて入ってきた。ジョーは眠っていて知るよしもなかったが——刺されたあと二週間の記憶はまったくない——その後数カ月の回復期に、グラシエラがそう話して聞かせた。

ＫＫＫが蹄の音を轟かせ、七番街で空中にライフルを撃ちながらイーボーから出ていくと、ディオンは馬一頭につきふたりの男をつけて、あとを追わせた。夜明けまえ、タンパやセント・ピーターズバーグを含む広い地域の住民八人の家に、謎の襲撃者が侵入し、ときには家族の面前で、家主を半殺しの目に遭わせた。テンプル・テラスで襲撃者を止めようとした妻は、バットで腕の骨を折られた。エジプト・レイクで止めに入った息子は、木に縛りつけられ、アリと蚊の餌食にされた。被害者のなかでもっとも有名だったのは歯医者のヴィクター・トールで、ケルヴィン・ボールガード亡きあと、街のクランを率いていると噂されていた。トール医師は愛車のフードに縛りつけられた。そこで自分の血に浸かりながら、自宅が焼け落ちるにおいを嗅がされることになった。

　これでタンパのクー・クラックス・クランは、まる三年にわたって完全に力を失うことになるが、ペスカトーレ・ファミリーもコグリン‐スアレス・ギャングも、まだそこまでわからなかったので、念のためジョーをセントロ・アストゥリアーノ病院に移した。移転後、ジョーは内出血の血を抜くために外科用ドレーンを挿入された。内出血の原因は、最初の医師には突き止められず、そこで二番目の医師が呼ばれた。彼はグラシエラがそれまで見たなかでいちばん美しい指の持ち主だった。

　このころのジョーは、腹をナイフで刺された人の死因に多い出血性ショックの危険からはほぼ脱していた。次に多い死因は肝臓の損傷だが、肝臓にはまったく問題がなかった。ずいぶんのちに医師たちが語ったところでは、これはジョーの父親の懐中時計のおかげで、時計の蓋には新しい引っかき傷がついていた。ナイフの切っ先がまず蓋に当たってすべり、ほんのわずかであったが進路が変わったということだった。

　最初の医師は、ジョーの十二指腸、直腸、大腸、胆嚢、脾臓、回腸終端部をできるだけくわしく調べたが、状態はよくなかった。なんせ廃棄された建物の汚れた床に横たわり、そのあと船で湾を横切ったのだ。手術室に運びこまれるまでに、一時間以上がたっていた。

　ジョーを診た二番目の医師は、ナイフが腹膜を貫通したときの角度から脾臓に損傷がありそうだと考え、ジョーの再手術をおこなった。スペイン人医師の読みは正しかった。ジョーの脾臓の傷を閉じ、腹壁を腐らせかかっていた有毒な胆汁を取り除いたが、すでに悪化していて、その月のうちにさらに二回手術しなければならなかった。

　二度目の手術のあとから、ジョーは眼覚めると誰かがベッドの裾のほうにいることに気づいた。視野は霞んで空気に膜がかかっているようだったが、大きな頭と長い顎はどうにか見えた。尻尾も。その尻尾が彼の脚の上のシーツをぱたんと叩いて、ヒョウの姿が浮かび上がった。ヒョウは飢えた黄色の眼でジョーを見つめた。ジョーの喉が引きつり、その上の皮膚に汗がにじんだ。

　ヒョウは鼻面に舌を這わせた。

そして、あくびをした。白く力強い歯があらわになり、ジョーは眼を閉じたくなった。このヒョウがそれまでに嚙み砕いて肉をむしり取った、あらゆる骨の白さだった。

　ヒョウは口を閉じ、黄色い眼でまたジョーを見て、前肢を彼の腹にのせ、体の上を頭のほうに歩いてきた。

　グラシエラが言った。「ヒョウって？」

　ジョーは彼女の顔を見上げていた——汗にまぶたをしばたたいて。朝だった。窓から入ってくる風は涼しく、ツバキの花のにおいがした。

　手術のあと三カ月はセックスも禁じられた。アルコール、キューバの食べ物、甲殻類、ナッツ、トウモロコシもいけないと言われた。体を重ねられなければふたりの仲が疎遠になるとジョーが怖れていたとしたら（実際に怖れていた。グラシエラもだ）、現実はむしろ逆だった。二カ月がたつころには、ジョーは彼女を満足させる別の方法を編み出していた。口を使うのだ。数年のあいだにたまたまそうしたことはあったけれども、いまやそれがグラシエラを喜ばす唯一の方法になった。彼女のまえにひざまずき、両手で彼女の尻を包んで、子宮の入口を口で覆う。神聖であると同時に罪深く、たっぷりと湿ったその入口に口を当てていると、ようやくひざまずく価値のあるものが見つかった気がした。男が女に与え、女から受け取るものに対する先入観を捨てることで、こうして腿のあいだに顔を埋めたときの純粋で豊かな気持ちになれるのだったら、先入観などとうの昔に捨て去っておけばよかったと思った。グラシエラの最初の抵抗は——だめ、いけない。男の人がそんなこと。体を洗ってこないと。変な味がするに決まってる——ほとんど中毒に近いものに取って代わった。ついに彼女が好意を返しはじめるまえの月には、ジョーは気づくと一日に五回は口による歓びを与えるようになっていた。

医師たちからようやく解放されると、ジョーとグラシエラは自宅の鎧戸をみな閉め、二階の冷蔵庫を食べ物とシャンパンで満たして、二日間、天蓋つきのベッドか猫足のバスタブですごした。二日目が終わるころ、通りに面した鎧戸を開け、夕暮れの赤い光のなかに横たわって、天井のファンで体を乾かしながら、グラシエラが言った。「これからはほかにはいない」

「何が？」

「男」つぎはぎになったジョーの腹を掌ですっとなでた。「死ぬまであなたがわたしの男」

「そうなのか？」

開けた口をジョーの首に押しつけて、息を吐いた。

「そう、そう、そう」

「アダンは？」

夫の名前を出してグラシエラの眼に軽蔑が浮かんだのは初めてだった。

「アダンは男じゃない。あなたがミ・グラン・アモール、わたしの男」

「きみは完璧な女性だ」ジョーは言った。「くそ、おれはきみに夢中だ」

「わたしもよ」

「だったら……」部屋のなかを見まわした。この日が来るのをずっと待っていたが、来てみると、どう扱えばいいかわからなかった。「キューバで離婚はできない。できるのか？」

首を振った。「たとえ本名で国に戻ることができても、教会が許さないわ」

「だから永遠に彼と結婚している」

「名目上ね」

「名目ってなんだ？」

グラシエラは笑った。「たしかに」

ジョーは彼女を自分の体の上にのせて、茶色の体を見上げ、茶色の眼に見入った。「きみはおれの妻《トゥ・エレス・ミ・エスポーサ》だ」

グラシエラは両手で眼をふいた。涙声の小さな笑いがもれた。「あなたはわたしの夫」

「永遠に《パラ・シエンプレ》」

彼女は温かい両手でジョーの胸に触れてうなずいた。

「永遠に」

21 導きの光

ビジネスは発展しつづけた。

ジョーはリッツの件に力を入れはじめた。ジョン・リングリングは、建物を売るのはかまわないが土地は売りたくないという意向だったので、ジョーは打開の道を探ろうと双方の弁護士に話をさせた。九十九年間のリース契約というアイデアも出たが、郡の合意が得られるかどうかが問題だった。ジョーは交渉者を三組送りこんだ。ひとつはサラソタ郡の調査官の買収にあたり、もうひとつはタラハシーで州の政治家に働きかけ、三組目はワシントンでペスカトーレ・ファミリーの娼館や賭場や阿片窟によく出入りしている、内国歳入庁の職員や上院議員に狙いを定めた。

最初に成功したのは、ピネラス郡におけるビンゴの合法化だった。次いで州全域でビンゴを合法化する法案が提出され、州議会の秋の会期で審議されることになり、早ければ一九三二年に採決がおこなわれることになった。買収がはるかに容易なマイアミにいる友人たちは、デイド郡とブロワード郡でパリ・ミュチュエル方式の賭けを法制化し、州の態度軟化に協力してくれた。ジョーとエステバンはマイアミの友人たちのために、あえて危険を冒して土地を購入したが、そこにはいま競馬場が建設されている。

マソも、リッツをひと目見ようとボストンから飛んできた。先ごろ癌に罹って生き延びたのだが、どこのどういう癌かはマソと担当の医師たちしか知らない。本人はすっかり回復したと言うものの、髪はなくなり、体は衰弱していた。頭も鈍くなったと言う者すらいたが、ジョーが見たところ、そこまでの証拠はなかった。マソはリッツの敷地と建物を絶賛した。ギャンブルのタブーを破るべきときがあるとしたら、禁酒法が痛ましくも眼のまえで崩壊しつつあるいまだという、ジョーのアイデアにも賛成した。酒の合法化で失う金はそのまま政府の懐に入るだけだが、カジノと競馬の課税で失う金は、賭けで胴元に勝とうなどと考える愚かな大衆がどっさり貢いでくれる。

交渉者から、ジョーの直感は正しそうだという報告も上がってきていた。国は充分前向きになっていた。フロリダの端から端までの自治体、国のあらゆる地域の自治体を、金で雁字《がんじ》がらめにしたようなものだ。ジョーは次々と部下を派遣して、永遠の配当を約束した――カジノ税、ホテル税、食料・飲料税、娯楽税、宿泊税、酒類販売税、さらに政治家がみな大好きな超過所得税まで。いかなる日でも、カジノの売上が八十万ドルを超えた場合には、超過分の二パーセントを州に納める。実際には、八十万ドルを大きく超えそうになったら、カジノのほうで裏の収入にまわすのだが、鵜《う》の目鷹《たか》の目の政治家たちに教えてやる必要はない。

一九三一年の終わりには、若手上院議員ふたり、下院議員九人、ベテラン上院議員四人、郡の代表十三人、市議十一人、判事ふたりを味方に引き入れていた。かつて敵だったクランのメンバーでタンパ・エグザミナー紙の発行人、ホッパー・ヒューイットまで買収して、フロリダのメキシコ湾岸に一流のカジノを建てれば失業者全員に職を与えられるのに、なぜみんなを飢えさせておくのか、といった内容の社説や硬派記事を掲載させた。働いて金を手に入れた人々は、抵当流れになった家という家を買い上げ、それによって、不動産売買契約を取りしきる弁護士が食うや食わずの生活から救われ、契約書類をきれいに仕上げる事務員にも仕事がまわるというわけだ。

帰りの汽車に乗る駅へとジョーが送っていく車のなかで、マソは言った。「やらなきゃならないことは全部やれ」

「ありがとう」ジョーは言った。「やるよ」

「ここでずいぶん成果をあげたな」マソはジョーの膝をぽんと叩いた。「かならず考慮されると思ってくれ」

いまさら自分の仕事の何が〝考慮される〟のか、ジョーにはわからなかった。泥のなかからこれだけのものを築いたというのに、マソは食料雑貨店から金を巻き上げたぐらいの物言いだ。結局、この老人の頭が弱くなったという噂ももっともなのかもしれない。

「それはそうと」ユニオン駅が近づいたところでマソが言った。「わからず屋がひとり残ってるそうじゃないか」

思い当たるのに数秒かかった。「みかじめ料を払わない例の密造者?」

「それだ」マソは言った。

その男はターナー・ジョン・ベルキンといった。まだ組織の手が及ばないパルメットで、三人の息子と自家製の蒸溜器で酒を造っている。ターナー・ジョンとしては、たんに自分の世代で売ってきた酒を人々に売り、奥の客間で開帳し、娼婦を通りに送り出しているだけで、誰かに迷惑をかけているつもりはなかった。よって傘下に入る気は毛頭なく、みかじめ料も払わないし、ペスカトーレの酒も売らない。父親や祖父の代——タンパがフォート・ブルックと呼ばれ、黄熱病で死ぬ人の数が老衰の三倍だった時代——から続くビジネスだけを頑なに続けていた。

「いま交渉してる」

「もう六ヵ月交渉してると聞いたが」

「三ヵ月だ」

「なら始末しろ」

車が停まった。マソ専門のボディガードのセッペ・カーボーンがマソ側のドアを開け、陽光のなかで待った。

「部下に交渉させてる」ジョーは言った。

「部下にやらせるな。必要ならおまえ自身が出ていって終わらせろ」

マソは車から出た。ジョーは列車までついていって見送った。その必要はないとマソには言われたが、マソがたしかに出発するのを自分の眼で確認したかった。もう一度息をして、緊張を解くために、確認しなければならなかった。マソがいるのは、ふだん遠方に住むおじが何日も居着いて、なかなか去ろうとしないのに似ていた。さらに悪いことに、このおじは恩義をほどこしている気でいた。

マソが発《た》って数日後、ジョーはふたりの部下をターナー・ジョンのところに送って少々脅しをかけようとしたが、逆に脅される結果となった。ターナー・ジョンは、息子たちの助けも武器の助けも借りずに、部下ひとりを殴って病院送りにした。

一週間後、ジョー本人がターナー・ジョンと会った。

サルを車のなかに残しておいて、ジョーはみすぼらしい小屋のまえに立った。屋根は銅板ぶきで、ポーチは片側が壊れ、もう一方の側にコカコーラの冷蔵庫だけがのっていた。冷蔵庫は赤く輝いていて、毎日ふいているのではないだろうかと思った。

長い下着のほかにはほとんど何も身につけていない三人の息子が（ただし、ひとりは何を血迷ったか、雪の結晶の模様がついた赤いウールのセーターを着ていた）ジョーの体を叩いて調べ、サヴェージの三二口径を抜き取ると、また調べた。

そのあとジョーは小屋のなかに入り、脚がぐらぐらする木のテーブルを挟んで、ターナー・ジョンのまえに坐った。ぐらつきを止めようとしたがあきらめ、ターナー・ジョンに、どうして部下を叩きのめしたのかと尋ねた。ひょろりと背が高く、スーツと同じ茶色の眼と髪で、険しい顔つきのターナー・ジョンは、脅そうという意図が彼らの眼にはっきりと表われていて、言うことを聞くまでもなかったと答えた。

こういうことが続くと、体面を保つために殺さなければならないかもしれないが、わかっているのか、とジョーは訊いた。ターナー・ジョンは、だろうと思うと答えた。

「だったら」ジョーは言った。「どうして意地を張る？　どうしてわずかのみかじめ料を払わないんだ」

「ミスター」ターナー・ジョンは言った。「あんたの親父はまだ生きてるか？」

「いや、亡くなった」

「だがあんたはいまも彼の息子だろう？」

「そうだ」

「たとえ曾孫が二十人できても、あんたは彼の息子だ」

その瞬間、どっと湧き起こった感情はジョーにとって不意打ちだった。それが眼に表われるまえに、ターナー・ジョンから視線をそらさなければならなかった。

「そうだ」

「親父に誇らしく思ってもらいたいだろう？　一人前の男に見られたいだろう？」

「ああ」ジョーは言った。「もちろん」

「おれも同じだ。おれの親父は立派だった。ひどく殴るのはちゃんとした理由があるときだけだったし、酒を飲んでるときにはぜったい殴らなかった。頭をしばかれたのはたいてい、いびきをかいたときだ。おれのいびきはすごいから、親父はへとへとに疲れてたときに聞きたくなかったんだろう。それ以外は本当に立派な親父だった。息子ってのは、親父に見られたときに、教えたことをしっかり守ってると思ってもらいたいもんだ。で、いまうちの親父がおれを見て、こう言ってんだよ。〝ターナー・ジョン、いっしょにくそまみれになって努力しないやつに金を貢ぐな。おまえをそんな男に育てた憶えはない〟って」ジョーに傷だらけの大きな掌を見せた。「おれの金が欲しいのか、ミスター・コグリン？　なら、おれや息子たちといっしょに飼料を作って、農場を手伝い、土地を耕し、作物を順番に育て、牛の乳搾りをするこった。わかるか？」

「わかる」

「ほかに話すことはない」

ジョーはターナー・ジョンを見て、天井を見上げた。

「本当に親父さんが見ていると思うのか？」

ターナー・ジョンは銀歯がずらりと並んだ口のなかを見せた。「ミスター、おれにはわかるんだよ」

ジョーはズボンのまえのジッパーをおろして、数年前にマニー・ブスタメンテから奪ったデリンジャーを取り出した。銃口をターナー・ジョンの胸に向けた。

ターナー・ジョンは長く、ゆっくりと息を吐き出した。

ジョーは言った。「男が仕事に取りかかったら、最後までやりとげるべきだろう？」

ターナー・ジョンは下唇をなめ、一瞬も銃から眼をそらさなかった。

「これがどういう銃かわかるか？」ジョーは訊いた。

「女が持つデリンジャーだ」

「ちがう」ジョーは言った。「〝使ったかもしれないもの〟だ」立ち上がった。「ここパルメットでは好きにすればいい。わかるな？」

ターナー・ジョンは肯定の意味でまたたいた。

「だが、ヒルズボロでもピネラス郡でもあんたの酒は飲みたくないし、ラベルも見たくない。サラソタでもだ、ターナー・ジョン。そこは合意できるか？」

ターナー・ジョンはまたまばたきをした。

「合意できるとはっきり言ってくれ」

「合意できる」ターナー・ジョンは言った。「約束する」

ジョーはうなずいた。「あんたの親父はいまどう思ってる？」

ターナー・ジョンの視線は銃口から銃身を伝ってジ

ョーの腕に、そして眼に移った。「危うくまたおれのいびきに悩まされるところだったと思ってるよ」

ジョーがギャンブルを合法化し、ホテルを買収しようとあれこれ努力しているあいだ、グラシエラはみずから宿泊施設を開業した。ジョーが狙っているのはウォルドーフでサラダを食べる客層だったが、グラシエラが建てたのは父親や夫がいない家族が滞在する場所だった。このところ、戦争中の兵士のように男たちが家族のもとを去る恥ずべき風潮が国じゅうに広がっていた。彼らは〝フーヴァーヴィル（恐慌時にできた、ホームレスの人々の小屋が立ち並ぶ町）〟から、安アパートから、タンパの場合には〝カシータ〟と呼ばれる地元民の掘っ立て小屋から、牛乳を買ってくる、誰かに煙草をもらってくる、仕事があるという噂だ、などと言って出ていき、二度と戻ってこなかった。守ってくれる男がいなくなると、女はときに強姦の被害者となったり、地下室で春をひさぐような生活を強いられたりする。子供は子供で突然父親がいなくなり、場合によっては母親までいなくなって、通りや裏の路地に入り、次に聞こえてくる彼らのニュースはたいていろくなものではない。

ある夜、バスタブに浸かっていたジョーのところにグラシエラが来た。ラムを入れたコーヒーのカップをふたつ持ってきて、服を脱ぎ、ジョーと向かい合わせに湯に入ると、ジョーの名字を使ってもいいかと尋ねた。

「おれと結婚したい？」

「教会では無理」

「オーケイ……」

「でもわたしたちは結婚してる。ちがう？」

「してる」

「だから名乗るときに、あなたの名字を使いたいの」

「グラシエラ・ドミンガ・マエラ・ロサリオ・マリア・コンセッタ・コラレス・コグリン？」

グラシエラはジョーの腕をはたいた。「そんなに長い名前じゃないわ」

ジョーは身を乗り出して彼女にキスをし、またバスタブに背をあずけた。「グラシエラ・コグリン？」

「シ」

「光栄だ」

「ああ」グラシエラは言った。「よかった。建物をいくつか買ったの」

「いくつか買った？」

グラシエラは鹿のように無垢な茶色の眼でジョーを見た。「三軒ね。建物群《クラスター》っていうの？　そう、ペレス工場だったところの建物群」

「パーム・アヴェニューの？」

グラシエラはうなずいた。「そこに見捨てられた奥さんや子供たちを住まわせたいの」

ジョーは驚かなかった。最近グラシエラが話すのはそのことばかりだったからだ。

「ラテンアメリカの政治に対する使命のほうはどうなった？」

「わたしはあなたと恋に落ちた」

「だから？」

「活動範囲がかぎられる」

ジョーは笑った。「おれのせいなのか？」

「完全にね」グラシエラは微笑んだ。「うまくやれると思うの。いつか利益すらあがるかもしれない。そうすれば残りの世界にとって見本になるわ」

グラシエラは土地改革と農民の権利擁護、富の公平な分配を夢見ていた。基本的に公平さというものを信じている。ジョーに言わせれば、そんなものは地球のおむつがとれると同時に地上から消え去っているのだが。

「残りの世界の見本になるというところはどうかな」

「どうしてうまくいかないの？」グラシエラは言った。

「公正な世界はなぜ実現しないの？」半分ふざけてい

ることを示すために、ジョーのほうに泡を飛ばしたが、じつのところ、この話題にふざけが入る余地はなかった。

「誰もが満ち足りた生活をして、仲よく歌を歌ったり、いつもあほう面でにこにこしてるような世界？」

またジョーの顔に石鹸水を飛ばした。「言いたいことはわかるでしょう。すばらしい世界。どうして実現しないの？」

「欲望がある」ジョーは言い、いまいるバスルームに両腕を上げた。「ほら、おれたちのこの生活」

「でもあなたは社会にお金を戻してる。去年は貯金の四分の一をゴンサレス病院に寄付した」

「命の恩人だ」

「そのまえの年には、図書館を建てた」

「おれが読みたい本を入れてもらうために」

「でもあそこの本はみんなスペイン語よ」

「おれがどうやってスペイン語を学んだと思う？」

グラシエラは片足をジョーの肩に当て、ジョーの髪で土踏まずの外のかゆくなったところを掻いた。そのまま置いてある足にジョーはキスをし、こういうときにたびたび感じる、天国ですらこれほどではないというほどの心の安らぎを感じた。鼓膜にグラシエラの声、ポケットに彼女の友情、肩に彼女の足があれば、天国など。

「わたしたちには、いいことができる」グラシエラは眼を落として言った。

「できる」ジョーも言った。

「これだけ悪いことをしたあとで」小さな声で言った。

グラシエラは胸の下にたまった石鹸水を見つめていた。自分のなかに閉じこもり、バスタブから気持ちは離れて、いまにもタオルに手を伸ばしそうだった。

「なあ」ジョーは言った。

グラシエラは眼を上げた。

「おれたちは悪くない。よくもないかもしれないが、そこはなんとも言えない。ただおれにわかってるのは、みんな怖れてるってことだ」

「誰が怖れてる?」

「怖れてないやつがいるか? 世界じゅうのみんなだよ。あの神、この神、あの死後の世界、この死後の世界――みなそういうものを信じてると自分に言い聞かせてる。本当に信じてるのかもしれない。だが同時に〝自分がまちがっていたら?〟とも考える。〝もしこれだけだったら?〟と。もし本当にこれだけなら、自分は本気で豪邸に住んで、特大の車を買って、最高のタイピンだの螺鈿仕上げの杖だのを手に入れて――」

グラシエラは笑いだしていた。

「――それから尻と腋の下を洗ってくれるトイレもだ。どうしてもそれが必要だから」ジョーもくすくす笑っていたが、笑いは水のなかに消えていった。「〝いや待て、自分は神様を信じてる。念のために。けど欲望も信じてる。これも念のため〟」

「それはみな――わたしたちが怖れてるから?」

「それがすべてかどうかはわからないけれど、とにかくおれたちが怖れてるのはたしかだ」

グラシエラは石鹸の泡を首のまわりにスカーフのように引き寄せて、うなずいた。「わたしたちがこの街にいてよかったと思ってもらいたいの」

「わかるよ。奥さんや子供たちを救いたいというのはいいことだ。だからおれはきみを愛してる。だが、一部の悪い連中は女性をあくまで支配下に置きたがるだろうな」

「わかってる」グラシエラは歌うような調子で言い、ジョーは彼女がそこまでちゃんと考えていたことを知った。「だから何人か、あなたの部下に手伝ってもらいたいの」

「何人か?」

「手始めに四人。でも、わたしの恋人《ミ・アマード》」グラシエラはにっこりと笑った。「なかでもいちばんタフな人を選んでね」

一九三一年は、アーヴィング・フィギス市警本部長の娘、ロレッタがタンパに帰ってきた年でもあった。

ロレッタは父親につき添われ、ふたりで腕を組んで列車からおりてきた。頭から爪先まで真っ黒な装いで、まるで喪に服しているかのようだった。アーヴがあれほどしっかりと腕を支えていたのからすると、本当に喪に服していたのかもしれない。

アーヴはロレッタをハイドパークの家に閉じこめた。それから季節が変わるまで、ふたりの姿を見た者はいなかった。アーヴはロサンジェルスにいた娘を迎えにいくのに休暇をとっていたが、戻ってきてから秋いっぱい休暇を延長した。妻は息子と出ていった。近所の人たちによれば、家から聞こえてくる物音は、祈りの声だけだった。あるいは祈禱文を読み上げていたのか。細部については議論が分かれた。

十月の終わりにようやく家から出てきたロレッタは、白い服を着ていた。その日の夜、ペンテコステ派の野外集会に現われて、白い服を着ることにしたのはわたしの決断ではなく、イエス・キリストの決断だった、わたしは残りの生涯をイエスの教えに捧げると宣言した。フィドラーズ・コーヴ・フィールドのテントのなかのステージに立ち、わたしは悪徳の世界に堕ちてしまった、その原因は悪魔のアルコールとヘロインとマリファナだったと話した。自堕落な性行為が売春へと発展し、それがさらにヘロインと途方もなく罪深い行為につながった。そのときの記憶は、わたしが自殺しないようにイエスが消したもうた。なぜイエスはそこまでして、わたしを生かしておきたいのか？　わたしをつうじて、タンパ、セント・ピーターズバーグ、サラソタ、ブレイデントンの罪人たちに神の真実を伝えたいからです。もしイエスが求めるなら、わたしはフロリダじゅう、さらにはアメリカのどこへでも、そのメッセージを伝えにいくでしょう。

伝道集会のテントに集まった人々のまえに立った数多《あまた》の伝道師とロレッタがちがっていたのは、烈火さながらの口吻ではないことだった。ロレッタは決して声を張り上げなかった。多くの聴衆が身を乗り出して聞かなければならないほど静かな声で話した。彼女の帰還後すっかり気むずかしくなり、近寄りがたくなった父親のほうを横目でときどき見ながら、もの悲しい調子で、堕落した世界の証拠を示した。神の意志を知ったというより、わが子たちのいまの惨状に当惑し落胆するキリストの声が聞こえると主張した。それでもこの世界から救える善はたくさんある。美徳もたくさん収穫できる、最初にまかれるのが美徳の種でありさえすれば。

「まもなくこの国はあの絶望的な、見境のないアルコール消費に戻ると言われています。夫はラムのせいで妻を殴り、ライのせいで性病を家に持ち帰り、ジンのせいで自堕落になり、職を失い、銀行はますます弱い者たちを通りに放り出すことになると。ですが、銀行を責めてはいけません。銀行を責めてはいけない」ロレッタは囁いた。「罪から利益を得ている人、肉体の行商をし、酒でその肉体を蝕んで利益を得ている人を責めなければ。酒の密造者や売春宿の経営者、そして神が見守りたもうこの美しい街に、彼らが汚物をまき散らすのを許している人々を責めなさい。彼らのために祈り、神の導きを求めるのです」

明らかにその神の導きによって、タンパの一部の善良な市民がコグリン‐スアレス系列のクラブを何軒か襲撃し、ラムやビールの樽に斧を打ちこんだ。話を聞いたジョーはディオンを呼んで、ヴェルリコでスチール製の樽を作っている男に連絡させ、すべてのもぐり酒場にそれを運びこんで、なかに木樽を収めた。あとは誰が酒場に入ってきて、聖なる斧を振るい、聖なる肘の骨を見事に折るかを見届けるだけだった。

ジョーが葉巻輸出会社の事務所に坐っていると——完全に合法な会社で、葉巻が一向に定着しないアイルランドやスウェーデンやフランスといった国々に最高級品を輸出して、毎年かなりの赤字を出していた——正面のドアから、アーヴと娘が入ってきた。

アーヴはジョーに軽くうなずいたが、眼は合わさなかった。娘の写真をジョーが見せてからの年月で、少なくとも三十回は通りですれちがっているが、一度も眼を合わせたことがなかった。

「私のロレッタがきみと話したいそうだ」

ジョーは若く美しい女性に眼を向けた。白い服を着て、明るく潤んだ眼をしている。「いいでしょう。なんなら坐ってください」

「立ったままのほうがいいので」

「どちらでも」

「ミスター・コグリン」ロレッタは腿のまえで両手を握りしめて言った。「父が言うには、あなたのなかには、かつて善良な人間がいたということですね」

「いなくなったとは知らなかった」

ロレッタは咳払いをした。「あなたに博愛精神があることはわかっています。あなたが共棲することを選んだ女性にも」

「おれが共棲することを選んだ女性」ジョーは試しに言ってみた。

「ええ、そうです。彼女はイーボーやタンパを含む広い地域で、積極的に慈善活動に取り組んでいると聞きます」

「彼女には名前がある」

「しかし、その仕事は本質的に俗世のものです。彼女はいかなる宗教にも属さず、唯一真実の神を信じることを頑固に拒みつづけている」

「彼女はグラシエラという名前で、カトリックだ」ジョーは言った。

「ですが、活動に神の手がかかわっていることを公に認めないかぎり、いかに誠実な意図にもとづいていようと、彼女は悪魔に加担しているのです」

「なんと」ジョーは言った。「そこでまったくわからなくなった」

　ロレッタは言った。「幸いわたしのほうはわかっています。あなたがどれほど善行を積もうと、ミスター・コグリン、それらはすべて、あなたの悪行と神からの距離によって打ち消されている。おわかりでしょう」

「どういう意味で?」

「あなたは人々の違法な耽溺から利益を得ている。彼らの弱さにつけこみ、怠惰と大食と淫蕩の欲望をかき立てて金儲けをしている」やさしく悲しげな笑みを浮かべた。「でも、あなたはそこから離れることができる」

「離れたくない」

「離れるべきです」

「ミス・ロレッタ」ジョーは言った。「あなたはなかなかすばらしい人のようだ。あなたが説教するようになってから、インゴルズ師の会衆が三倍になったとも聞いている」

　アーヴが床を見つめたまま、五本指を立てた。

「あ」ジョーは言った。「失礼。五倍になったわけだ。それはまた」

　ロレッタの微笑みは消えなかった。穏やかで悲しい笑み。こちらが何か言うまえに内容を悟り、ことばが口から出るまえに無意味だと断じていた。

「ロレッタ」ジョーは言った。「おれはみんなが心から愉しむ品物を売っている。憲法修正第十八条が年内に破棄されるほど、みんなが好きなものをね」

「それはちがう」アーヴが顎を強張らせて言った。

「どうかな」ジョーは言った。「いずれにしろ、禁酒法はもう死んでいる。賛成派は禁酒法で貧しい人々をおとなしくさせようとしたが、失敗した。中流階級がもっとまじめに働くことを期待したが、むしろ中流階級は興味を募らせた。ここ十年は歴史上いちばん多く酒が飲まれている。それはみんなが酒を望んでいて、飲んではいけないと命じられたくないからだ」

「でも、ミスター・コグリン」ロレッタは諭すように言った。「同じことは姦通にも言えます。みんながそれを望んでいて、してはいけないと命じられたくないからだと」

「命じられるべきでもない」

「失礼？」

「命じられるべきでもない」ジョーは言った。「みんなが姦通したいなら、おれにはどうしてもやめさせるべき理由はわからないな、ミス・フィギス」

「ではみんなが動物と寝ることを望んだら？」

「そんなことを望むのか？」

「いくらかの人たちは。彼らが好きなように行動すれば、そういう病が広がります」

「悪いが、酒を飲むことと動物と姦通することのつながりがわからない」

「つながりがないとは言えないでしょう」

ロレッタは椅子に坐り、膝の上でやはり両手を握りしめた。

「ないさ」ジョーは言った。「ないと言ったつもりだが」

「でもそれはあなたの意見です」

「きみの意見を神への信仰と呼ぶ人がいるように」

「神を信じないのですか？」

「いや、ロレッタ、おれはきみの神を信じないだけだ」

ジョーはアーヴが激怒していると感じて、そちらを見たが、あいかわらず眼は合わさず、拳に握った両手を見つめているだけだった。

「神はあなたを信じています」ロレッタは言った。

「ミスター・コグリン、あなたはいずれ邪悪な道を捨て去る。わたしにはわかります。あなたのなかにそれが見える。あなたは改悛し、イエス・キリストのもとで清められる。そして偉大な預言者になる。それが見えるのです。ここタンパの丘の上に、罪のない街が見えるように。ええそうです、ミスター・コグリン、茶化されるまえに言っておくと、タンパに丘はありません」

「車ですっ飛ばしてもでこぼこには気づかないな」

　ロレッタは本物の笑みを浮かべた。それは数年前、炭酸飲料売り場やモリン・ドラッグストアの雑誌コーナーでジョーが彼女を見かけたときの笑みと同じだった。

　しかし、それがまた悲しく冷たい笑みに代わった。眼が輝き、ロレッタは手袋をはめた手を机の向こうから伸ばした。ジョーは握手し、手袋に隠された注射針の痕を思った。ロレッタ・フィギスが言った。「いつかわたしは、あなたを邪悪な道から引き戻します、ミスター・コグリン。いつかかならず。そうなることが骨の髄まで感じられるのです」

「感じられるからといって、実際にそうなるとはかぎらない」

「ならないとも言いきれないでしょう」

「そこは認めよう」ジョーはロレッタを見上げた。

「それなら、おれの意見も正しいかもしれないと、どうして思ってみないんだ？」

　ロレッタの悲しい微笑みがぱっと輝いた。「それはまちがっているから」

　ジョーとエステバン、さらにペスカトーレ・ファミリーにとって不幸なことに、ロレッタの人気はますます上がり、主張も正しいと思われるようになった。数カ月後には、彼女の布教活動によって、カジノの計画が危うくなってきた。最初はみな彼女を馬鹿にするために話題に取り上げ、これまでの境遇——いかにもアメリカ的な警察本部長の娘がハリウッドに進出し、田舎者が焼き印とまちがえそうな注射痕を腕に残して、廃人同然で戻ってきた——に驚いていた。けれども、ロレッタが集会に現われそうだという夜には道が車や人でごった返し、ごくふつうの住民がロレッタの姿を見、話を聞くようになるにつれ、人々の話しぶりも変わってきた。ロレッタは公の場に出ることをまったく厭わず、彼らを魅了した。ハイドパークだけでなく、ウェスト・タンパやタンパ港にも出かけ、彼女のたったひとつの悪徳であるコーヒーを買いに、イーボーにもやってきた。

　ロレッタは昼間はあまり宗教の話をしなかった。いかなるときでも丁寧で、すぐに相手や相手の愛する人の健康を尋ねた。人の名前を忘れることがなかった。彼女の言う厳しい〝試練〟の年月に多少若さを失ってはいたが、それでもはっとするほどの美人だった。しかも明らかにアメリカ的な美しさだ——ふっくらした唇は髪と同じ赤ワイン色、眼は誠実な青、肌は朝の牛乳に浮かぶ甘いクリームのようになめらかな白。

　ヨーロッパの金融危機の渦に世界じゅうが巻きこまれ、経済回復の希望が完全に断たれた一九三一年末、失神の発作が起きはじめた。それはなんの予兆も、劇的な動作もなく現われた。ロレッタはいつものように、酒や肉欲や（とくに最近多い話題として）ギャンブルの病について、つねに静かで少し震えた声で語っている。みずからの罪で焼け落ちたタンパ、かつて建物があったところに黒い焦土とくすぶる材木の山しかなくなった、煙たなびく荒れ地に、神が自分を遣わした幻視について話している。ソドムを見ようと振り返ってしまったロトの妻を引き合いに出して、決して振り返ってはなりませんと助言する。うしろではなく、眼のまえに広がる輝かしい街を見ましょう。そこには白い家が建ち、白い服を着た白い人々が、キリストの愛と、祈りと、子供たちが誇れるような世界を残したいという強い願望のもとに結びついている――そんな説教をしていると、ふいに眼が左右に揺れ動き、それに合わせて体も揺れはじめ、倒れてしまうのだった。痙攣したり、きれいな唇からいくらか涎《よだれ》を垂らすこともあったが、たいていは眠っているように見えた。ロレッタの人気が急に高まったのは、そうやってステージの上でうつぶせに倒れている姿がじつに麗しいことにもよる、などという見方もあった（野卑な連中の見方ではあったが）。白い縮緬《ちりめん》のドレスの生地があまりにも薄いので、完璧な形をした小さな胸や、細くて非の打ちどころのない脚が透けて見えるのだった。

そうしてステージに横たわっているロレッタは、この世に神が存在する証拠だった。それほど美しく、はかなく、同時に力強いものは、神にしか創り出せないからだ。

増える一方のロレッタの支持者は、彼女の信仰を自然にわがものとして受け入れた。なかんずく、地元のギャングがギャンブルという厄災で自分たちの社会を堕落させようとしているという信念を。ほどなく連邦や市の議員たちが、ジョーの部下に、「だめだ」とか「何が変わるのかじっくり考えてみないと」といった答えを返しはじめた。ジョーの金だけは返さなかったが。

窓が次々と閉まってきた。

もしロレッタ・フィギスが折悪しく生涯を閉じることになったら――だがいかにも〝事故〟らしく見えなければならない――然るべき哀悼の期間を経たのち、カジノの計画は見事に花開くだろう。あれほどイエスを愛しているのだから、おれがふたりを引き合わせてやる、とジョーは胸につぶやいた。

つまり、やらなければならないことはわかっていたのだが、まだ命令を出す気になれなかった。

ジョーはロレッタの説教を聞きにいった。一日ひげを剃らず、農具の販売員か、ことによると飼料倉庫の所有者に見えるような恰好をした――清潔なダンガリーのズボン、白いシャツ、ストリングタイ、黒いキャンバス地の上着に、麦藁のカウボーイハットを目深にかぶった。その夜、インゴルズ師が集会をおこなうキャンプ場の端までサルの車で行くと、小さな松林のあいだを抜ける細い道を通って、群衆のいちばんうしろについた。

池の岸に沿って、誰かが木箱の板で小さなステージを造っていた。ロレッタはそこに立ち、左側に父親、右側に牧師がいて、どちらも頭《こうべ》を垂れていた。ロレッタは最近の幻視か夢について話している（遅れてきたジョーは、どちらか聞き逃した）。暗い池を背景に、白い服に白い婦人帽のロレッタは、星のない真夜中の空にかかった月のようにまわりの夜から浮き立っていた。母親、父親、小さな赤ん坊の三人家族が不思議な土地にたどり着きました、と彼女は言った。会社の出張でこの不思議な土地に送られたビジネスマンの父親は、車の運転手が迎えにくるまで、鉄道駅のなかで待つように、決して駅の外には出ないように、と言われていた。しかし建物のなかは暑く、長旅のあとでもあったので、家族は新しい土地を見てみたいと思った。そこで外に出ると、いきなり石炭桶の内側のように黒いヒョウが飛びかかってきた。何事かと思う間もなく、黒ヒョウは家族三人の喉を鋭い牙で引き裂いた。瀕死のビジネスマンが、妻の血で喉の渇きを癒やしているヒョウを見ているところへ、別の男が現われて、黒ヒョウを撃ち殺した。この男は瀕死のビジネスマンに、自分は会社に雇われた運転手だ、なかで待っているだけでよかったのに、と言った。けれども彼らは待たなかった。なぜ待たなかったのか。

イエスとの関係でも同じことだ。あなたは待てるだろうか。家族をばらばらに引き裂いてしまう世俗の誘惑に屈しないでいられるか。われわれの主たる神、救い主が再臨するまで、愛する人たちを肉食獣の牙から守れるだろうか。

「それとも、皆さんは弱すぎるでしょうか？」ロレッタは尋ねた。

「ノー！」

「わたしにはわかります。この心がいちばん暗いとき、わたし自身が弱いからです」

「ノー！」

「弱いのです」ロレッタは高らかに言った。「けれども、あのかたが力をくださいます」天を指差した。「あのかたが、わたしの心を満たしてくれます。ただし、あのかたの望みをすべて叶えるには、皆さんの助けが必要です。あのかたのことばを伝え、あのかたの仕事をなしとげ、黒ヒョウがわたしたちの子供を食べたり、わたしたちの心を永遠の罪で穢したりするのを防ぐために、皆さんの力を借りなければなりません。助けていただけますか？」


群衆は口々に「イエス」、「アーメン」、「オー、イエス」と答えた。ロレッタが眼を閉じ、揺れはじめると、みな眼を見開いて前方に押し寄せた。ロレッタがため息をつくと、うなった。両膝をつくと、あえいだ。そしてロレッタがついに横向きに倒れると、そろって息を吐いた。みな手を伸ばしたが、ロレッタとのあいだに見えない壁があるかのように、ステージにはそれ以上一歩も近づかなかった。彼らはロレッタではないものに手を伸ばしていた。それを求めて叫び、代わりにあらゆることを約束していた。

ロレッタはそこへの入口だった。罪も、闇も、恐怖もない世界に彼らが入るための門だった。その世界で孤独を感じることはない。神がいるから。そしてロレッタがいるから。

「今晩やる」ジョーの家の三階の屋根つき通路で、ディオンが言った。「彼女に消えてもらう」

「おれがそのことを考えなかったと思うのか」ジョーは言った。

「考えるだけじゃ意味はない」ディオンは言った。「行動しないと、ボス」

ジョーはリッツを思い描いた。窓から暗い海に光が降り注ぐ。ポルティコからメキシコ湾へと音楽が流れる。テーブルでダイスが振られ、人々が勝者に喝采を送る。そしてそれらすべての上に、タキシード姿の自分がいる。

この数週間で何度もそうしたように、ジョーは自問した——人ひとりの命とは何だろう。

人はつねに死んでいる。建設現場でも、太陽の下で線路を敷設しているときにも。世界じゅうの工場で毎日、感電したりほかの事故に遭ったりして死んでいる。なんのために？　よいものを建て、よいものを作るためだ。それが同国人の仕事につながり、人類の食生活を支える。

ロレッタの死はそれとどうちがう？

「とにかくちがう」ジョーは言った。

「え？」ディオンがちらっと眼を向けた。

ジョーは謝るように手を上げた。「できない」

「おれはできるぞ」

「おまえがダンスのチケットを買えば、おまえにはどういう結果になるかわかってる。わかって当然だ。だが、おれたちが夜どおし起きてるあいだに寝てる人たち？　まじめに仕事をして、庭の芝を刈るような人たちは、チケットを買わない。つまり、あやまちを犯したとしても、同じ罰は受けない」

ディオンはため息をついた。「あの女のせいで計画すべてがおじゃんになるんだぞ」

「わかってる」ジョーは、陽が沈んで通路に闇がおりてきたのがありがたかった。明るいところでいまの眼を見られたら、この決定でどのくらいためらっているか、ディオンに悟られてしまう。あとほんの少しで一線を越え、二度と振り返らないところまで来ていることを。くそ、たかが女ひとりだぞ。「だが、これについてはもう決めた。彼女には手を出さない。誰も、髪一本触れない」

「後悔するぞ」ディオンは言った。

「わかってるさ」

一週間後、ジョン・リングリングの部下が話し合いを申し入れてきたとき、ジョーには破談だということがわかった。完全に決裂しなかったとしても、当面棚上げになるのはまちがいない。国全体はまた酒類解禁に向かっていた。そのことに興奮し、喜びに沸き立っていた。が、ロレッタ・フィギスの影響下にあるタンパは、逆方向に進んでいた。あとは署名ひとつで合法になる酒についてロレッタに勝てなければ、ギャンブルの合法化などとうてい覚束《おぼつか》ない。ジョン・リングリングの部下たちは、ジョーとエステバンに、ボスはもうしばらくリッツを保有しておくことにしたと告げた。経済が立ち直るのを待ってから、もう一度、選択肢を検討したいと。

話し合いはサラソタでおこなわれた。辞去したジョーとエステバンは、ロングボート・キーまで車を走らせ、外に出て、〝メキシコ湾に現われた地中海〟の輝く波を見つめた。

「すばらしいカジノになっただろうな」ジョーが言った。

「またチャンスはあるさ。ものごとには揺り戻しがある」

ジョーは首を振った。「万事そうとはかぎらない」

22 心の火を消すなかれ

ロレッタ・フィギスとジョーが生きて最後に顔を合わせたのは、一九三三年の初めだった。一週間にわたって雨が降りに降ったあと、その日の朝は久しぶりに雲ひとつなく晴れ上がり、イーボーシティの通りから、天地がひっくり返ったように濃い靄が立ち昇っていた。ジョーはパーム・アヴェニュー沿いの板張りの歩道を、考えごとをしながら歩いていた。サル・ウルソが向かいの歩道を歩き、車に乗ったレフティ・ダウナーが、ふたりに合わせて通りの中央をじりじりと進んでいた。

ジョーは、マソがまたタンパにやってくるという噂を確認したばかりだった。一年で二度目になる。それをマソ自身が伝えてこないのが気になった。また、今朝の新聞を読むと、大統領に選ばれたルーズヴェルトは、誰かにペンを渡されるなりカレン‐ハリソン法に署名して禁酒法を廃止するということだ。いつかその日が来ることはわかっていたが、ジョーはまだ準備が足りないと感じていた。タンパですら準備ができていないのだから、カンザスシティ、シンシナティ、シカゴ、ニューヨーク、デトロイトといった、もぐり酒場で栄える都市の悪党たちがこのニュースをどうとらえるかは、想像にかたくない。今朝はベッドに坐って記事を真剣に読み、ルーズヴェルトがそのもっとも人気の高い決断をおこなう週なり、月なりを正確に知ろうとしたが、グラシエラが前夜に食べたパエリアを吐き戻していたので気が散った。グラシエラの胃腸はふだん丈夫そのものなのに、このところ、三軒の保護施設と八つの資金調達グループを運営する気苦労ですっかり調子を悪くしていた。

「ジョゼフ」部屋の入口に立って、手の甲で口をふきながらグラシエラは言った。「わたしたち、覚悟が必要かもしれない」

「なんの覚悟？」

「子供がいると思う」

しばらくジョーは、グラシエラが保護施設からこっそり浮浪児でも連れ帰ったのかと思った。彼女の左腰のうしろをのぞきこんで、はたと気づいた。

「きみ……」

グラシエラは微笑んだ。「妊娠してる」

ベッドから飛び出して彼女のまえに立ったが、触れていいのかどうかわからなかった。壊れてしまいそうな気がした。

グラシエラはジョーの首に腕をまわした。「大丈夫。あなたは父親になるのよ」ジョーにキスをして、両手で彼の頭のうしろに触れた。触れられたところがひりひりした。というより、体じゅうがひりひりした。朝起きてみたら、まっさらの皮膚に包まれていたかのように。

「何か言って」グラシエラは期待しながらジョーを見た。

「ありがとう」ほかに思いつくことばがなかった。

「ありがとう？」グラシエラは声をあげて笑い、またジョーの唇に自分の唇を押しつけた。「ありがとう？」

「きみはすばらしい母親になる」

グラシエラは額をジョーの額に押しつけた。「あなたもすばらしい父親になるわ」

生きられれば、とジョーは思った。

そして、グラシエラもそう思っていることを知った。

そんなわけで、その朝ニノのコーヒーショップに入ったジョーはあまり食欲もなく、まず店内を確かめることも忘れていた。

テーブルは三つだけで——これほど美味いコーヒー

を出す店としては犯罪と言ってもいい——ふたつにはすでにクランの人間がついていた。もちろん、よそ者にはクランだとわからないが、ジョーにはたやすく彼らのかぶっていないフードが見えた。一方のテーブルには、クレメント・ドーヴァー、ドルー・アルトマン、ブルースター・エンガルズ。エンガルズは年配で、賢く用心深い。もう一方のテーブルには、ジュリアス・スタントン、ヘイリー・ルイス、カール・ジョー・クルーソン、そしてチャーリー・ベイリー。燃やそうとする十字架より先に、自分たちに火をつけてしまいそうな頭の足りないやつらばかりだ。しかし、自分の愚かさがわからない愚か者の常として、みな卑劣で残酷だった。

　店に一歩入ったとたん、ジョーには待ち伏せではなかったことがわかった。ジョーを見る眼に驚きが表われていた。たんにコーヒーを飲みにきたのだろう。あるいは、保護してやるから金を出せと店主を脅すつもりか。サルはすぐ外にいたが、なかにいるのとは事情がちがう。ジョーはスーツの上着の裾を押し上げ、手を腰の銃から一インチのところに置いたまま、この集団のリーダーであるエンガルズを見た。ラッツ・ジャンクションの第九分団の消防士だ。

　エンガルズはうなずき、唇にうっすらと笑みを浮かべて、ジョーのうしろの何かに視線を振った。ジョーがちらっと振り返ると、窓際の三番目のテーブルにロレッタ・フィギスがついて坐り、ことのなりゆきを見守っていた。ジョーは腰から手を離して、上着の裾をまた落とした。タンパ湾のマドンナが五フィート先に坐っているところで銃撃戦を始める者などいない。

　ジョーがうなずき返すと、エンガルズは言った。

「次に持ち越しだな」

　ジョーが帽子を下げて挨拶し、店から出ようとしたとき、ロレッタが言った。「ミスター・コグリン、どうか坐って」

ジョーは言った。「いや、失礼するよ、ミス・ロレッタ。せっかく穏やかな朝をすごしているのに、邪魔が入らないほうがいいだろう」

「ぜひどうか」ロレッタが言ううちに、店主の妻のカーメン・アレナスがテーブルにやってきた。

ジョーは肩をすくめ、帽子を脱いだ。「いつものを頼む、カーメン」

「かしこまりました、ミスター・コグリン。ミス・フィギスはいかが？」

「ええ、もう一杯いただきます」

ジョーは坐って、帽子を膝にのせた。

「そこの皆さんはあなたが好きではないの？」ロレッタが訊いた。

ジョーは彼女がこの日は白い服を着ていないことに気づいた。むしろ薄桃色という感じだった。ロレッタ・フィギスは純白というイメージがあまりにも定着しているので、なんであれほかの色の服を着ていると、裸になっているような気すらした。

「近いうちに彼らから日曜の夕食会に誘われるなんてことはないだろうな」ジョーは言った。

「なぜ？」ロレッタがテーブルに身を乗り出したときに、カーメンがコーヒーを持ってきた。

「おれは色つきの人間と寝て、色つきの人間と働き、色つきの人間と仲よくしてるから」うしろを振り返った。「まだほかにもあるか、エンガルズ？」

「うちの仲間を四人殺したことのほかに？」

ジョーは感謝してうなずき、ロレッタに向き直った。「そうだった、彼らはおれが四人の仲間を殺したと思っている」

「殺したのですか？」

「今日は白い服じゃないね」ジョーは言った。

「ほとんど白です」

「その色は受けがいいのかな、つまり、あなたの――――」ことばを探したが見つからず、いちばんよさそうなのを口にした。「支持者に？」

「どうでしょう、ミスター・コグリン」ロレッタは言った。声の明るさに偽りはなく、眼にも必死の平静さがなかった。

　クランの連中が立ち上がり、順に横を通りすぎていった。ひとりずつ、わざとジョーの椅子に突っかかるか、ジョーの脚に自分の脚をぶつけながら。

「またな」ドーヴァーがジョーに言い、ロレッタには帽子を下げて「失礼」と挨拶した。

　彼らが出ていくと、客はジョーとロレッタだけになった。昨夜の雨がバルコニーの樋から木の歩道にぽつぽつと落ちていた。ジョーはコーヒーを飲むロレッタを仔細に眺めた。二年前、己の死を弔う黒い喪服から生まれ変わりの白いドレスに着替えて、父親の家から出てきたあの日以来、眼に宿っていた鋭い光が消えていた。

「どうして父はあなたがあんなに嫌いなの？」

「犯罪者だから。彼はかつて市警本部長だった」

「でも当時は好感を抱いていたでしょう。わたしがまだ高校生だったときに、あなたを指差して、〝あれがイーボーシティの市長だ。街の平和を守っている〟と言ったこともある」

「そんなことを？」

「ええ」

　ジョーはまたコーヒーを飲んだ。「まだお互い、よくわかっていなかったということだろうな」

　ロレッタもコーヒーに口をつけた。「父の逆鱗《げきりん》に触れるような、どんなことをしたのですか？」

　ジョーは首を振った。

　今度はロレッタが、ジョーをしげしげと眺めた。居心地の悪い沈黙ができた。視線を合わせると、ロレッタはジョーの眼を探った。探るうちにようやく答えが浮かんだ。

「わたしの居場所を父に知らせたのは、あなただったのね」

　ジョーは何も言わず、顎に力を入れたりゆるめたりしていた。

「あなただったの」ロレッタはうなずいて、テーブルに眼を落とした。「何を証拠に？」

　またロレッタに見つめられる居心地の悪い間ができ、ついにジョーは答えた。

「写真を」

「それを父に見せた」

「二枚」

「何枚持っていたの？」

「数十枚」

　ロレッタはまたテーブルに眼を落とし、受け皿にのったカップをまわした。「わたしたち、みんな地獄に堕ちるわ」

「そうは思わない」

「思わない？」またコーヒーカップをまわした。「この二年間、説教をし、気を失い、神に魂を捧げて、わたしがどんな真実を学んだと思います？」

　ジョーは首を振った。

「ここが天国だということ」通りを指差し、頭の上の天井を指した。「わたしたちはいま天国にいるのです」

「地獄にいる気がしてならないのはどうしてだろう」

「わたしたち自身がすべてをぶち壊したから」やさしく穏やかな笑みが戻ってきた。「ここが楽園。それが失われてしまった」

　彼女の信仰の喪失にこれほど自分の胸が痛むとは。ジョーは驚いた。ジョー自身いわく言いがたい理由から、全能の神と直接話せる人間がいるとしたら、それはロレッタであってほしいとどこかで願っていた。

「活動を始めたときには本気で信じてたんだろう？」と訊いた。

　ロレッタは澄んだ眼でジョーを見返した。「あれほどの確信は、神の啓示だと思わなければ説明がつかなかった。まるで自分の血が火に入れ替わったかのようでした。燃え上がる炎ではなくて、決して消えない温かみのようなもの。幼い子供のように、自分は守られている、愛されていると感じて、人生とはこういうものだったのだと心の底から確信していました。わたしにはいつも父がいて、母もいて、世界はタンパそのもの。誰もがわたしを知っていて、わたしの幸せを望んでいた。でも大きくなって西に行き、それまで信じていたことがみな嘘だったとわかったとき？　自分は特別な人間でもなんでもなく、安全でもないのだとわかったとき？」ジョーに腕の内側の注射の痕を見せた。

「こうやって受け入れてしまった」

「だが、こっちに戻ってきたあとは、つまり……」

「試練のあと？」

「ああ」

「戻ってくると、父は母を家から追い出して、わたしを打ちすえ、また両膝をついて祈ることを教えました。自分の利益のためではなく、嘆願者のように、罪人として、祈ることを。すると火が戻ってきた。わたしは子供のころ眠ったベッドの脇で膝をついていた。一日じゅう。その週はほとんど眠らなかった。火が血のなかに入り、心臓を流れて、わたしはまた確信することができた。わたしがどれほどそれを欲していたかわかりますか。どんなドラッグより、どんな愛より、どんな食べ物より、もっと言えば、それを伝え広めよと与えてくれた神そのものより、その確信を欲していた。確信です、ミスター・コグリン。確信。あらゆる嘘のなかでもっとも華麗な嘘です」

しばらくふたりは無言だった。カーメンがコーヒーをついだカップをふたつ持ってきて、空《から》になったカップを持ち去るまで黙っていた。

「先週、母が亡くなりました。ご存知でした？」

「知らなかった、ロレッタ。残念だ」

彼女は、いいというように手を振ってコーヒーを飲んだ。「父の信念とわたしの信念が、母を家庭から追い出してしまった。母はよく父にこう言っていました。〝あなたは神を愛しているのではない。自分が神にとって特別であることを愛している。神があなたを見ていると信じたいだけでしょう〟と。母が亡くなったのを知ったとき、その意味がわかりました。わたしは神に慰めを見出していなかった。神のことなどわかっていない。ただ母に帰ってきてもらいたかっただけなのだと」自分に言い聞かせるように何度かうなずいた。

店にカップルが入ってきて、ドアの上の鈴がチリンと鳴り、カーメンがカウンターのうしろから出てきて席に案内した。

「神がいるかどうか、わたしにはわかりません」コーヒーカップの持ち手をいじった。「いてほしいと心から思うけれど。そして、やさしい神であればいいと。もしそうなら、すばらしいと思いませんか、ミスター・コグリン？」

「思うよ」

「あなたが指摘したように、姦淫したからといって、あるいはいくらか見当はずれなかたちで神を信じたからといって、神がその人を永遠の業火のなかに放りこむとは思わない。神の考える最大の罪は、神の名を用いて犯す罪だと信じています——信じたいと言うべきかもしれません」

ジョーは相手を真剣に見つめた。「または、絶望に駆られてみずからを害してしまう罪か」

「まあ」ロレッタは明るい声で言った。「わたしが絶望しているように見えます？」

ジョーは首を振った。「とてもそうは」

「あなたの秘訣は何？」

ジョーはくすっと笑った。「コーヒーショップで話すには少し親密すぎる内容だな」

「知りたいの。あなたはなんだか……」カフェのなかを見まわした。その眼にほんの一瞬、必死で希望にしがみつこうとするような思いが表われた。「満ち足りて見える」

ジョーは微笑み、何度も首を振った。

「本当に」ロレッタは言った。

「それはちがう」

「ちがわないわ。秘訣は何？」

ジョーはしばらく受け皿をいじって、何も言わなかった。

「教えてください、ミスター・コグ――」

「彼女だ」

「失礼？」

「彼女」ジョーは言った。「グラシエラ。おれの妻」

テーブル越しにロレッタを見た。「おれも神がいればいいと思う。心から。けど、もしいなかったら？　そのときには、グラシエラで充分だ」

「でも、もし彼女を失ったら？」

「失うつもりはない」

「でも、万一そうなったら？」ロレッタは身を乗り出した。

「そのときには、おれは頭だけで、心がなくなる」

ふたりは黙って坐っていた。カーメンが来てコーヒーをつぎ足した。ジョーは自分のカップに砂糖を少し足し、ロレッタを見た。なぜだかわからないが、彼女を抱きしめて、大丈夫だからと言ってやりたい強烈な衝動を覚えた。

「これからどうする？」ジョーは訊いた。

「どういうことです？」

「きみはこの街の重要人物だ。権力の絶頂にあったおれに立ち向かって勝利した。クランにもできなかったことだ。警察にも。だがきみはおれに勝った」

「アルコールはなくせなかった」

「だがギャンブルは葬った。きみが現われるまえなら、まちがいなく実現できた」

ロレッタは微笑み、その顔を両手で覆った。「わたしが阻止した。そうですね？」

　ジョーも微笑んだ。「そうだ。いまやきみのあとを追って崖から飛びおりる人が何千といるんだ、ロレッタ」

　ロレッタは潤んだ笑い声をあげ、ブリキの天井を見上げた。「もう誰にもあとを追ってもらいたくない」

「みんなにもそう伝えたのか？」

「父が許してくれなくて」

「アーヴが？」

　うなずいた。

「時間をかけるしかないな」

「昔、父は母を愛するあまり、母の近くに寄りすぎると震えていたのを憶えています。母に触れたくてたまらないのに、子供がいるまえではしたないと思っていたのです。でも母が亡くなると、葬儀にも出ませんでした。父が思い描く神はそれを認めないのです。何かを分かち合う神ではありません。父は毎晩椅子に坐って聖書を読みながら、怒りにわれを忘れています。自分が妻に触れたように、男たちが娘に触れたから。そして触れる以上のことをしたから」テーブルに寄りかかって、こぼれていた砂糖を人差し指でこすった。「暗い家のなかを歩きまわって、ひとつの単語を何度も何度もつぶやいて」

「どういう単語を？」

「懺悔《リペント》しろ」眼を上げてジョーを見た。「懺悔しろ、懺悔しろ、懺悔しろ」

「時間をかけるしかない」ジョーはくり返した。ほかに言うべきことばが思い浮かばなかった。

　それから数週間のうちに、ロレッタはまた白い服に戻った。彼女の説教には相変わらず人々が詰めかけた。しかし、今回は新しい趣向が加わっていた。ただの芸当だと冷笑する人もいたが、意味不明の異言を発したり、口角に泡をためたりしだしたのだ。声の大きさも迫力も倍になった。

ある朝、ジョーは新聞で彼女の写真を見た。リー郡でおこなわれたアッセンブリーズ・オブ・ゴッド教団の総会で説教をしたときの写真だったが、同じ恰好をしているにもかかわらず、ひと目でロレッタだとはわからなかった。

一九三三年三月二十三日、ルーズヴェルト大統領がカレン‐ハリソン法に署名して、アルコール含有量が三・二パーセント未満のビールとワインの製造販売が合法となった。年末までに憲法修正第十八条は過去のものとなる、と大統領は確約した。

ジョーはトロピカーレでエステバンと会った。ジョーらしくないことに、時間に遅れた。最近遅刻が多いのは、父親の懐中時計が遅れるようになったからだ。まえの週は一日に五分は遅れた。いまはそれが平均十分、ときには十五分になっている。修理に出したいとは思っていたが、どれだけかかるかわからない修理期間中、時計を手放すことになってしまう。過剰反応するのはおかしいと思いつつも、手放すと考えるだけで耐えられなかった。

ジョーが奥の事務室に入ると、エステバンはまた先日ハバナに戻ったときの写真を額にはめていた。旧市街にできた彼の新しいクラブ〈ズート〉のオープニングの夜に撮ったものだった。見せられた写真はほかと似たり寄ったりで、しゃれた服を着て酔っ払った有名人が、これもしゃれた服の妻やガールフレンド、踊り子のひとりふたりといっしょにバンドのそばで写っている。誰もがとろんとした眼で、愉しそうだった。ジョーがろくに見もせず、礼儀上、感心したという口笛を吹くと、エステバンはその写真をガラスとマットの上に伏せた。ふたり分の飲み物をつぎ、額の部品がいろいろのったテーブルに置いたあと、額の組み立てに取りかかった。糊《のり》のにおいは部屋に染みこんだ煙草のにおいよりきつく、ジョーには信じられなかった。

「笑えよ」しばらくしてエステバンは言い、酒のグラスを上げた。「われわれはもうすぐ、とてつもない金持ちになる」

　ジョーは言った。「ペスカトーレから解放されればな」

「あいつが嫌がったら」エステバンは言った。「金を取って合法ビジネスに参入させてやるさ」

「いまさら合法にはなれないだろう」

「年寄りだから」

「パートナーがいる。息子たちだっている」

「息子のことは知ってる。ひとりは少年好き、もうひとりは阿片中毒、最後のひとりはかみさんだのガールフレンドだの殴りまくってる。隠れホモだからだ」

「ああ、だがマソに脅しは効かないと思う。それに、マソが乗った列車は明日到着だ」

「そんなに早いのか」

「聞いたかぎりでは」

「まあ、おれはこれまでの人生で、あの手の連中とずっとビジネスをしてきた。なんとかなるさ」エステバンはまたグラスを上げた。「一杯やるだけの仕事はしたぞ」

「ありがとう」ジョーは言い、今度は酒を飲んだ。

　エステバンはまた額の作業を始めた。「だから笑えよ」

「努力してる」

「原因はグラシエラか」

「そうだ」

「彼女がどうした？」

　妊娠のことは、見てわかるようになるまで誰にも言わないでおこう、とふたりで決めていた。この日の朝、グラシエラは仕事に行くまえに、服の下の小さな丸いふくらみを指差して、きっと今日、何かのかたちで秘密がばれることになるわと言っていた。

　だからジョーも、隠していたことがどれほど重荷だったかということに驚きながら、エステバンに言った。

「妊娠してる」

　エステバンは眼を潤ませ、手をぱんと打ち鳴らすと、机をまわってきてジョーを抱きしめた。そして何度か、ジョーが想像していたよりずっと強い力で、背中を叩いた。

「これで男になったな」エステバンは言った。

「ん？　これが必要だったのか？」ジョーは言った。

「つねにではない。が、あんたの場合……」エステバンは手をひらひらと振った。ジョーが殴るまねをすると、エステバンはまた近づいてきてジョーを抱いた。

「本当にうれしいよ、わが友」

「ありがとう」

「彼女は喜んでるか？」

「どう思う？　もちろんさ。不思議だな。うまく言えないが、なんか、そう、いままでとちがう感じでエネルギーが出ているというか」

　ふたりはジョーが父親になったことに乾杯した。事務室の窓の外、緑豊かな庭と、木に飾ったライトと石壁の向こうでは、イーボーの金曜の夜が盛り上がっていた。

「ここが気に入ったか？」

「何？」ジョーは言った。

「初めて来たとき、あんたはびっくりするほど青白かった。髪型も刑務所ふうだし、ひどい早口でな」

　ジョーは笑った。エステバンもいっしょに笑った。

「ボストンが懐かしいか？」

「ああ」ジョーは答えた。ときどき無性に懐かしくなるからだ。

「だが、いまはここが故郷だ」

　ジョーはうなずいた。たとえそのことがわかって驚いたにしても。「だと思う」

「どんな感じかはわかる。おれはタンパのほかの場所は知らない。これだけ長いこといるのにな。だが、イーボーはハバナのように隅から隅まで知ってるし、どちらかを選べと言われたら、どうするかわからないほどだ」

「マチャドはどうなる……？」

「マチャドは終わりだ。まだ時間がかかるかもしれないが、とにかく終わってる。コミュニストがあとを引き継ぎたがってるが、それはアメリカがぜったいに許さないだろう。おれと友人たちは、すばらしい解決策を知っている。非常に穏健な男なのだが、ただこのところ、中庸を受け入れる人間はいないのではないかという気もしている」顔をしかめた。「中庸は人々に考えることを要求する。みんなそれで頭が痛くなる。人々が好きなのは両極端であって、細やかな心配りではない」

　エステバンは額にガラスをつけ、うしろにコルク板をのせて、さらに糊をつけた。はみ出た糊を小さなタオルでふき取り、完成度を確かめるためにうしろに下がった。満足すると、空いた二個のグラスをバーに持っていって、もう一杯ずつついだ。

　ジョーにグラスを持ってきた。「ロレッタ・フィギスのことを聞いたか？」

　ジョーはグラスを受け取った。「ヒルズボロ川の水の上を歩いているところを誰かが見たとか？」

　エステバンは頭をまったく動かさずに、ジョーを見つめた。「自殺した」

　ジョーの口に近づいていたグラスが止まった。「いつ？」

「昨日の夜」

「どんなふうに？」

　エステバンは何度か首を振り、机のうしろに戻った。

「エステバン、どんなふうに？」

　庭に眼をやった。「ヘロインをまたやっていたと考えざるをえない」

「なるほど……」

「でなければ不可能だ」

「エステバン」

「自分の性器を切り取ったのだ、ジョゼフ。そして――」

「くそ」ジョーは言った。「くそ。そんなこと」

「そして、気管に切りつけた」

ジョーは両手に顔を埋めた。一ヵ月前、コーヒーショップで会ったロレッタが見えた。少女時代の彼女が見えた――格子縞のスカートと、小さな白い靴下と、サドルシューズをはき、本を小脇に抱えて、警察署の階段を上がっていた。そして想像の上だけだが、それらの二倍は鮮明に、血がたまったバスタブのなかで永遠に叫ぶように口を開き、自分の体を傷つけているロレッタが見えた。

「バスタブだったのか？」

エステバンは不思議そうに顔をしかめた。「バスタブだったとは？」

「自殺した場所は」

「いや」エステバンは首を振った。「ベッドだった。父親のベッドで」

ジョーはまた両手で顔を覆い、そのまま動かなかった。

「頼むから自分を責めてるとは言わないでくれよ」ややあってエステバンが言った。

ジョーは黙っていた。

「ジョゼフ、おれを見ろ」

ジョーは両手をおろし、長々と息を吐いた。

「彼女は西へ行った。そして、西へ行った多くの娘たちと同じように、餌食にされた。けど、あんたが餌食にしたわけじゃない」

「だが、おれたちと同じ職業の人間がやった」ジョーはグラスを机の端に置き、床の敷物の上を往ったり来たりしてことばを探した。「おれたちがやる、いろんなことがあるだろう？ そのそれぞれがほかのことを支えてる。酒の利益が女たちへの支払いになり、その女たちが、ほかの女たちを引き入れるのに必要な麻薬を買う。そして彼女らが他人とファックしておれたちのために金を稼ぐ。そんな生活から逃げようとしたり、おとなしくしたがうことを忘れたりしたら？ 殴られる。エステバン、わかるだろう。きれいな生活に戻ろうとしたら、頭のいい警官に利用されることになるから、結局誰かに喉を掻き切られたり、川に放りこまれたりする。おれたちはこの十年、敵にも味方にも銃弾を雨霰《あめあられ》と降らせてきた。それはなんのためだ？ 腐れ金のためだよ」

「法の外で生きることの醜い面だな」

「おいおい」ジョーは言った。「おれたちは無法者じゃないぞ。ギャングだ」

エステバンはしばらくジョーの視線を受け止めてから言った。「あんたがこんなふうになったら、もう話はできない」額に入れた写真を机の上で表に返して見つめた。「おれたちは同胞の保護者じゃない、ジョゼフ。むしろ自分で自分を守れないと勝手に想定することは、同胞を侮辱する行為だ」

ロレッタ、とジョーは思った。ロレッタ、ロレッタ。おれたちはきみから奪ったり盗んだりするばかりだった。それらがなくても、きみはなんとかがんばっていけるだろうと思いこんでいた。

エステバンは写真を指差した。「こいつらを見てみろよ。彼らは踊り、飲み、そして生きてる。なぜって、明日にも死んでしまうかもしれないからだ。あんたも、おれもだ。もし、浮かれ騒いでるこうした連中のひとり、たとえばこの男が――」

エステバンは、白いディナージャケットを着たブルドッグ顔の男を指差した。女たちがうしろに並んで、その太ったろくでなしを肩にかつごうとしているかのようだった。女たちは全員、スパンコールやラメで輝いていた。

「――スアレス・リザーブを飲みすぎて酔っ払い、家に車で帰る途中でふらふらして死ぬとしよう。それはおれたちの責任か？」

ジョーはブルドッグ男のうしろの美女たちを見ていった。ほとんどが髪も眼もグラシエラと同じ色のキューバ人だった。

「おれたちの責任か？」エステバンが言った。

ひとりを除いて。その女は少し小柄で、カメラの枠の外に眼を向けていた。ちょうどフラッシュが焚かれたときに、誰かが部屋に入ってきて彼女の名前を呼んだかのように。茶色の髪と、冬のように色の薄い眼をした女。

「え？」ジョーは言った。

「それはおれたちの責任か？」エステバンが言った。

「もしどこかのくそったれ《マモン》が――」

「これはいつ撮った？」ジョーは言った。

「いつ？」

「そう、そうだ。いつ？」

「〈ズート〉がオープンした夜だよ」

「いつオープンした？」

「先月」

ジョーは机越しにエステバンを見た。「まちがいないか？」

エステバンは笑った。「おれのレストランだぞ。もちろんまちがいない」

ジョーは酒をひと息で飲み干した。「別のときに撮った写真が、先月の写真にまぎれこんだ可能性はない？」

「は？　ないに決まってる。別のときって？」

「たとえば、六年前」

エステバンは首を振った。まだ笑ってはいたが、心配して眼が暗くなった。「いやいや、ありえない、ジョゼフ。これは先月撮った写真だ。またどうして？」

「ここにいる、この女」ジョーはエマ・グールドに人差し指を当てた。「彼女は一九二七年に死んだんだ」

第三部　すべての乱暴な子供

一九三三年～一九三五年

おもな登場人物

ジョー(ジョゼフ)・コグリン………ギャング

ディオン・バルトロ
レフティ・ダウナー
サル・ウルソ
ファルーコ・ディアス
……………ジョーの部下

トマソ(マソ)・ペスカトーレ………ペスカトーレ・ファミリーの首領

ヴァロッコ兄弟
イラリオ・ノビーレ
ファウスト・スカルフォーネ
……マソの部下

サント(ディガー)・ペスカトーレ……………………マソの息子

アルバート・ホワイト……………ギャング

グラシエラ………………………………ジョーの妻

トマス………………………………………ジョーの息子

シギー………………………………………ジョーの農場の作業長

アーヴィング・フィギス……………元市警本部長

エマ・グールド…………………………ジョーの元恋人

チャーリー(ラッキー)・ルチアーノ………………ギャングの帝王

23　散　髪

「本当に彼女なのか?」翌日、ジョーの事務室でディオンが言った。

　ジョーは上着の内ポケットから、前夜エステバンが額からまたはずした写真を取り出し、机のディオンのまえに置いた。「どう思う?」

　ディオンの眼が左右に移動し、一点に止まって、広がった。「ああ、そうだな、彼女だ」横目でジョーを見て、「グラシエラには言ったのか?」

「いや」

「なんで?」

「自分の女に何から何まで話すか?」

「何も話さん。だがおまえはおれより女々しいだろ。それに、彼女のお腹にはおまえの子がいる」

「そうだな」赤銅色の天井を見上げた。「まだ言ってないのは、どう言えばいいかわからないからだ」

「簡単さ」とディオン。「こう言やいい。〝ハニー、おれの愛しい恋人、きみのまえにおれがつき合ってた女を憶えてるか? 死んだと言った女だ。それが生きてた、きみの故郷の町で。いまも食べたくなるような美人だ。食べると言えば、今日の夕食はなんだい?〟」

　ドアのそばに立っていたサルが下を向いて、笑いを押し殺した。

「愉しいか?」ジョーはディオンに訊いた。

「そりゃもう」ディオンは太った腹で椅子を揺らした。

「ディー、六年にわたる怒りの話をしてるんだぞ。六年の……」ことばが出てこず、ジョーは苛立って両手を上げた。「その怒りがあったから、おれはチャールズタウンで生き延びられた。それがあればこそ、マソを刑務所のくそ屋根からぶら下げて、アルバート・ホワイトをタンパから追い出し、そして――」

「帝国を築いたのも、それがあればこそ」

「ああ」

「だから彼女に会ったら」ディオンは言った。「おれからありがとうと言っといてくれ」

ジョーは口を開けたが、ことばがひとつも出てこなかった。

「なあ」ディオンは言った。「おれは最初からあの女が好きじゃなかった。知ってるだろう。けど、とにかく彼女はおまえに活《かつ》を入れる方法を心得てたよ、ボス。グラシエラに話したかと訊いたのは、おれはグラシエラは好きだからだ。大好きだ」

「おれも大好きだ」サルが言った。ジョーとディオンはサルのほうを見た。サルは右手を上げ――左手にはトンプソン――「失礼」と言った。

「おれたちにはおれたちのしゃべり方がある」ディオンがサルに言った。「子供のころ殴り合って育ったからだ。だがおまえにとっては、つねにボスだぞ」

「わかった。気をつける」

ディオンはまたジョーのほうを向いた。

「子供のころ殴り合ったりしなかったぞ」ジョーが言った。

「したさ」

「いや」ジョーは言った。「おまえがおれを殴りまくっただけだ」

「おまえはおれを煉瓦で殴った」

「おまえがおれを殴りまくらないようにするために」

「ほう」ディオンはしばらく黙っていた。「言いたいことがあった」

「いつ？」

「ここに入ったときだ。マソの訪問について話さないとな。それと、アーヴ・フィギスの話、聞いたか？」

「ロレッタのことは、ああ、聞いた」

ディオンは首を振った。「みんなロレッタのことは聞いてるよ。けど昨日の晩？　アーヴがアルトゥーロのところに来た。ロレッタは一昨日の夜、どうやらそこで最後のろくでもない薬の壜を手に入れたらしい」

「オーケイ……」

「でな、アーヴはアルトゥーロを殴って半殺しにした」

「まさか」

ディオンはうなずいた。「〝懺悔しろ、懺悔しろ〟と言いながら、ピストンみたいに拳を振りおろしやがった。アルトゥーロは片眼が見えなくなるかもしれない」

「ひどいな。それでアーヴは？」

ディオンは人差し指をこめかみの横でくるくるまわした。「テンプル・テラスの精神病院に入れられて、六十日の観察だと」

「くそ」ジョーは言った。「おれたちが彼らに何をした？」

ディオンの顔が曇り、真っ赤になった。サル・ウルソのほうを向いて、指差した。「おまえ、これは見たことないだろ？」

「これって？」サルが言うと、ディオンはジョーの顔に平手打ちを浴びせた。

ジョーが机に打ちつけられるほどの強さだった。跳ね返ってきたジョーはすでに三二口径を抜き、銃口をディオンの顎のしわに突きつけていた。

ディオンは言った。「いいか。自分となんの関係もないことで死にたい気分になって、危ない会合にのこのこ出かけていくのはやめろ。二度とそういうのを見る気はないからな。いますぐおれを撃ちたいか？」両手を大きく広げた。「ほら、さっさと引き金を引けよ」

「引かないと思うのか？」

「引いてもかまわんさ」ディオンは言った。「そしたらおまえが自殺しようとするのを二度と見ないですむ。おまえはおれの兄弟だ。わかるか、このくそ馬鹿アイルランド人。神に召されたセッピやパオロより近い兄弟なんだよ、おまえが。おれはもう兄弟を失うのはごめんだからな、くそ。もう耐えられん」

　ディオンはジョーの手首をつかみ、引き金にかけたジョーの指に自分の指をかぶせて、銃口を顎のしわにいっそうめりこませた。眼を閉じ、唇を引き結んで歯に押しつけた。

「ところで」ディオンは言った。「いつ行くんだ」

「どこへ?」

「キューバだよ」

「誰がキューバへ行くと言った?」

　ディオンは眉を寄せた。「昔ぞっこんだった女が死んだと思ってたのに生きてて、ここから三百マイル南で息をしてるとわかったのに、ここにぼけっと坐ってるのか?」

　ジョーは銃をはずして、ホルスターに収めた。サルが灰のように真っ白で、蒸らしたタオルのように汗をかいているのに気づいた。「マソとの打ち合わせが終わり次第、行く。あの爺さんがどれだけ口達者か知ってるだろう」

「だからこそ相談しにきた」ディオンは肌身離さず持ち歩いているモールスキンの手帳を開き、ページをめくった。「気に入らないことがいっぱいある」

「たとえば?」

「一輛の半分が埋まるほど部下を連れてくるってのは、いくらなんでも多すぎないか」

「マソは老人だ。どこへ行くときにも看護師を同伴するし、おそらく医者もついてくる。それから用心棒がつねに四人いる」

　ディオンはうなずいた。「いっしょに来るのは、少なくとも二十人だ。看護師二十人じゃないよな。八番街のロメロ・ホテルを全館貸し切りだ。どうして？」

「セキュリティのために」

「常宿はタンパ・ベイ・ホテルだぞ。貸し切りは一階分だけ。それでセキュリティは万全だ。なぜ今回にかぎって、イーボーのまんなかのホテルをまるごと乗っ取る？」

「被害妄想が嵩じてるんだろう」ジョーは言った。

彼女に会ったらなんと言おう。おれを憶えてるか？

あまりにも陳腐だろうか。

「ボス」ディオンが言った。「ちょっとでいいから聞いてくれ。やつはシーボードで直接来るんじゃないんだ。イリノイ中央駅から出発する。デトロイト、カンザスシティ、シンシナティ、シカゴと立ち寄るんだ」

「そうだ。どこもウイスキーの取引相手がいる」

「ギャングの首領たちがいる場所でもある。ニューヨークとプロヴィデンスを除けば、それですべてだ。しかも二週間前にはどこに行ったと思う？」

ジョーは机の向こうの友人を見た。「ニューヨークとプロヴィデンス」

「そう」

「だから？」

「わからん」

「国じゅう遊説してまわって、おれたちをはずす許可を得たと思うのか？」

「あるいはな」

ジョーは首を振った。「筋が通らない、ディー。この五年でおれたちは組織の利益を四倍にしたんだぞ。来たときには、ここはど田舎だった。去年の利益は——いくらだ？——ラムだけで千百万ドル？」

「千五百万だ」ディオンは言った。「四倍どころじゃない」

「だったら、うまくいってるものをどうしてぶち壊す？　おれはおまえと同じように、マソの〝ジョゼフ、おまえは息子同然だ〟なんて戯言は信じない。だがマソは、数字は尊重する。おれたちの数字は超一流だ」

ディオンはうなずいた。「おれたちをはずすのは筋が通らないってことには賛成するが、とにかくまわりの状況が気に入らない。あいつらのことを考えると、胃がむかむかする」

「昨日の夜食ったパエリアのせいさ」

ディオンは弱々しく笑った。「もちろん。そうだろうな」

ジョーは立ち上がった。ブラインドを開け、工場のなかを見渡した。ディオンは心配しているが、ディオンに金を払うのはそのためでもある。つまり仕事をしているということだ。結局このビジネスでは、誰もが金を儲けられるだけ儲けるために、やるべきことをしている。単純な話だ。そしてジョーは金を儲けていた。ラムのボトルとともに海岸線を北上して、ボストンの北、ナハントのマソの邸宅の金庫をいっぱいにするほど大量の金を。売上は毎年、前年を上まわっている。マソは非情で、健康が衰えるにしたがって行動が予測しにくくなっているが、何をおいても強欲であることだけは変わらない。ジョーはその欲を満たしてきた。強欲の腹に温かい食べ物を詰めこんできた。マソがジョーをはずして、また空腹になる危険を冒すというのは論理的にありえない。そもそもはずす理由がどこにある？　こっちは何も背反行為をしていない。上がりをくすねてもいないし、マソの権力を脅かすようなこともしていない。

ジョーは窓から向き直った。「マソとの会合でおれの安全を確保するために、必要だと思うことをやってくれ」

「安全は保証できない」ディオンは言った。「そこが問題だ。おまえはやつが全室を買い上げた建物に入っていく。いまごろホテル内を総点検してるだろうから、兵隊は送りこめない。武器もいっさい隠せない。おまえは丸腰で入っていく。おれたちは建物の外にいるが、なかの様子はわからない。連中がおまえを外に出さないと決めたら？」ディオンは人差し指で何度か机を叩いた。「おまえは外に出てこない。そういうことだ」

ジョーは幼なじみの友人を長いこと見つめた。「なぜそこまで心配する？」

「嫌な予感がするんだ」

「予感は事実じゃない」ジョーは言った。「事実は、おれを殺しても誰の得にもならないということだ。確率はゼロだ」

「おまえが知るかぎりな」

ロメロ・ホテルは、八番街と十七番通りの角にある赤煉瓦の十階建てで、タンパ・ベイ・ホテルに宿泊させるほど重要人物ではないと地元の会社が考える出張者を泊めるのに利用されていた。設備の面ではなんの問題もない——全室にトイレと洗面台があり、シーツも一日おきに取り替えられ、朝と金曜土曜の夜にはルームサービスも使える——が、どこから見ても宮殿ではない。

ジョーとサルとレフティは、ホテルの入口で、イタリアのカラブリア州出身のアダモとジノ・ヴァロッコ兄弟に迎えられた。ジョーはチャールズタウン刑務所でジノと知り合っていたので、ロビーを歩きながら話した。

「いまはどこに住んでる？」ジョーが言った。

「セイラムだ」ジノが言った。「悪くない」

「家族もいっしょか？」

ジノはうなずいた。「イタリア人のいい娘を見つけた。子供がふたりいる」

「ふたりも？」ジョーは言った。「仕事が速いな」

「大家族が好きなんだ。おまえは？」

ジョーは、どれほど愉しい話し相手であろうと、ならず者の銃使いに自分がもうすぐ父親になることを明かすつもりはなかった。「まあ、考えてる」

「待ちすぎるなよ」ジノが言った。「子供が小さいうちは体力勝負だから」

ジョーがこのビジネスを魅力的であると同時に馬鹿らしいと感じるのは、こういうときだった。五人の男がエレベーターに向かっている。全員拳銃を持ち、四人はマシンガンまで抱えているのに、ふたりは互いに妻や子供のことを尋ねている。

エレベーターのまえまで来ると、ジョーはジノにもう少し子供のことをしゃべらせておいて、待ち伏せの気配はないかと探った。エレベーターのなかに入れば、脱出に関してあらゆる幻想は消え失せる。

だがそれを言えば、最初から幻想だった。ロビーに足を踏み入れた瞬間に自由を放棄したのだ。みずからの命を差し出した。ジョーにはうかがい知れない狂った動機から、マソが彼らの命を絶とうとするならばだが。エレベーターは大きな箱のなかの小さな箱にすぎない。とにかく箱に入ってしまったことに疑問の余地はない。

ディオンが正しかったのかもしれない。

まちがっているのかもしれない。

判断する方法はひとつしかない。

ジョーたちはヴァロッコ兄弟を残して、エレベーターに乗りこんだ。なかでイラリオ・ノビーレが操作していた。肝炎のせいでつねにガリガリに痩せて肌も黄色だが、銃を使わせると魔法使い並みだ。日食の日にライフルでハエのケツを撃てるとも言われている。窓ガラスを一枚も割らずに、窓枠にトンプソン銃で自分の名前を彫りこめるとも。

最上階に上がる途中も、ジョーはジノのときと同じようにイラリオと気安くしゃべった。イラリオの場合、育てている犬の話題を持ち出すのがこつだった。リヴィアの自宅でビーグル犬の繁殖を手がけていて、やさしい気質とふわふわの耳の犬を生み出すことで有名だった。

しかし、エレベーターのなかで、ジョーはやはりディオンの直感を信じるべきだったかと思った。ヴァロッコ兄弟もイラリオ・ノビーレも名の知られた銃使いだ。用心棒でもなければ参謀でもない――殺し屋だ。ただ、十階の廊下で彼らを待っていたのはファウスト・スカルフォーネだけだった。これも銃の腕前はたしかだが、ひとりしかいないということは、廊下にいる人数では引き分けとなる。マソ側にふたり、ジョー側にふたり。

マソ自身が、ホテル内で最高級のガスパリーリャ・スイートのドアを開けた。ジョーを抱きしめ、両手で彼の顔を持って額にキスをした。また抱きしめて、背中を力強く叩いた。

「どうしてた、わが息子?」

「元気そのものです、ミスター・ペスカトーレ。気遣っていただいてどうも」

「ファウスト、彼らに必要なものはないか訊いてくれ」

「銃を取り上げましょうか、ミスター・ペスカトーレ?」

マソは顔をしかめた。「そんなことはしなくていい、もちろん。さあ、楽にしてくれ。さほど時間はかからない」マソはファウストを指差した。「サンドイッチでもなんでも、ルームサービスに電話してやってくれ。彼らが好きなものを」

マソはジョーをスイートのなかに招き入れ、ドアを閉めた。ひとつの窓から路地と隣の黄色の煉瓦の建物が見えた。一九二九年に破産したピアノ製造業者だった。残っているのは煉瓦の上で消えかかった名前〈ホレス・R・ポーター〉と、板を打ちつけた窓だけだった。しかし、スイートのほかの窓からは、宿泊客に恐慌を思い出させるものは何も見えなかった。イーボーと、ヒルズボロ湾につながる運河だけだ。

リビングルームの中央に、オークのコーヒーテーブルと、肘かけ椅子が四脚置かれていた。テーブルのまんなかには、純銀製のコーヒーポット、そろいのクリーム入れ、砂糖入れが置かれている。アニゼット酒のボトルもあり、すでに小さなグラス三つについであった。マソの次男のサントが坐っていて、ジョーを見上げながら自分のカップにコーヒーを注ぎ、オレンジの横にカップを置いた。

サント・ペスカトーレは三十一歳で、みんなにディガーと呼ばれているが、その理由はサント自身も含めて誰も憶えていない。

「ジョーは憶えてるか、サント？」

「どうかな。たぶん」椅子から腰を浮かして、湿った手でジョーの手を弱々しく握った。「ディガーと呼んでくれ」

「また会えて光栄だ」ジョーは彼の向かいに坐った。

マソがまわってきて、息子の隣の椅子についた。

ディガーはオレンジの皮をむいて、コーヒーテーブルの上に放った。意味のわからないジョークを聞いたときのように混乱して疑うような表情を、つねに長い顔に浮かべている。カールした黒髪のまえのほうが薄く、顎から首にかけて贅肉がつき、尖らせた鉛筆の先のようにちんまりして黒い父親の眼を受け継いでいた。とはいえ、この男には鈍《にぶ》さが感じられた。父親の魅力も狡猾さもない。あえて身につける必要がなかったからだろう。

マソがジョーにコーヒーをつぎ、テーブル越しに手渡した。「調子はどうだ？」

「上々です。そっちは？」

マソは掌をひらひらと振った。「いい日もあれば、悪い日もある」

「いい日のほうが多いといいけれど」

マソはそれにアニゼットのグラスを掲げた。「いまのところはな。乾杯《サルーテ》」

ジョーもグラスを上げた。「乾杯《サルーテ》」

マソとジョーは飲んだ。ディガーが切ったオレンジを口に放りこみ、口を開けたまま噛んだ。

　ジョーは改めて思った。これほど暴力だらけのビジネスにたずさわっていながら、ごくふつうの人間が驚くほど大勢いる——妻を愛し、土曜の午後には子連れで外に出かけ、自分の車をいじり、近所の軽食堂でジョークを飛ばし、母親にどう思われているかを気にかける男たち、食卓に食べ物をのせるために、犠牲者におこなった身の毛のよだつようなことすべてに対して、神の赦しを乞いに教会にかよう男たちが。

　他方、このビジネスには同じくらいの数の豚がいる。同胞を殺しても、夏の終わりに窓の桟を這いまわるハエを叩きつぶしたぐらいにしか思わないことだけが取り柄の、腐った下衆《げす》が。

　ディガー・ペスカトーレは後者だった。そしてジョーがめぐり会ったこの手の多くの連中と同じように、創始者の息子であり、このビジネスに引きこまれ、接ぎ木され、祭り上げられていた。

　長年のうちに、ジョーはマソの三人の息子に会っていた。ティム・ヒッキーのひとり息子のバディにも。マイアミのチアンチ、シカゴのバルローネ、ニューオーリンズのディジャコモの息子たちにも会った。いずれも父親は、独力で帝国を築いた鉄の意志となんらかのビジョンの持ち主で、同情とは無縁の怖ろしい人物たちだ。

　そして、息子たちはひとりの例外もなく——ジョーはディガーのくちゃくちゃ噛む音が部屋じゅうに響くなかで思った——人類にとって迷惑でしかない、くその塊だ。

　ディガーが一個目のオレンジを食べ終わって、二個目に取りかかるあいだ、マソとジョーは、マソの今回の旅行や、暑さや、グラシエラ、生まれてくる赤ん坊について話した。

　そうした話題が尽きると、マソは隣の椅子のマットレスに押しこんであった新聞を取り出した。ボトルを手にテーブルをまわってきて、ジョーの横に坐った。そしてジョーと自分のお代わりをつぐと、《タンパ・トリビューン》を開いた。ロレッタ・フィギスの顔が彼らを見つめた。写真の上の見出しは――

マドンナの死

マソはジョーに言った。「この女がカジノの失敗の元凶だったんだろう？」

「ええ」

「どうして始末しなかった？」

「反動が大きすぎると思った。州全体が注目してたから」

マソはオレンジの実を皮から取った。「それは事実にはちがいないが、理由ではない」

「ちがう？」

マソは首を振った。「一九三二年に、なぜおまえはわしが命じたとおり密造者を殺さなかった？」

「ターナー・ジョン？」

うなずいた。

「折り合いがついたので」

マソは首を振った。「わしの命令は、折り合いをつけることではなかった。あの与太者を殺せと命じたのだ。おまえがやつを殺さなかった理由は、このいかれ《ブッターナ・》売女《パッツォ》を殺さなかったのと同じだ。おまえは殺し屋じゃない、ジョゼフ。それが問題だ」

「問題？　いつからだろう」

「いまからだ。おまえはギャングではない」

「おれを傷つけようとしてるのかな、マソ？」

「おまえはただの無法者だ。スーツ姿の強盗だ。で、今度は合法ビジネスを手がけようだと？」

「考えてる」

「なら、おまえをここの担当からはずしてもいいな？」

ジョーはなぜか微笑んだ。くすくす笑った。煙草を取り出して、火をつけた。

「マソ、おれがここに来たとき、利益は年に百万ドルだった？」

「知っている」

「おれが来てからは？　平均千百万ドルだ」

「だがほとんどはラムからだろう。ラムの時代はもうすぐ終わる。おまえは女と麻薬を無視している」

「くだらない」ジョーは言った。

「なんだと？」

「ラムに集中したのは、そう、いちばん利益率がいいからだけど、麻薬の売上も六十五パーセント上がってる。女については、おれが来てから新たに店を四軒開いた」

「もっと増やすこともできた。それに娼婦どもはめったに殴られないと言う」

気づくとジョーは、テーブルのロレッタの顔に眼を落とし、眼を上げ、また写真を見るということをくり返していた。長々と息を吐き出して言った。「マソ、おれは――」

「ミスター・ペスカトーレだ」

ジョーは押し黙った。

「ジョゼフ」マソは言った。「われわれの友人のチャーリーが、うちのビジネスのやり方をいくらか変えたがっている」

〝われわれの友人のチャーリー〟とは、ニューヨークのラッキー・ルチアーノ、事実上の〝王〟だった。永遠の帝王だ。

「どんなふうに？」

「ラッキーの右腕がユダ公であることを考えると少々皮肉で、不公平でもあるが、おまえに嘘は言わないでおこう」

ジョーは強張った笑みを送り、老人の次のことばを待った。

「チャーリーはイタリア人を求めている。幹部はイタリア人だけにしろとな」

マソは冗談を言ったのではなかった――これほどの皮肉はない。ラッキーの頭がどれほどよかろうと――それはもう桁ちがいに賢いが――マイヤー・ランスキーがいなければ、何ほどのものでもない。ロワー・イースト・サイド出身のユダヤ人であるランスキーが、彼らの組織を家内制手工業の寄せ集めから一大企業に成長させたいちばんの立役者であることは、誰もが知っている。

しかし、ジョーは別にトップにのぼりつめたいとは思っていなかった。小さな地方の運営で充分満足していた。

そこでマソにそう言った。

「謙虚すぎる」マソは言った。

「そんなことはない。おれはイーボーを仕切ってる。それからラムも。だが、あんたが言ったとおり、そこまでだ」

「おまえはイーボーより、タンパより、はるかに多くを支配している、ジョゼフ。みんなわかってるぞ。ここからビロクシまでの湾岸のビジネスを一手に握り、ジャクソンヴィルまでの輸送ルート全部と、北へ行くルートの半分を握っている。帳簿を調べたのだ。おまえはここを一大勢力にした」

それが感謝のことば？ と言う代わりに、ジョーは訊いた。「チャーリーが〝アイルランド人は不可〟と言うからはずれるのだとしたら、おれは何をすればいい？」

「おれがやれということさ」ディガーだった。二個目のオレンジを食べ終わり、べとべとになった掌を肘かけ椅子の横にすりつけている。

マソは、気にするなという視線をジョーに送って、言った。「顧問役《コンシリエーレ》だ。ディガーといっしょにいて、仕事の手ほどきをしたり、街の人間に紹介したり、場合によってはゴルフや釣りを教えてやってくれ」

ディガーが小さな眼でジョーを見すえた。「ひげ剃りも靴紐の結び方も知ってるぜ」

だがやるまえに考えこむんだろう？　と言ってやりたかった。

マソがジョーの膝をぽんと叩いた。「おまえには少し散髪してもらう、金の面でということだが。心配するな。この夏には港に進出して、あそこのビジネスをまるごとちょうだいするつもりだから、仕事は山のようにある。約束するよ」

ジョーはうなずいた。「散髪とは？」

マソは言った。「ディガーがおまえの分を取る。おまえは部下を集めて好きなだけ儲けるがいい、みかじめ料を納めたあとでな」

ジョーは窓のほうを見た。路地が見える窓、しばらくして、海に面した窓に眼を移した。十から数の少ないほうにゆっくりと数えていった。「おれを一集団の世話人に降格するということか？」

マソはまたジョーの膝を叩いた。「再配置だ、ジョゼフ。チャーリー・ルチアーノの命令にしたがって」

「チャーリーは〝ジョー・コグリンをタンパからはずせ〟と言ったのか」

「チャーリーは〝幹部にはイタリア人を〟と言ったのだ」マソの声は依然穏やかで、やさしさすら感じさせたが、そこに苛立ちが忍びこんだのがわかった。

マソは礼儀正しい老紳士の仮面を瞬時にはずして、残忍な肉食獣の顔をあらわにすることができる。だからジョーはひと息置いて、自分の声を抑えた。

「マソ、ディガーが王冠をかぶるのは妙案だと思う。おれたちがいっしょに働けば、この州はおろか、キューバだって手に入れられる。おれがそれだけの関係を築いてるから。だが、おれの取り分はいまとほぼ同じにしてもらわないと困る。世話人にまで降格したら、おそらく収入はいまの十分の一だ。港湾労働者組合と葉巻工場の経営者を——なんだ——揺さぶる資金も毎月必要だし。いまあそこには力が及ばない」

「そこが問題だろうよ」ディガーが初めて微笑んだ。上の歯にオレンジのかすが引っついていた。「考えてみたことがあるか？　お利口さん」

ジョーはマソを見た。

マソは見つめ返した。

ジョーは言った。「ここはおれが一から築いた」

マソはうなずいた。

ジョーは言った。「ぐうたらのルー・オルミノがやってたときの十倍、十一倍の金をこの街から得ている」

「わしが許可したからだ」マソが言った。

「あんたにはおれが必要だった」

「おい、利口者」ディガーが言った。「誰もおまえなんか必要じゃないぜ」

マソは自分と息子のあいだの空気を叩く仕種をした。犬を静かにさせるときの動作だ。ディガーが椅子の背にもたれ、マソはジョーに向き直った。「おまえを使ってやることはできる、ジョゼフ。それは可能だ。だが、感謝の気持ちが足りないようだな」

「おれも同じことを感じてる」

今度はマソの手がジョーの膝にとどまり、ぎゅっとそこを握りしめた。「おまえはわしのために働く。自分のためでも、取り巻きのスペ公やニガーのためでもなくな。わしのトイレにこびりついたくそを掃除しろと命じたら、どうする？」マソは微笑み、それまででいちばんやさしい声を出した。「わしはその気になれば、おまえの雑巾女をぶち殺して、おまえの家を灰にすることもできるんだ。わかってるだろう、ジョゼフ。おまえはこの街で、頭の割に眼がでかくなりすぎた。それだけのことだ。こういうことはいままでにもあった」手をジョーの膝から上げ、ジョーの顔を軽くはたいた。「さて、世話人になるか？　それともわしが下痢の日にトイレ掃除をしたいか？　どちらでもかまわんが」

　もしジョーが行動を起こせば、数日先行して知り合い全員に連絡し、兵力を集め、チェスの駒を正しく並べることができた。マソと殺し屋たちが列車で北へ向かっているうちに、ニューヨークに飛び、ルチアーノと直接会って、収支の状況を説明し、自分が彼のために稼げる金と、ディガー・ペスカトーレみたいなあほうが失うであろう金を比較してみせるのだ。ラッキーが納得して、最低限の流血でこれを乗りきれるように協力してくれる可能性は充分あった。

「世話人になる」ジョーは言った。

「ほう」マソは笑みを広げた。「さすがだ」ジョーの頬をつまんで、「さすがはわしの息子」

　マソが椅子から立ち上がり、ジョーも立った。ふたりは握手し、抱き合った。マソは先ほどつまんだジョーの両頬にキスをした。

　ジョーはディガーとも握手し、いっしょに働けるのを愉しみにしていると言った。

「おれの下で、だろう」ディガーが訂正した。

「そうだ」ジョーは言った。「あんたの下で」

　ジョーはドアに向かった。

「いっしょに夕食でもどうだ？」

　ジョーはドアのまえで立ち止まった。「もちろん。トロピカーレで九時は？」

「たいへんけっこう」

「オーケイ。いちばんのテーブルを予約しておく」

「すばらしい」マソは言った。「それまでに殺しておけよ」

「え？」ジョーはドアノブから手を離した。「誰を？」

「おまえの友だちだ」マソは自分にコーヒーを注いだ。

「あのでかいやつ」

「ディオン？」

マソはうなずいた。

「あいつは何もしてない」ジョーは言った。

マソは眼を上げた。

「何か勘ちがいしてないか？」ジョーは言った。「やつは稼ぎ頭だし、銃も最高に使える」

「あれはドブネズミだ」マソは言った。「六年前、おまえを裏切っただろうが。つまり、六分後、六日後、六カ月後にまたやるということだ。息子の下にドブネズミを置くわけにはいかない」

「ちがう」ジョーは言った。

「ちがう？」

「あいつはおれを裏切ってない。それは兄貴のほうだ。昔説明したとおり」

「おまえがそう言ったのは知っているよ、ジョゼフ。嘘をついたことも。嘘はひとつまでなら許そう」コーヒーにクリームを足しながら、人差し指を立てた。

「それはもうすんだ。夕食のまえにあのでぶを殺せ」

「マソ」ジョーは言った。「だから、兄貴のほうだったんだ。嘘じゃない」

「本当に？」

「本当に」

「嘘は言ってないな？」

「言ってない」

「言っているとしたら、それが何を意味するかわかってるな」

なんだこれは、とジョーは思った。腑抜けの馬鹿息子のために、おれのビジネスを盗みにきたんだろう。もう盗んだじゃないか。

「わかってる」

「あくまで作り話にしがみつくわけだ」マソは角砂糖をひとつ、カップに落とした。

「しがみついてなんかいない。作り話じゃなくて、真実だから」

「正真正銘の真実なんだな、え？」

ジョーはうなずいた。「正真正銘の真実だ」

マソはゆっくりと、悲しげに首を振った。ジョーのうしろのドアが開き、アルバート・ホワイトが部屋に入ってきた。

24　終わりの迎え方

アルバート・ホワイトを見てジョーが最初に気づいたのは、この三年でずいぶん老けこんだということだった。白やクリーム色のスーツと、一足五十ドルのスパッツは消えた。靴は国じゅうの通りやテントに住む人たちの段ボールのような靴と似たり寄ったり。茶色のスーツの襟はほつれて、両肘はすり切れていた。髪は自宅で気もそぞろの妻か娘に切ってもらったかのようだった。

次に気づいたのは、アルバートが右手にサル・ウルソのトンプソンを持っていることだった。銃身の傷でサルのものだとわかる。サルはトンプソンを膝に置いて坐っているときに、左手で銃身をなでる癖があった。

一九二三年、ルー・オルミノのもとで働きはじめる少しまえに妻が発疹チフスで亡くなったのだが、そのあとも結婚指輪をしていて、トンプソンをなでるたびに指環が銃を引っかいた。長いことそうしたせいで、銃身には本来の青みがかった色がほとんどなくなっていた。

　アルバートはその銃を肩にかついで近づいてきて、ジョーのスリーピースのスーツを鑑定した。

「アンダーソン&シェパード？」

　ジョーは言った。「H・ハンツマンだ」

　アルバートはうなずいた。上着の左身頃を開いて、ジョーにラベルを見せつけた——安売り店のクレスギだ。「最後にここに来たときから運が少々狂ってな」

　ジョーは何も言わなかった。言うことはなかった。

「いまはボストンにいる。ブリキのカップで物乞いをする寸前までいった。わかるだろう？ くそ鉛筆まで売ってな、ジョー。だがそんなとき、ノース・エンドの地下の店でベッペ・ヌンナロと再会した。ベッペとはかつて友だちだった。はるか昔、ミスター・ペスカトーレとのあいだで不幸な誤解が続くまえのことだ。で、ベッペと話しはじめたのだ、ジョー。おまえの名前はすぐには出てこなかったが、ディオンの名前は出た。ベッペは少年時代に、ディオンと、のろまの兄貴のパオロと新聞配達をしていたからだ。知ってたか？」

　ジョーはうなずいた。

「だんだん話が見えてきただろう。ベッペは、小さいころからパオロを知ってるが、パオロが誰かを裏切るなんてとても信じられないと言った。まして銀行強盗で、自分の弟と警部の息子を裏切るなど」アルバートはジョーの首に腕をまわした。「それを聞いて、私は言った。〝パオロは誰も裏切っていない。裏切ったのはディオンだ。なぜわかるかと言えば、私が密告された相手だからだ〟とね」アルバートは、路地とホレス

・ポーターのもう使われていないピアノ倉庫に面した窓に歩いていった。ジョーはいっしょについていくしかなかった。「そこでベッペは、私とミスター・ペスカトーレが話し合ってもいいかもしれないと思ったわけだ」ふたりは窓のまえで止まった。「だからこうなった。両手を上げろ」

ジョーはしたがい、アルバートは身体検査を始めた。マソとディガーが所在なげに歩いてきて、窓辺に立った。アルバートはジョーの腰のうしろからサヴェッジ三二口径を、右の足首の上から単発のデリンジャーを、左の靴のなかから飛び出しナイフを没収した。

「ほかに何かあるか?」アルバートが言った。

「ふつうはそれだけで充分だ」ジョーは答えた。

「最後まで気の利いたことを言う」アルバートはジョーの肩に腕をまわした。

マソが言った。「ミスター・ホワイトについて、たぶんおまえも知っていることがある、ジョー」

「それは?」

「タンパにくわしいということだ」マソは濃い眉を片方吊り上げた。

「つまりおまえはぜんぜん〝必要〟じゃないんだよ」ディガーが言った。「脳たりんめ」

「そういうことばを使わなきゃいかんのか?」マソが言った。

全員が窓のほうを見た。人形劇の幕が開くのを待つ子供のように。

アルバートがトミーガンを彼らの眼のまえに持ってきた。「いい銃だ。持ち主はわかるだろうな」

「わかる」ジョーは自分の声に悲しみを感じた。「わかる」

そうやって一分ほど立っていると、悲鳴が聞こえ、向かい側の黄色の煉瓦の壁に、落ちていく黒い影が映った。サルの顔が窓の外を落ちていった。両腕を激しく空中で振りまわしていた。突如落下が止まり、頭がびくんと上を向いて、両足が顎のほうに跳ね上がり、輪縄が首の骨を折った。サルの体はホテルの建物に二度ぶつかり、ロープの先でぐるぐるまわった。狙いは死体を彼らの眼のまえに持ってくることだったのだろうが、誰かがロープの長さをまちがえたか、体の重さが意外にあったかで、サルは九階と十階のあいだにぶら下がり、ジョーたちはその頭を見おろす恰好になった。

だが、レフティのロープはちょうどいい長さだった。叫び声もなく落ちてきて、空いた両手で輪縄を握りしめていた。知りたくないがいつか知るだろうと思っていた秘密を誰かに告げられたときのように、仕方がないといった表情を浮かべていた。両手で輪縄にかかる力を弱めたので首は折れず、魔法さながら彼らのすぐまえに現われた。何度か大きく跳ねたあと、ついにぶら下がり、窓を蹴った。死にもの狂いでばたばたしてはいなかった。動きは奇妙に正確で、運動選手を思わせた。彼らに見られているとわかっても、顔の表情は変わらなかった。輪縄を引っ張ってはいるが、気管軟骨は押し潰され、舌が口からだらりと垂れていた。

ジョーはそれが引き潮のように去っていくのを見た。最初はゆっくりと、やがて急に。光は名残惜しげな鳥のようにレフティから離れたが、離れるなり空高く舞い上がって消えた。ジョーにとって唯一の慰めは、最後の最後にレフティのまぶたが震えて閉じたことだった。

レフティの眠った顔を見、サルの頭のてっぺんを見て、ジョーは胸の内で赦しを乞うた。

おれももうすぐおまえらに会いにいく。父親にももうすぐ会える。パオロ・バルトロにも。母親にも。

そして――

おれはこれに耐えられるほど勇敢じゃない。弱い人間だ。

そして――

お願いだ。神様。お願いします。おれは闇に会いたくない。なんでもします。慈悲を乞います。今日死ぬわけにはいかない。今日死んじゃいけない。もうすぐ父親になるんだ。彼女は母親になる。おれたちはいい両親になる。立派な子を育てる。

おれはまだ――

八番街とイーボーシティの通り、その先の湾が見える窓まで歩かされるあいだ、自分の息づかいが聞こえた。その窓に達するまえに、銃声が鳴りはじめた。この高さからだと二インチぐらいにしか見えない男たちが、通りでトンプソンや拳銃やBARを撃ちまくっていた。帽子、レインコート、スーツが見える。なかには警官の制服もあった。

警官たちがペスカトーレの部下と一線に並んでいた。ジョーの部下の何人かが通りに倒れ、車のドアから体を垂らしていた。残りは銃で応戦しているものの、退却していた。エドゥアルド・アルナスが胸に正面から連射を浴び、婦人服店のウィンドウに倒れこんだ。ノエル・ケンウッドは背中を撃たれ、倒れて通りを引っかいていた。高いせいでほかの顔は見えなかったが、戦闘は西に移動していった。まず一区画、次は一気に二区画と。ジョーの部下のひとりがプリムスのフェートン（幌つきのオープンカー）を十六番通りの角の街灯にぶつけた。運転者が車から出るまえに、警官とペスカトーレの部下数人が取り囲んでトンプソンの弾を浴びせた。フェートンの持ち主はジュセッペ・エスポシートだったが、本人が運転していたのかどうかは、十階にいるジョーにはわからなかった。

逃げろ、おまえら。逃げるんだ。

ジョーの声が聞こえたかのように、部下たちは発砲をやめて散り散りに逃げた。

マソがジョーの首のうしろに手を当てた。「終わりだな」

ジョーは何も言わなかった。

「ほかに方法があるとよかったんだが」

「本当に？」ジョーは言った。

ペスカトーレ・ファミリーとタンパ市警の車が八番街を疾走していった。ジョーが見ていると、何台かが十七番通りで南北に分かれ、九番街か六番街で東に曲がって、ジョーの仲間を挟み撃ちにしようとした。が、彼らは消えていた。

通りを走っていた男が、次の瞬間にはいなくなった。ペスカトーレの車は交差点に集まり、ガンマンたちが出てきて、あちこちに狙いを定めながら狩りを再開した。

そうして十六番通りの小さな家のポーチにいた人をひとり撃ち殺したが、見つかったコグリン‐スアレス系の人間はそれだけのようだった。

ひとりずつ、ジョーの仲間は消えていった。空中に。ひとりずつ、その場からいなくなった。警察とペスカトーレ・ファミリーはいまや通りという通りに散らばって、何かを指差したり、互いに叫んだりしていた。

マソがアルバートに言った。「あのくそども、どこへ行った？」

アルバートは両手を上げて首を振った。

「ジョゼフ」マソが言った。「教えろ」

「おれをジョゼフと呼ぶな」ジョーは言った。

マソはジョーに平手打ちを食らわした。「あいつらはどうした」

「消えたのさ」ジョーは老人の丸くなった眼をのぞきこんだ。「パッと」

「はあ？」

「そういうことだ」

マソは声を荒らげた。轟く大声、聞く者を震え上がらせる大音声だった。「あいつらはどこだ」

「ちくしょう」アルバートが指を鳴らした。「トンネルだ。トンネルに逃げこんだんだ」

マソが振り向いた。「トンネルとは？」

「このあたりの地下を走っている。そこから酒を運びこむのだ」

「トンネルに兵士を送りこめばいい」ディガーが言った。

「どこにどういうトンネルがあるのか、誰にもわからない」アルバートはジョーに親指を振った。「そこがこのケツの穴のずる賢いところだ。だろう、ジョー?」

ジョーはうなずいた。まずアルバートに、それからマソに。「ここはおれたちの街だ」

「ああ、ただ、もうちがう」アルバートは言い、トンプソンの銃尾をジョーの後頭部に叩きこんだ。

25　上には上

ジョーは闇のなかで眼覚めた。

何も見えず、口も開かなかった。最初は糸で口を縫われたのかとまで思ったが、一分ほど考えて、鼻の下に当たっているものは粘着テープかもしれないと思った。そう考えれば、唇全体がチューインガムで覆われたようにべたつくのもわかる。

しかし、眼にテープは貼られていなかった。完全な闇と思われたものがだんだん形を現わし、ウールか太い紐を密に織りこんだ袋の内側だとわかった。

頭巾だ。ジョーの胸のなかの声が言った。頭巾をかぶせられている。

両手は背中側で手錠をはめられていた。ロープで結んであるのではない。すべて鉄の手錠だった。足も縛られているようだが、さほどきつくはなく、一インチほどは動かせる。

体の右を下にして横たわり、顔は温かい木に触れていた。干潟のにおいがした。魚と、魚の血のにおいも。しばらくして、エンジン音が聞こえるのに気がついた。人生でそれなりに船に乗ってきたので、音でどのくらいの大きさのエンジンかわかる。ほかの感覚も加わって——船体に当たる波、横たわっている床の揺れ具合——状況がつかめてきた。ぜったいとは言いきれないが、気持ちを集中してまわりのさまざまな音をどれだけ聞いても、ほかのエンジンの音は聞こえなかった。甲板を往き来する男たちの声と足音がした。そのうち近くで誰かが煙草を吸っているのがわかった。勢いよく煙を吸い、鼻を震わせて吐いている。しかし、ほかのエンジン音はしないし、この船もあまり急いでいない。少なくともジョーはそう感じた。逃げている様子はない。つまり、別の船には追われていないと考えていいだろう。

「誰か、アルバートを呼んできてくれ。眼覚めた」

ジョーは持ち上げられた——手が頭巾越しに髪に食いこみ、さらに二本の手が腋の下に入った。甲板を引きずられ、椅子の上に落とされた。硬い木の座と、細板張りの背もたれを感じた。手が今度は手首に触れ、手錠の鍵がはずされた。輪が開く間もなく両手は椅子の背もたれのうしろにまわされ、そこでまた手錠がかけられた。誰かがジョーの胸と腕を椅子に縛り、息ができるぎりぎりのところまで締め上げた。そして誰かが——同一人物かもしれないし、別人かもしれない——ジョーの脚を、まったく動かなくなるほどきつく椅子の脚に縛りつけた。

椅子がうしろに傾いた。ジョーはテープのなかに叫び、その声が自分の耳に響いた。船の横から海に落とそうとしているのだ。頭巾で見えないにもかかわらず、ジョーは固く眼を閉じた。うろたえ乱れた自分の息が聞こえた。息に命乞いができるなら、ジョーの息はまさにそうしていた。

椅子の背が壁に当たって止まった。ジョーは四十五度ほどうしろに傾いて坐っていた。自分の足は椅子の脚ごと一、二フィート、甲板から浮いていると思った。

誰かがジョーの靴を脱がした。靴下も。そして頭巾をとった。

突然の光にジョーは眼をしばつかせた。ありきたりの光ではない。空に渦巻く灰色の雲に跳ね返されても、なおも強烈なフロリダの光だ。どこにも太陽は見えないが、ニッケル板のような海面がどこからか光を照り返していた。灰色のなか、雲のなか、海のなかに、明るさがひそんでいた。どこと指差せるほど強くはないが、ジョーにとっては充分すぎる光だった。

またものがはっきり見えるようになると、最初に焦点が合ったのは父親の懐中時計だった。ジョーの眼のまえにぶら下がっていた。次に、そのうしろにあるアルバートの顔が見えた。アルバートはジョーに見させておいて、自分の安物のチョッキのポケットを開け、時計を落とした。「〈エルジン〉で間に合わせようと思っていたのだ」と言って前屈みになり、両膝に手を置いた。アルバートはジョーに小さく微笑んだ。アルバートのうしろの甲板を、ふたりの男が何か重そうなものを引きずって近づいてきた。黒い鉄の物体で、銀色の持ち手がついている。すぐそこまで来た。アルバートがご覧あれというふうにお辞儀して引き下がると、男たちはそれをジョーのむき出しの足の下に押しやった。

金桶だった。夏のカクテルパーティで招待主が大量の氷を入れ、白ワインのボトルと上等のビールを冷やしそうな。しかし、いまそれに氷は入っていなかった。

ワインも。上等のビールも。

セメントが入っていた。

ジョーは縛《いまし》めのロープから逃れようとしたが、自分の上に落ちてくる煉瓦の家に抵抗するようなものだった。

アルバートがジョーのうしろにまわって椅子の背を叩くと、椅子はまえに倒れ、ジョーの両足がセメントに沈んだ。

アルバートはジョーがもがくのを――もがこうとするのを――科学者のように超然とした好奇心で眺めていた。ジョーが動かせるのはほとんど頭だけだった。足は桶に入るなり、そこにとどまった。足首から膝まではすでにしっかりと縛られていて、ぴくりとも動かない。セメントの感触からすると、ほんの少しまえに混ぜられたらしく、まだどろどろだった。ジョーの両足はスポンジの切れ目にはまるように、そこに沈んだ。

アルバートがすぐまえの甲板に坐り、ジョーの眼を見つめた。セメントが固まりはじめた。スポンジの感触が、足の裏でもっと形のあるものに変わり、徐々に足首まで這い上がってきた。

「固まるまでしばらくかかる」アルバートは言った。「一部の人間が考えているより長くな」

左手にエグモント・キーにそっくりの小さな堡礁島が見えて、ジョーにはいまの居場所がわかった。ほかには海と空があるだけだった。

イラリオ・ノビーレがアルバートにキャンバス地の折りたたみ椅子を持ってきたが、ジョーとは眼を合わさなかった。アルバートは甲板から立ち上がり、海からの照り返しが顔に当たらないように椅子の位置を調節した。坐って身を乗り出し、組み合わせた手を膝のあいだに置いた。彼らはタグボートの上にいた。椅子に縛られたジョーは、操舵室の裏の壁のまえにいて、船尾のほうを向いていた。タグボートは賢明な選択だとジョーも認めざるをえなかった。見た目とちがってタグボートは船足が速く、くそ狭い場所でも方向転換ができる。

アルバートはトマス・コグリンの懐中時計をまた出して、しばらく鎖の先でまわしていた。ヨーヨーを持った少年のように、宙に放ってはスナップを利かせて掌に戻した。そしてジョーに言った。「こいつは遅れる。知ってたか？」

ジョーはしゃべることができたとしても、おそらくしゃべらなかっただろう。

「このくらい大きくて値の張る時計が、正しい時間さえ示せないんだからな」肩をすくめた。「世界じゅうの金をかき集めてもこうなる。ちがうか、ジョー？　世界じゅうの金を集めても、どうにもならないことがある」灰色の空を見上げ、灰色の海を見やった。「このレースに参加したら、二等はない。ともなう危険は誰もが知っている。しくじったら死ぬだけだ。まちがった相手を信じた？　まちがった馬に賭けた？」パチンと指を鳴らした。「消灯だ。妻がいた？　子供も？　それは気の毒に。来年の夏は古きよきイギリスに旅行する予定だった？　計画変更だ。明日も息をしていると思った？　ファックして、食事して、風呂に入ると？　無理だったな」腕を伸ばして、人差し指でジョーの胸をつついた。「おまえはメキシコ湾の底に沈む。世界は閉ざされる。鼻の穴に魚が二匹入ろうが、眼をほかの魚たちにかじられようが、おまえはもう気にしない。神といっしょだから。あるいは悪魔と。いや、どこにもいないか。とにかくおまえがいない場所？」雲に向かって両手を上げた。「それはここだ。だから最後によく見ておけ。深呼吸しておけ。本気で酸素を吸いこむことだ」時計をチョッキのポケットに戻し、まえに屈んで両手でジョーの顔をつかむと、頭のてっぺんにキスをした。「なぜなら、おまえはこれから死ぬからだ」

セメントが固まった。ジョーの爪先、踵、足首を締めつけた。足じゅうが痛いので、どれかの骨が折れたとしか思えなかった。それとも全部か。

ジョーはアルバートと眼を合わせ、自分の上着の左の内ポケットに視線を振った。

「こいつを立たせろ」

「いや」ジョーはことばを発しようとした。「おれのポケットを見ろ」

「むむー！　むむー！　むむー！」アルバートは眼をむいてまねをした。「コグリン、少しは品位というものを見せてくれ。命乞いするな」

ジョーの胸を締めつけていたロープが切られた。ジノ・ヴァロッコが弓のこを持ってきてひざまずき、椅子の手前の脚二本を根元から切り落とした。

「アルバート」ジョーはテープ越しに言った。「ポケットを見ろ。このポケットだ。このポケット。この」

〝この〟と言うたびに首を振って、眼でポケットを指し示した。

アルバートは笑い、ジョーのまねをしつづけた。ほかの連中も加わり、しまいにファウスト・スカルフォーネが猿のまねをした。「フーフーフー」と鳴いて、自分の腋の下を掻いた。ジョーは何度も左に首を振った。

左うしろの椅子の脚がはずれ、ジノは右に取りかかった。

「上等の手錠だ」アルバートがイラリオ・ノビーレに言った。「はずせ。逃げやしないから」

ジョーは相手が引っかかったのに気づいた。アルバートはポケットのなかを見たがっているが、獲物の希望を叶えてやったとまわりに思われない方法を探っている。

イラリオが手錠をはずし、アルバートの足元に投げた。アルバートは手渡されるほどの尊敬はかち得ていなかった。

椅子の最後の脚が切り取られ、残った部分が引き抜かれると、ジョーはセメントの桶のなかに立つ恰好になった。

アルバートが言った。「一度だけ手を動かしていい。口からテープをはがすか、哀れなその命と引き替えにしたいものを見せるかだ。両方は認めない」

ジョーはためらわなかった。ポケットに手を入れた。写真を出してアルバートの足元に飛ばした。

アルバートは甲板からそれを拾った。その左肩の上、エグモント・キーの先に小さな点が現われた。アルバートは片方の眉を上げ、いつもの気障《きざ》ったらしい笑みを浮かべて写真を見た。最初はなんのことかわからなかったようだった。もう一度、右から左に視線を移動させ、またゆっくりと右に戻すうちに、頭がぴたりと止まった。

点が黒い三角形になった。ぎらつく灰色の海の上を疾走している。タグボートももちろん速いが、それとは段ちがいの速さだった。

アルバートはジョーを見た。鋭く、怒った眼つきだった。ジョーにたまたま秘密を嗅ぎ出されて怒っているのではない。ジョー同様、何ひとつ知らされていなかったことに激怒していた。

いまのいままで、アルバートも彼女は死んだと思っていたのだ。

やられたな、アルバート、とジョーは言ってやりたかった。おれたちふたりとも、ガキのようにあしらわれた。

六インチの絶縁テープが貼られていても、ジョーが微笑んでいるのはアルバートに伝わった。

黒い三角形はいまやはっきりと船の形になった。従来型のモーターボートを改造して、船尾にもっと多くの人員か酒壜を積めるようにしたものだ。最高速度の三分の一ほどしか出していないが、それでも海上を走るどんな船より速い。甲板にいる男たちが指差し、小突き合っていた。

アルバートはジョーの口からテープを剝ぎ取った。ボートのエンジン音が聞こえた。遠いスズメバチの群れの羽音のような。

　アルバートがジョーの顔のまえに写真を持ってきた。

「彼女は死んだ」

「死んでるように見えるか？」

「いまどこにいる」アルバートが声を荒らげ、甲板にいた何人かが振り向いた。

「その写真のなかさ、アルバート」

「どこで撮ったか教えろ」

「教えよう」ジョーは言った。「教えたら、おれには何も起きないんだろうな」

　アルバートがジョーの両耳に拳を叩きつけた。頭上の空がくるくるまわった。

　ジノ・ヴァロッコがイタリア語で何か叫び、右舷方向を指差した。

　二艘目のボートが現われた。これも改造モーターボートで、四人の男が乗っていて、四百ヤードほど離れたぼた山の裏側から出てきた。

「彼女はどこだ」

　ジョーの耳鳴りはさながらシンバルの交響曲だった。何度も頭を振った。

「ぜひ教えたいが」ジョーは言った。「これ以上何かに浸かるのはごめんだ」

　アルバートはボートを指差し、もう一艘も指差した。

「あいつらには止められない。おまえはくそあほうか？　さあ、彼女はどこだ」

「どこだっけ」

「どこだ」

「写真のなかだ」

「昔の写真だろう。古い写真を細工して——」

「ああ、おれも最初はそう思ったよ。だが、そのタキシードの男。ずっと右のほうでピアノにもたれかかってる背の高いやつ。そいつの肘のところに新聞があるだろう、アルバート。見出しを読んでみろよ」

大統領就任前のルーズヴェルト、マイアミの暗殺未遂事件で無事

「先月の事件だ、アルバート」

二艘のボートが三百五十ヤードほどのところまで近づいた。

アルバートはそれを見て、マソの部下たちを見やり、ジョーに眼を戻した。「あいつらが救ってくれると思うのか？　人数はこっちの半分だぞ。われわれのほうが有利だ。あんなのが半ダース来ようが、ひとつ残らずマッチ棒にしてやる」そして部下たちに命じた。

「殺せ」

みな船縁に並んでひざまずいた。ジョーが見たところ、十数人いた。右舷に五人、左舷にも五人、イラリオとファウストは何かをしに船室に入っていった。甲板にいる男たちのほとんどがトミーガンを、何人かは拳銃を持っているが、長い距離を撃つのに必要なライフルは誰も持っていない。

と思う間にイラリオとファウストが船室から木箱を引きずってきて、ジョーの希望を打ち砕いた。ジョーは初めて、船縁の甲板にネジ留めされた青銅製の三脚と、その横の工具箱に気づいた。いや、三脚ではない――架台だ、銃を据えつける。しかもばかでかい銃を。イラリオが木箱のなかから三〇‐〇六の弾薬ベルトを二本出し、架台の横に置いた。そしてファウストとまた木箱のなかに手を入れ、銃身を十本束ねた一九〇三年製のガトリング銃を取り出した。それをふたりで架台にのせて、固定しはじめた。

近づくモーターボートの音が大きくなった。もう二百五十ヤードくらいか。ガトリングを除けば、どの銃の最大射程より百ヤードは離れている。ガトリングがすえつけられれば話は別だ。一分間に九百発まで発射できる。一回の連射がどちらかのボートをとらえたら、あとはサメの餌になる肉しか残っていない。

アルバートが言った。「どこにいるか話せば、すぐにすませてやる。一発で。感じる暇もない。だが、無理やり聞き出さなければならなくなったら、話したあとも時間をかけて体を引きちぎり、甲板に崩れるまで積み上げてやる」

モーターボートが不規則に動きはじめ、男たちは叫び合ってしきりに位置を変えた。左舷側のボートはヘビのように進み、右舷側のボートも鋭く左右に舵を切って、両方のエンジン音が高くなった。

アルバートが言った。「話すんだ」

ジョーは首を振った。

「頼む」アルバートはほかの誰にも聞こえないように小声で言った。ボートのエンジン音とガトリングをすえつける音で、ジョーにもほとんど聞こえなかった。

「私は彼女を愛している」

「おれも愛してた」

「ちがう」アルバートは言った。「私は愛している」

ガトリングが固定された。イラリオが弾薬ベルトをフィードガイドに取りつけ、装弾容器にたまった埃を吹き払った。

アルバートがジョーに体を近づけた。まわりを見渡してから言った。「こんなことはしたくないのだ。誰がしたい？　私はただ、彼女を笑わせたときのあの気持ちをもう一度味わいたいだけだ。彼女に灰皿を投げられたときの気持ちを。ファックさえどうでもいい。ホテルのバスローブを着た彼女がコーヒーを飲むところを見られれば。おまえはいま味わってるんだろう。例のスピックの女と？」

「ああ」ジョーは言った。「味わってる」

「ところで彼女はなんだ？　ニガーなのか、スピックなのか」

「両方だ」

「おまえはそれでもかまわない？」

「アルバート」ジョーは言った。「かまうわけがないだろう?」

米西戦争の復員兵であるイラリオ・ノビーレがガトリングのクランクハンドルにつき、ファウストが銃の下に坐った。一本目の弾薬ベルトが祖母の毛布のようにファウストの膝にのった。

アルバートが長銃身の三八口径を抜き、銃口をジョーの額に当てた。「言え」

四番目のエンジン音に気づいた者は誰もいなかったが、すでに手遅れだった。

ジョーはそれまででいちばん深くアルバートの眼をのぞきこんだ。そこには、過去に見た誰よりも怯え怖がる人間がいた。

「言わない」

ファルーコ・ディアスの飛行機が西の雲のなかから現われた。高空から一気におりてきた。後部にディオンが立ち、マシンガンがすえつけてあった。ファルーコ・ディアスが何カ月もジョーと交渉して、なんとか設置した架台だ。ディオンは分厚いゴーグルをかけ、笑っているように見えた。

ディオンと彼のマシンガンが最初に狙ったのはガトリング銃だった。

イラリオが左を向くと、ディオンの弾が彼の耳を吹き飛ばし、大鎌のように首を断ち切った。弾は銃や架台や甲板の索止めで跳ねて、ファウスト・スカルフォーネの体に飛びこんだ。両腕が頭の横で踊り、ファウストは赤い血をまき散らしてひっくり返った。

甲板もあらゆるものをまき散らしていた——木片、金属、火花。男たちは身を屈め、うずくまり、丸まった。叫び声をあげ、自分たちの武器につまずいた。ふたりが海に落ちた。

ファルーコ・ディアスの飛行機が向きを変えて雲のほうへ上昇しだすと、甲板の男たちは息を吹き返した。立ち上がって応戦しはじめた。飛行機の上昇角度が急になると、射撃の方向も垂直に近づいた。

その何発かが飛行機から跳ね返ってきた。

アルバートの肩にも一発当たった。別の男は首のうしろを押さえて甲板に倒れた。

二艘のモーターボートが射程内に近づいたが、狙撃者たちは全員背を向けてファルーコの飛行機を撃っていた。ジョー側の狙撃者は最高の腕前ではなかった——しかも激しく揺れる船の上にいる——が、最高である必要はなかった。どうにか腰や膝や腹に当てることはでき、それで甲板上の男の三分の一が倒れて、腰や膝や腹を撃たれたときに人が発する声を発した。

飛行機が二度目の攻撃に戻ってきた。モーターボートの男たちも射撃し、ディオンは、マシンガンが消火ホース、自分は消防署長であるかのように撃ちまくった。アルバートは体を起こして三二口径をジョーに向けたが、そのとき船の後部が、埃と木片と一斉射撃から逃げ損ねた男たちの竜巻に呑みこまれ、ジョーはアルバートを見失った。

ジョーの腕にも弾の破片が当たり、頭には酒樽の蓋ほどの木片が飛んできた。それはジョーの左の眉毛の一部を剝ぎ、左耳の上を削って、メキシコ湾に入った。コルトの四五口径が桶の横に飛んできたので、ジョーは拾い上げた。弾倉を抜いて少なくとも六発は残っていることを確認し、すばやく戻した。

カルミネ・パローネが駆け寄ってくるまでに、顔の左側の出血は怪我そのものに比べてかなりひどくなっていた。カルミネはジョーにタオルを渡し、新入りのピーター・ウォレスといっしょに斧でセメントを砕きはじめた。すでに固まっているとジョーは思っていたが、固まっておらず、斧とカルミネが船室から見つけてきたシャベルを十五、十六回振りおろすと、ジョーを解放することができた。

ファルーコ・ディアスが海上におりてきて、エンジンを切った。飛行機がジョーたちのほうにすべってきた。ディオンが船に乗りこみ、部下たちは怪我人の息の根を止めはじめた。

「調子はどうだ？」ディオンがジョーに訊いた。

足を引きずって船尾に逃げようとしている若者を、リカルド・コルマルトが追った。若者の両脚は血まみれだったが、あとの部分はベージュのスーツ、クリーム色のシャツといった夜遊びに出かけそうな恰好だった。マンゴーレッドのネクタイを肩に跳ね上げて、これからロブスターのスープを味わいそうだった。コルマルトがその背骨に弾を撃ちこむと、若者は怒りの叫びをあげ、コルマルトは頭にも弾を浴びせた。

ジョーは甲板に積まれた死体を見て、ウォレスに言った。「もしあそこでやつが生きてたら、連れてきてくれ」

「イエッサー、イエッサー」ウォレスが言った。

ジョーは踵を少し曲げ伸ばししてみた。痛すぎた。操舵室の梯子の下に手をかけて、ディオンに言った。

「さっきの質問はなんだった？」

「調子はどうだ？」

「ああ」ジョーは言った。「見りゃわかる」

舷側にいた男がイタリア語で命乞いをしたが、カルミネ・パローネが胸を撃ち、海に蹴り落とした。

次いでファザーニがジノ・ヴァロッコを仰向けにした。ジノは顔のまえに両手を持ってきた。体の横から血が出ていた。ジョーはジノと家族の話をしたことを思い出した。子供をもうけるのに都合のいい時期などないという話をしたのだった。

ジノはこういうときに誰もが言うことを言った。

「待て。ちょっと待って――」

しかし、ファザーニはジノの心臓を撃ち抜き、足で突いてメキシコ湾に落とした。

ジョーが眼を背けると、ディオンが射貫くような視線で真剣に見つめていた。「こいつらは、おれたちを全滅させるつもりだったんだぞ。ひとり残らず追いつめて。わかってるよな」

ジョーはまばたきで肯定した。

「それはなぜだ？」

ジョーは答えなかった。

「答えろよ、ジョー。なぜだ？」

ジョーはまだ答えなかった。

「欲だ」ディオンは言った。「まっとうな欲じゃない。正気でもない。底なしの欲だ。こいつらは永遠に満足しない」ディオンは怒りで紫になった顔を、鼻同士が触れ合うほどまでジョーに近づけた。「何をやっても、くそ不充分なのさ」

ディオンは背筋を伸ばした。ジョーは友人を長いこと見つめた。誰かが、もう殺す相手はいないと言うのが聞こえた。

「おれたちの誰にとってもだ」ジョーは言った。「おまえ、おれ、ペスカトーレ、誰にとっても。美味すぎるんだ」

「何が？」

「夜だ」ジョーは言った。「みんな夜を貪りたい。昼間生きれば、他人のルールにしたがわなきゃならない。だからおれたちは夜生きて、おれたちのルールにしたがう。だがわかるか、ディー？ じつは、おれたちにルールなんてない」

ディオンはそのことについて考えた。「ああ、ほとんどないな」

「そろそろ疲れてきた」

「わかる」ディオンは言った。「顔に出てる」

ファザーニとウォレスがアルバート・ホワイトを引きずってきて、ジョーのまえの甲板にどさりと落とした。

頭のうしろがなくなり、心臓があるはずの場所に黒い血が固まっていた。ジョーは死体のそばに屈んで、アルバートのチョッキのポケットから父親の懐中時計を取り戻した。壊れていないか確かめ、傷ひとつないのを見て自分のポケットに入れた。ジョーは甲板に坐りこんだ。

「じっと眼を見てやるつもりだった」

「なんで?」ディオンが言った。

「じっと眼を見て、言ってやるつもりだった。〝おれを片づけたと思っただろうが、ざまあみろ、こっちが片づけてやった〟と」

「四年前に言えるチャンスがあったのに」ディオンはジョーに手を伸ばした。

「今度こそ言いたかった」ジョーは手を取った。

「無理だ」ディオンはジョーを引き上げて立たせた。

「そういうチャンスが二度訪れるやつなんていない」

26 ふたたび闇へ

ロメロ・ホテルにつながるトンネルは十二番埠頭から始まっていた。そこからイーボーシティの下を八区画走っていて、満潮で水に浸かっていたり、夜にネズミが出すぎたりしていなければ十五分でホテルまで行ける。幸いジョーたちが埠頭に着いたのは真っ昼間で、潮も引いていたので、かかった時間は十分だった。全員陽に焼かれ、脱水状態で、ジョーの場合には怪我もしていたが、エグモント・キーから埠頭に戻る途中で、ジョーは、マソがこちらの想像の半分でも賢ければ時間制限を設けているはずだ、と一同に言い聞かせていた。その制限までにアルバートから連絡がなければ、すべて失敗したと想定してただちに逃げ出すはずだと。

トンネルの終点は梯子だった。梯子をのぼるとホテルのボイラー室で、ボイラー室が厨房につながる。厨房を越えると支配人室があり、その先がフロントだった。厨房からフロントまでは、ドアの向こう側で誰かが待ち伏せしていないか、眼や耳で確かめることができるが、最大の疑問符がつくのは、梯子をのぼりきってボイラー室に入るところにある、スチール製のドアだった。そこはふだん鍵がかかっていて、開けるには合いことばが必要だ。それまでロメロ・ホテルに強制捜査はなかった。ジョーとエステバンがオーナーに金を渡して、然るべき筋に賄賂をつかませていたし、注目されるようなことを何もしていなかったからでもある。もぐり酒場はなく、酒を蒸溜して運び出しているだけだった。

　ボルト三本に、こちらからは手が出せないシリンダー錠がついたスチール製のドアをどうするか。しばらく議論した末、いちばん銃の腕が立つ男――この場面ではカルミネ・パローネ――が梯子の上から援護し、ディオンがショットガンで鍵を破壊することになった。

「もしドアの向こうに誰かいたら、おれたち全員、樽のなかの魚だ」ジョーが言った。

「いや」ディオンが言った。「樽のなかの魚はおれとカルミネで充分だ。跳弾から逃れられるかどうかもわからない。残りの女々しいおまえら？　はっ」ジョーに微笑んだ。「せいぜい復讐に燃えてくれ」

　ジョーと残りの部下たちはまた梯子をおり、ディオンがカルミネに「最後のチャンスだ」と言ったあと、ドアの蝶番に最初の弾を撃ちこむ音を聞いた。すさまじい音だった。コンクリートと金属で閉ざされた空間で、金属同士がぶつかったのだ。ディオンは間を置かなかった。破片があちこちで跳ね返る音がまだ響いているうちに、二発目、三発目を撃った。もし誰かホテルに残っていたら、聞いてここまでおりてくるところだろうとジョーは思った。十階の連中しかいないのなら、当然おれたちが来たと考えるはずだ。

「行くぞ、行くぞ」ディオンが叫んだ。

カルミネは生き延びられなかった。ディオンは彼の体を梯子から抱え上げ、壁にもたせかけた。空いたところへジョーたちが上がってきた。どこからどう飛んできたのかわからない金属片がカルミネの眼から脳に入っていた。カルミネは火のついていない煙草をまだ唇から垂らして、傷ついていないほうの眼で彼らを見つめ返した。

彼らは入口からドアを引きはがし、ボイラー室に入った。ボイラー室から蒸溜場所と厨房へ、そして厨房の先へ。支配人室の手前のドアの中央には丸窓がついていて、ゴム敷きの狭い通路が見えた。支配人室のドアは開いており、なかには派手なパーティの痕跡が残っていた——食べかすがのった油紙、コーヒーカップ、ライ・ウイスキーの空《から》のボトル、吸い殻があふれる灰皿。

ディオンはそれを見てジョーに言った。「自分が年寄りになるなんて考えたこともないな」

ジョーは口からふうっと息を吐き、ドアをくぐった。支配人室を通り抜け、フロントの裏に出るころには、ホテルはもぬけの殻だとわかった。待ち伏せをしている静けさではなく、本当に人がいない静けさだった。待ち伏せをしているとしたら、ボイラー室だった。ひとりも逃さないように、もう少し引き寄せたければ、厨房だ。一方、ロビーは待ち伏せするには悪夢のような場所だ。隠れる場所が多すぎ、散り散りに逃げることができ、十歩も走れば通りに出られる。

マソがジョーの想像を超える待ち伏せをしかけていたときのために、部下をエレベーターで十階まで上がらせ、階段にも数人まわした。彼らは戻ってきて、十階にはもう誰もいないと報告した。サルとレフティだけが一〇〇九号室と一〇一〇号室のベッドに寝かされていた。

「ふたりをおろしてくれ」ジョーは言った。

「わかりました」

「誰か、カルミネも梯子のところから運んできてくれ」

　ディオンが葉巻に火をつけた。「カルミネの顔を撃っちまったのが信じられない」

「撃ったんじゃない」ジョーは言った。「跳弾だ」

「たいしてちがわない」ディオンは言った。

　ジョーは煙草に火をつけ、パナマで陸軍の軍医だったポツェッタにもう一度、腕の傷を診させた。

　ポツェッタは言った。「治療が必要ですよ、ボス。薬も飲まないと」

「薬ならあるぞ」ディオンが言った。

「ちゃんとした薬だ」

「裏口から出て」ジョーは言った。「おれに必要なものを仕入れてくるか、医者を見つけてきてくれ」

「わかりました」ポツェッタは言った。


　タンパ市警で鼻薬を嗅がせている警官六人に連絡をとって、来させた。ひとりが救急車を呼び、ジョーはサルとレフティ、カルミネに別れを告げた。カルミネは、ほんの一時間半前にジョーをセメントの桶から救い出してくれたばかりだった。とはいえ、ジョーにとっていちばんこたえたのはサルだった。振り返ってみて初めて、いっしょにすごした五年間の重みが胸に迫った。ジョーは何度となくサルを自宅の夕食に招待した。夜、車で待つサルにサンドイッチを持っていってやったこともあった。ジョーは自分の命とグラシエラの命を、サルにあずけていた。

　ディオンがジョーの背中に手を当てた。「タフなやつだった」

「つらい思いをさせた」

「え？」

「今朝、おれの事務室で。おまえとおれが彼にきついことを言った、ディー」

「ああ」ディオンは何度かうなずき、十字を切った。

「なんでまたやっちまったんだろうな」

「わからない」ジョーは言った。

「理由があったはずだ」

「このことに意味があってほしいな」ジョーは言い、部下たちが死亡者を救急車に乗せられるようにうしろに下がった。

「意味はあるさ」ディオンが言った。「あいつを殺したくそどもと決着をつけるという意味がな」

　車寄せからフロントに戻ると医師が待っていて、ジョーの傷口を洗い、縫合した。ジョーは手当を受けながら、送りこんでおいた警官たちの報告を聞いた。

「今日、マソの命令で動いていた警官たちは、昔からのお抱えなのか?」ジョーは三区のビック巡査部長に訊いた。

「いいえ、ミスター・コグリン」

「通りでおれの部下を追っていると知ってたのか」

　ビック巡査部長は床に眼を落とした。「そう考えざるをえません」

「そうだな」

「警官は殺せない」ディオンが言った。

　ジョーはビックの眼を見つめながら言った。「なぜ?」

「顰蹙《ひんしゅく》を買う」ディオンが言った。

　ジョーはビックに言った。「いまペスカトーレ側についている警官が誰かわかるか?」

「今日発砲した警官はみな報告を書かされています。市長も不機嫌だし、商工会議所も怒り狂っているので」

「市長も不機嫌?」ジョーは言った。「商工くそ会議所も?」ビックの制帽を頭からはたき落とした。「おれが不機嫌なんだよ! ほかのやつらなど知るか。おれが不機嫌だ!」

　あたりに居心地の悪い沈黙ができた。誰もが眼の置きどころに困った。全員——ディオンでさえ——ジョーが怒鳴るのを聞いたのは、記憶にあるかぎり初めてだった。

次にジョーがビックに話しかけたときには、声はふつうの高さに戻っていた。「ペスカトーレは飛行機には乗らない。船も好まない。つまり、四十一号線を北に向かう車のなかか、列車のなかにいるということだ。ビック巡査部長？　さあ、帽子を拾って、やつを見つけてくれ」

数分後、支配人室からジョーはグラシエラに電話をかけた。

「気分はどうだい？」

「あなたの子は乱暴よ」グラシエラは言った。

「おれの子、な」

「彼は蹴る、蹴る、蹴る。いつもそう」

「明るい面を見れば」ジョーは言った。「それもあとたったの四カ月だ」

「とってもおもしろいこと言うのね。次はあなたに妊娠してもらいたいわ。気管に胃がせり上がる感じとか、まばたきの回数より多くおしっこしなきゃならない不便さを味わってほしい」

「次は試してみよう」短くなった煙草をもみ消して、新しいのに火をつけた。

「今日、八番街で銃撃戦があったという話を聞いた」グラシエラの声はずっと小さくなり、強張った。

「ああ」

「終わった？」

「まだだ」ジョーは言った。

「交戦中なのね」

「交戦中」ジョーは言った。「そうだな」

「いつ終わる？」

「わからない」

「そもそも終わるの？」

「わからない」

一分ほど、ふたりは黙っていた。互いに相手が煙草を吸っている音が聞こえた。ジョーが父親の懐中時計を見ると、船の上で時刻を合わせたのにすでに三十分も遅れていた。

「あなたにはわからないのね」グラシエラがようやく言った。

「何が？」

「わたしたちが最初に会った日から交戦中だった。なぜ？」

「生活を支えるためだ」

「死ぬことが生活？」

「おれは死んでない」

「今日が終わるころには死んでるかもしれないわ、ジョゼフ。本当に。今日の戦いに勝っても、次も、その次もある。あなたのしていることには暴力が多すぎて、いつかかならず——かならず——あなたに返ってくる。そのうちあなたを捕まえる」

父親が言い残したことと同じだった。

ジョーは煙草を吸い、天井に煙を吐き出して、それが消えるのを見つめた。グラシエラのことばに真実がないとは言いきれない。つまり、父親のことばにもいくらかの真実が含まれていたということだが、それでもいまは真実にかかずらっている場合ではない。

ジョーは言った。「どう答えればいいのかわからない」

「わたしもよ」

「なあ」

「何？」

「どうして男の子だとわかった？」

「いつも蹴りまくってるから」グラシエラは言った。「あなたみたいに」

「ああ」

「ジョゼフ」グラシエラは煙草を吸った。「この子をひとりで育てさせないで」

その日の午後、タンパを発つ列車は、オレンジ・ブロッサム・スペシャル号だけだった。シーボードの通常列車は二便ともすでに出ていて、翌日まで走らない。オレンジ・ブロッサム・スペシャルは冬の数カ月だけタンパを往復する豪華寝台列車で、マソやディガーたち一味にとって不幸なことに、全席予約ずみだった。

車掌を賄賂で動かそうとしていたときに、警察が現われた。味方でない警官たちだった。

マソとディガーはオーバーンのセダンの後部座席に坐って、ユニオン駅のすぐ西の野原にいた。赤煉瓦造りで、縁がケーキの砂糖衣のように白い駅舎の全容が見えた。この小さな煉瓦の建物から、暗灰色の鋼材の線路が、果てしなく続く平原を経て国じゅうに広がる血管のように北へ、東へ、西へ伸びている。

「鉄道を手に入れとくべきだったな」マソが言った。

「まだチャンスがあった若いころに」

「トラックがある」ディガーが言った。「そっちのほうがいいよ」

「トラックじゃここからは出られない」

「だったらこのまま車で」

「黒い帽子のイタリア人の一団が高級車でくそオレンジ園を横切って、やつらに気づかれないとでも思うのか」

「夜走ればいい」

マソは首を振った。「道路が封鎖される。いまごろあのちんぽ吸いのアイルランド人が、ここからジャクソンヴィルまでのすべての道路に人を配置している」

「でも列車はまずいよ、パパ」

「いや」マソは言った。「まずくない」

「飛行機を手配してジャクソンヴィルから飛ぶことも――」

「空飛ぶ死の罠に乗りたいなら、ひとりで乗れ。わしはごめんだ」

「パパ、安全だって。ずっと安全だ……」

「列車より?」マソが言ったとき、パンと何かが弾ける音が空中に響き、一マイルほど先の野原から煙が上がった。

「カモ狩りかな?」ディガーが言った。

マソはディガーを見て、これほどの馬鹿でも三人息子のなかではいちばん頭がいいというのは、なんと悲しいことだと思った。

「そのへんにカモが飛んでるか?」

「だったら……」

「やつが線路を爆破したのだ」マソは言い、息子を見た。「ちなみに、おまえの浅知恵は母親譲りだからな。あいつは鉢入りのスープとチェッカーをしても勝てないやつだ」

マソたちがプラット通りの公衆電話のそばで待っているあいだに、アンソニー・セルヴィドーネが現金のいっぱい詰まったスーツケースを持って、タンパ・ベイ・ホテルに行った。アンソニーは一時間後に電話をかけてきて、部屋が取れた、警察はいないし地元のチンピラも見当たらない、と報告した。警備部隊を送ってくれ。

送った。といっても、なんであれタグボートで起きたことのあとで、さほど人員は残っていなかったが。タグボートには十二人乗せた。あの小ずるいアルバート・ホワイトを入れれば、十三人だ。残っているのは警備の七人と、マソ個人のボディガードのセッペ・カルボーネ。セッペはマソと同じ町の出身だった。シチリアの北西の沿岸にあるアルカモだ。セッペのほうがはるかに若く、マソとは別の時代に育っていたが、それでも同じ町の出身らしく無慈悲で怖れ知らず、そして死ぬまで忠実だった。

警備の部下たちが宿泊階とロビーの安全を確認した、

とアンソニーが連絡してきたあとで、セッペはマソとディガーの乗った車をタンパ・ベイ・ホテルの裏口につけ、一同は従業員用エレベーターで七階に上がった。

「ここにはいつまで？」ディガーが訊いた。

「明後日だ」マソが言った。「それまでここでおとなしくしている。あのくそアイルランド人も、それほど長く道路は封鎖できんだろう。マイアミまで車で行って、そこから汽車に乗る」

「女が欲しい」ディガーが言った。

マソは息子の後頭部をしたたか引っぱたいた。「身を隠すというのがどういうことかわからないのか。女だと？ くそ女？ いっそ友だちも連れてきてもらったらどうだ。敵のガンマンもふたりぐらい。この馬鹿たれが」

ディガーは叩かれた頭をなでた。「男には欲求ってのがある」

「まわりに男がいるだろう」マソは言った。「好きなのを選べ」

七階に着くと、すぐまえでアンソニー・セルヴィドーネが待っていた。マソとディガーにそれぞれ部屋の鍵を渡した。

「部屋も確かめたか？」

アンソニーはうなずいた。「大丈夫です。全室調べました。この階すべて」

マソとアンソニーはチャールズタウン刑務所で知り合った。所内では誰もがマソに忠実だった。さもなくば死が待っていたからだ。一方、セッペは、アルカモを支配するトド・バシーナの紹介状をたずさえてきて、マソが数えきれないほど有能なところを見せていた。

「セッペ」マソは言った。「念のためもう一度、部屋を改めてくれ」

「わかりました、頭領《カポ》。いますぐ《スピート》」セッペはレインコートからトンプソンを取り出し、マソのスイートのまえに集まった男たちのあいだを縫って、ひとり部屋に入った。

アンソニーがマソに近づいた。「ロメロにいたそうです」

「誰が」

「コグリン、バルトロ、それから部下のキューバ人やイタリア人」

「コグリンがいたのはまちがいないな？」

アンソニーはうなずいた。「ぜったいに」

マソは一瞬眼を閉じた。「怪我は何もなしか？」

「いいえ」アンソニーは多少いい知らせを伝えられることに興奮して、すぐに答えた。「頭に大きな傷があり、腕に弾を受けています」

マソは言った。「ほう、やつが敗血症でくたばるまでここで待つべきかな」

ディガーが言った。「そんな時間はないよ」

マソはまた眼を閉じた。

ディガーが両脇にふたりの男をしたがえて部屋に歩いていくと、セッペがマソのスイートから出てきた。

「大丈夫です、ボス」

マソは言った。「おまえとセルヴィドーネは入口にいろ。ほかのやつらはフン族との国境地帯にいる百人隊長みたいに行動しろ。わかったか《カピーチェ》？」

「わかりました《カピーチェ》」

マソは部屋に入り、レインコートと帽子を脱いだ。酒をついだが、それは従業員に持ってこさせたアニゼットのボトルだった。酒はまた合法になった。ほとんど、という意味だが。いまそうでなくても、いずれは合法になる。この国もようやく正気に戻った。

とんだ恥さらしだったな、あれは。

「こっちにもついでもらえるか？」

マソが振り返ると、ジョーが窓辺のカウチに坐っていた。膝にサヴェージの三二口径をのせ、銃口にマキシムのサイレンサーをつけていた。

マソは驚かなかった。毛筋ほども。ただ、ひとつのことを気にかけていた。

「どこに隠れてた？」グラスに酒をついで、ジョーのところまで持っていった。

「隠れてた？」ジョーはグラスを受け取った。

「セッペが部屋を調べたときに」

ジョーは三二口径を振ってマソを椅子に坐らせた。

「隠れちゃいない。あそこのベッドの上に坐ってた。やつが入ってきたから訊いた、明日も生きてる人間のもとで働きたいかと」

「たったそれだけか？」マソが言った。

「それより、ディガーみたいな木偶《でく》の坊を権力の座につけたいのかという問題だ。この土地はすばらしかった。本当に。あんたが来て、たった一日でめちゃくちゃにしてしまうまで」

「それが人間というものだろう」

「壊れてないものを直そうとするのが？」

マソはうなずいた。

「いや、ちがう」ジョーは言った。「そうとはかぎらない」

「かぎらないが」マソは言った。「たいていそうだ」

「あんたと、あんたの腐った欲のせいで、今日何人死んだかわかってるだろう？　〝エンディコット通りのつまらんイタ公〟？　とんでもない。あんたはそんなものじゃない」

「いつか、ことによるとおまえにも息子ができたら、わかるさ」

「そうなのか？」ジョーは言った。「何がわかる？」

マソは肩をすくめた。ことばにすれば穢れてしまうというように。「わしの息子はどうしてる？」

「いま？」ジョーは首を振った。「いなくなってる」

マソは隣の部屋の床にうつぶせで倒れているディガーを思い描いた。後頭部に弾を撃ちこまれ、カーペットに血がたまっている。突然、たとえようもなく深い悲しみに襲われて驚いた。暗い悲しみだった。真っ暗で、希望がなく、震え上がるほど怖ろしい。

「昔からおまえが息子ならよかったと思っていた」ジョーに言う声がかすれた。

「不思議だな」ジョーは言った。「おれは一度もあんたが父親ならよかったと思ったことがない」

銃弾がマソの喉に入った。最後に彼が見たものは、自分のアニゼットのグラスに落ちた一滴の血だった。

そしてすべてが闇に包まれた。

マソは倒れながらグラスを落とし、両膝をずんとついて、頭をコーヒーテーブルに打ちつけた。右の頬をテーブルに落とし、虚ろな眼で左側の壁を見つめた。

ジョーは立ち上がって、その日の午後、工具店で三ドル払って買ったサイレンサーを見た。噂によると議会が値段を二百ドルに吊り上げ、やがて違法化するということだった。

哀れな。

ジョーは念のため、マソの頭のてっぺんを撃った。


廊下に出ると、部下たちがペスカトーレの殺し屋の武器を取り上げていた。抵抗されるのではないかと思っていたが、争いはなかった。みな闘いたくなかったのだ、ディガーのような愚か者に跡を継がせるほど、自分たちの命を軽んじている男のためになど。マソのスイートから出たジョーはドアを閉め、まわりに立っている男たちを見た。これから何が起きるのか、確信は持てなかった。ディオンがディガーの部屋から出てきた。十三人の男が数挺のマシンガンとともに、しばらく廊下に立っていた。

「できれば誰も殺したくない」ジョーは言い、アンソニー・セルヴィドーネを見た。「死にたいか？」

「いいえ、ミスター・コグリン。死にたくありません」

「ほかは？」ジョーは廊下を見まわした。数人が神妙な面持ちで首を振った。「ボストンに戻りたければ戻るといい。祝福する。ここに残っていくらか陽光を浴び、きれいな娘に会いたければ、やる仕事はある。最近は仕事を提供する人間も少ないだろうから、興味があれば言ってくれ」

ほかに言うべきことばを思いつかなかった。ジョーは肩をすくめ、ディオンとエレベーターに乗って、ロビーにおりていった。

一週間後、ジョーとディオンはニューヨークにいた。マンハッタンのミッドタウンで、保険会社の奥にある事務室に入り、ラッキー・ルチアーノと向かい合って坐った。

もっとも怖れられている男は、もっとも怖れている男でもあるというジョーの理論は、窓から飛んでいった。ルチアーノのなかに恐怖はなかった。というより、感情に類するものはほとんど見られず、凪いだ海のような凝視のいちばん奥底に、暗く果てしない怒りがわずかにうかがえるだけだった。

恐怖についてこの男が知っているのは、それでどう人を動かすかということだけだった。

ルチアーノの身だしなみは完璧で、肌がステーキハンマーで叩いた子牛肉のようでなければ、美男子と言ってもよかった。一九二九年に襲撃されたときの名残で右眼が垂れていて、手は大きく、人の頭蓋をつかんでトマトさながらに潰せそうなほど力強く見えた。

「ふたりとも、そこのドアから生きて出たいか？」ジョーとディオンが坐ると、ルチアーノは言った。

「はい」

「ならば、ボストンを仕切るグループを置き換えなければならない理由を説明してくれ」

ジョーは説明した。話しながら、ルチアーノの暗い眼のなかに、納得しているかどうかを示す徴候を読み取ろうとしたが、大理石の床に向かって話すのと変わらなかった——ある方向から光が当たったときに、そこに映った自分の姿が見えるだけだった。

説明が終わると、ルチアーノは立ち上がり、六番街に面した窓から外を見た。「南のほうはたいへんな騒動だったな。死んだ説教師には何が起きたんだ。父親は警察本部長じゃなかったか？」

「引退させられました」ジョーは言った。「最後に聞いた話では、療養所のようなところに入れられたとか。こちらの害にはなりません」

「だが娘のほうはなった。そして、おまえはそれを放っておいた。だから、おまえは柔《やわ》だという噂が立った。臆病者ではない。おれはそう言わなかった。一九三〇年におまえが例の田舎者をどう扱ったかはみな知っているし、船から武器を盗んだあの件は語り種だ。しかし、三一年には密造者を放っておいた。そして、あの女——女だぞ、コグリン。女のせいでカジノの計画が流れた」

「そのとおりです」ジョーは言った。「弁解はできない」

「そう、できない」ルチアーノは言った。机越しにディオンを見た。「おまえなら、あの密造者をどうした？」

ディオンは不安げにジョーを見た。

「こいつを見るんじゃない」ルチアーノは言った。「おれを見て、正直に答えろ」

それでもディオンがジョーを見ていたので、ついにジョーは言った。「いいから正直に話せ、ディー」

ディオンはルチアーノに眼を向けた。「消してたと思います、ミスター・ルチアーノ。本人も、息子たちも」パチンと指を鳴らした。「家族全員、片づけてました」

「説教師の女は？」

「女については、姿を消したように見せかけたでしょう」

「なぜ？」

「信者が彼女を聖人にする道を残すために。清らかなまま天に召し上げられたとかなんとか。一方、おれたちが彼女をぶった切って爬虫類の餌にしたことは広く知らせます。二度となめるなよという警告として。けどほかのときには、彼女のために集まって、彼女を讃える歌を歌えばいい」

ルチアーノが言った。「おまえはペスカトーレがドブネズミと呼んだやつか？」

「そうです」

「わけがわからなかったのだ」とジョーに言った。「このドブネズミがおまえを二年間、川の上に送りこんだとわかっていて、どうして信頼できる？」

ジョーは言った。「おれはできませんね」

ルチアーノはうなずいた。「われわれもそう思ったから、あの老人を説得して襲撃をやめさせようとしたのだ」

「しかし、あなたはそれを許可した」

「もしおまえが新しい酒のビジネスでうちのトラックと組合を使わないのなら、という条件で許可した」

「マソはおれにそんなことは言いませんでした」

「ええ。たんに彼の息子の命令にしたがい、おれの友人を殺せと言っただけです」

ルチアーノは長いことジョーを見つめた。

「いいだろう」ようやく言った。「そっちの提案を聞こう」

「こいつをボスにしてください」ジョーはディオンに親指を振った。

ディオンが言った。「何？」

ルチアーノが初めて微笑んだ。「で、おまえは顧問《コンシリ》役《エーレ》にとどまるのか？」

「ええ」

ディオンが言った。「おい待て。ちょっと待ってくれ」

ルチアーノがディオンを見た。顔から笑みが消えた。

ディオンはすぐに状況を読んだ。「……光栄です」

ルチアーノは言った。「おまえの出身地は？」

「シチリアのマンガナーロという町です」

ルチアーノは両眉を上げた。「おれはレルカラ・フリッディだ」

「おお」ディオンは言った。「大きな町ですね」

ルチアーノは机をまわってきた。「レルカラ・フリッディを大きな町と言うには、マンガナーロみたいな本物の肥《こえ》だめの出身でないとな」

ディオンはうなずいた。「だから移ってきました」

「それはいつだ？　立ちたまえ」

ディオンは立った。「八歳のときです」

「戻ったことは？」

「どうして戻ったりするんです？」

「自分が何者かわかるからだ。どういう人間になりたいかではなく、どういう人間であるかが」ルチアーノはディオンの肩に腕をまわした。「おまえがボスだ」ジョーを指差した。「そしてこいつが脳みそだ。昼飯でも食おう。ここからちょっと行ったところに最高の店がある。この街でいちばんのグレイビーソースだ」

三人は事務室を出た。エレベーターに向かう途中、四人の男が彼らを取り巻いた。

「ジョー」ルチアーノが言った。「紹介しなければならない友人がいる。マイヤーだ。フロリダとキューバでカジノを開くすばらしいアイデアを持っていてね」今度はジョーの肩に腕をまわした。「キューバにはくわしいんだろう？」

27　ピナル・デル・リオの農場経営者

ジョー・コグリンが一九三五年の晩春にエマ・グールドと再会したときには、サウス・ボストンのもぐり酒場襲撃から九年がたっていた。ジョーはあの朝、エマがどれほど落ち着き払っていたかを憶えていた。そのせいでどれほど気持ちをくじかれたかを。それをひと目惚れと取りちがえ、ひと目惚れを愛と取りちがえた。

ジョーとグラシエラがキューバに来て一年がたっていた。当初はエステバンが経営するコーヒー農場のゲストハウスですごした。ハバナの五十マイルほど西、ラス・テラサスの丘の上にあった。朝は霧の水滴が木々から落ちる音を聞きながら、コーヒー豆とココアの葉のにおいで眼覚めた。夕方ふたりで丘を散歩すると、消えゆく陽の光が豊かな緑の梢に粗布のように引っかかっていた。

ある週末、グラシエラの母親と妹が訪ねてきて、そのままゲストハウスに居坐った。トマスは、来たときにはハイハイもできなかったが、十カ月になってようやく歩きだした。女たちがさんざん甘やかすので丸々と太り、腿にもしわが寄るほどだったけれども、歩きだすとすぐに走るようになった。野原を走り、坂をのぼりおりし、女たちに追いかけられて、ほどなく丸い玉から痩せた少年に変わった。髪は父親に似て色が薄いが、眼は母親譲りで黒く、肌はふたりから受け継いだココアバター色だった。

ジョーはフォード・トライモーター5-ATで何度かタンパに戻った。〝ブリキのガチョウ〟は風でがたがた揺れ、なんの予告もなく傾いたり沈んだりした。機外に出ると耳が完全におかしくなっていることが何度かあり、その日の残りは音が聞こえなかった。搭乗している看護師がチューインガムと綿の耳栓をくれはするが、まだ始まったばかりの旅行手段であるのはたしかで、グラシエラはいっしょに乗りたがらなかった。そこでジョーはひとりで旅したが、グラシエラとトマスに会いたくなるあまり、イーボーの家で夜中に眼が覚め、胃がきりきりと痛んで息もできなくなるほどだった。

　仕事が終わるなり、マイアミ行きの最初の飛行機に乗って、次の便でキューバに飛んだ。

　グラシエラがタンパに戻りたがらなかったわけではない。飛行機に乗りたくなかっただけだ。いますぐ戻りたくもなかった（要するに、本当は戻りたくないのだとジョーは思っていた）。だから、グラシエラとトマスはラス・テラサスの丘にとどまり、母親と妹のベニータに、さらに下の妹のイネスも加わった。かつては母娘のあいだにわだかまりがあったのかもしれないが、時とトマスがそれを癒やしたかに見えた。彼女らの笑い声が聞こえるので見にいってみると、トマスが女の子のような恰好をさせられていて、ぞっとしたことも数回あった。

　ある朝、グラシエラが、ここに家を買えないだろうかと訊いた。

「ここに？」

「ここでなくてもいいわ。キューバのどこかに」グラシエラは言った。「訪ねる場所があるといいなって」

「〝訪ねる〟わけだ」ジョーは微笑んだ。

「ええ」彼女は言った。「そろそろ仕事を再開しないと」

　実際には、タンパに出向く必要はなかった。ジョーはタンパに戻った際に、グラシエラがさまざまな慈善活動を託した人たちに会っていたが、みな信頼できる男女だった。グラシエラがたとえ十年イーボーから離れていようと、すべての組織は残って、彼女の帰りを待っているだろう。それどころか、いまより成功しているかもしれない。

「いいとも。なんでも買えばいい」

「大きくなくてもいいの。きれいな家でなくても。それほど——」

「グラシエラ」ジョーは言った。「好きなのを選べよ。これというのが見つかって、売らないということだったら、倍の値段を示せばいい」

そういう話も聞くようになっていた。恐慌でほとんどの国より大きな打撃を受けたキューバは、復興への道を少しずつ進んでいるところだった。マチャド時代の悪政は、フルヘンシオ・バティスタ大佐がもたらす希望に置き換えられた。バティスタは、マチャドを追放した〝軍曹の反乱〟のリーダーだった。共和国の正式な大統領はカルロス・メンディエタだが、バティスタと軍が実権を握っているのは誰の眼にも明らかだ。この体制が気に入ったアメリカ政府は、マチャドをマイアミ行きの飛行機に乗らせた反乱の五分後から、この島に巨額の資金をつぎこみはじめた。その金で、病院、道路、博物館、学校、そしてマレコン通りの新しい商業地区が建設された。バティスタ大佐はアメリカ政府だけでなく、アメリカのギャンブラーも愛した。そこで、ジョーやディオン、マイヤー・ランスキー、エステバン・スアレスらも、政府の最高の地位にある人々と直談判でき、すでにパルケ・セントラルとタコン市場の近辺の最高の土地を九十九年リースで買い上げていた。

金はいくらでも入ってきた。

グラシエラに言わせると、メンディエタはバティスタの操り人形で、バティスタは〈ユナイテッド・フルーツ〉とアメリカの操り人形だった。バティスタは国庫を襲い、国土を侵しているが、アメリカが黙って支持しているのは、悪い金のあとに善いおこないがついてくると信じているからだった。

ジョーは反論しなかった。まさに自分たちも悪い金を使って善行をしていると指摘もしなかった。その代わり、グラシエラが見つけたという家について尋ねた。

そこは破産した煙草農園で、ピナル・デル・リオ州を西に五十マイル行ったアルセナス村のはずれにあった。彼女の家族も住めるゲストハウスがあるし、トマスがいくらでも走りまわれる黒土の原っぱがある。ジョーとグラシエラがそこを買ったとき、法律事務所の外で、地権者だった未亡人のドメニカ・ゴメスがイラリオ・バシガルピを紹介してくれた。もし煙草栽培に興味があれば、イラリオが必要なことをすべて教えてくれますよと。

未亡人は運転手つきの二色のデトロイト・エレクトリックでまたたく間に走り去った。ジョーは盗賊ひげを生やした小太りの男を見た。ゴメス未亡人といっしょにいる――つねにうしろに控えていた――ところを何度か見かけていたが、誘拐もまれではない地域だから、ボディガードなのだろうと思っていた。しかし、こうして改めて見てみると、イラリオの手は大きく、傷がたくさんついていて、骨太だった。

ジョーはこれだけの畑をどうするか一度も考えたことがなかった。

一方、イラリオ・バシガルピは考え尽くしていた。まずジョーとグラシエラに、自分をイラリオと呼ぶ人間はいないと言った。みなシギーと呼ぶ。といっても煙草とは関係なく、子供のころ名字を発音することができなかったからだと説明した。いつも第二音節で詰まってしまったのだ。

シギーはふたりに、アルセナスの村人の二十パーセントはゴメスの農場で働いていたと言った。セニョール・ゴメスが酒に耽り、馬から落ち、病と狂気に陥ってから、その仕事がなくなった。収穫三回分の仕事が失われた。だから村の多くの子供はズボンをはいていない。シャツは、丁寧に扱えば一生使えるが、ズボンは椅子や膝ですり減るから、どこかでかならずだめになる。

たしかにジョーも、アルセナスを車で通ったときに、尻を丸出しにした子が多いのに気づいていた。尻だけ出すのでなければ、素っ裸だった。ピナル・デル・リオの丘に囲まれたアルセナスは、村というより、村になりたがっているものだった。乾燥させたヤシの葉で屋根と壁を作った崩れかけの小屋の集まりで、人間の糞尿が三本の溝から流れこむ川の水を、村人自身が飲んでいた。それらしき村長も村のリーダーもいない。通りは土を削っただけだった。

「わたしたち、農業のことは何もわからない」グラシエラが言った。

このとき彼らは、ピナル・デル・リオ市の酒場にいた。

「あっしがわかってます」シギーが言った。「なんでも知ってます、セニョリータ。あっしが忘れてることは、そもそも習う必要がないってなもんで」

ジョーはシギーのはしこそうな眼を見て、作業長と未亡人との関係を考え直した。未亡人が警護のためにシギーを置いているのではなく、シギーが生業として作物の販売を管理し、やるべきことを未亡人にきちんと知らせていたのだ。

「どうやって始める？」ジョーはみなのグラスにラムのお代わりをつぎながら訊いた。

「苗床を準備して、畑を耕さなきゃなりません。それが最初です、ご主人様《パトロン》。まず最初。栽培は翌月からで」

「家内が家の改装をするあいだ、邪魔しないでもらえるか？」

シギーはグラシエラに数回うなずいた。「もちろんです。もちろん」

「人はどのくらい必要？」グラシエラが訊いた。

シギーは、種まきには男と子供、苗床作りには男が必要だと説明した。土にカビや菌や病気がつかないように注意するのには、男か子供のどちらかが必要。苗を植え、さらに鍬や鋤で耕し、ネキリムシやケラやカメムシを殺すのには、男も子供も必要。酒を飲みすぎて農薬散布をさぼったりしないパイロットも必要。

「なんてことだ」ジョーは言った。「どれだけ手間がかかるんだ」

「まだ芯止めや、下葉かきや、収穫の話もしてません」シギーは言った。「集めた葉は吊して、熟成させる。その間、誰かが小屋で火の加減を見なきゃならない」大きな手を振って、作業の幅広さを示した。

グラシエラが訊いた。「それでどのくらい儲かるの?」

シギーは指をジョーたちのほうへ押し出した。

ジョーはラムをひと口飲んで、それを見た。「つまり、青カビもイナゴも雹《ひょう》もなく、神様がピナル・デル・リオに絶え間なく陽光を注いでくれたすばらしい年には、投資に対して四パーセントの見返りがある」テーブルの向こうのシギーを見た。「ということかな?」

「はい。ただしそれは土地の四分の一しか使っていないからで。ほかの畑にも投資して、十五年前の状態に戻せば?　五年で金持ちになれます」

「もうお金はあるわ」グラシエラが言った。

「もっと金持ちになります」

「もっと金持ちになることに興味がなかったら?」

「ならこんなふうに考えてください」シギーは言った。「もし村人をこのまま飢えさせておいたら、ある朝、全員があなたの畑で寝だすかもしれないって」

ジョーは椅子の上で背筋を伸ばした。「それは脅しか?」

シギーは首を振った。「あっしらはみな、あなたが誰か知ってます、ミスター・コグリン。有名なアメリカのギャングだ。大佐の友だちでもある。そんな人を脅すより、海のまんなかに飛びこんで自分の喉をかっ切るほうが安全だ」胸のまえで厳かに十字を切った。

「ですが、彼らが飢えてどこにも行けなくなったら、あなたはどこで死なせます?」

「おれの土地では死なせない」ジョーは言った。

「あなたの土地じゃありません。神様の土地です、あなたは借りてるだけで。このラムだって。この命だって」自分の胸を叩いた。「みんな神様から借りてるだけなんだ」

　母屋は農場と同じくらい手がかかった。

外で苗植えのシーズンが始まると、なかは巣作りのシーズンに入った。グラシエラはすべての壁の漆喰とペンキを塗り替えた。現地に到着したときには、家の半分の床をはがして、張り替えていた。最初はトイレがひとつしかなかったが、シギーが芯止めの作業に取りかかるころには、四つになっていた。

　煙草の木は四フィートほどの高さになっていた。ある朝ジョーが眼覚めると、大気に濃厚な甘い香りが漂っていて、グラシエラの首のカーブを思い出し、たちまち興奮した。トマスを幼児用ベッドに寝かしておいて、ジョーとグラシエラはバルコニーに出、煙草畑に眼を向けた。昨晩寝るまえには茶色だったのが、いまは緑の絨毯にピンクと白の花が咲いて、柔らかな朝の光に輝いていた。ふたりは広々とした自分たちの土地を見渡した。家のバルコニーから、シエラ・デル・ロサリオの丘、そして視界の及ぶかぎり輝いている花を。

　ジョーのまえに立っていたグラシエラが、うしろに手を伸ばしてジョーの首に触れた。ジョーは彼女の胸の下を抱きしめ、喉元のくぼみに自分の顎を置いた。

「これでもあなたは神を信じない」グラシエラが言った。

　ジョーは彼女を深々と吸った。「これでもきみは悪い金のあとに善いおこないがついてくると思ってる」

グラシエラはくすくす笑い、ジョーは両手と顎でそれを感じた。

その朝しばらくたってから労働者と彼らの子供たちが到着して、畑に広がり、茎の一本一本から花を摘んでいった。煙草は大きな鳥のように葉を広げ、翌朝には家の窓から畑の土も花も見えなくなった。シギーの管理下で農園はとどこおりなく営まれていた。次の段階では、村からさらに何十人という子供を連れてきた。その笑い声が畑から聞こえて、トマスもときどき笑いが止まらなくなった。ジョーが夜起きていると、休閑地のどれかで少年たちが野球をする音が聞こえることもあった。箒と、どこかから見つけてきた公式球の名残を使って、空からいっさいの光が消えるまで野球をしているのだ。球の外側の牛革と羊毛ははるか昔になくなっているが、どうにかコルクの芯材だけを残して使っていた。

彼らの叫び声や、球に棒がカキンと当たる音を聞きながら、ジョーは、グラシエラがそろそろトマスに弟か妹を作ってやるのはどうと言ったことについて考えた。

そして思った。なぜひとりでやめる？

家の改修は農場の再生よりゆっくりと進んだ。ある日、ジョーはハバナの旧市街に出かけて、ステンドグラスの修復を手がけるディエゴ・アルバレスという男を訪ねた。そして、アルバレスがアルセナスまでの百マイルの旅をして、グラシエラが救った窓を修繕する有意義な一週間と、その代金について合意した。

打ち合わせのあと、ジョーはマイヤーに薦められたミシオネス通りの宝石店に立ち寄った。一年以上前から時間の狂っていた父親の懐中時計がついに一カ月前、完全に止まってしまったのだ。顔つきの鋭い中年で斜視の店員は、時計を受け取ると、うしろを開けてみて、たいへん立派な時計をお持ちですが少なくとも十年に一度は手入れが必要です、と言った。こういう小さな部品、見えますか？　これらに油を差さないといけません。

「どのくらいかかる？」ジョーは訊いた。

「そこはなんとも」店員は言った。「分解して部品をひとつずつ確認しなければなりませんから」

「それはわかる」ジョーは言った。「で、どのくらい？」

「もう一度油を差すだけですめば、四日というところでしょう」

「四日」言って、ジョーの胸はざわついた。魂のなかを小鳥がくぐり抜けていったように。「どうしてもそれより早くはならない？」

　店員は首を振った。「それに、セニョール、ほんの小さな部品でも、もしどれかが壊れていたら――どのくらい小さいかおわかりになりますか？」

「ああ、もちろん」

「時計ごとスイスに送らなければなりません」

　ジョーはしばらく、埃だらけの窓の向こうの埃だらけの通りを見ていた。スーツの内ポケットから財布を取り出し、百アメリカドル分の紙幣をカウンターに置いた。「二時間で戻ってくる。それまでに見ておいてくれ」

「何をでしょう」

「スイスに送らなければならないかどうかを」

「はい、セニョール。かしこまりました」

　店を出て気づくと、猥雑に衰えた旧市街を歩きだしていた。この一年で何度となく訪れた経験から、ハバナはただの場所ではないと結論していた――場所の夢でもある。陽光に包まれた気だるい夢。死のなまめかしい呼び声に魅入られ、永遠の倦怠の欲求へと変わっていく夢だった。

角を曲がり、また曲がって、三度目に曲がると、エマ・グールドの売春宿のある通りに立っていた。

　エステバンにここの住所を教えられたのは、一年以上前だった。アルバート・ホワイト、マソ、ディガー、そして可哀相なサルとレフティとカルミネが世を去った、あの血塗られた日の前夜のことだ。昨日家を出たときからここを訪ねるだろうとは思っていたが、自分に対してそれを認めたくなかった。わざわざ訪ねるなど、くだらないし馬鹿げている。ジョーのなかに馬鹿げたことを受け入れる余地はほとんどなくなっていた。

　女が建物のまえの歩道に立って、前夜に割れたガラスをホースの水で流していた。溝に送られたガラスとゴミは、敷石の通りの坂を流れ落ちていった。女が眼を上げてジョーを見ると、ホースが垂れ下がったが、地面には落ちなかった。

　年月は彼女にさほど厳しくなかったようだった。かといって、やさしくもなかったが。みずからの悪徳に愛されなかった美女という風情で、煙草と酒をやりすぎて、目尻や口角や唇の下にしわが目立った。下まぶたがたるみ、髪はこの湿気でもぱさついていた。

　彼女はホースを持ち上げ、仕事を再開した。「言わなきゃならないことを言いなさいよ」

「こっちを見ないか？」

　顔は向けたが、眼は歩道を見つめたままだった。ジョーは靴を濡らさないために移動しなければならなかった。

「事故に遭ったことを利用しようと考えたのか？」

　彼女は首を振った。

「ちがう？」

　また首を振った。

「だったら、なんなんだ」

「警察に追われだしたとき、わたしは運転手に、逃げきるには橋から車を落とすしかないと言ったんだけど、彼は聞こうとしなかった」

ジョーはホースの通り道からよけた。

「それで?」

「だから彼の頭を撃ったの。車は海に飛びこみ、わたしはそこから泳いで出た。マイケルが待っていた」

「マイケルって誰だ」

「わたしが引っかけたもうひとりの男。ひと晩じゅう、あのホテルの外で待ってたの」

「なぜだ」

ジョーを睨みつけた。「あなたとアルバートが〝きみなしでは生きられない、エマ、きみはおれの命だ、エマ〟をやりはじめたとき、わたしには安全ネットが必要になった。あなたたちがお互い撃ち合ったときに備えてね。しがないひとりの女に何が選べるというの? いずれあなたたちの支配下から離れなければならないのはわかってた。まったく、あのままだとどうなったことか」

「悪かった」ジョーは言った。「きみを愛して」

「あなたはわたしを愛してなかった」敷石のあいだに挟まって取れにくいガラスに集中しはじめた。「わたしを自分のものにしたかっただけ。つまんないギリシャふうの花瓶とか、しゃれたスーツみたいに。友だちみんなに、〝美人だろ〟と見せびらかしたかったのよ」いまやジョーを見つめていた。「わたしはものじゃない。所有されたくない。所有したいの」

ジョーは言った。「おれはきみの死を悲しんだ」

「それはご親切に、愛しい人」

「何年も」

「十字架を背負ったわけ。はっ、たいした人ね」

水のホースは反対側を向いていたが、ジョーはまた一歩うしろに下がった。そのとき初めて、企みの全体像が見えた。あまりに何度も金をだまし取られるので、時計とポケットの小銭を置いていかないかぎり妻に家から出してもらえなくなったカモのように。

「バスターミナルのロッカーから金を持っていった

な?」

エマはこの質問の裏には銃弾があるのだろうと覚悟して待っていた。しかし、ジョーは両手を広げて何もないことを見せ、そのまま広げていた。

彼女は言った。「鍵を渡したのはあなたよ、憶えてる?」

泥棒にも名誉があるというのなら、彼女の言うことは正しかった。鍵を渡したのはジョーだ。その時点から金は彼女のものであり、好きなときに好きなように使えるのだ。

「死んだ女性は? 体の一部が見つかった」

彼女はホースの水を止め、売春宿の漆喰の壁にもたれかかった。「アルバートが新しい娘《こ》を見つけたと言ってたの憶えてる?」

「いや」

「とにかく見つけたの。その娘が車のなかにいた。結局、名前も聞かなかったけど」

「彼女も殺したのか」

首を振り、額を手で叩いた。「衝突したときに、頭がまえの座席の背にぶつかった。それで死んだのか、あとで死んだのかはわからないけど、気にしてる場合じゃなかった」

ジョーはまぬけのように通りに突っ立っていた。くそまぬけだ。

「おれを一瞬でも愛したことはあったのか」

エマはだんだん怒りながら、ジョーの表情を探った。

「もちろんよ。たぶん一瞬より長く。わたしたち、いっしょに笑ったわ、ジョー。あなたがうつつを抜かすのをやめて、ちゃんとファックしてくれたときは本当によかった。でも、あれとはちがう関係でありたかった」

「どんな」

「わからない――もっと、花のようなもの。手に持っていられないようなもの。わたしたちは神の子じゃない。真実の愛を謳う、おとぎ話の登場人物じゃない。わたしたちは夜生きて、足元に草が生えないように激しく踊る。それが信条」煙草に火をつけ、舌についた葉をつまみ取って風に流した。「いまのあなたがどういう人か知らないとでも思ってるの？ 現地の人にまぎれて、いつあなたが現われるか考えなかったとでも？ もうふたりとも自由よ。兄弟も、姉妹も、父親もいない。アルバート・ホワイトのような男も。ふたりだけ。立ち寄りたい？ いつでもどうぞ」歩道を渡ってジョーのまえまで来た。「わたしたち、よく笑ったわ。いまだって笑える。熱帯で残りの人生をすごして、サテンのシーツの上でお金を数える。鳥みたいに自由」

「いやいい」ジョーは言った。「おれは自由になりたくない」

彼女は首を傾げ、本当に悲しそうに見えるほど戸惑った。「でも、わたしたちが望んだのはそれだけだった」

「きみが望んだのは、だ」ジョーは言った。「そして、ほら、きみは望んだものを手に入れた。さよなら、エマ」

彼女は歯を食いしばって、同じことばを返さなかった。返さないことで何かの力を保持できるかのように。よぼよぼのラバか、この上なく甘やかされた子供に見られる、頑固で悪意に満ちたプライドだった。

「さよなら」ジョーはもう一度言い、振り返らずに歩き去った。後悔の欠片《かけら》もなく、言い残したことも何ひとつなく。

宝石店に戻ると、店員がきわめて慎重かつ丁寧な物言いで、時計はスイスに送らなければなりませんと言った。

ジョーは預け証と修理注文書に署名し、店員の細かく几帳面な受領証を受け取った。それをポケットに入れて、店を出た。

旧市街の古い通りに立ち、しばらくのあいだ次にどこに行くべきか思いつかなかった。

28　手遅れ

農場で働く少年は全員野球をしたが、宗教のように野球を信仰している子らもいた。収穫時期が近づくと、何人かが指先に外科用テープを巻いていることにジョーは気づいた。

そこでシギーに訊いた。「あのテープはどこから?」

「ああ、箱詰めでわんさとありますよ」シギーは言った。「マチャド時代に、新聞記者たちといっしょに医療チームが派遣されてきたんです。マチャドがどれだけ農民を愛してるか世の中に知らせるために。新聞記者はすぐにいなくなり、医者も帰っていきました。装備はすべて持って帰りましたけど、あっしらは子供のためにと思って、テープの箱だけは残してもらったんです」

「どうして？」

「煙草の加工をしたことは？」

「ない」

「理由を教えたら、馬鹿な質問をするのはやめてもらえます？」

「たぶんやめない」ジョーは言った。

　煙草の茎はいまや大方の男より高く育ち、葉はジョーの腕より長かった。トマスが迷子になるといけないので、もう畑で走らせることはなかった。ある朝、収穫者――多くは歳上の少年たち――がやってきて、成熟した茎から葉を摘んでいった。それを木橇に積み上げ、橇をラバからはずしてトラクターにつなぐ。トラクターを農園の西の端の乾燥小屋まで運転していくのは、幼い少年たちの仕事だった。朝、ジョーが母屋のポーチに出ていると、六歳にも満たない男の子がトラクターに乗って、眼のまえを通りすぎた。葉をうずたかく積んだ橇を牽きながら、ジョーににっこりと笑って手を振り、そのまま運転していった。

　乾燥小屋の外で葉は橇からおろされ、木陰の吊り下げ用のベンチに置かれた。ベンチにはラックがついていて、手渡し係と吊り下げ係――みな指にテープを巻いた野球少年たち――がラックに棒を取りつけ、煙草の葉に紐を巻いてはそこに垂らして、棒の端から端まで葉が吊り下がったものをこしらえる。朝の六時から夜の八時までそれが続いた。作業の週には野球はできない。紐は棒にきつく巻きつけなければならず、手や指に摩擦による火傷ができることも多かった。だから外科用テープがいるんです、とシギーは指摘した。

「そうやって小屋の端から端まで煙草を吊り下げたら、五日間、熟成させます。仕事をするのは小屋のなかで火の具合を見るやつと、なかの湿気がちょうどよくなるように監視する男衆だけで、子供は野球だ」すばやくジョーの腕に手を当てた。「あなたさえよければ」

ジョーは小屋の外に立って、少年たちが煙草の葉を吊すのを見ていた。ラックがあるとはいえ、葉を結びつけるために腕を上げ、伸ばしていなければならない——十四時間もぶっつづけで。ジョーはシギーにしかめ面をした。「もちろんいいに決まってる。あれほどひどい作業によく耐えられるものだ」

「あっしは六年やりましたよ」

「どうして」

「飢えたくなかったので。飢えるのはお好きで？」

ジョーはぐるりと眼をまわした。

「ほうら、ここにもいた」シギーは言った。「飢えるのは好きじゃない。世界じゅうの人間が同意できるただひとつのことは、飢えるのは愉しくないってことだ」

翌朝ジョーが小屋を訪ねると、シギーがなかにいて、葉が正しい間隔で垂れ下がっているのを確認していた。ジョーはシギーにちょっと来てくれと言った。ふたりは畑を横切って、東の峰をおり、ジョーが持っているなかでもっとも条件の悪い土地に立った。岩だらけで、丘や巨岩があるため一日じゅう陽が射さず、虫と雑草に愛されている。

ジョーは、煙草の乾燥期間中、いちばん腕利きの運転手のエロデスは忙しいかと訊いた。

「収穫を手伝ってますが」シギーは言った。「若いやつらほど忙しくはありません」

「よし」ジョーは言った。「ここを耕させろ」

「ここじゃ何も育ちませんよ」

「当然だ」

「だったらどうして耕すんです？」

「平らな土地のほうが野球場を作りやすいと思わないか？」

ピッチャーのマウンドができた日、ジョーはトマスと散歩中に小屋のまえを通りかかり、働き手のペレスが息子を殴っているのを見た。人の夕食を盗み食いした犬を叱るときのように、頭を思いきり殴りつけていた。相手はせいぜい八歳かそこらの少年だ。ジョーは「おい」と声をかけ、ふたりのほうに歩いていったが、シギーが途中で割りこんだ。

ペレスも息子も混乱してジョーのほうを見たが、ペレスはまた息子の頭を殴り、尻を数回叩いた。

「あれは必要なのか」ジョーはシギーに尋ねた。

トマスはそれにかまわず、最近大好きになったシギーにすり寄った。

シギーがジョーからトマスを受け取って高々と持ち上げると、トマスはキャッキャッと笑った。シギーは言った。「ペレスが息子を殴りたがってると思うんですか？　ある朝起きて、息子を悪ガキに育てよう、悪ガキに嫌われようと思ったと？　いえいえ、ちがいます、ご主人様。あいつは起きたときにこう思ったんです。今日もテーブルに食べ物をのせなきゃならない、家族に寒い思いをさせず、乾いた服を着せて、屋根の雨もりを修繕し、寝室のネズミを殺し、正しい道を示し、かみさんに愛していると言い、自分のためにほんの五分だけ使い、四時間寝たらまた起きて畑に出なきゃならないって。畑に出るときには、幼い子供たちが泣いてるんです。〝パパ、お腹が空いた。パパ、ミルクがない。パパ、気分が悪い〟。来る日も来る日も、家を出るときも、家に戻ったときも、そう。そんななかで息子に仕事を与えることができたら、ご主人様、息子の命を救ってやったようなものです。本当に救ったのかもしれない。ですが、その仕事で息子がへまをしたら？　とんでもない。息子はぶたれる。腹が減るよりぶたれるほうがましだ」

「あの子はどんなへまをしたんだ」

「葉を熟成させる火の番をするはずが、眠っちまったんです。収穫全部が焼けてもおかしくなかった」トマスをジョーに戻した。「自分も焼け死んだかもしれない」

ジョーは父親と息子に眼をやった。ペレスはすでに息子に腕をまわし、うなずく子に低い声で話しかけながら、頭の横に何度かキスをしていた。教訓は授けられた。とはいえ、息子はキスをされても態度を和らげていないようだった。父親は息子の頭を押して遠ざけ、ふたりは仕事に戻った。


野球場が完成したのは、煙草が乾燥小屋から包装小屋にまわされた日だった。出荷の準備をするのはおもに女性の仕事で、女たちは男たちと同じように拳を握りしめ、真剣な顔をして農場まで丘をのぼってきた。彼女らが葉を品質ごとに仕分けしているあいだに、ジョーは少年たちを野球場に集め、二日前に届いたグローブと、まっさらのボールと、〈ルイビル・スラッガー〉のバットを渡した。一塁から三塁までのベースと、ホームベースも置いた。

少年たちに空の飛び方を教えてやった気がした。

夕方になると、トマスを連れて試合を見にいった。グラシエラがいっしょに来ることもあったが、彼女がいると、思春期に入ったばかりの数人は気が散って野球どころではなくなる。

ふだんじっとしていることのないトマスも、眼のまえの試合には夢中になった。静かに坐って、両手を合わせて膝に挟み、まだ理解できるはずのないもの、しかし彼には音楽や温かい湯のような効果を及ぼすものに見入っていた。

ジョーはある夜、グラシエラに言った。「おれたちを除くと、彼らには野球以外に希望がないんだ。みんな野球を愛してる」

「だとすると、いいことだったのね？」

「ああ、すばらしいことだ。アメリカに文句を言おうと思えばいくらでも言えるが、ハニー、おれたちはいいものを選んで輸入してる」

グラシエラは茶色の眼に皮肉たっぷりの光をちらつかせて言った。「でも代金はもらう」

もらわないやつがいるか？　自由貿易以外の何が世界を動かしているというのだ。こちらがあちらに何かを与えれば、あちらはこちらに何かを返す。

ジョーは妻を愛していたが、グラシエラはいまだに、アメリカの恩義を疑いなく受けている彼女の国が、この取引ではるかに得をしていることを受け入れられないようだった。アメリカが火中から救い出してやるまで、キューバはマラリアや悪路や医療の不在といった、スペインが残した肥だめに浸かって弱りきっていた。マチャドもそれを改善できなかったが、バティスタの登場で生活の基盤が整いつつある。屋内トイレもでき、国の三分の一、ハバナの二分の一の地域に電気が引かれた。立派な学校もあれば、すぐれた病院もいくつかある。平均余命も伸びた。歯医者もいる。

たしかに、アメリカは武力を用いて善意を輸出したこともあるけれど、歴史をつうじて、文明を世界に広めた偉大な国々はみな同じことをしてきた。

イーボーシティについて言えば、ジョーもグラシエラも、そうしてきたのではないか？　血塗られた金で病院を建てた。ラムの利益で女性や子供を通りから救い出した。

時の始まりから、善いおこないは往々にして悪い金のあとについてきたのだ。

そしていま、野球に熱狂するキューバの片田舎で、棒と素手でプレーしていた少年たちが、革が軋るほど新しいグローブと、剝いたリンゴのように白いバットを持っている。毎晩、その日の仕事が終わると――緑の茎が葉からはずされ、葉は紙に巻かれて箱詰めされ、大気はふたたび湿気を帯びた煙草とヤニのにおいがする――ジョーはシギーの横の椅子に坐り、野球場に長い影が伸びるのを見る。ふたりは外野の芝生の種をどこで買おうかと相談する。芝生を植えれば、土が舞い上がることも、石につまずくこともなくなる。シギーは近隣に野球リーグができるという噂を聞いていて、ジョーはもっと調べてくれと頼む。とくに農場の作業がいちばん閑な秋にプレーできると都合がいい。

倉庫で市が立つ日には、彼らの煙草は二番目に高い値で売れた。四百シートの煙草、平均二百七十五ポンドが、アメリカで大流行している細長い葉巻パナテラの製造元である〈ロバート・バーンズ・タバコ〉一社に渡った。

それを祝って、ジョーは働き手の男女全員にボーナスを出した。村にはコグリン＝スアレスのラム二ケースを進呈した。さらにシギーの提案で、バスを借りきってビニャーレスの劇場まで出かけ、野球チームの少年たちに生まれて初めての映画を見せてやった。

最初のニュース映画は、ドイツで制定されたニュルンベルク法一色だった。不安になったユダヤ人たちが、いち早く国外へ脱出する列車に乗ろうと、荷造りをして家具つきのアパートメントから出ていく映像が流れた。ジョーが先日読んだ記事では、国家元首のヒトラーは、一九一八年以来危ういヨーロッパの平和にとって深刻な脅威だということだが、世界が気づいて注目しはじめたからには、あのおかしな風貌の小男がさらに狂気を世に広められるとは思えなかった。誰の利益にもならない。

そのあとの短篇映画はくだらないものばかりだったが、少年たちはみな笑い転げ、ジョーが買ってやったベースほど眼を見開いていた。そこでジョーは気づいた。映画についてほとんど知らない彼らはドイツのニュース映画を本篇だと思ったにちがいない。

本篇が始まった。テックス・モランとエステル・サマーズが主演する『東の峰の馬乗り』という西部劇だった。黒い画面にタイトルクレジットが次々と出てきた。そもそも映画を見にいかないジョーは、製作者の類にはまったく興味がない。右の靴紐がほどけていないか見ようとしたそのとき、画面に現われた名前に眼を引きつけられた。

脚本　エイデン・コグリン

ジョーはシギーと少年たちを見たが、彼らは何も気づいていなかった。
おれの兄貴だ、ジョーは誰かに言いたかった。おれの兄貴。

アルセナスに戻るバスのなかでは、映画のことが頭から離れなかった。たしかに西部劇だった。やたらに撃ち合いがあって、苦悩する美女がいて、崩れかかった崖の上の道を駅馬車が追われる。だが、ほかにもあった。ダニーを知っている人間にはわかる。テックス・モランが演じた主人公は、汚れた町の誠実な保安官だった。ある夜、その町の有力者が集まって、ひとりの浅黒い移民労働者を殺す計画を練る。理由は、その男が有力者の娘を嫌らしい眼で見たからというものだった。最終的に映画は過激な路線をとらない――町の善良な人々が自分たちのあやまちに気づく――が、それは件《くだん》の移民労働者が、黒い帽子をかぶったよそ者の集団に殺されたあとのことだった。つまり、ジョーが理解した映画のメッセージは、外部の危険に比べれば、内部の危険など問題にならないということだった。ジョーの経験によれば――ダニーの経験でも――そんなのは戯言だった。

しかしとにかく、最高に愉しい映画鑑賞だった。少年たちは大興奮し、帰りのバスは、大きくなったら六連発銃とガンベルトを買うという話で持ちきりだった。

その夏の終わりに、懐中時計がジュネーヴから郵便で戻ってきた。ビロードが敷かれた美しいマホガニーの箱に入って、ぴかぴかに磨かれていた。

あまりに喜びが大きかったので、数日後になってようやく、時計がまだ少しずつ遅れるのに気づいた。

九月、グラシエラに広域イーボー民生委員会から手紙が届いた。ラテン地区の恵まれない人々のための活動によって〈ウーマン・オブ・ザ・イヤー〉に選ばれたという知らせだった。この委員会は、キューバ人、スペイン人、イタリア人の男女が月に一度、ゆるやかに集まって共通の利益について話し合うもので、最初の年には、ほとんどの会合がレストランから通りにあふれ出す喧嘩で終わり、三度解散した。喧嘩はだいたいスペイン人とキューバ人のあいだで始まったが、イタリア人も取り残されまいと、パンチのひとつやふたつはくり出した。そうして悪感情が極限まで高まったあと、彼らはタンパの残りの地域に邪魔されない共通の居場所を見つけ、たちまち強力な利益団体へと成長した。委員会の手紙には、もしご都合がよろしければ、十月最初の週末、セント・ピーターズバーグ・ビーチのドン・セザール・ホテルで開かれる催しで授与式をおこないますので、ぜひ参加してください、とあった。

「どう思う?」グラシエラは朝食のときに訊いた。

ジョーはへとへとだった。このところ同じ悪夢をちがうバージョンでくり返し見ていたのだ。家族とどこかの外国にいる。アフリカだと思うけれど、正確なところはわからない。まわりは丈の高い草むらで、とても暑い。視界にぎりぎり入る野原のいちばん遠い端に、父親が現われる。父親は何も言わず、ただ見ている。そのとき草むらから、黄色い眼のヒョウが数頭ひそかに出てくる。体が草と同じ黄褐色なので、気づいたときにはすでに遅い。最初のヒョウが眼に入り、ジョーはグラシエラとトマスに叫ぶが、すでに喉を食いちぎられている。ヒョウが胸にのっていて、その白い牙についた自分の血がひどく赤いのに気づく。ジョーが眼を閉じると、ヒョウはお代わりに取りかかる。

ジョーは自分のカップにコーヒーをつぎ足し、頭から悪夢を追い払った。

そしてグラシエラに言った。「そろそろイーボーと再会する時期なんだろうな」

家の改修は、自分たちも驚いたことに、ほとんど完成していた。それにまえの週、ジョーとシギーは野球場の外野に芝を植え終わっていた。当面、彼らをキューバに引き止めておくものはなかった――キューバ自体を除いて。

ジョーたちは雨期が終わる九月の末に旅立った。蒸気船でハバナ港を出て、フロリダ海峡を横切り、フロリダの西海岸沿いに北上して、九月二十九日の夕刻、タンパ港に到着した。

ディオンの組織で見る見る出世したセッペ・カルボーネとエンリコ・ポッツェッタが、発着所で家族を出迎えた。ジョーたちが来るという噂が広まっている、とエンリコが言い、ジョーにトリビューン紙の五ページ目を見せた。

イーボー・シンジケートの影のボス、帰還

記事によると、クー・クラックス・クランが脅しをかけ、ＦＢＩが訴追をもくろんでいるということだった。

「まいるな」ジョーは言った。「どこからこんなでたらめを？」

「コートをあずかりましょうか、ミスター・コグリン？」

ジョーはスーツの上に、ハバナで買ったシルクのレインコートを着ていた。リスボンからの輸入品で、重さは薄皮一枚ほどだが、雨はまったく通さない。到着間際の船上で雷雲を見ていた。驚くにはあたらない。キューバの雨期のほうがひどいことはひどいが、タンパの雨期も馬鹿にならない。あの雲からすると、雨期はまだとどまっているようだった。

「着ておくよ」ジョーは言った。「彼女の荷物を持ってくれるか」

「承知しました」

一同は発着所を出て、駐車場に入った。セッペがジョーの右、エンリコがグラシエラの左についた。トマスはジョーの腰にのり、腕を首に巻きつけていた。ジョーが時間を調べていたとき、最初の銃声が聞こえた。

セッペは立ったまま死んだ――ジョーが嫌というほど見た死に方だった。グラシエラの荷物を持っているうちに、頭のまんなかに穴があいた。ジョーが振り向くと、セッペは倒れ、二発目の銃声が続いた。撃った男は静かな乾いた声で何か言っていた。ジョーはトマスを肩に引き寄せてグラシエラに飛びかかり、みな地面に伏した。

トマスが大声で泣きだした。ジョーが見たところ、痛いというより驚いたからだった。グラシエラがうめいた。エンリコが発砲するのが聞こえた。その方向を見ると、エンリコはすでに首を撃たれて、黒い血がどうしようもなく噴き出していたが、一九一七年製のコルト四五口径を最寄りの車の下めがけて撃っていた。

ようやく相手のことばがジョーに聞こえた。

「懺悔しろ。懺悔しろ」

トマスが泣き叫んだ。苦痛ではなく恐怖から。ジョーにはちがいがわかる。グラシエラに言った。「大丈夫か？　怪我はない？」

「ええ」彼女は言った。「息ができなくなっただけ。行って」

ジョーはそこから転がって離れ、三二口径を抜いてエンリコに加わった。

「懺悔しろ」

ふたりは車の下に見えるタン色のブーツとズボンの足に撃った。

「懺悔しろ」

ジョーの五発目で、ふたりは同時に標的に当てた。エンリコは敵の左のブーツに穴をあけ、ジョーはその左足首をへし折った。

エンリコのほうを見ると、ひとつ咳きこんで死んだ。あっと言う間だった。握った銃からはまだ煙が出ていた。ジョーは自分と狙撃者のあいだにある車のフードを飛び越え、アーヴィング・フィギスのまんまえに着地した。

フィギスはタン色のスーツに黄ばんだ白いシャツを着ていた。麦藁のカウボーイハットをかぶり、長銃身のコルトを地面について、動くほうの足で立とうとしていた。ようやく立ち上がると、タン色のスーツの下に砕けた足がぶら下がり、片手からぶら下がった拳銃といっしょに揺れた。

フィギスはジョーの眼を見た。「懺悔しろ」

ジョーは自分の銃で相手の胸の中央を狙っていた。

「どういう意味だ」

「懺悔しろ」

「いいだろう」ジョーは言った。「誰に対して？」

「神に」

「おれが神に懺悔しないと誰が言った？」ジョーは一歩近づいた。「だが、おれがぜったいに懺悔しないのは、アーヴ、あんたに対してだ」

「ならば神に懺悔しろ」フィギスの息は細く、せわしなかった。「私がいるまえで」

「しない」ジョーは言った。「それはあんたとの関係であって、神との関係じゃないからだ。ちがうか？」

フィギスは何度か震えた。「あの子は私の可愛い娘だった」

ジョーはうなずいた。「だが、おれがあんたから奪ったわけじゃない、アーヴ」

「おまえみたいな輩《やから》のせいだ」フィギスは眼を開け、ジョーの体をじっと見つめた。腰のあたりを。

ジョーは下をちらっと見たが、何もなかった。

「おまえみたいな輩」フィギスはくり返した。「おまえみたいな輩だ」

「おれみたいな輩とは？」ジョーは訊きながら、もう一度危険を冒して自分の胸を見おろしたが、やはり何もなかった。

「心に神がいない輩」

「おれの心には神がいる」ジョーは言った。「あんたの神じゃないだけだ。どうして彼女はあんたのベッドで自殺した？」

「何？」フィギスは泣いていた。

「あの家には寝室が三つあった」ジョーは言った。「なのに、なぜ彼女はあんたの寝室で死んだ？」

「おまえは病んだ寂しい男だ。病んだ寂しい……」

フィギスはジョーの肩越しに何かを見て、また彼の腰のあたりに眼を戻した。

ジョーはついに根負けした。腰をしっかりと見て、船をおりたときにはなかったものを見つけた。それは腰ではなく、コートにあった。コートのなかに。穴。右の腰のすぐ近くのコートの生地に、完璧に丸い穴があいていた。

フィギスはジョーと眼を合わせ、ひどく残念そうな表情を浮かべた。

「残念だ」彼は言った。「本当に」

ジョーが謎を解こうとしているうちに、フィギスは待ち構えていたものを見つけ、片足で二歩跳んで、道路を走ってきた石炭トラックのまえに飛び出した。

運転手はフィギスをはね、あわててブレーキを踏んだが、かえってフィギスは赤煉瓦の上を転がってタイヤの下に入った。トラックはその骨を砕き、フィギスを轢き殺した。

ジョーは道から眼を背けた。まだタイヤがすべる音を聞きながら、レインコートの穴を見た。銃弾がうしろから貫通したのだ。貫通して、何インチかはわからないがきわどいところでジョーの腰には当たらなかった。コートの裾が舞い上がったのは、家族をかばったときだった。そのとき……

ジョーは車の向こうを見た。グラシエラが立ち上がろうとしていた。彼女の腹、彼女の体のまんなかから流れ出る血が見えた。フードを飛び越えて、グラシエラのまえに四つん這いになった。

グラシエラが言った。「ジョゼフ？」

声に恐怖がにじんでいた。わかっているのが声から感じられた。ジョーは自分のコートを剝ぎ取った。傷は臍の下だった。ジョーは丸めたコートをグラシエラの腹に押し当てて言った。「だめだ、だめだ、だめだ、だめだ、だめだ……」

グラシエラはもう動こうとしていなかった。動けなかったのかもしれない。


若い女が発着所の建物からこわごわ顔をのぞかせた。

ジョーは叫んだ。「医者を呼んでくれ！　医者を！」

女はなかに戻り、ジョーはトマスが自分を見つめているのに気づいた。口を開けているが、なんの音も出なかった。

「愛してる」グラシエラが言った。「ずっと愛してた」

「だめだ」ジョーは言って、額を彼女の額に押しつけた。めいっぱいの力で傷にコートを押しつけた。「だめだ、だめだ。きみはおれの……きみはおれの……だめだ」

グラシエラが言った。「しぃーっ」

ジョーが額をはずすと、彼女は漂いはじめ、そのまま漂っていった。

「……世界だった」ジョーは言った。

29

ああいう稼業の男

彼はイーボーシティの偉大な友人でありつづけた。が、もはや知る人は少なかった。彼女が生きていたときに彼がどうだったかを知る者は、まちがいなくひとりもいなかった。当時の彼は、ああいう稼業の男にしては感じがよく、驚くほど率直だった。いまはただ、感じがよかった。

急に歳をとった、と言う人もいた。ためらいがちに歩くので、脚が悪いのかとも思われたが、悪くなかった。

少年を釣りに連れていくこともあった。たいていアカメとアカウオがよく釣れる日暮れどきに。ふたりで防波堤に腰かけ、彼が少年に糸の結び方を教える。そしてときおり少年の肩に腕をまわし、耳元にやさしく語りかけ、キューバのほうを指差すのだった。

謝辞

次のかたがたに心から感謝する――

初期の原稿を読んで感想を聞かせてくれた、トム・バーナード、マイク・アイゲン、マル・エレンバーグ、マイクル・コリータ、ジェリー・ルヘイン、テレサ・ミレウスキ、スターリング・ワトソン。

タンパのヘンリー・B・プラント博物館と、ドン・ビセンテ・デ・イーボー・インの皆さん。

ボストンのスタットラー・ホテルに関する質問に答えてくれた、レーガン・コミュニケーションズ・グループのドミニク・アメンタ。

そしてとりわけ、イーボーシティの〈シガー・シティ・マフィア〉について教えてくれたスコット・ドイチェに謝意を表する。

訳者あとがき

ルヘインの小説は禁酒法時代の景観にユニークな場所を加えた……あらゆるレベルで読者を惹きつける小説であり、絶妙な歴史的背景を用いた、大衆小説の偉大なテーマ――犯罪、家族、情熱、裏切り――の再現である。

――ブックリスト・オンライン

『夜に生きる』は、見慣れたものを超越し、非の打ちどころのない独自のリアリティを確立している……わが国の暴力に満ちた過去を、細部に至るまで巧みに描き出す。

――ワシントン・ポスト・ブック・ワールド

『夜に生きる』は、現代最高の実務家が教えるクライム・ノワール入門講座だ……一文一文に喜びがある。あなたが熟練のプロの手中に落ちたことは、読んでいくうちにわかる。

――ニューヨーク・タイムズ

私立探偵パトリック＆アンジーのシリーズや、『ミスティック・リバー』『シャッター・アイランド』などの話題作を次々と発表しているデニス・ルヘインの最新長篇、*Live By Night* の邦訳をお届けする。

本書は、一九一九年の市警ストライキに端を発したボストンの未曾有の騒乱と、そこに生きる家族や友人たちを描いた『運命の日』の四年ぶりの続篇だが、ほとんど独立した作品と言っていい。コグリン一家の三男ジョーが、一九二〇年代から三〇年代にかけての禁酒法時代に、ギャングとしてのし上がる物語である。

ルヘインは当初この歴史物を三部作として書くつもりだった。しかし、あるインタビューで、『運命の日』は初期の構想とはちがう方向に進んでしまったと語っていたので、はたして二作目はどうなるのだろう、そもそも書かれるのだろうか、と翻訳者・ファンとして気をもんでいたが、まさかこういう話を持ってくるとは。『運命の日』の主人公のダニー・コグリンでも、その友人のルーサーでもなく、比較的地味な扱いだった末弟のジョーを主人公にすえ、舞台もボストンからフロリダ州タンパとキューバに移してのギャング小説だ。本書のジョーは地味どころか、ラム酒の密輸と流通を一手に握るギャングの首領として成長していく。

心機一転を図ったのかもしれない。しかし、内容の面白さは保証する。どの本も数カ月かけてつき合ううちになかに入りこみすぎて、客観的な評価がわからなくなってくるものだが、本書については、原書を一読、この種のエンターテインメントで数年に一本あるかないかの傑作だと思ったことは記しておきたい。

ネットを含めてあらゆるところに海外の情報があふれているいま、それでも愉しめる海外の本には少なくとも二種類あるのではないだろうか。ひとつは、ネットですらあまりカバーしていない場所や状況設定を用いたもの。もうひとつはその逆で、そもそも場所や状況設定と関係なく読者を共感させる力を持つもの。たとえば、ここ数年の北欧ミステリ・ブームには、多かれ少なかれ前者の要素がある。そして、ルヘインの小説は後者に当てはまる。

この作家は、人が人を好きになるとか、誰かの性根が腐っているとかいった、場所や時代と関係のない人間の心のありようをとらえるのが抜群にうまい。本書も禁酒法下のアメリカという設定ではあるが、描かれているのは圧倒的に〝人〟だ。たとえば、ジョーが敵のボスの情婦エマに心惹かれ、電車の同じ車輛に乗って移動する場面。クラーク・ハワードの短篇を髣髴《ほうふつ》させる刑務所内の人間模様。あるいは、胸がむかつくほどの嫌悪感を抱かせるKKKの男たち。そして、野球好きにはたまらないキューバの少年たちとの交流……同じ禁酒法下のギャング物でも『アンタッチャブル』や『ワンス・アポン・ア・タイム・イン・アメリカ』とはひと味もふた味もちがう人間ドラマを作り出している。被虐待児のカウンセラー、ウェイター、リムジン運転手、書店員などさまざまな職業を体験して養った観察眼と、イメージを豊かに喚起する文章力をあわせ持つこの作家ならでは、だろう。

能書きを並べなくても、本文を読めばわかっていただけると思う。参考までに、中盤以降の舞台となるフロリダ州タンパのイーボーシティは、かつて〝世界の葉巻の都〟と呼ばれた葉巻産業の町である。最盛期（つまりジョーたちの時代）には二百ほどの葉巻工場が操業していたらしい。また、キューバのピナル・デル・リオ州はハバナの西百数十キロに位置する煙草の名産地で、同名の州都ピナル・デル・リオ市から少しハバナ寄りのビニャーレス渓谷は、広大な煙草農園や、奇岩に囲まれた独特の風景からユネスコの世界遺産にも登録されている。

『ミスティック・リバー』はクリント・イーストウッド監督、『シャッター・アイランド』はマーティン・スコセッシ監督で映画化され、日本でも公開された。本書も、『アルゴ』でゴールデングローブ監督賞、英国アカデミー作品賞・監督賞などを獲得したベン・アフレックによる映画化が決定している（アフレックはパトリック＆アンジー・シリーズ第四作『愛しき者はすべて去りゆく』の映画化で監督も務めたが、日本未公開。ＤＶＤタイトルは「ゴーン・ベイビー・ゴーン」）。また本書は、現時点でアメリカ探偵作家クラブのＭＷＡ賞（エドガー賞）最優秀長篇賞の最終候補にもノミネートされている（受賞作発表は五月）。

三作目についての情報は入っていないが、三部作というからには、ダニーかルーサーが主人公として戻ってくるのか、それとも本作のように意外な展開を見せるのか。そちらも愉しみに待ちたい。

二〇一三年二月

デニス・ルヘイン著作リスト

〔長篇〕（＊印はパトリック&アンジー・シリーズ）

1 A Drink Before the War（1994）『スコッチに涙を託して』鎌田三平訳　角川文庫　＊　アメリカ私立探偵作家クラブ賞最優秀新人賞受賞

2 Darkness, Take My Hand（1996）『闇よ、我が手を取りたまえ』鎌田三平訳　角川文庫　＊

3 Sacred（1997）『穢れしものに祝福を』鎌田三平訳　角川文庫　＊

4 Gone, Baby, Gone（1998）『愛しき者はすべて去りゆく』鎌田三平訳　角川文庫　＊

5 Prayers for Rain（1999）『雨に祈りを』鎌田三平訳　角川文庫　＊

6 Mystic River（2001）『ミスティック・リバー』加賀山卓朗訳　ハヤカワ・ミステリ文庫　アンソニー賞最優秀長篇賞受賞

7 Shutter Island（2003）『シャッター・アイランド』加賀山卓朗訳　ハヤカワ・ミステリ文庫

8 The Given Day（2008）『運命の日』（上・下）加賀山卓朗訳　ハヤカワ・ミステリ文庫

9 Moonlight Mile（2010）『ムーンライト・マイル』鎌田三平訳　角川文庫　＊

10　Live by Night（2012）『夜に生きる』　本書

〔短篇集〕

1　Coronado：Stories (2006)『コーパスへの道』加賀山卓朗・他訳　ハヤカワ・ミステリ文庫（原書の五篇に二篇を加えたもの）

HAYAKAWA POCKET MYSTERY BOOKS No. 1869

加《か》賀《が》山《やま》卓《たく》朗《ろう》

1962年生，東京大学法学部卒
英米文学翻訳家
訳書
『ミスティック・リバー』デニス・ルヘイン
『春嵐』ロバート・B・パーカー
『火刑法廷〔新訳版〕』ジョン・ディクスン・カー
（以上早川書房刊）他多数

この本の型は，縦18.4センチ，横10.6センチのポケット・ブック判です．

〔夜《よる》に生《い》きる〕

2013年3月10日印刷　　2013年3月15日発行

著者	デニス・ルヘイン
訳者	加賀山卓朗
発行者	早川浩
印刷所	星野精版印刷株式会社
表紙印刷	大平舎美術印刷
製本所	株式会社川島製本所

発行所 株式会社 **早川書房**
東京都千代田区神田多町2－2
電話 03-3252-3111（大代表）
振替 00160-3-47799
http://www.hayakawa-online.co.jp

（乱丁・落丁本は小社制作部宛お送り下さい
送料小社負担にてお取りかえいたします）

ISBN978-4-15-001869-6 C0297
Printed and bound in Japan

ハヤカワ・ミステリ〈話題作〉

1853 **特捜部Q ―キジ殺し―**
ユッシ・エーズラ・オールスン
吉田　薫・福原美穂子訳
カール・マーク警部補と奇人アサドの珍コンビは、二十年前に無残に殺害された十代の兄妹の事件に挑む！　大人気シリーズの第二弾

1854 **解　錠　師**
スティーヴ・ハミルトン
越前敏弥訳
少年は17歳でプロ犯罪者になった。アメリカ探偵作家クラブ賞最優秀長篇賞と英国推理作家協会賞スティール・ダガー賞を制した傑作

1855 **アイアン・ハウス**
ジョン・ハート
東野さやか訳
凄腕の殺し屋マイケルは、ガールフレンドの妊娠を機に、組織を抜けようと誓うが……。ミステリ界の新帝王が放つ、緊迫のスリラー

1856 **冬の灯台が語るとき**
ヨハン・テオリン
三角和代訳
島に移り住んだ一家を待ちうける悲劇とは。英国推理作家協会賞、「ガラスの鍵」賞、スウェーデン推理作家アカデミー賞受賞の傑作

1857 **ミステリアス・ショーケース**
早川書房編集部・編
『二流小説家』のデイヴィッド・ゴードン他ベニオフ、フランクリン、ハミルトンなど、人気作家が勢ぞろい！　オールスター短篇集